천룡팔부 3

天龍八部
Demi-Gods and Semi-Devils by Jin Yong

천룡팔부 3 – 첫눈에 반하다

1판 1쇄 인쇄 2020. 5. 13.
1판 1쇄 발행 2020. 5. 25.

지은이 김용
옮긴이 이정원
발행인 고세규
편집 봉정하 디자인 지은혜 마케팅 김용환 홍보 반재서
발행처 김영사
등록 1979년 5월 17일 (제406–2003–036호)
주소 경기도 파주시 문발로 197(문발동) 우편번호 10881
전화 마케팅부 031)955–3100, 편집부 031)955–3200 | 팩스 031)955–3111

값은 뒤표지에 있습니다.
ISBN 978–89–349–9117–5 04820
978–89–349–9114–4 (세트)

홈페이지 www.gimmyoung.com 블로그 blog.naver.com/gybook
페이스북 facebook.com/gybooks 이메일 bestbook@gimmyoung.com

좋은 독자가 좋은 책을 만듭니다.
김영사는 독자 여러분의 의견에 항상 귀 기울이고 있습니다.

이 도서의 국립중앙도서관 출판시도서목록(CIP)은 서지정보유통지원시스템 홈페이지
(http://seoji.nl.go.kr)와 국가자료공동목록시스템(http://www.nl.go.kr/kolisnet)에서
이용하실 수 있습니다.(CIP제어번호 : CIP2020018330)

일러두기

본문의 미주는 옮긴이의 주이다. 작품의 이해를 돕기 위한 김용 선생님의 작가 주는 •로 표기하고 미주 뒤에 수록한다.
단, 전체 내용에 대한 주일 경우 • 없이 장만 표기한다. 원서 편집자 주도 장별로 작가 주 뒤에 수록한다.

천룡팔부

天 龍 八 部

김용 대하역사무협

— 이정원 옮김

첫눈에 반하다

3

3권 차례 | 첫눈에 반하다

天龍八部

호괴胡瓌의
〈회렵도回獵圖〉 일부

호괴는 오대五代 시기의 거란인이다. 원본은 거란인 세 명이 각자 개를 안고 사냥을 끝낸 후 돌아가는 모습을 묘사했다. 거란인의 특징은 머리 양쪽 주변에 일부 머리를 남겨두고 삭발한 모습이다.

김농金農의 〈채릉도采菱圖〉 일부

김농은 청나라 강희康熙부터 건륭乾隆 연간의 서화가인데 절강성 항주 사람으로 '양주팔괴揚州八怪' 중 한 명이다. 이 그림은 오흥吳興 부근 태호太湖 안에서 젊은 여인들이 배를 저어가며 마름 따는 장면을 묘사한 것이다. 아주, 아벽과 단예가 태호 안에서 배를 타고 노닐 때 물과 하늘 그리고 작은 배가 있는 모습을 재현해놓은 것 같은 곳이다.

산서성山西省 **태원시**太原市 **진사**晉祠**의 송소궁녀**宋塑宮女

송나라 시대에 채색 지점토로 만든 44존尊의 궁녀상. 이 궁녀상에서 송나라 시대 상류사회 부녀자의 차림새를 볼 수 있다. 맨 왼쪽 궁녀가 두 손으로 들고 있는 것은 비수다.

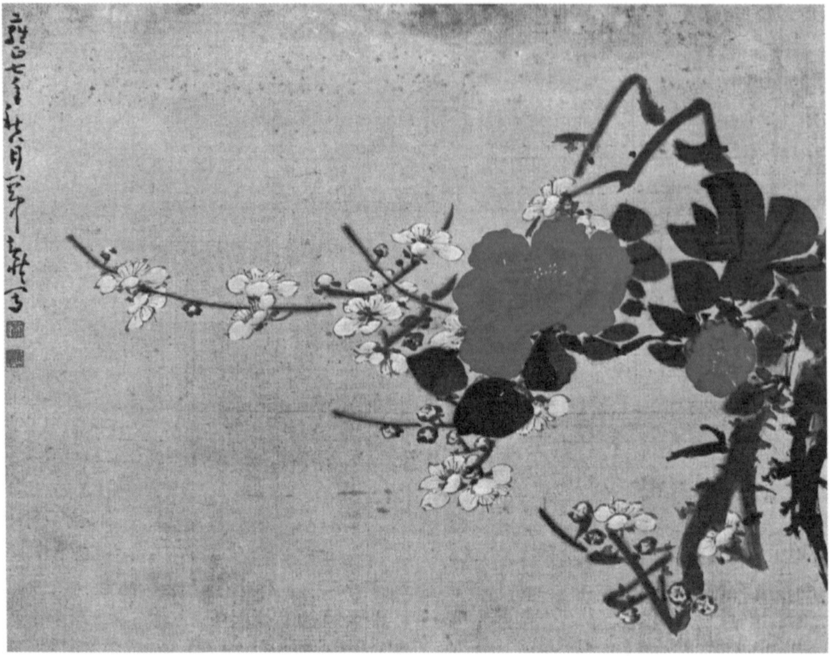

황신黃愼의 〈산다납매山茶臘梅〉

황신은 청나라 강희에서 건륭 연간의 서화가이며 복건福建 영화寧化 사람으로 '양주팔괴' 중 한 명이다.

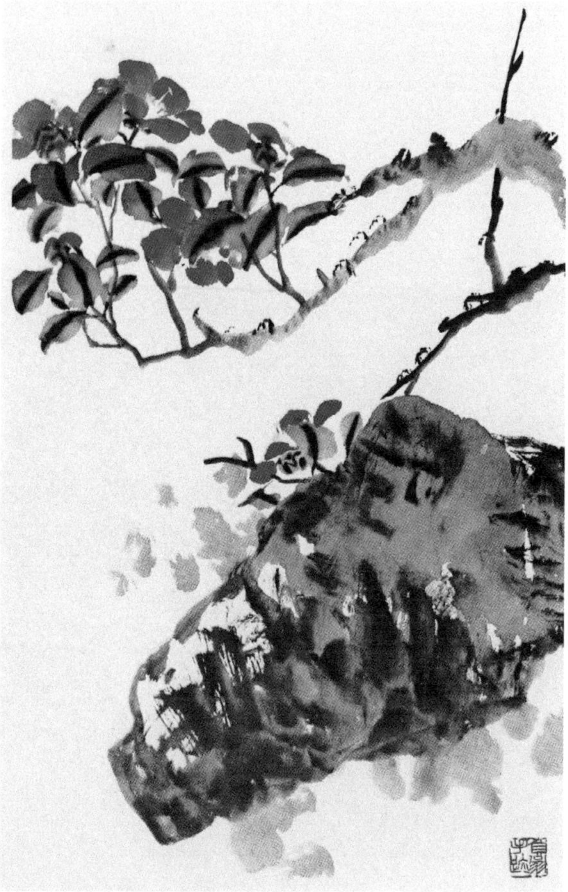

내초생來楚生**의 〈산다**山茶**〉**

내초생은 당나라 시대 중국화가다.

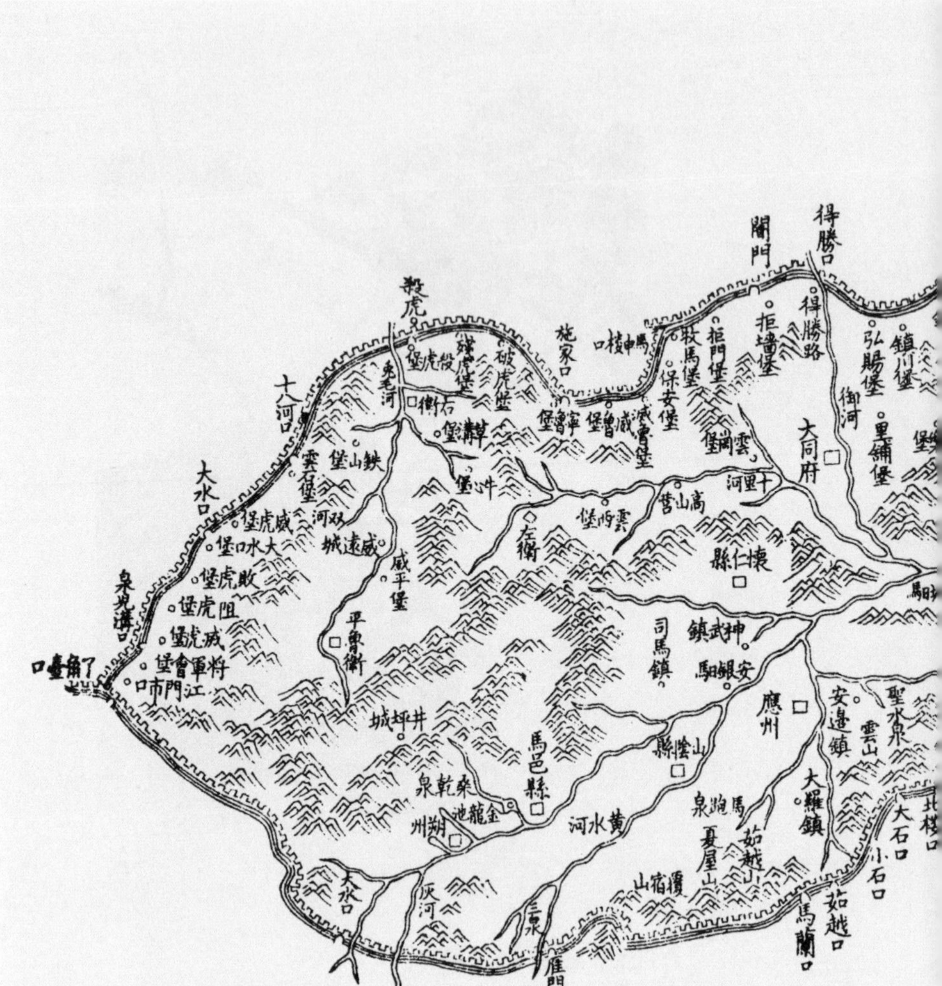
得勝口
得勝路
拒墻堡
拒門堡
鎮川堡
弘賜堡
御河
大同府
十里河
高山營
雲岡堡
保安堡
牧馬堡
施家口
殺虎口
破虎堡
右衛
兔毛河
鐵山堡
雲石堡
威遠城
威虎堡
大水口堡
敗虎堡
阻虎堡
威平堡
平魯衛
左衛
懷仁縣
神武鎮
司馬鎮
應州
安邊鎮
聖水泉
雲山
大羅鎮
馬邑縣
井坪城
山陰縣
黃水河
金龍池
桑乾泉
朔州
灰河
大水口
雁門關
夏屋山
馬跑泉
茹越山
茹越口
馬蘭口
大石口
小石口
北樓口

안문관雁門關 **부근 형세도**

《고금도서집성古今圖書集成》에 수록.

11

바보 같은 연정

단예가 기지개를 켠 뒤 말했다.

"한숨 푹 자는 동안 두 분 누님을 고생만 시켰군요. 말하기가 좀 그런데 말을 해도 나무라지는 마시오. 저… 제가 볼일을 좀 봐야겠소."

단예는 구마지에게 혈도를 찍혀 온몸을 꼼짝도 할 수 없는 상태에서 토번국 사내들에 의해 말안장 위에 가로로 걸쳐지게 됐다. 얼굴이 바닥을 향하고 있으니 보이는 것은 끊임없이 뒤로 사라지는 땅바닥뿐이었다. 지면을 때리며 내달리는 말발굽으로 인해 코와 입은 흙먼지로 범벅이 되어버렸고, 사내들이 연신 크게 고함치는 소리가 들렸지만 모두 토번어였던 터라 무슨 말인지 도저히 알아들을 수가 없었다. 말 다리를 헤아려보니 모두 합쳐 열 필이었다.

십여 리를 내달리다 갈림길과 마주하게 됐다. 뭐라고 몇 마디 던지는 구마지의 목소리가 들리자 말 다섯 필이 왼쪽 길을 향해 나아갔고 구마지는 단예와 나머지 세 필을 끌고 오른쪽 길로 향했다. 다시 수 마장을 내달려 두 번째 갈림길과 마주하자 다섯 필 중 다시 두 필이 다른 길로 나아갔다. 추격하는 사람들을 혼란에 빠트려 어디로 추격할지 모르게 만들겠다는 심산으로 보였다.

다시 한바탕 내달리다 구마지가 말 등에서 훌쩍 뛰어내려서는 가죽띠 하나를 꺼내 들었다. 그는 단예의 허리를 가죽 띠로 묶어 왼손으로 든 채 산길에 접어들었다. 남은 사내 둘은 말을 몰고 서쪽으로 계속해서 내달렸다. 단예는 혼자 속을 태웠다.

'백부님이 철갑기병을 보내 추격해온다 해도 기껏해야 이 토번 중

놈 수하 아홉 명만 붙잡을 뿐 난 구해내지 못할 거야.'

구마지는 단예를 한 손에 들고 있었지만 발걸음은 여전히 가벼웠다. 가면 갈수록 점점 더 높은 곳에 올라 세 시진 동안 인적이 드문 황량한 산봉우리를 뚫고 지나갔다. 단예는 태양이 서쪽으로 기울어 시종 왼쪽에서 비추는 것을 보고 구마지가 자신을 데리고 북쪽으로 가고 있다는 걸 알게 됐다.

저녁 무렵이 되자 구마지는 그의 몸을 커다란 나무 위에 걸쳐놓고 가죽 띠로 나뭇가지에다 묶어놓았다. 그는 단예에게 아무 말도 하지 않고 심지어 눈조차 마주치지 않았다. 단예와 등을 진 채 마른 빵 몇 조각을 건네주며 빵을 먹을 수 있도록 왼손 팔뚝의 혈도만 풀어줄 뿐이었다. 단예는 몰래 왼손으로 진기를 운용해 소택검 검법으로 공격하려 했지만 요혈이 봉쇄되고 전신의 진기가 막혀 있어 손가락을 뻗어내도 허공만 격할 뿐 내경이라고는 반 푼도 없었다.

이렇게 며칠 동안 구마지는 그를 들고 끊임없이 북쪽을 향해 걸어갔다. 단예가 몇 번이나 말을 붙여 왜 자신을 잡아가며 왜 북쪽으로 끌고 가는지 물었지만 구마지는 시종 아무 대답도 하지 않았다. 단예는 불만으로 가득 찬 마음에 지금은 아내에서 여동생으로 바뀌어버린 목완청에게 잡혀가던 그때를 떠올렸다. 그때는 지금보다 고통이 더 심하긴 했지만 이렇게 답답하고 따분하지는 않았다. 더구나 미모의 낭자에게 잡혀 있어 그윽한 향기가 감돌고 호통을 쳐도 부드럽기만 했으니 이토록 흉악무도하고 귀머거리에 벙어리인 척하는 이방인 중에게 잡혀 허공에 들려 있는 상황과 비교하면 고락에 있어 크게 다를 수밖에 없었다.

그대로 열흘 넘게 걸어가 이미 대리국 변경을 지나온 것으로 보였다. 단예는 그가 걸어가는 방향이 동북쪽으로 바뀌었다는 사실을 알아챘다. 더구나 그는 여전히 대로를 피해 시종 인적이 드문 황량한 산악지대를 선택해 이동했다. 다만 지세가 갈수록 평탄해져 산은 낮아지고 물이 많아지다 보니 때로는 하루에 수차례씩이나 물을 건너야만 했다. 결국 구마지는 말 두 필을 사서 단예와 각자 나누어 탔다. 당연히 단예 몸의 대혈은 풀어주지 않고 수시로 지력을 사용해 그의 혈도를 봉쇄했다.

한번은 단예가 손이 풀렸을 때 이런 생각을 했다.

'내가 만일 능파미보를 사용한다면 이 이방인 중이 날 쫓아오지 못하겠지?'

그러나 고작 두 걸음 내딛었을 뿐인데 폐쇄된 혈도에서 진기가 막혀 그 자리에 고꾸라져버렸다. 그는 한숨을 내쉬며 몸을 일으켰다. 최후의 수단도 통하지 않는다는 것을 알게 된 것이다. 원래 혈도가 장시간 막혀 있으면 몸에 유해하지만 단예는 내력이 심후한 덕에 혈도가 오랜 시간 찍혀 있어도 아무 문제 없었다.

그날 밤 두 사람은 한 작은 성의 객점에서 쉬어 가게 되었다. 구마지는 점소이에게 지필묵을 가져오라 한 뒤 그걸 탁자 위에 올려놓고 등불을 밝혔다. 그는 점소이가 방을 나가자 입을 열었다.

"단 공자, 소승이 공자를 굴욕스럽게 북쪽까지 끌고 오는 무례를 범한 점은 대단히 송구하게 생각하오."

"천만의 말씀이오."

"소승이 어찌 이러는지 공자께서는 알고 계시오?"

단예는 오는 동안 속으로 그 생각만 하면서 왔던 터라 탁자 위에 지필묵이 놓인 것을 보고 더욱더 확신을 가지게 되었다.

"그건 할 수 없소!"

"뭘 할 수 없다는 것이오?"

"당신이 우리 단가의 육맥신검 검법을 흠모하니 날 핍박해 그걸 적어내게 만들려는 것 아니오? 그것만은 절대 할 수 없소."

구마지가 고개를 가로저었다.

"단 공자가 잘못 알았소이다. 소승은 과거 모용 선생께 귀 문의《육맥신검경》을 빌려 보여드린다는 약속을 한 적이 있소. 허나 소승은 이 약속을 지키지 못해 늘 가슴에 담아두고 있었소. 다행히 단 공자가 그 검경을 기억하고 있으니 어쩔 수 없이 공자를 모용 선생 묘소에 데려가 불태우고 고인에 대한 소승의 신의를 지키고자 했던 것이오. 그러나 공자처럼 뛰어난 인재를 소승이 아무 원한도 없이 어찌 감히 해칠 수 있겠소? 해서 소승이 서로에게 득이 될 수 있는 방법을 제시하고자 하오. 공자가 경문 도보를 하나도 빠짐없이 적어놓으면 소승은 절대 보지 않고 곧바로 밀봉한 뒤 모용 선생 묘소에 가져가 태우겠소. 이 숙원만 해결하면 소승이 그 즉시 공자를 대리까지 모셔다드릴 것이오."

이는 구마지가 처음 천룡사에 와서 했던 말이었다. 당시 본상 등 대사들은 이를 허락할 마음이 있었고 단예 역시 그 방법이 괜찮다고 느꼈었다. 다만 구마지가 앞서 보정제에게 기습을 가했던 행동이나 후에 자신을 납치해가는 과정이 정당하지 못했다. 더구나 추적을 피하기 위해 갖은 간계를 부리며 수하 아홉 명의 생사 안위에 대해서는 추호도 고려하지 않는 교활하고 악독한 의지가 여지없이 드러난 마당에 단예가 어찌 또 그를 믿을 수 있겠는가? 그는 악인임을 대놓고 밝히고 다니는 남해악신 등 사대 악인이 오히려 이 '신성한 스님'으로 위장한 토번 화상의 인품보다 낫다는 생각을 하고 있었다. 그는 속세 경험이 많지는 않았지만 20일이 넘게 이 문제에 관해 심사숙고했기에 관건이 무엇인지 명백히 알고 있었다. 그는 곧바로 답했다.

"구마지 대사, 그런 말로 나를 속일 수는 없소."

구마지가 합장을 하고 말했다.

"아미타불. 소승은 모용 선생과 과거에 한 약언을 지키기 위해 이렇게까지 애쓰고 있소. 이를 지키기 위해 하는 또 다른 약속을 내 어찌 깨뜨릴 수 있겠소?"

단예가 고개를 가로저었다.

"과거 모용 선생과 그런 약언을 한 것이 진짜인지 가짜인지는 누구도 알 수가 없소. 당신이 《육맥신검검보》를 손에 넣는다면 한번은 정독할 것이 틀림없고 또한 그걸 모용 선생 묘소 앞에서 태울지 안 태울지는 더더욱 알 수가 없는 것이오. 설사 진짜 태운다 해도 대사의 총명한 재능과 지혜로 몇 번만 읽으면 기억하지 못할 리가 없지 않겠소? 아니면 기억을 못할까 봐 부본을 만들어놓고 태울지도 모르는 일이지."

구마지는 두 눈을 부릅뜨고 흉악한 얼굴로 단예를 노려봤다. 그러다 곧 안색을 온화하게 바꾸고는 천천히 말했다.

"다 같은 불문 제자인 처지에 어찌 그런 터무니없는 말을 하는 것이오? 죄과로다, 죄과로다! 소승도 어쩔 수 없이 강압적으로 나갈 수밖에 없겠소. 이는 공자의 목숨을 구하기 위함이니 소승을 탓하지 마시오."

이 말을 하면서 왼손을 뻗어 단예의 가슴에 가볍게 대고 말했다.

"공자가 도저히 견디지 못하고 경문을 적기를 원한다면 고개만 끄덕이시오. 그럼 소승이 손을 떼겠소."

단예가 씁쓸한 웃음을 지었다.

"난 절대 적지 않을 것이오. 당신이 정 단념을 못하고 아쉬워한다면 날 죽이시오. 내가 적어준다 해도 당신이 어찌 내 목숨을 살려두겠소? 경문을 적는다는 건 곧 자살 행위나 마찬가지요. 구마지 대사, 이 점은 내가 이미 열사흘 전에 깨달은 바요."

구마지가 한숨을 내쉬며 말했다.

"부처님의 자비가 있기를!"

그러고는 손바닥으로 운경을 했다. 이 기운을 단예의 단중혈에 주입시킨다면 단예는 개미가 온몸을 깨무는 듯 참을 수 없는 고초를 당하게 될 것이라 짐작했다. 호강만 하며 귀하게 자란 도련님이니 입으로는 강경하게 말해도 죽다 살아날 정도의 고문을 당한다면 굴복하지 않고는 못 배기리라 여긴 것이다. 그러나 뜻밖에도 내경을 쏟아붓자마자 한 줄기 내력이 종적도 없이 사라지는 것 같은 느낌이 들었다. 그는 깜짝 놀라 지체 없이 내경을 증강시켰다. 그러자 이번에는 내력이 더욱 빨리 소실되어버리고 이어서 체내에 있던 내력마저 세차게 용솟음치며 쏟아져 나가는 것이 아닌가! 구마지는 대경실색하며 다급하게 오른손을 뻗어 단예의 어깨를 힘껏 밀어제쳤다. 단예는 침상 위에 쓰러지다가 뒤통수를 벽에다 심하게 부딪혀 비명을 질렀다.

구마지는 단예가 성수노괴의 화공대법을 배웠다고 생각했다. 하지만 지금은 요혈이 봉쇄되어 있어 정사正邪를 불문하고 무공이란 무공은 전혀 펼칠 수 없어야 맞지 않는가? 그런데 그가 손으로 내경을 쏟아부었을 때 자신의 내력이 상대의 단중혈로 빨려들어갈 줄 어찌 알았으랴! 과거 단예가 온몸을 꼼짝하지 못한 채 입을 크게 벌린 상태에서 망고주합이 마음대로 배 속으로 들어가게 놔둔 것처럼 몸의 혈도가 봉쇄되고 안 되고는 그에게 전혀 상관이 없었다.

단예는 혼자 웅얼거리면서 일어나 말했다.

"득도한 고승을 자칭하는 자가 이런 식의 출수로 선량한 사람을 칠 수 있는 것이오?"

구마지가 사나운 목소리로 호통을 쳤다.

"네 그 화공대법은 도대체 누가 가르쳐줬더냐?"

단예가 고개를 가로저었다.

"화공대법은 천하 만물을 함부로 없애는 것이오. 쓰는 방법을 몰라 천금을 길바닥에 내버리는 것이나 마찬가지란 말이오. 한데 내 앞에서 그런 비열하고도 뻔뻔스러운 이단 무공을 논하다니 정말 가소롭기 짝이 없소!"

그는 자기도 모르는 사이에 옥동玉洞 두루마리에 적힌 글귀를 인용해 말하고 있었다.

구마지는 영문을 몰라 더 이상 단예의 몸을 감히 건드릴 수 없었다. 그는 자신이 이미 신봉, 대추, 경문 같은 여러 혈을 찍었음에도 아무렇지 않게 펼쳐내는 단예의 무공을 너무나도 괴이하고 불가사의하게 여기고 있었다. 그의 이런 기술은 필시 일양지와 육맥신검에서 변화된 것이며 이제 갓 배워 공력이 일천한 것뿐이라고 짐작할 수밖에 없었다. 이리되자 그는 대리단씨의 무학에 대해 더욱 마음이 끌렸다. 그는 난데없이 손을 들어올리더니 허공에 화염도 일초를 격해 단예 머리 위에 있는 서생건書生巾 한 조각을 잘라내며 고함을 쳤다.

"어서 적지 못하겠느냐? 내가 이 일도를 반 척만 낮게 펼친다면 네 머리통이 어떻게 될지 상상해봐라!"

단예는 너무도 두려웠다. 그가 정말 화가 나서 자신의 눈을 찌르거나 팔이라도 잘라버린다면 어찌한단 말인가? 오는 길에 계속 반복하며 생각해놓았던 말이 떠올라 당장 그 말을 내뱉었다.

"내가 당신 핍박을 견디지 못해 하는 수 없이 아무렇게나 적는다면 제대로 된 경문이 나올 리 없을 것이오. 더구나 당신이 내 지체에 상해를 입힌다면 난 당신을 향한 뼈에 사무친 증오로 인해 그 후에 적어 내려가는 검보는 더더욱 무슨 말인지 알 수 없게 될 것이오. 이럽시다. 어쨌든 내가 적는 검보를 모용 선생 묘소 앞에 가져다 태우기만 하고 즉시 밀봉해 절대 보지 않는다 했으니 검보의 내용이 맞든 틀리든 당신과는 아무 상관 없을 것이오. 내가 엉터리로 적는다면 그건 내가 모용 선생의 영혼을 속이는 것에 불과할 뿐 그가 저승에서 연마를 하다 주화입마에 빠지거나 영혼의 맥이 끊어진다 해도 당신 탓은 안 할 테니 말이오."

이 말을 하면서 탁자 옆으로 가서 붓을 들고 종이를 펼쳐 경문을 적으려 했다.

구마지는 화가 머리끝까지 치밀어올랐다. 단예의 이 몇 마디 말은 그가 《육맥신검검보》를 편취하려는 자신의 의도를 모조리 간파했으며 자신이 강제로 핍박한다면 그가 적어주는 검보가 온전치 못할 것이라는 엄포였던 것이다. 검보가 온전치 못하다면 그건 무용지물일 뿐만 아니라 오히려 읽어서 해가 될 것이 뻔한 이치였다. 안 그래도 천룡사에서 벌어진 두 번의 대결을 통해 육맥신검 검법의 진위 여부를 가려내긴 했지만 이 검법의 요지가 내력의 운용에 있는지에 대해선 아직 분별해내지 못한 터였다. 그는 곧 부끄럽고 분한 나머지 화를 내다 못해 미친 듯이 광분해 화염도 일초를 펼쳐냈다. 피육 하는 가벼운 소리와 함께 단예가 손에 들고 있던 붓이 두 동강 나버렸다.

단예가 큰 소리로 웃자 구마지는 호통을 치며 말했다.

"이런 못된 놈! 부처님의 자비로 목숨만 살려주려 했더니 잘못을 깨닫지 못하고 고집만 피우고 있구나! 당장 모용 선생 묘소에 끌고 가 태울 수밖에 없겠다. 네놈이 기억하고 있다는 검보가 설마 가짜는 아니겠지?"

단예가 웃으며 말했다.

"죽기 전에 하는 수 없이 검법을 일부러 몇 초 잘못 기억해야겠소. 맞아! 그게 맞아. 지금 이 순간부터 죽을힘을 다해 잘못 기억할 것이오. 기억할 때마다 틀리게 만들어놔야 나중에 나 스스로조차 헷갈려서 그게 맞는지 틀린지 분간을 하지 못할 것 아니겠소? 석가세존께서 이렇게 말씀하셨소. '옳은 것은 틀린 것이며 틀린 것이 옳은 것이다. 수상행식受想行識[1]도 모두 이와 같다. 신검을 논하자면 이름이 신검이지 진짜 신검은 아니다. 검은 육맥으로 칭하지만 칠맥으로 적는다. 오히려 법도 버려야 하거늘 하물며 비법이랴.'"

구마지는 그가 《금강경金剛經》을 엉터리로 외우자 노한 눈을 부릅떴다. 눈에서 마치 화염도가 분출되어 나오는 듯했다. 당장이라도 손을 휘둘러 무형의 검기인 화염도로 단예의 머리통을 그어버리겠다는 눈빛이었다.

이때부터 그들은 동쪽을 향해 20여 일을 더 걸어갔다. 행인들 억양을 들어보니 점점 고상하고 부드러워지는 것이 느껴졌고 음식 안에도 고추가 들어 있지 않았다.

어느 날 마침내 소주성 밖에 도착하자 단예는 생각했다.

'이대로 모용박 무덤까지 가려 하는구나. 저자가 검보를 손에 넣지 못했으니 당장 날 죽이진 않겠지만 모용박 무덤 앞에 가면 날 태우고 구운 다음, 다시 기름이 나올 때까지 삶아서 반쯤 죽게 만들지 않으리란 보장도 없지.'

이런 불길한 마음이 들자 더는 생각하기 싫어 먼 곳에 있는 풍경만 바라봤다. 때는 3월이라 길가에 살구꽃이 피어 있고 호수에는 푸른 버드나무가 드리워져 있었다. 따뜻한 봄바람이 온몸에 스쳐오니 술 한 잔이 그리워졌다. 단예는 자기도 모르게 가슴이 상쾌해져 시를 읊어대기 시작했다.

안개 자욱한 수면 위는 아득하고	波渺渺
늘어진 버드나무 하늘거리네	柳依依
저 멀리 외딴 마을에 향긋한 풀 아득한데	孤村芳草遠
저무는 태양 아래 살구꽃 흩날리누나	斜日杏花飛

구마지가 냉소를 머금었다.

"죽음을 눈앞에 두고도 아직까지 그런 한가롭고 안일한 시나 읊고 있단 말이냐?"

단예가 웃었다.

"부처님께서 그러셨소. '색신色身은 무상無常이며, 무상은 곧 고통이니라.' 천하에 죽지 않는 사람은 없소. 그래야 몇 년 더 사는 것뿐인데 뭐가 그리 기쁘겠소?"

구마지는 모른 체하고 행인을 향해 참합장參合莊의 소재지를 물었다. 그러나 7~8명에게 연이어 물어봤지만 아는 사람이 없었다. 더구나 언어가 제대로 통하지 않아 더욱 확실치가 않았다. 마침내 한 노인이 말했다.

"소주성 안팎에 참합장인가 뭔가 하는 장원은 없소. 그쪽 스님께서 잘못 들은 것 같소이다!"

"그럼 모용 성을 가진 대장주께서 어디 살고 계신지는 아시오?"

"소주성 안에 고顧씨, 육陸씨, 심沈씨, 장張씨, 주周씨, 주朱씨가 모두 다 대장주인데 그중 모용씨는 없소. 들어본 적도 없고 말이오."

구마지가 어찌할 바를 몰라 하던 그때 갑자기 서쪽 편의 작은 길에서 이런 말을 하는 소리가 들렸다.

"듣기로는 모용씨가 성 서쪽 30리 밖에 있는 연자오燕子塢에 살고 있다더군요. 그쪽으로 한번 가보시지요."

또 다른 한 명이 말했다.

"그래. 거의 다 왔으니 각별히 조심해야 하네."

그 두 사람은 소곤대며 말했지만 억양은 하남의 중주中州 말투로 현지 소주의 부드러운 오나라 사람 말투와는 많이 달랐다. 구마지의 내공은 보통이 아니었다. 그는 그 말을 듣고 생각했다.

'혹시 저 두 사람이 일부러 나한테 들리게 말한 거 아닌가? 그게 아니라면 어찌 이리도 공교로울 수가 있지?'

눈을 흘겨 바라보니 비범한 기개를 지닌 한 사내는 상복을 입었고, 작고 마른 몸매에 폐병쟁이처럼 보이는 또 한 사내 역시 상복을 입고 있었다.

이 두 사람이 무공을 익힌 몸이라는 걸 한눈에 알아본 구마지가 말을 붙일까 말까 고민하는 사이 단예가 소리 높여 외쳤다.

"곽 선생, 곽 선생. 여긴 어쩐 일이시오?"

알고 보니 그 비루하게 생긴 사내는 바로 금산반 최백천이었고 다른 한 사람은 그의 사질인 추혼편 과언지였다.

그 두 사람은 대리를 떠난 후, 극강의 무공을 지닌 모용씨에게 복수한다는 것이 쉽지 않다는 사실을 뻔히 알면서도 오로지 가백세의 원수를 갚겠다는 일념하에 용기를 내서 소주까지 찾아온 것이다. 그들은 모용씨가 연자오에 거주하고 있다는 사실을 알아냈지만 모용박이 이미 몇 년 전에 세상을 떠났다는 소식을 듣게 됐다. 그렇다면 가백세를 살해한 사람은 모용가의 또 다른 누군가일 것이니 복수할 수 있는 가능성이 약간 높아졌다 생각하고 모용가를 향해 가다 호숫가에 이른 것인데 마침 구마지와 단예 두 사람을 만나게 된 것이다.

최백천이 난데없이 나타난 단예의 목소리를 듣고 어리둥절해하며 재빠른 걸음으로 달려왔다. 그는 한 화상이 말 위에 탄 채 왼손으로 단예가 탄 말의 고삐를 쥐고 있는 데다 단예의 두 손이 강직된 상태로 몸이 한쪽으로 늘어져 있는 것을 보고 단예가 혈도를 찍힌 게 확실하다고 생각했다. 그는 단예를 향해 조심스럽게 말했다.

"소왕야, 소왕야셨군요! 이보시오, 대화상! 우리 공자 나리를 어찌 괴롭히는 것이오? 이분이 누구신지 아시오?"

구마지는 그 두 사람이 안중에도 없었다. 그는 모용 선생 집이 나루터 어딘가에 있다는 건 알았지만 매우 복잡해서 정확히 어디 있는지는 몰랐던 터라 마침 이 두 사람에게 길 안내를 시키면 좋겠다는 생각이 들었다.

"모용부에 가고자 하는데 두 분께서 길을 좀 안내해주시오."

최백천이 말했다.

"대사께서는 뉘시기에 어찌 감히 단씨 집안의 소왕야께 무례를 범하시는 거요? 또 모용부에는 무슨 볼일이 있어 가겠다는 것이오?"

"가면 자연히 알게 될 것이오."

"대사는 모용씨의 친구 되시오?"

"그렇소. 모용 선생이 기거하는 참합장이 어딘지 아신다면 곽 선생께서 길을 좀 안내해주시오."

구마지는 단예가 '곽 선생'이라고 칭하는 소리를 듣고 그가 진짜 곽씨인 줄 알고 있었다. 최백천은 머리를 긁적이다 단예를 향해 말했다.

"소왕야, 제가 소왕야 손목의 혈도부터 풀어드리겠습니다."

이 말을 하고 몇 보 앞으로 나아가 손을 뻗어 단예의 혈도를 풀어주려고 했다.

단예는 속으로 구마지의 무공이 유달리 고강해 당대에는 적수가 없을 것이며 최백천과 과언지 두 사람도 절대 이기지 못할 것이라 생각하고 있었다. 그러므로 함부로 자신을 구하려 하다가는 두 사람 목숨만 희생될 뿐이니 두 사람을 속히 도망치게 만드는 게 상책이라는 생각에 이렇게 말했다.

"잠깐! 여기 이 대사님은 혼자서 우리 백부님과 대리의 5대 고수를 모두 물리치고 날 잡아왔소. 더구나 이분은 모용 선생의 지기이니 곽 선생과 과 대협께선 이 사실을 우리 아버지께 고하고 날 구하러 와달라고 전해주시오."

최백천과 과언지는 이 화상이 보정제를 비롯한 많은 고수를 물리쳤다는 말을 듣고 깜짝 놀랐다. 더구나 그가 모용씨의 지기라는 말에 더욱 간담이 서늘해졌다. 하지만 최백천은 진남왕부에 십수 년을 숨어 지내왔던 전력이 있는데 오늘 이렇게 소왕야가 위기에 처해 있는 상황에서 어찌 모른 체할 수 있겠는가? 어차피 고소에 온 이상 이미 희생을 각오한 그였기에 주판알에 맞아 죽든 남의 손에 죽든 별반 차이가 없었다. 곧 손을 품 안에 뻗어넣어 금빛 찬란한 주판을 꺼내 들고는 하늘 높이 쳐들어 흔들어댔다. 그러자 짤그락짤그락하는 소리가 어지럽게 울려퍼졌다.

"이보시오, 대화상. 모용 선생이 당신 친구라면 이분 소왕야께서는 내 친구요. 순순히 말할 때 풀어주는 게 좋을 거요."

과언지 역시 손을 떨며 허리춤에 있던 연편을 꺼내 들었다. 두 사람은 동시에 구마지의 말 앞을 향해 달려나갔다.

단예가 소리쳤다.

"두 분 다 어서 가시오. 저 사람과는 상대가 안 됩니다."

구마지가 씩 웃으며 말했다.

"정말 해보겠다는 게요?"

최백천이 말했다.

"이 대결이 호랑이 머리에 앉은 파리를 때려잡는 무모한 짓이란 건 알지만 그래도 싸움은 해봐야 아는 법이오. 생사의… 아이고! 아야!"

'생사의…' 뭐라고 하는 말이 입에서 채 떨어지기도 전에 구마지는 손을 뻗어 과언지의 연편을 빼앗아버렸다. 곧이어 퍽 하는 소리와 함께 연편이 날아가 최백천 수중에 있던 금산반을 휘감아버렸다. 다시 한번 연편을 휘두르자 두 무기는 동시에 두 사람 손을 떠나 오른쪽 호수 한가운데를 향해 날아가버렸다. 두 무기가 호수 밑으로 빠지려 하는 순간 구마지는 손에 적절한 경력을 가했다. 그러자 연편 끝이 다시 돌아와 호수 면에 축 늘어진 버드나무 가지를 휘감았고 부드러운 버드나무 가지는 올라갔다 내려갔다를 반복하면서 끊임없이 요동을 쳤다. 버드나무 가지에 걸린 금산반이 느릿느릿 수면 위를 튕기며 동그랗고 잔잔한 파문을 일으키는 모습이 보였다.

구마지는 쌍수로 합장을 하며 말했다.

"두 분께서 수고스럽겠지만 길을 좀 안내해주시오."

최백천과 과언지 두 사람은 서로의 얼굴만 쳐다보며 어찌할 바를 몰랐다. 구마지가 말했다.

"두 분께서 길 안내를 정 원치 않는다면 연자오 참합장으로 가는 길을 알려주시오. 소승이 알아서 찾아가는 것도 무방하오."

최백천과 과언지 두 사람은 그가 무공이 그토록 고강함에도 극히 겸허한 태도를 보이자 낯빛을 바꾼 것인지 아닌지조차 모르게 느껴졌다.

바로 이때 삐걱 소리를 내며 호수 면의 푸른 파도 위로 일엽편주가 두둥실 떠내려왔다. 녹삼을 입은 소녀 하나가 양손에 노를 잡은 채 물살을 헤치며 천천히 다가오는데 입으로 소곡小曲을 부르고 있었다. 단예가 들어보니 그 가사가 이러했다.

연꽃의 맑은 향기 드넓은 호숫가에 가득하고　　菡萏香連十頃陂
노는 데 빠진 젊은 낭자 연꽃을 따느라 바쁘네　　小姑貪戲采蓮遲
저녁 무렵까지 호수에서 노느라 뱃머리가 젖고　　晚來弄水船頭濕
붉은 치마를 벗어던져 물속 오리를 잡는구나　　更脫紅裙裹鴨兒

그 노랫소리는 나긋나긋하고 청아해서 왠지 기분이 매우 좋아졌다.

단예는 대리에 있을 때 선인들의 시사詩詞와 문장들을 암송하면서부터 강남의 풍물에 깊이 매료된 적이 있던 터라 자기도 모르게 넋을 잃고 말았다. 옥처럼 하얀 소녀의 두 섬섬옥수가 푸른 파도에 비쳐 마치 투명한 것처럼 보였다. 최백천과 과언지는 강적을 앞에 두고 있음에도 고개를 돌려 그녀를 바라보지 않을 수 없었다.

오직 구마지만이 보고도 못 본 척, 듣고도 못 들은 척하며 말했다.

"두 분께서 참합장의 소재지를 일러주기 싫다면 난 이만 가보겠소."

이때 그 소녀가 젓고 있던 작은 배가 호수 변에 가까워졌다. 그녀는 구마지의 말을 듣고 입을 열었다.

"대사부大師父께서는 참합장에 무슨 일로 가려 하시나요?"

그녀의 말하는 목소리는 무척이나 부드럽고 깨끗해서 그저 듣고만 있어도 말할 수 없이 편했다. 그 소녀는 열예닐곱 정도 되는 나이에 온유함으로 가득한 표정을 지녀 겉보기에 매우 우아하고 청순했다.

단예는 속으로 생각했다.

'강남 여자가 이렇게까지 아름다울 줄은 상상도 못했구나.'

사실 이 소녀도 최고의 미인은 아니었다. 목완청에 비하면 미치지 못하는 구석이 있긴 했지만 8푼의 용모에 12푼의 온화함과 우아함을 더한다면 최고의 미녀로서 손색이 없었다.

구마지가 말했다.

"소승이 참합장에 가고자 하는데 소낭자가 길을 안내해줄 수 있겠소?"

그 소녀가 미소를 지으며 말했다.

"참합장이란 이름을 외부인들은 잘 모르는데 대사부께서는 어디서 들으셨는지요?"

구마지가 말했다.

"소승은 이역에서 온 모용 선생의 지기요. 옛 친구 묘소 앞에 제를 올리고 지난날 한 언약을 지키기 위해 일부러 찾아온 것이오. 모용 공자의 수려한 모습을 보고 싶기도 하고 말이오."

그 소녀가 잠시 주저하다 말했다.

"한데 공교롭기 그지없군요. 모용 공자께서는 마침 출타를 하셨습니다. 대사부께서 며칠만 일찍 오셨다면 만날 수 있으셨을 텐데요."

구마지가 말했다.

"공자와 연이 닿지 않는다니 매우 실망스럽소. 허나 소승이 토번국에서 만 리 길을 달려 이곳 중원까지 온 것은 모용 선생 묘소 앞에 예를 올리고 과거의 염원을 풀고 싶어서요."

그 소녀가 말했다.

"대사부께서 모용 어르신의 벗이라고 하니 우선 차를 한잔 대접하고 다시 말씀드리겠습니다. 어떠신지요?"

구마지가 답했다.

"아가씨는 공자부의 뉘시오? 내가 호칭을 어찌하면 좋겠소?"

그 소녀가 방긋 웃었다.

"아! 전 공자께 금을 타고 피리를 불어드리며 시중을 들고 있는 시녀이며 이름은 '아벽阿碧'이라고 합니다. 소낭자니 대낭자니 존칭 같은 건 쓰실 필요 없이 그냥 아벽이라고 불러주세요."

그녀는 소주 현지 사투리를 썼다. 소주 사투리는 알아듣기 쉽지 않지만 그녀는 무림세가의 시녀로 있어 평소 관화官話[2]를 많이 듣다 보니 말 속에 관화가 섞여 있는 것으로 보였다.• 따라서 구마지와 단예 등도 가까스로 알아들을 수 있었다. 구마지가 공손한 태도로 말했다.

"별말씀을 다 하시오!"

아벽이 말했다.

"전 성내로 장미 씨 사탕을 사러 가는 길이었어요. 장미 씨 사탕은 다음에 와서 사도 문제없습니다. 연자오의 금운소축琴韻小築으로 가는 길은 모두 수로예요. 여러분께서 모두 가셔야 하면 제가 배로 모셔다 드리겠습니다. 어떠세요?"

그녀가 번번이 "어떠세요?" 하고 묻는 한마디는 성심성의껏 물어가며 부드럽게 청유하는 말투라 거절하기 힘들게 만들었다.

구마지가 말했다.

"그럼 수고 좀 해주시오."

이 말을 하며 단예의 손을 잡고 천천히 배에 올라탔다. 배는 살짝 가라앉기만 했을 뿐 흔들림이 전혀 없었다. 그러자 아벽이 구마지와 단예를 향해 생긋 웃으며 믿어지지 않는다는 듯 말했다.

"정말 대단하시네요!"

과언지가 최백천을 향해 나지막이 속삭였다.

"사숙, 어찌합니까?"

그 두 사람은 모용씨에게 복수를 하기 위해 왔지만 이런 낭패에 빠지자 난처해하지 않을 수 없었다.

아벽이 미소를 지었다.

"두 분 대인께서도 기왕 소주까지 오셨으니 별다른 일이 없으시면 저희 처소에 가셔서 차와 음식이나 좀 드시고 가세요. 배가 좀 작기는 하지만 몇 분 더 타도 가라앉지는 않으니까요."

그녀는 가볍게 노를 저어 버드나무 아래로 다가가 가녀린 손을 뻗어 버드나무 가지에 걸린 금산반과 연편을 거두고 손에 든 주판을 흔들며 짤그락짤그락하는 소리를 냈다.

단예는 그 소리만 들어도 너무 기뻐 말했다.

"낭자, 지금 그 곡은 채상자采桑子[3]가 아니오?"

알고 보니 그녀는 손으로 주판알을 흔들어 경중과 속도를 조절해가며 박자를 만들어내고 있었다. 더욱이 그 박자는 놀랍게도 맑고 낭랑한 두 구절의 채상자였다. 아벽은 생긋 웃으며 말했다.

"공자, 음률에 정통하신 것 같은데 한 곡 튕겨보시겠어요?"

단예는 그녀의 천진난만하면서도 상냥한 모습을 보고 방긋 웃었다.

"난 주판을 튕길 줄 모르오."

그는 고개를 돌려 최백천을 향해 말했다.

"곽 선생, 저 낭자가 당신 주판을 튕기니 저리도 듣기가 좋군요."

최백천이 떨떠름한 웃음을 지었다.

"좋군요. 아주 좋습니다. 정말 우아한 정취가 있는 낭자군요. 저렇게 조잡한 물건이 낭자 손에 들어가 악기로 변하다니 말입니다."

아벽이 말했다.

"어머, 정말 송구합니다. 이게 곽 대인 거였나요? 주판을 아주 정교하게 만드셨네요. 돈이 아주 많으신가 봐요. 주판을 금으로 만드시다니 말이에요. 곽 대인, 돌려드릴게요."

그녀가 왼손으로 주판을 들어 긴 팔을 내밀었지만 최백천은 호숫가 뭍에 있어 받을 수가 없었다. 그 역시 늘 몸에 달고 다니던 그 오랜 친구가 아쉬웠던 터라 가볍게 몸을 날려 뱃머리에 올라서는 손을 뻗어 주판을 받아들었다. 그러고는 구마지를 향해 고개를 돌려 힐끗 쳐다봤다. 구마지는 얼굴에 시종 자비로운 웃음을 머금은 채 노한 기색이라고는 없었다.

아벽이 왼손으로 연편을 들어 연편 끝을 추켜올리고 오른손 다섯 손가락으로 연편을 밑으로 쓸어내렸다. 구리를 씌운 그녀의 손톱이 연편의 마디마디 위에 볼록하게 튀어나온 모서리에 닿자 딩, 링, 동, 롱 하고 몇 번의 청량한 음률로 변했다. 장강長江 남북을 넘나들며 강호의 영웅호한들을 수없이 대적해왔던 그의 무기가 그녀의 순수하고 연약한 손에 들어가 심금을 울리는 악기로 변모했으니 정말 뜻밖의 일이 아닐 수 없었다.

단예가 탄성을 질렀다.

"묘하군요. 정말 묘합니다! 낭자, 한 곡만 연주해주시오."

아벽이 과언지를 향해 말했다.

"이 연편은 저기 계신 대인 건가요? 이걸 함부로 가지고 놀다니 제가 무례를 범했네요. 대인, 대인께서도 배에 오르세요. 조금 이따 제가 가서 연근 죽을 대접해드릴게요."

과언지는 사부님의 원수인 고소모용 일가에 대한 원한이 뼈에 사무쳐 있는 상태였다. 그러나 말을 할 때마다 방긋 웃는 천진난만한 이 소녀의 모습 앞에서 가슴 가득한 원한의 독기를 드러낼 수는 없어 생각했다.

'이 소낭자가 날 참합장으로 인도한다면 더 이상 좋을 수는 없지. 어찌 됐건 그곳 사람들 몇 명을 죽여 사부님의 원수를 갚아야겠다.'

그는 고개를 끄덕이며 배 위로 훌쩍 올라탔다.

아벽은 연편을 잘 말아 과언지에게 건넨 다음 노를 저어가기 시작했다. 배는 곧 서쪽을 향해 미끄러져갔다.

최백천과 과언지가 서로 눈빛을 교환하며 같은 생각을 했다.

'이대로 호랑이 굴에 들어간다면 생사를 장담할 수 없을 것이다. 모용씨는 출수가 악랄하기로 소문이 자자한데 이 소낭자는 어찌 이토록 온화하고 우아한 모습을 지녔을까? 거짓으로 보이진 않는데 말이야. 하지만 이건 모용씨의 간계일 수도 있다. 일단 우리를 방심하게 만들어놓고 기회를 틈타 손을 쓰려는 것일 수도 있지.'

배는 호수 위를 미끄러져가다 방향을 몇 번 틀더니 곧바로 큰 호수 가운데로 들어섰다. 눈앞에는 자욱한 안개로 뒤덮인 수면 위에 펼쳐진 수평선이 하늘과 맞닿아 있었다. 과언지는 깜짝 놀라지 않을 수 없었다.

'호수가 이렇게 크다면 필시 태호太湖일 것이다. 나와 최 사숙 모두 헤엄을 칠 줄 모르는데 저 어린 계집이 배를 뒤집기라도 한다면 우리 둘은 호수에 빠져 물고기 밥이 되고 말 것 아닌가? 그럼 사부님의 원수는 어찌 갚아야 하지?'

최백천 역시 같은 생각을 하고 있었다. 그는 젊은 시절 하남의 낙수洛水에서 배를 저어본 적이 있기에 노를 수중에 넣을 수만 있다면 저 소낭자가 배를 뒤집으려 해도 그리 쉽지는 않을 것이라 생각했다.

"낭자, 내가 노 젓는 걸 도와주겠소. 낭자는 방향만 지시해주시오."

아벽이 생긋 웃었다.

"아유, 별말씀을 다 하시네요. 우리 공자께서 아신다면 객들께 예를 다하지 않았다고 절 꾸짖으실 겁니다."

최백천은 그녀가 받아들이지 않자 의심이 더욱 커졌다. 그는 얼굴에 웃음을 띠고 말했다.

"솔직히 우리는 연편으로 곡조를 타는 낭자의 절기를 듣고 싶어 그런 것이오. 우리야 거칠고 보잘것없는 사람들이지만 여기 이 단 공자께선 금기서화琴棋書畫에 정통한 분이시니 말이오."

아벽은 단예를 힐끗 쳐다보고 웃었다.

"그저 잠깐 가지고 논 것뿐인데 그걸 무슨 절기라 할 수 있겠어요? 단 공자께서 그렇게 고상하고 멋있는 분이시라면 제 솜씨를 듣고 비웃으셨겠네요. 그냥 안 할래요."

최백천은 과언지 수중의 연편을 뺏어 그녀 손에 건넸다.

"한 곡 타보시오. 어서!"

이 말을 하면서 그녀 수중에 있던 노를 받아들었다.

아벽이 웃으며 말했다.

"좋아요. 그럼 대인의 금산반도 잠깐 빌려주세요."

최백천은 속으로 왠지 두려움을 느꼈다.

'이 낭자가 우리 무기 두 개를 모두 가져가는 건 혹시 무슨 음모가

있어서가 아닐까?'

그러나 일이 이 지경이 됐으니 거절할 수도 없는 노릇이라 하는 수 없이 금산반을 그녀에게 건네줬다. 아벽은 주판을 갑판 위에 올려놓고 왼손으로 연편 자루를 움켜쥔 채 왼발로 연편 끝을 가볍게 밟아 연편을 곧바로 잡아당겼다. 다시 오른손 다섯 손가락을 날리듯 돌리며 연편을 타자 '딩, 링, 동, 롱' 하는 맑은 소리가 났다. 물론 비파처럼 오묘하게 맑은 소리는 아니었지만 상쾌한 청량감은 그보다 훨씬 더했다.

아벽은 다섯 손가락을 쓸어내듯 타면서도 여유가 있을 때마다 손가락을 뻗어 금산반을 튕기기도 했는데 주판알의 짤그락거리는 소리가 연편의 딩, 링, 동, 롱 하는 소리와 섞이면서 더욱 맑고 아름다운 소리를 냈다. 바로 그때 제비 두 마리가 뱃머리를 스쳐 지나 서쪽을 향해 질풍같이 날아가는 모습이 보였다. 단예가 생각했다.

'모용씨가 거처하는 곳이 연자오라고 했으니 제비가 많은 게 당연하지.'

아벽이 목소리를 길게 뽑으며 노래를 불렀다.

춘사春社[4]의 계절이 돌아오니	二社良辰
수많은 정원으로	千家庭院
새로운 제비들이 날아온다네	翩翩又睹雙飛燕
봉황들은 제비들에게 옆집을 허락하고	鳳凰巢穩許爲鄰
소상瀟湘[5]에 드리운 안개와 함께 날은 저무네	瀟湘煙暝來何晚
제비들은 홍루로 쉴 새 없이 날아들고	亂入紅樓
푸른 버드나무 강변으로 날아드니	低飛綠岸

채색 대들보 먼지가 제비에 흩날리누나　　畫梁輕拂歌塵轉
누굴 위해 날아왔다 누굴 위해 날아가는지　爲誰歸去爲誰來
정 깊은 주인이 주렴을 말아 제비에게 내주네　主人恩重珠簾卷

아벽은 한 곡을 끝내자 금산반과 연편을 최백천과 과언지 두 사람에게 돌려주며 웃었다.

"변변치 못한 노래 실력이니 객들께서는 웃지 마세요. 곽 대인, 노를 아주 잘 저으시는데요? 왼쪽 편의 작은 나루터 안으로 들어가주세요."

최백천은 그녀가 무기를 돌려주자 안심을 하고 당장 그녀의 말대로 한 작은 나루터로 배를 저어 들어갔다. 수면 위에는 연잎들이 널려 있었다. 그녀가 알려주지 않았다면 연잎 사이에 통로가 있다는 사실을 전혀 몰랐을 것이다. 최백천이 한참을 저어가자 아벽이 다시 수로를 가리켰다.

"이쪽으로 저어가세요."

그쪽 수면 위 역시 연잎으로 가득했다. 맑은 파도 속에 비취색 잎들이 가득 덮여 있어 더욱 청아하고 수려해 보였다.

아벽은 뱃간 옆에서 연근 사탕 몇 개를 가져와 사람들에게 나눠주었다. 단예는 두 손을 움직일 수 있긴 했지만 혈도가 찍힌 후 전혀 힘이 없었던 터라 가까스로 연근 사탕 하나를 집어들었다. 연근 사탕은 살짝 투명하고 사탕가루와 장미 꽃잎 가루가 약간 묻어 있어 입안에 넣으니 달콤하고 상큼한 맛이 나는 것이 정말 맛있었다. 그의 입가에는 미소가 절로 떠올랐다.

"연근 사탕 맛이 기름지지 않고 아주 담백해서 마치 낭자가 부르는 소곡 같소."

아벽이 얼굴을 살짝 붉히며 웃었다.

"제 노래를 연근 사탕에 비유하시다니 그런 말은 난생처음 들어요. 고맙습니다! 공자."

연못을 다 건너기 전에 아벽은 다시 갈대와 줄풀이 우거진 숲속으로 뚫고 들어가도록 배를 이끌었다. 길이 점점 복잡해지자 구마지도 경계를 하기 시작했다. 그는 암암리에 배가 지나온 길을 기억해두면서 되돌아나갈 때 길을 잃지 않기 위한 대비를 했다. 그러나 눈에 보이는 것은 호수 가득 펼쳐진 연잎과 부평초, 갈대, 줄풀 등 하나같이 비슷한 모양의 풀들로 가득했고 수면 위에 둥둥 떠 있는 연잎과 부평초들은 수시로 불어오는 바람에 불규칙적으로 변해버려 아무리 정확히 기억하려 해도 순식간에 정경이 바뀌어버렸다. 구마지와 최백천, 과언지 세 사람은 아벽의 두 눈을 끊임없이 주시했다. 그녀의 눈빛 속에 길을 찾는 방법이나 지표가 있는지 알아내기 위함이었다. 그러나 그녀는 전혀 아랑곳하지 않고 물을 헤쳐나가며 입에서 나오는 대로 인도를 했다. 마치 이 수없이 많고 얼기설기 얽혀 있는 바둑판 같은 수로를 태어날 때부터 알고 있어 손바닥 보듯 훤히 꿰뚫고 있는 듯 보였다.

그렇게 구불구불 두 시진가량 배를 저어가다 정오 무렵이 되자 저 멀리 보이는 푸른 버드나무 숲속에 비첨飛檐 한 귀퉁이가 모습을 드러냈다. 아벽이 말했다.

"다 왔어요! 곽 대인. 반나절 내내 대신 노를 저어주셔서 정말로 감사드립니다."

최백천이 씁쓸한 미소를 지었다.

"연근 사탕을 먹으면서 청아한 노래를 들을 수만 있다면 반나절이 아니라 10년을 젓는다 해도 힘들지 않을 것이오."

아벽이 박장대소를 하며 웃었다.

"연근 사탕을 먹으면서 노래를 듣고 싶다고요? 그건 아주 간단해요. 이 호수에서 평생 나가지 않으시면 돼요!"

최백천은 '이 호수에서 평생 나가지 않으면 된다'는 그녀의 말을 듣고 자기도 모르게 깜짝 놀라 고개를 두리번거렸다. 그러다 곁눈질로 작은 두 눈을 치켜뜬 채 한참 동안 그녀를 살펴봤다. 방실거리며 웃는 그녀의 얼굴에 별다른 간계가 있어 보이지 않자 긴장이 풀려버렸지만 그래도 절대 안심할 수는 없었다.

아벽은 노를 건네받아 배를 버드나무 그늘 속으로 저어갔다. 그늘 가까이 다가가자 소나무 가지를 엮어 만든 사다리 하나가 수면 위로 늘어져 있었다. 아벽은 배를 나뭇가지에 묶었다. 갑자기 버드나무 가지 위에서 작은 새 한 마리가 지지배배 지지배배 울기 시작하는데 그 소리가 매우 맑고 낭랑하게 들렸다. 아벽은 새 울음소리를 흉내 내며 몇 번을 우는 시늉을 하다가 고개를 돌리며 웃었다.

"어서 뭍으로 오르세요!"

모두들 차례대로 뭍에 오르니 드문드문 보이는 네다섯 채 정도 되는 건물이 작은 섬인지 반도인지 알 수 없는 곳 위에 지어져 있었다. 건물들은 아주 아담하고 정교하게 지어져 운치가 있어 보였다. 작은 집 편액 위에는 '금운琴韻'이라는 두 글자가 적혀 있었는데 그 필치가 무척이나 유려했다. 구마지가 대뜸 물었다.

"이곳이 연자오 참합장이오?"

아벽이 고개를 가로저으며 말했다.

"아니에요. 이곳은 공자께서 제 거처로 사용하라고 내려주신 집입니다. 너무 작아서 귀객을 접대하기에는 부족하지만 대사부께서 모용 어르신 묘소에 가서 제를 올리신다고 하셨으니 제가 모실 수는 없습니다. 여기서 잠시 기다리고 계시면 제가 아주阿朱 언니께 물어보고 오겠습니다."

구마지가 그 말을 듣고는 화가 치밀어올라 안색이 살짝 어두워졌다. 그는 토번국 호국법왕의 몸이니 얼마나 존귀한 인물이던가? 토번국에서처럼 군주에 버금가는 예로 대접받는 건 바라지도 않았다. 송, 대리, 요, 서하 조정에만 들어가도 각국 군주들이 자신을 귀빈의 예로 대접하지 않았던가? 하물며 자신은 모용 선생의 지기였다. 이번처럼 친히 묘소에 참배를 오는 건 모용 공자가 사전에 몰랐으니 마중을 나올 수 없었다는 건 그렇다 쳐도 당장 자신을 대청 객사에 청해 융숭하게 접대하는 건 고사하고 일개 시녀가 거처하는 별원으로 데려오다니 실로 기가 차지 않을 수 없었다. 하지만 그는 얼굴 가득 웃음을 머금은 아벽의 천진난만한 모습을 보고 절대 거만한 표정을 지을 수 없었기에 생각했다.

'이 계집아이는 아무것도 모르는 것 같은데 내가 어찌 앞뒤 사정을 얘기하겠는가?'

이렇게 생각하니 곧 심기가 편안해졌다.

최백천이 물었다.

"아주 언니라는 게 누구요?"

아벽이 웃으며 말했다.

"아주가 아주지 누구겠어요? 저보다 한 달 먼저 태어났는데 자기가 언니라고 거드름을 피워요. 그래서 언니라고 부르죠. 달리 방법이 없어요. 근데 한 달 먼저 태어난 사람한테 언니라고 부르는 사람이 어디 있겠어요? 대인께서는 절대 그렇게 호칭하지 마세요. 대인마저 언니라는 호칭을 쓰면 언니가 더더욱 득의양양해할걸요?"

쉬지 않고 쫑알거리며 말을 이어가는 그녀의 목소리는 매우 맑고 부드러워 마치 악기를 연주하는 것 같았다. 잠시 후 그녀는 네 사람을 집 안으로 데리고 들어갔다.

대청에 당도해 아벽이 각자 자리에 앉도록 안내하자 곧이어 남자 하인 하나가 차와 간식을 내왔다. 단예가 찻잔을 들자 맑은 향기가 코끝에 풍겨 왔다. 찻잔 뚜껑을 열어보니 담녹색 찻물 안에 짙은 청록색 찻잎이 한 알 한 알 떠다니고 있었다. 마치 작은 구슬 알갱이에 짧고 가느다란 털이 가득 덮여 있는 모양이었다. 단예는 난생처음 보는 이 차를 한 모금 마셔봤다. 그러자 입안 가득 맑은 향기가 느껴지면서 혀 밑에 침이 고였다. 구마지와 최백천, 과언지는 기괴하게 생긴 찻잎과 푸른빛의 찻물을 보고 두려운 마음에 감히 마시지를 못했다. 이 구슬처럼 생긴 찻잎은 태호 부근 산봉우리에서 나는 특산물로 후세 사람들은 '벽나춘碧螺春'이라고 칭했지만 이 당시에는 아직 고상한 명칭이 없었던 터라 현지인들이 오어吳語로 기절초풍할 정도로 향기가 난다는 뜻인 '혁살인향嚇煞人香'이라고 부르며 그 향기를 극단적으로 표현했다. 구마지는 줄곧 서역과 토번 산지에 거주해왔기 때문에 씁쓸하고 떫은 맛의 검은색 차전茶磚을 마시는 데 익숙해 있어 이런 푸른빛의 털이 있는 찻잎을 보자 독이 들어 있는지 의심하지 않을 수 없었다.

4색의 간식은 장미와 녹두로 만든 떡인 매괴녹두고玫瑰綠豆糕와 복령으로 만든 절편인 복령연고茯苓軟糕, 비취빛이 감도는 유과인 비취첨병翡翠甜餠, 연근가루와 화퇴火腿[6]를 넣어 만든 만두인 '우분화퇴교藕粉火腿餃'였는데 그 형상이 어찌나 정교하고 우아했던지 하나같이 먹으라고 만든 것이 아니라 감상하라고 만든 것처럼 보였다.

단예가 찬탄을 금치 못하며 말했다.

"간식들이 하나같이 섬세하고 우아해서 맛도 기가 막힐 것 같군요. 한데 아까워서 이걸 어떻게 입에 넣을 수 있겠소?"

아벽이 미소를 지으며 말했다.

"공자, 그냥 맛있게 드시면 됩니다. 또 있으니까요."

단예는 하나 먹을 때마다 한 번씩 칭찬을 하면서 세상을 다 가진 듯 즐거워했다. 구마지와 최백천, 과언지 세 사람이 여전히 먹을 생각을 하지 않자 단예는 속으로 의심스러운 마음이 들었다.

'저 구마지란 자는 모용박의 지기를 자칭하면서 왜 번번이 저리도 심하게 경계를 하는 거지? 게다가 모용가에서 그를 접대하는 예도 적절하지 않은 것 같다.'

구마지 역시 인내심이 대단했다. 그는 반나절 동안을 기다리면서 단예가 차와 4색 간식을 모조리 먹고 칭찬을 늘어놓은 후에야 입을 열었다.

"낭자는 이제 아주 언니란 분한테 가서 고하시오."

아벽이 웃으며 말했다.

"아주 언니 장원은 여기서 좀 떨어져 있는 사구四九 수로에 있어요.

오늘은 너무 늦어서 갈 수가 없으니 네 분께서는 이곳에서 하룻밤 묵으세요. 내일 아침 일찍 제가 네 분을 청향수사聽香水榭로 모셔다 드릴게요."

최백천이 물었다.

"사구 수로라니 그게 뭐요?"

아벽이 말했다.

"일구一九는 9리이고 이구二九는 18리, 사구四九는 36리예요. 주판으로 한번 셈해보시면 알 거예요."

원래 강남 일대에서는 노정의 거리를 말할 때 보통 일구, 이구처럼 뒤에 9 자를 붙이고 십十 자를 붙이지 않았다. 오어로 십 자와 적賊 자의 발음이 비슷해 듣기가 좋지 않다는 이유에서였다.

구마지가 말했다.

"이럴 줄 알았으면 낭자가 알아서 우리를 청향수사로 보내주지 그랬소? 그럼 서로 좋았을 것 아니오?"

아벽이 웃으며 말했다.

"이곳에는 저와 한담을 나눌 상대가 없어 답답하기 이를 데 없어요. 어렵사리 여러 객들을 모셨는데 그냥 보내드릴 수는 없잖아요? 어쨌든 여러분들께선 여기서 하루 묵어가셔야 해요."

과언지는 줄곧 노기를 참고 아무 말 하지 않았지만 이 순간 갑자기 자리를 박차고 일어나 호통을 쳤다.

"모용가의 친척은 어디 살고 있소? 나 과언지가 참합장에 온 것은 차나 마시고 간식을 먹으러 온 것이 아닐뿐더러 낭자와 농이나 나누며 답답한 마음을 풀어주러 온 것도 아니오. 난 피맺힌 원한을 피로써 복수하기 위해 온 것이오. 낭자, 가서 전하시오. 나 복우파 가백세의 제자가 오늘 사부님의 복수를 위해 왔노라고!"

"빠직!"

그는 말을 마치자마자 연편을 휘둘러 자단목紫檀木으로 만든 차탁과 상비죽湘妃竹으로 만든 의자를 박살내버렸다.

아벽은 당황스러운 기색 없이 화도 내지 않고 말했다.

"우리 공자를 만나기 위해 강호의 영웅호걸들이 매달 몇 명씩 오십니다. 그중에는 과 대인처럼 이렇게 무섭고 흉악한 분들도 많이 계셨어요. 그래서 그리 놀랍거나 하진 않아요…."

그녀가 말을 채 마치기도 전에 후당에서 허옇게 센 은빛 수염과 머리카락을 지닌 노인 하나가 손에 지팡이를 짚고 돌아나왔다.

"아벽, 누가 여기서 소란을 피우는 게냐?"

말투는 관화였는데 억양이 매우 정확했다.

최백천은 의자에서 벌떡 일어나 과언지와 어깨를 나란히 한 채 서서 호통을 쳤다.

"우리 사형 가백세는 도대체 누가 죽인 것이오?"

단예는 이 노인의 구부정한 허리와 주름으로 가득한 얼굴로 보아 90세까지는 아니어도 80세는 넘을 것으로 짐작했다. 곧 쉰 목소리로 말하는 소리가 들렸다.

"가백세라… 가백세. 음… 100세가 될 때까지 살았으니 진작 죽었어야지!"

과언지는 소주에 오자마자 당장 모용씨 집으로 달려가 한바탕 대학살을 벌이고 은사의 원수를 갚을 생각이었지만 구마지에게 무기를 빼앗겨 그 예기가 꺾여버린 상태였다. 더구나 뜻밖에도 아벽 같은 천진난만하고 사랑스러운 낭자를 만나다 보니 원한과 분노로 가득한 가슴을 발설할 곳이 없었던 터였다. 이때 노인의 무례한 말을 듣자 그는 당장 연편을 휘둘러 연편 끝을 노인의 등을 향해 날렸다. 그는 구마지가 서쪽에 앉아 있는 것을 보고 그가 자신의 출수를 간섭할까 봐 그 일편을 동쪽에서 휘둘러나갔다.

그런데 구마지가 팔을 뻗어 손바닥에 자력이라도 있는 듯 저 멀리에 앉아 자신의 연편을 잡아채 가버리는 것이 아닌가! 구마지가 말했다.

"과 대협, 우린 멀리서 온 객들이니 좋은 말로 합시다. 무력까지 쓸 것 있소?"

그러고는 연편을 둘둘 말아 그에게 다시 돌려줬다.

과언지의 얼굴은 벌겋게 달아올랐다. 그걸 다시 받는 것도 그렇고 안 받는 것도 그런 아주 난감한 처지에 놓인 것이다. 하지만 이내 생각을 고쳐먹었다.

'당장은 복수를 하는 것이 대사다. 순간의 굴욕을 참을지언정 무기만은 손에 있어야 한다.'

그러고는 손을 뻗어 연편을 받아들었다.

구마지가 그 노인을 향해 말했다.

"시주께서는 존성대명이 어찌 되시는지요? 모용 선생의 친척이십니까? 아니면 친구 되십니까?"

그 노인은 입을 벌리고 웃으며 말했다.

"이 늙은이는 공자 나리의 노복老僕인데 무슨 존성대명이라 할 수 있겠습니까? 대사부께서는 우리 돌아가신 어르신의 지기라 하던데 무슨 분부가 있으신지 모르겠군요?"

"내 문제는 공자를 만나면 직접 고할 것이오."

"그것 참 안타깝군요. 공자 나리께선 며칠 전 출타를 하시어 언제 돌아오실지 모릅니다."

"공자께선 어디 가셨소?"

노인은 고개를 돌렸다가 갑자기 손을 뻗어 자신의 이마를 딱딱 치면서 말했다.

"이런, 제가 망령이 들었나 봅니다. 서하국西夏國에 가신 것 같은데 요국이라고 한 것도 같고 토번이라고 한 것도 같습니다. 그게 아니면 대리일 수도 있고 말입니다."

구마지가 기분이 매우 언짢은 나머지 흥 하고 코웃음을 쳤다. 당시는 천하가 5국으로 나뉘어 있었는데 그 노인은 송나라 관할 지역인 현지를 제외하고 그 나머지 4개국을 모두 얘기했던 것이다. 그는 노인이 일부러 모른 척한다는 걸 알고 말했다.

"그렇다면 공자가 돌아올 때까지 기다리지 않을 테니 집사께서 날 모용 선생 묘소로 데려가 고인에 대한 참배로 예를 다할 수 있도록 해주시오."

노인이 손사래를 쳤다.

"그건 제 마음대로 할 수 있는 일이 아닙니다. 더구나 전 집사도 아니고 말입니다."

구마지가 말했다.

"그럼 존부의 집사는 뉘시오? 잠깐 나오라고 하시오."

노인은 고개를 연신 끄덕였다.

"알겠습니다! 가서 집사를 모셔오지요."

그는 몸을 돌려 흔들흔들 밖으로 나가면서 혼자 중얼거렸다.

"요즘 세상에는 별의별 악인들이 다 있어. 화상이나 도사로 분하는 건 사람을 속여 탁발을 하려는 거야. 더구나 친척이나 친구를 사칭하는 놈들을 이 늙은이가 얼마나 많이 봤는데 그래? 당연히 속아넘어가지 않지."

단예가 하하하고 웃음을 터뜨리자 아벽이 황급히 구마지를 향해 말했다.

"대사부, 노하지 마세요. 황 백부가 노망이 들어 그래요. 말은 사실처럼 하는데 늘 남들 기분을 상하게 만든다니까요."

최백천이 과언지의 옷자락을 잡아끌어 한쪽 편으로 가서 나지막이 속삭였다.

"저 중놈이 자칭 모용가의 친구라는데 여기서는 확실히 저놈을 귀객으로 응대하지 않고 있네. 괜히 경솔하게 행동하지 말고 제대로 파악한 다음 생각해보세."

과언지가 답했다.

"네!"

두 사람은 다시 자리로 돌아와 앉았다. 그러나 과언지가 앉아 있던 대나무 의자는 이미 박살이 나서 다시 앉을 곳이 없어졌다. 아벽은 자신의 의자를 내주며 미소를 지었다.

"과 대인, 앉으세요!"

과언지는 고개를 끄덕이며 생각했다.

'이 계집은 사람을 접대할 줄 아는구나. 모용씨 일가를 남김없이 죽

여버려도 이 계집만은 살려둬야겠어.'

단예는 노복이 들어왔을 때 어렴풋이 뭔가 일이 틀어져 잘못되고 있다는 생각이 들었다. 다만 뭐가 잘못된 건지에 대해서는 뚜렷하게 말할 수 없었다. 그는 객청 안에 진열되어 있는 가구들과 정원의 꽃나무, 벽에 걸린 서화 등을 자세히 훑어봤다. 다시 아벽, 구마지, 최백천, 과언지 네 사람을 차례대로 쳐다봤다. 특이한 점을 발견하지는 못했지만 갈수록 이상한 생각이 들어 계속해서 여러모로 따져보았다.

잠시 후 내당으로 쉰 안짝의 깡마른 사내가 걸어들어왔다. 누르스름한 얼굴에 턱 밑에 짧은 염소수염을 덥수룩하게 기른 매우 영민하게 생긴 사람이었다. 아주 단정한 의관 차림에 왼손 소지에는 정교하고 호방한 품격의 세공을 한 한옥漢玉 가락지를 끼고 있었는데 모용부의 집사인 것으로 보였다. 이 마른 사내는 구마지를 비롯한 객들에게 예를 올리며 말했다.

"소인 손삼孫三이 여러분을 뵈옵니다. 대사부, 대사부께서 우리 어르신의 묘소에 가서 제를 올리시겠다니 실로 감격해 마지않습니다. 허나 공자 나리께서 출타하신 탓에 환대를 해야 함에도 예를 다하지 못했습니다. 공자 나리께서 돌아오시면 소인이 대사부의 깊은 뜻을 전해드리도록 하겠습…."

그가 여기까지 말할 때 단예는 순간 어디선가 풍겨오는 은은한 향기를 맡고 속으로 동요를 했다.

'이상하군. 이상해.'

앞서 그 노복이 객청에 왔을 때도 단예는 그 은은한 향기를 맡았었다. 그 향기는 얼핏 목완청 몸에서 나는 향기와 비슷했다. 그래도 많이 다르기는 했지만 어찌 됐건 여인의 향기였던 것이다. 처음엔 단예도 그 향기가 아벽에게서 풍기는 것이라 여기고 대수롭지 않게 생각했지만 그 노복이 객청 밖으로 나가자 향기는 곧 없어져버렸고, 자칭 손삼이라는 집사가 객청 안으로 들어오자 다시 그 향기가 풍겨오는 것이었다. 단예는 그제야 깨달았다. 앞서 자신이 뭔가 이상하다 느꼈던 원인은 바로 그 80~90세 되는 노인 몸에서 17~18세 소녀의 향기가 난다는 데 있었다. 그는 생각했다.

'혹시 후당에 어떤 진기한 꽃과 풀이 심어져 있어 후당에서 나오는 사람마다 몸에 그 은은한 향기가 배어온 것이 아닐까? 그게 아니라면 아까 그 노복과 이 마른 사내는 모두 여자가 변장을 한 것이다.'

그 향기는 단예를 의심하게 만들었지만 사실 극히 미미하게 풍기는 향기라 구마지를 비롯한 세 사람은 전혀 느낄 수 없었다. 단예가 이를 판별할 수 있었던 이유는 전에 목완청과 석실에서 기이한 경험을 해봤기 때문이었다. 그런 은은한 처녀의 향기는 남들은 느끼지 못해도 그에게는 그 어떤 사향麝香이나 단향檀香, 꽃향기보다 더욱 강렬하게 가슴 깊이 남아 있었다. 구마지가 내공이 심후하긴 했지만 평생 색계를 엄수해왔던 터라 그 어떤 절세미인이라 해도 그의 눈에는 그저 해골바가지로 보였고 분과 연지도 그의 코에는 역겨운 피고름 냄새에 불과할 뿐 남녀 몸에서 나는 체취의 차이에 대해선 전혀 알지 못했다.

단예는 비록 손삼이 여자가 변장한 것이라 의심했지만 이리 보고 저리 봐도 빈틈이라곤 찾아볼 수 없었다. 이자는 표정이나 행동거지도 남자였을 뿐만 아니라 용모와 목소리 역시 의심할 바 없이 남자의 자태였기 때문이다. 갑자기 이런 생각이 들었다.

'여자가 남자로 변장하려면 목젖까지 만들어낼 수는 없지.'

그러고는 의심스러운 눈초리로 손삼의 목을 바라봤지만 길게 늘어져 있는 염소수염이 후두 부분을 딱 가리고 있어 확인할 수가 없었다. 단예는 몸을 일으켜 벽에 걸린 서화를 감상하는 척하며 손삼 옆으로 다가가 곁눈질로 힐끗 훔쳐봤다. 그러나 그의 후두에는 튀어나온 것이 전혀 없었고 가슴 부위도 왠지 풍만해 보였다. 그렇다고 여자라고 말할 수는 없었지만 이렇게 깡마른 남자의 가슴이 이 정도로 불룩할 수는 없게 느껴진 것이다. 단예는 비밀을 알아채자 흥미로운 마음에 이런 생각을 했다.

'볼거리가 아주 많겠구나. 그녀가 어찌 해나가는지 두고 보자.'

구마지가 탄식을 하며 말했다.

"나와 당신 어르신은 과거 중주에서 처음 만나 무공을 담론하다 서로에게 탄복해 지기가 되었소. 한데 하늘이 인재를 질투한 탓인지 나 같이 평범한 인물은 여전히 천하에 남겨두고 당신 어르신 같은 분을 갑자기 서방극락으로 데려가신 것이오. 내가 토번국에서 중원 땅까지 내려온 것은 옛 벗과의 정을 중시해 묘소 앞에 제를 올리기 위함인데 환대할 사람이 있고 없고가 어찌 중요하다 할 수 있겠소? 수고스럽겠지만 집사께서 길을 안내해주시면 그것으로 충분하오."

손삼이 눈살을 찌푸리며 난색을 금치 못했다.

"그게… 그게…."

구마지가 말했다.

"난처한 부분이 있다면 그게 무엇인지 가르침을 내려주시오."

손삼이 말했다.

"대사부께서 우리 어르신의 생전 지기라고 하시니 아마 어르신 성질을 잘 아실 것입니다. 우리 어르신께서는 누가 찾아오시는 걸 가장 싫어하셨습니다. 어르신 말씀으로는 우리 모용부에 오는 사람들은 원수를 갚거나 말썽을 일으키러 오는 게 아니라, 어르신을 사부로 섬기고 무공을 배우러 오는 것이며 그보다 저질인 사람들은 와서 이런저런 명목으로 돈을 뜯어내거나 아니면 혼란한 틈에 물건을 훔쳐가 한몫 잡으려는 것이라고 말입니다. 화상이나 비구니들은 더욱 믿을 수가 없다고 하셨지요. 특히 화상은… 아이고… 송구합니다…."

여기까지 말하고는 방금 한 말이 구마지에게 실례를 했다고 느꼈던지 놀라서 재빨리 손을 뻗어 자신의 입을 막았다.

이런 행동은 여지없이 소녀의 모습이었다. 그는 동그란 눈을 부릅뜬 채 새까만 눈동자를 데굴데굴 굴렸다. 곧바로 눈꺼풀이 내려오긴 했지만 단예는 주의 깊게 바라보고 있었던 터라 이를 보고 속으로 기뻐했다.

'손삼은 여자가 확실해. 그것도 아주 젊은 낭자야.'

그러고는 곁눈질로 아벽을 바라보자 그녀의 입술 주위에 교활한 미소가 보였다. 속으로 더 이상 의심할 바가 없다는 생각이 들었다.

'이 손삼과 아까 그 황 노인은 동일 인물이 틀림없다. 아마도 아주 언니란 사람일 거야.'

구마지가 한숨을 내쉬며 말했다.

"속인들 중에는 믿을 수 있는 사람보다 사기꾼이 더 많은 건 사실이오. 모용 선생이 속인들과 연을 맺으려 하지 않으셨던 건 당연한 일이오."

"맞습니다. 우리 어르신께서 이런 유언을 남기셨습니다. '만일 누구든 내 무덤에 성묘를 오겠다는 사람이 있거든 일절 사절하도록 해라.' 또 이런 말씀도 하셨지요. '특히 중놈들은 대부분 호의가 있는 것이 아니라 내 무덤을 파헤치려는 게 틀림없다.' 아유, 대사부! 마음 쓰지 마십시오. 우리 어르신께서 중놈이라고 욕한 것은 대사부를 두고 말씀하신 게 아닐 것입니다."

단예는 속으로 웃음이 절로 나왔다.

'화상을 앞에 두고 중놈이라 욕한다고 하더니만 그 말이 조금도 틀리지 않는구나.'

또 이런 생각도 했다.

'이 중놈은 여전히 감정을 드러내지 않은 채 담담하구나. 간교하고 사악한 사람일수록 인내심이 많다고 했지. 정말 보통 중놈이 아니다.'

구마지가 말했다.

"당신네 어르신께서 남기신 유언은 일리가 있소. 그분은 생전에 천하를 호령하며 맺은 원한들이 상당히 많소. 그분께서 살아 계실 때 부득이 원수를 갚지 못하던 자들이 그분께서 돌아가시고 난 후에 그분의 유체를 건드리려 할 테니 미리 대비를 하지 않을 수 없었겠지요."

"우리 어르신의 유체를 건드리려 한단 말입니까? 하하… 그건 '늙은 고양이가 절인 생선 냄새를 맡는 격'이나 다름없는 얘기지요."

구마지가 어리둥절해하며 물었다.

"'늙은 고양이가 절인 생선 냄새를 맡는 격'이라니 그게 무슨 말이오?"

"어림없는 소리이니 생각도 하지 말라는 뜻입니다!"

"음… 그렇군. 난 모용 선생과 지기인 사이로 고인의 묘소에 참배를 올리려는 것일 뿐 다른 의도는 없으니 집사께서 의심은 말아주시오."

"솔직히 말씀드려 이 문제는 소인 마음대로 할 수 없는 일입니다. 만일 어르신의 유명을 위배하면 공자 나리께서 돌아오신 후 소인한테 따져물으실 텐데 그리되면 소인의 다리몽둥이는 남아나지 않을 것입니다. 이리하시지요. 제가 가서 노부인께 의견을 청한 후 대답을 드리면 어떠하겠습니까?"

"노부인? 노부인이라니 누구 말씀이오?"

"모용 노부인입니다. 우리 어르신의 숙모님 되십니다. 어르신의 벗들께서는 이곳에 오실 때마다 노부인께 고두를 하고 예를 올리고는 하지요. 공자께서 부재중이실 때는 늘 노부인께 상의를 드립니다."

"그렇다면 좋소. 가서 노부인께 고해주시오. 토번국의 구마지가 노부인께 문안 인사를 올리겠다고."

"대사부께서는 예가 지나치십니다. 몸 둘 바를 모르겠군요."

이 말을 마치고는 곧바로 내당으로 들어갔다.

단예가 생각했다.

'정말 영악하기 이를 데 없는 낭자로구나. 한데 구마지 저 중놈을 희롱해서 어쩌려는 건지 모르겠군.'

잠시 후 댕그랑 하는 패환珮環 부딪치는 소리가 들리며 내당으로 한 노부인이 걸어들어왔다. 노부인이 안에 들어오기도 전에 그 은은한 향기가 먼저 전해져오자 단예는 미소를 금할 길 없었다.

'이번엔 노부인으로 변장을 했구나.'

그녀는 고동색 비단옷을 위아래로 맞춰 입고 손목에 옥팔찌를 차고 있었다. 또 머리에는 온통 진주와 비취로 장식해 점잖고 귀티가 흐르는 모습으로 변장을 했다. 얼굴은 주름으로 가득하고 눈이 희뿌연 것으로 보아 앞이 안 보이는 것처럼 보이려는 의도였다. 단예는 속으로 갈채를 보냈다.

'정말 대단한 아가씨로구나. 누구로 변장을 해도 감쪽같으니 말이야. 더구나 이 짧은 시간에 변장을 마친다는 건 정말 쉽지 않은 일인데 대단히 민첩한 동작이다. 정말 찬탄을 금치 못하겠어.'

그 노부인이 지팡이를 짚은 채 몸을 부들부들 떨면서 안으로 들어와 말했다.

"아벽, 너희 어르신 친구가 왔다고? 한데 어찌 나한테 예를 올리지 않는 게냐?"

이 말을 하면서 머리를 동서로 이리저리 돌렸다. 노부인은 두 눈이 침침해서 누가 어디 있는지 알아보지 못하는 것처럼 보였다. 아벽은 구마지를 향해 연신 손짓을 하며 나지막이 말했다.

"어서 절을 올리세요. 고두를 한 번만 하셔도 노부인께서 좋아하실 거예요. 그럼 무슨 일이든 들어주실 겁니다."

노부인은 고개를 갸우뚱하며 손을 뻗어 귀에 대고 펼쳤다. 무슨 얘기인지 자세히 들으려는 듯한 자세를 취한 것이다. 그러고는 곧 큰 소리로 물었다.

"이것아! 뭐라는 거야? 그 사람이 나한테 절을 했느냐? 안 했느냐?"

구마지가 답했다.

"노부인, 안녕하십니까? 소승이 어르신께 인사 올리겠습니다."

그는 아주 깊숙이 몸을 숙여 길게 읍을 하고 두 손으로 내경을 쏟아 벽돌 위에 콩콩 하는 소리를 냈다. 마치 절을 하는 것처럼 보이려 한 것이다.

최백천과 과언지는 서로를 쳐다보며 깜짝 놀랐다.

'저 화상이 저토록 뛰어난 내경을 지니고 있다니. 우린 저자한테 걸리면 일초도 버티지 못하겠구나.'

노부인이 고개를 끄덕이며 말했다.

"좋아. 아주 좋아! 요즘 천하에는 간교한 사람이 많고 진실한 사람은 적어서 절을 하라고 하면 눈속임을 하려 드는 잡것들이 있단 말이야. 절은 하지도 않고 바닥에 콩콩 소리만 내면서 이 앞 못 보는 늙은이를 업신여기기 일쑤거든. 한데 우리 꼬마 넌 아주 좋다. 아주 착해. 절하는 소리가 들리니 말이다."

단예는 도저히 참지 못하고 풋 하고 웃음을 터뜨리고 말았다. 노부인이 천천히 몸을 돌려와서 말했다.

"아벽, 누가 방귀를 뀐 게냐?"

이 말을 하면서 손을 뻗어 코끝에 부채질을 했다. 아벽이 억지로 웃음을 참으며 말했다.

"노부인, 아닙니다. 여기 계신 단 공자가 웃는 소리예요."

노부인이 말했다.

"단 거? 또 너 혼자 맛있는 거 먹는구나."

아벽이 말했다.

"단 게 아니고요. 성씨가 단이에요. 단씨 집 공자요."

노부인이 고개를 끄덕이며 말했다.

"음… 단 공자고 장 공자건 간에 둘이 단 거를 먹는다는 게 아니냐?"

아벽이 빙긋 웃으며 말했다.

"노부인께선 귀가 잘 들리지 않으세요. 그래서 엉뚱한 말로 남의 말을 물고 늘어지고는 하죠."

노부인이 단예를 향해 말했다.

"네 이 녀석! 노부인을 보고도 절을 안 한단 말이냐?"

"노부인, 노부인께 드릴 말씀이 있습니다."

"드릴 말씀이라니 뭘?"

"저한테 질녀가 하나 있습니다. 영리하기가 이를 데 없는 아이지만 장난도 매우 심해서 짓궂기 짝이 없지요. 그 아이가 가장 좋아하는 게 원숭이 변장 놀이인데 오늘은 아비 원숭이, 내일은 어미 원숭이로 변신하면서 노는 겁니다. 노부인께서 그 아이를 보면 아주 좋아하실 거예요. 안타깝게도 이번에는 데리고 오질 않아 노부인께 인사를 드리지 못하게 됐습니다."

이 노부인은 모용부의 또 다른 시녀인 아주가 변장을 한 것이었다. 그녀의 교묘한 변장술은 상상을 불허할 정도여서 겉모습을 똑같이 구현할 뿐만 아니라 언어와 행동거지까지 똑같이 재현해 빈틈이라고는 없었다. 따라서 구마지처럼 영리하고 기지가 뛰어난 사람이나 최백천처럼 강호 생활을 오래한 사람조차 눈치채지 못할 정도였다. 뜻밖에도 단예는 그의 몸에서 풍기는 숨길 수 없는 은은한 향기로 진상을 알아챌 수 있었다.

아주는 단예의 이 말을 듣고 깜짝 놀랐지만 추호의 기색도 하지 않고 여전히 나이가 들어 비실대면서 귀와 눈이 먼 사람 흉내를 내며 말했다.

"귀여운 녀석. 아주 귀여운 녀석이로구나. 정말 영리하구나. 여태껏 난 너처럼 착하고 귀여운 아이는 처음 본다. 착한 아이는 말을 많이 하지 않아. 앞으로 이 늙은이가 큰 도움을 줄 게다."

단예는 생각했다.

'저 말속에는 정체를 폭로하지 말아달라는 의미가 포함돼 있어.'

이런 생각을 하고 말했다.

"노부인께선 안심하십시오. 재하가 존부에 온 이상 모든 것은 노부인 분부에 따를 것입니다."

아주가 말했다.

"내 말을 듣는다면 넌 정말 착한 아이다. 좋아. 우선 이 늙은이한테 고두삼배를 하도록 해라. 절대 섭섭하게 대하지 않을 것이다."

단예가 어리둥절해하며 속으로 생각했다.

'난 당당한 대리국의 황태제 세자인데 어찌 너 같은 시녀한테 고두를 할 수 있겠느냐?'

아주는 그의 난처한 기색을 보고 차갑게 웃었다.

"착하지? 다시 말하지만 이 할미한테 절을 올리면 이득이 있을 게야."

단예가 고개를 돌려보니 아벽이 입을 오므린 채 웃음 띤 얼굴로 힐끗 자신을 향해 고개를 살며시 주억거렸다. 마치 갓 벗긴 신선한 마름열매 같은 하얀 피부에 입가에 아주 조그마한 점이 있어 더욱 아름답고 매력적인 그녀의 모습을 본 단예는 마음이 흔들리지 않을 수 없었다. 그는 아벽을 향해 물었다.

"아벽 누님, 누님 말로는 존부에 아주 언니란 분이 있다고 했는데 그… 그분도 누님처럼 그렇게 아름다우시오?"

아벽이 미소를 띠며 말했다.

"아유! 저같이 못생긴 사람이 축에나 드나요? 아주 언니가 지금 공자 얘기를 듣는다면 많이 기분 나빠 하실 거예요! 절 어떻게 언니와 비교해요? 아주 언니는 저보다 열 배는 더 예뻐요."

"정말이오?"

"거짓말은 해서 뭐 하겠어요?"

"누님보다 열 배나 예쁜 사람은 천하에 없을 거요. 단 한 사람… 그 옥상 신선 누님을 제외하고 말이오. 누님과 비슷하기만 해도 이미 보기 드문 미인이오."

아벽은 볼에 홍조를 띠고 부끄러운 듯 말했다.

"노부인께서 절을 하라시는데 어찌 쓸데없는 말로 제 비위만 맞추시는 거죠?"

"노부인께서는 과거에 필시 절세가인이셨을 거요. 솔직히 말해 이득이 있는지 없는지에 대해선 마음에 두지 않지만 미인에게 절을 하라고 하면 얼마든지 할 수 있소."

이 말과 함께 당장 무릎을 꿇고 생각했다.

'이왕 절을 할 바엔 아예 머리를 부딪쳐 소리를 내야겠다. 내가 그 동굴 속 옥상한테도 천 번이나 절을 했는데 여기 이 강남 미인한테 고두삼배 정도 한들 뭐 어떻겠는가?'

그러고는 곧 쿵쿵쿵 세 번 소리를 내며 절을 했다.

아주는 너무나 기뻐 속으로 생각했다.

'이 공자는 내가 이곳 시녀란 걸 뻔히 알면서도 나한테 고두를 하다니 정말 드문 분이야.'

그녀는 단예를 향해 말했다.

"착하구나. 좋아, 아주 좋아. 한데 애석하게도 내가 절값을 안 가져왔는데….”

아벽이 황급히 말했다.

“노부인께서 잊어버리시지만 않으면 돼요. 다음번에 주시면 되잖아요.”

아주는 그녀에게 눈을 한번 흘기고 최백천과 과언지를 향해 말했다.

“여기 두 분 객은 어찌 이 늙은이한테 절을 하지 않는 게지?”

과언지가 흥 하고 코웃음을 치며 거친 목소리로 말했다.

“무공은 할 줄 아시오?”

아주가 말했다.

“무슨 말을 하는 게야?”

과언지가 말했다.

“무공을 할 줄 아느냐고 물었소. 무공 실력이 고강하다면 나 과언지가 모용 노부인과 죽을 각오로 싸울 것이오! 허나 무림 인사가 아니라면 당신과 여러 말 하지 않겠소.”

아주가 고개를 가로저으며 말했다.

“무용? 이 늙은이가 무슨 무용을 할 줄 알겠어? 무용은 젊은 것들이나 하는 거지.”

그러고는 구마지를 향해 말했다.

“대화상, 당신이 내 조카 무덤을 파헤치려 한다지? 대체 무슨 보화를 도굴해가려는 거야?”

구마지는 그녀가 변장을 한 소녀란 사실을 눈치채지 못했지만 실제로는 듣지도 보지도 못하는 척하는 것이며 절대 노망이 난 것이 아니란 것을 짐작하고 있었던 터라 속으로 더욱 철저히 경계했다. 그는 속으로 생각했다.

'모용 선생이 대단한 분이니 그의 집에 있는 어른들 역시 절대 만만하지는 않을 것이다.'

그는 '도굴'이란 말을 못 들은 척하며 말을 돌렸다.

"소승은 모용 선생과 지기지우였습니다. 얼마 전 선생께서 극락왕생하셨다는 비보를 전해듣고 토번국에서 그분 묘소 앞에 제를 올리기 위해 일부러 찾아온 것입니다. 소승은 모용 선생 생전에 대리단씨의 육맥신검 검보를 가져다 보여드리겠다고 약조를 한 적이 있습니다. 이 약조를 실천하지 못해 소승은 늘 부끄러워 가책을 느끼고 있었지요."

아주와 아벽은 서로 얼굴을 쳐다보며 같은 생각을 했다.

'이 화상이 드디어 본론을 말하는구나.'

아주가 물었다.

"육맥신검 검보를 얻으면 어떻고 얻지 못하면 또 어떻다는 거야?"

구마지가 말했다.

"당시에 모용 선생께서 약속하셨습니다. 소승이 육맥신검 검보를 그분께 며칠 보여드리면 소승을 존부에 있는 환시수각還施水閣에 데려가 며칠간 책들을 보여주시겠다고 말입니다."

아주는 어리둥절한 표정을 지었다.

'이 화상이 환시수각이란 이름을 알고 있다니 뜻밖이군. 보아하니 보통 인물은 아닌 것 같다.'

그러고는 곧 노망이 난 척하며 물었다.

"뭐? 희반수교稀飯水餃라고? '희반'은 쌀로 만든 죽이고 '수교'는 닭고기 탕에 넣은 물만두를 말하는데 그게 먹고 싶어? 그야 어렵지 않지.

근데 당신은 출가인인데 육식을 해도 상관없나?"

구마지는 고개를 돌려 아벽을 향해 말했다.

"이 노부인께서 진짜 노망이 드셨는지 아니면 그러는 척하시는 건지는 모르겠지만 남의 말을 이토록 진지하게 받아들이지 않으시니 허탈한 마음을 감출 수 없소이다."

아주가 말했다.

"음… 속이 안 풀렸나 보구먼. 아벽, 가서 뜨끈뜨끈한 계압혈탕鷄鴨血湯[7]이나 좀 갖고 오너라. 여기 대사부 속 좀 풀어드리게 말이다."

아벽이 웃음을 참으며 말했다.

"대사부께서는 육식을 못하세요."

아주가 고개를 끄덕이며 말했다.

"그럼 진짜 닭하고 오리를 쓰지 말고 두부로 만든 소계素鷄랑 소압素鴨을 쓰면 될 게 아니냐?"

"노부인, 그건 안 됩니다. 소계에는 피가 없지 않습니까?"

"그럼 어찌하느냐?"

두 소낭자는 주거니 받거니 하면서 터무니없는 소리를 계속 지껄였다. 소주인들은 대부분 언변이 좋기로 소문이 나 있었다. 훗날 이야기와 노래로 구성된 민간 예술인 소주의 평탄評彈 기예가 천하에 이름을 떨친 것도 그때문이었다. 이 두 아가씨들은 평소에도 떠들썩하게 우스갯소리를 하는 데 익숙해 있었기에 구마지를 놀려먹기 위해서는 이런 방법을 쓰지 않을 수 없었다.

구마지가 이번에 고소에 온 것은 원래 모용 공자를 만나 대사를 상의하고자 함이었으나 정작 당사자는 만나지 못한 채 눈앞에 나타난 사람들이 하나같이 성가신 사람들뿐이니 이게 의미가 있는지 없는지 알 수가 없었다. 따라서 어디서부터 손을 써야 할 줄을 몰라 곰곰이 생각을 해봤다. 이미 모용 노부인, 손삼, 황 노복, 아벽 등이 모두 다 이런 저런 핑계만 대고 미루는 것으로 보아 자신이 묘소에 가서 제를 올리지 못하게 하는 것은 물론이고 환시수각에 들어가 무학 비급을 보도록 허락하지 않을 것도 확실했다. 당장 이들이 무슨 허세를 부리든 상관하지 않고 먼저 말로 알아듣게 설명을 한 이상, 이제부터 예로써 대하든 아니면 무력을 사용하든 자신은 할 도리를 이미 다 했다는 생각이 들었다. 곧 평온하고 온화한 태도로 말했다.

"그 육맥신검 검보는 소승이 가지고 왔습니다. 허니 건방진 얘기지만 옛 약조에 따라 존부의 환시수각에 가서 책들을 살펴보고자 합니다."

아벽이 말했다.

"모용 어르신께서는 이미 유명을 달리하셨습니다. 따라서 첫째, 말만 들었을 뿐 증거가 없고, 둘째, 대사부께서 가져왔다는 그 검보는 여기 있는 우리 중에는 알아볼 수 있는 사람이 없으니 과거에 한 약조가 있었다 해도 당연히 아무런 효력이 없습니다."

아주가 말했다.

"검포라니 그게 뭐지? 전계포煎鷄脯[8]? 아니면 증압포蒸鴨脯[9]? 어디 있는데? 어디 진짜인지 가짜인지 좀 봐야겠다."

구마지는 단예를 가리키며 말했다.

"여기 이 단 공자는 육맥신검 검보 전체를 머릿속에 기억해두고 있습니다. 이 공자를 데려온 것은 검보를 가져온 것이나 마찬가지입니다."

아벽이 빙긋 웃으며 말했다.

"전 진짜 검보를 가져온 줄 알았네요. 알고 보니 대사부께서 농을 건네신 거로군요."

구마지가 말했다.

"소승이 어찌 감히 농을 건네겠소? 육맥신검 원본 검보는 이미 대리 천룡사의 고영대사 손에 소실돼버렸지만 다행히 단 공자가 고스란히 기억하고 있소."

아벽이 말했다.

"단 공자가 기억하는 건 단 공자 것이 아닙니까? 설사 환시수각에 가서 책을 본다 해도 응당 단 공자를 청해가야 옳지요. 대사부와 무슨 상관이죠?"

구마지가 말했다.

"소승은 과거의 약조를 지키기 위해 단 공자를 모용 선생 묘소 앞에서 불태울 생각이오."

이 말이 떨어지자 좌중의 모든 사람이 깜짝 놀랐지만 정작 그의 안색은 지극히 평온하고 엄숙했다. 절대 아무 생각 없이 우스갯소리로 한 말이 아니라는 그의 표정을 보자 더욱 놀랄 수밖에 없었다. 아벽이 말했다.

"대사부께서 지금 농으로 던진 말씀이시죠? 이렇게 멀쩡한 사람을 어찌 함부로 불에 태울 수 있단 말인가요?"

구마지가 담담한 어조로 말했다.

"소승이 불태우겠다면 공자도 저항하지 못할 것이오."

아벽이 미소를 지으며 말했다.

"대사부 말씀으로는 단 공자가 《육맥신검검보》를 모두 기억하고 있다고 하는데 제가 볼 때는 근거 없는 말씀으로밖에 안 보이네요. 그 육맥신검이 그렇게 대단한 무공이고 단 공자가 정말 그 검법을 할 줄 안다면 어찌 대사부가 마음대로 조종하도록 가만있을 수 있는 거죠?"

구마지가 고개를 끄덕이며 말했다.

"낭자가 하나만 알고 둘은 모르는 것이오. 단 공자는 나한테 혈도를 찍혀 전신의 내경을 사용할 수가 없소."

아주는 계속 머리채를 흔들며 말했다.

"난 절대 믿을 수가 없다. 그럼 단 공자의 혈도를 풀어주고 그에게 육맥신검을 펼쳐 보이도록 해봐. 내가 볼 때는 십중팔구 거짓말이야."

구마지가 고개를 끄덕이며 말했다.

"좋습니다. 그럼 한번 해보지요."

단예는 아벽의 미모를 칭찬하며 그녀의 연주와 노래 솜씨에 심취해 있는 사람이 아니었던가? 아벽은 속으로 너무도 기뻤다. 더구나 그는 아주의 변장을 폭로하지도 않았고 오히려 그녀에게 고두삼배를 하며 아주의 환심까지 사놓았지 않은가? 그런 이유로 이 두 소녀는 단예가 혈도를 찍혔다는 말을 듣고 구마지를 속여 혈도를 풀어줄 생각이었다. 그런데 뜻밖에도 구마지가 단번에 응낙을 한 것이다.

구마지는 손바닥을 뻗어 단예의 등과 가슴팍, 다리 부분을 가볍게 몇 번 쳤다. 그가 손바닥으로 몇 번 치자 단예는 막혀 있던 혈도 속에서 혈맥이 소통되면서 운기가 되고 내식이 자유자재로 회전하는 느낌이 들었다.

구마지가 말했다.

"단 공자, 모용 노부인께서 공자가 육맥신검을 연마했다는 사실을 믿지 못하시니 솜씨를 한번 보여줘야겠소. 나처럼 저 계화 나무에 있는 잔가지 하나를 베어보시오."

이 말과 함께 왼손을 비스듬히 베면서 손바닥 위에 축적된 진력을 내뿜었다. 바로 화염도 일초였다. 곧이어 써억 하는 소리를 내며 정원에 있던 계화 나무 가지 하나가 바람조차 없이 스스로 꺾여 땅바닥에 떨어졌다. 마치 도검을 이용해 벤 것 같았다.

"아니!"

최백천과 과언지는 깜짝 놀라 소리를 질렀다. 두 사람은 이 화상의 무공이 너무나 괴이해서 부정한 사술의 한 종류로만 생각했다가 장력으로 나뭇가지를 절단하는 모습을 보고서야 그의 내력이 보기 드물 정도로 심후하다는 것을 알게 됐던 것이다.

단예가 고개를 가로저으며 말했다.

"난 무공이라고는 할 줄 모르오. 칠맥신검인지 팔맥신도인지는 더더욱 말이오. 그보다 멀쩡한 계화 나무는 어찌 함부로 못 쓰게 만드는 것이오?"

"단 공자, 어찌 그리 겸손해하시오? 대리단씨 고수 중 공자 무공이 제일이오. 당대에는 모용 공자와 하찮은 재하를 제외하고는 공자를 이길 수 있는 사람이 몇 안 될 것이오. 고소모용부는 천하 무학의 보고寶庫요. 공자가 몇 수만 시전하고 노부인께 가르침을 청한다면 그 얼마나 아름다운 일이겠소?"

"대화상, 당신은 오는 길에 줄곧 나한테 무례하게 대하며 날 횡으로 들거나 거꾸로 들어올린 채 여기 이 강남까지 데려왔소. 원래는 당신과 말조차 섞고 싶지 않았지만 소주에 당도해 이렇게 내 마음에 쏙 드는 아름다운 비경과 선녀 같은 낭자들을 볼 수 있게 된 점을 들어 어느 정도 당신 공이 있다 느끼고 속에 담아두고 있던 원한도 지워버렸던 것이오. 따라서 지금부터라도 우리 관계를 단호하게 끊어버린다면 서로 원망할 필요가 없을 것이오."

아주와 아벽은 그의 책벌레 같은 말투를 듣자 속으로 웃음을 금치 못했다. 더구나 그가 말 중에 에둘러 말한 것이 자신들에 대한 찬사임을 알았기에 이 또한 좋아서 어쩔 줄을 몰라 했다.

구마지가 말했다.

"공자가 육맥신검을 펼쳐 보이지 않는다면 내 말이 터무니없는 헛소리가 되는 셈이 아니오?"

"당신은 원래 입에서 나오는 대로 지껄이질 않소? 모용 선생과 약조를 했다면서 어찌 진작 대리에 와서 검경을 가져가지 않은 것이오? 그래놓고 오히려 모용 선생이 선화하실 때까지 기다렸다 사실을 증명할 방법이 없으니 그제야 온 것인데 이게 소란을 피우러 온 것이 아니고 뭐란 말이오? 내가 볼 때 당신 말은 고소모용씨의 고강한 무공을 흠모한 나머지 철저하게 날조한 거짓말일 뿐이오. 노부인을 속여 당신이 장서각에 가도록 허락하게 만들고 모용씨의 권경과 검보들을 훔쳐보며 모용씨의 '상대가 쓴 방법을 상대에게 펼친다'는 요결을 습득하려 하는 것이란 말이오. 이미 무림에서 그토록 크나큰 명성을 가지고 있는 사람이 그런 얄팍한 이치조차 이해하지 못한다는 것이 말이 되는 소리요? 당신이 그런 말도 안 되는 감언이설에 근거해 모용씨의 무공 비결을 편취할 수 있을지는 모르겠지만 천하에 사기꾼들이 어디 하나 둘뿐이오? 누구든 또 그런 헛소리를 지껄이며 찾아올 것 아니겠소?"

아주와 아벽이 맞장구를 쳤다.

구마지가 고개를 가로저으며 말했다.

"단 공자가 잘못 생각하고 있소. 소승이 모용 선생과 한 약조가 오래되긴 했지만 소승은 화염도 무공을 폐관 수련하느라 대리까지 건너갈 수가 없었소. 소승이 화염도 무공을 연성해내지 못했다면 이번에 천룡사에서도 온전하게 나올 수 없었을 것이오."

"대화상, 당신은 명성도 있고 권위도 있으며 무공 또한 그토록 고강한 데다 토번국에서 호국법왕이란 직위에 있으니 대단한 사람이라 할 수 있소. 한데 어찌 강남까지 와서 남의 명의를 사칭하며 협잡질을 하는 것이오?"

"공자가 육맥신검을 시전하지 않겠다면 소승이 무례를 범해도 탓은 하지 마시오."

"진작 무례를 범해놓고 무슨 무례를 더 범하겠다는 말이오? 그래봐야 일도로 날 죽여버리는 것밖에 더 있겠소? 그게 뭐 대단하다 그러시오?"

"좋소! 받으시오!"

이 말을 하면서 왼손을 곧추세워 한 줄기 강풍을 일으키며 단예의 안면을 향해 곧장 내리쳤다.

단예는 이미 마음을 정해놓은 상태였다. 자신의 무공이 그에 미치지 못하는 이상 그와 싸우건 싸우지 않건 결과는 매한가지였기에 그가 원하는 건 사람들에게 자신이 육맥신검을 쓸 줄 안다는 것을 증명하게 하는 것이니 그의 뜻대로 하지만 않으면 그뿐이었다. 따라서 구마지가 내경을 일도로 변화시켜 베어와도 단예는 그에 아랑곳하지 않고 그의 공격을 막지 않았다. 구마지는 깜짝 놀랐다. 육맥신검 검보를 얻으려면 그의 몸에서 빼내야만 하기에 검보를 얻기 전까지는 절대 그를 죽여서는 안 되는 것 아닌가? 그는 재빨리 손바닥을 들어올렸다. 순간 쉭 하는 서늘한 바람이 지나가며 단예의 머리카락을 한 움큼 잘라버렸다.

최백천과 과언지는 서로를 마주보며 깜짝 놀랐고 아주와 아벽 역시 얼굴이 새파랗게 질렸다.

구마지가 무시무시한 얼굴로 말했다.

"단 공자는 지금 목숨을 잃을지언정 출수는 하지 않겠다는 것이오?"

단예는 이미 생사를 도외시하고 있었기에 껄껄대고 한바탕 웃었다.

"대화상께서는 탐진치貪瞋癡[10]와 애욕을 모두 갖춘 것 같소. 이제 보니 불문의 고승이라는 칭호는 허명인 것이 확실하오."

단예가 줄곧 아벽에 대해 호감을 가지고 있다고 여긴 구마지는 대뜸 손을 휘둘러 아벽을 향해 베어가며 외쳤다.

"말로는 안 되니 우선 모용부의 시녀부터 죽여 위상을 세워야겠소."

이 일초는 너무도 급작스럽게 날아온 터라 아벽은 깜짝 놀라 몸을 비틀어 허둥지둥 피하기 바빴다. 쩌억 소리를 내며 그녀 뒤에 있던 의자가 한 가닥 내경에 의해 두 동강이 나버렸다. 구마지는 오른손으로 연달아 일도를 내뿜었다. 아벽은 바닥에 엎드려 재빨리 굴렀지만 매우 민첩한 동작이었음에도 이미 상황을 돌이킬 수 없었다. 구마지의 대갈일성 속에 세 번째 일도가 이미 그녀를 향해 내리쳐가고 있었던 것이다. 단예가 깜짝 놀라 소리쳤다.

"소낭자는 해치지 마시오!"

아벽은 놀라서 얼굴이 창백하게 변했다. 그림자도 종적도 없는 이 내력에 대해 어찌 대처할지 몰랐던 것이다. 아주는 생각할 겨를도 없이 지팡이를 휘둘러 구마지의 등짝을 향해 가격해갔다. 그녀가 말을 하거나 천천히 걸을 때는 누가 봐도 70~80세 된 노부인이었지만 목숨이 달린 이 급박한 상황에서는 신법이 민첩하고 가볍기 그지없었다.

구마지가 아주를 힐끗 보며 실상을 한눈에 간파하고는 껄껄대고 웃었다.

"천하에 열예닐곱 살짜리 노부인이 어디 있단 말인가? 네가 지금 이 화상을 언제까지 속일 셈이더냐?"

이 말과 함께 손을 뒤로 거두었다 다시 내뻗었다. 빠직 소리를 내며 그의 손에 있던 나무 지팡이가 두 동강이 나버렸다. 곧이어 손을 휘둘러 다시 아벽을 향해 베어갔다. 아벽은 놀라고 당황한 나머지 손으로 탁자를 움켜잡고 탁자 면을 뉘어서 막아냈다. 퍽, 퍽 하는 두 번의 소리와 함께 자단목으로 만든 탁자가 산산조각이 나고 그녀의 손에는 탁자 다리 두 개만 남았다.

단예는 아벽이 벽에 등을 지고 있어 더 이상 물러설 곳이 없는 상황에서 구마지가 손을 휘둘러 다시 베어가는 것을 보고 아벽에 대해 호감을 느낀 그로서는 일단 사람부터 구해야겠다는 생각밖에 없었다. 그는 자신이 구마지의 적수가 되지 못한다는 생각을 할 겨를도 없이 대뜸 중지를 내질렀다. 얼마나 다급했던지 자기도 모르게 내경이 생겨 그 내경이 중충혈로부터 피육, 피육 소리를 내며 격발되어나갔다. 바로 중충검법이었다. 구마지는 아벽을 죽일 생각은 전혀 없었다. 오로지 단예가 출수를 하도록 압박하기 위함이었다. 그게 아니라면 화염도의 신묘한 초식을 펼치는데 아벽이 어찌 피할 수 있단 말인가? 예상했던 대로 단예가 출수하는 것을 보자 곧장 손을 거두고 이번엔 아주를 향해 공격하기 시작했다.

"악!"

도처에 질풍이 휘날리자 아주가 순간 휘청하더니 어깨 쪽 옷자락을 내경에 찢겨 비명을 질렀다. 단예는 왼손으로 소택검을 연이어 찔러가며 그가 왼손으로 내뿜는 화염도를 막았다.

순식간에 아주와 아벽이 위기에서 빠져나오고 구마지의 쌍도는 단예의 육맥신검에 의해 저지됐다. 구마지는 자신의 능력도 과시하고 또 사람들에게 단예가 육맥신검 무공을 쓸 줄 아는 것이 확실하다는 걸 알리려는 듯 일부러 그의 내경과 충돌시켰다.

"피육! 피육!"

수많은 고수의 내력이 몸에 저장되어 있던 단예의 이 순간 내력은 구마지보다 훨씬 강했다. 하지만 문제는 그가 무공을 모른다는 데 있었다. 천룡사에서 기억해둔 검법 역시 실전에서는 전혀 사용할 수가 없었고 화염도 내경이 오는 길 역시 알 수가 없었다. 구마지는 그의 웅후한 내력을 이리저리 끌어내면서 문과 창문 그리고 벽 위 곳곳에 구멍을 뚫을 뿐이었다. 구마지가 말했다.

"육맥신검은 과연 대단하구나. 과거 모용 선생께서 훔쳐보고 싶어 한 것도 무리가 아니었어."

최백천은 경악을 금치 못했다.

'단 공자는 무예를 전혀 모르는 줄로만 알고 있었는데 저토록 정묘한 신공을 보유하고 있을 줄이야. 대리단씨는 정말 명불허전이로구나.

내가 진남왕부에 있을 때 못된 짓을 하지 않은 게 천만다행이로다….'

그는 생각할수록 겁이 났다. 이미 그의 이마와 등은 온통 식은땀으로 범벅이 돼버렸다.

구마지는 단예와 한참을 싸우면서 매 일초마다 그의 목숨을 제어할 수도 있었지만 일부러 그를 가지고 장난을 쳤다. 그러나 싸움이 계속될수록 점점 가볍게 볼 수가 없었다. 그의 내경이 심후하기 이를 데 없어 자기보다 위에 있다고 느껴진 것이다. 다만 어찌 된 일인지는 모르겠지만 출수의 운용에 있어서는 전혀 그렇지 않았다. 다시 수 초를 겨룬 구마지는 갑자기 마음이 바뀌었다.

'저 녀석이 장차 운이 트이고 영민해져 뭔가를 깨닫게 된다면 갖가지 무공 요결을 터득할 것이 아닌가? 그때가 되면 놈이 내공과 검법을 자유자재로 구사할 텐데 그럼 난 녀석의 적수가 되지 못할 것이다.'

단예는 자신의 생사가 이미 구마지의 손에 달려 있다는 생각이 들어 부르짖었다.

"아주, 아벽 두 누님! 두 사람은 어서 도망가시오. 더 지체했다가는 늦을 것이오."

아주가 물었다.

"단 공자, 왜 우리를 도와주는 거죠?"

단예가 말했다.

"누님들은 내 친구이기 때문이오. 저 화상이 고강한 무공만을 믿고 흉악무도하게 남을 능욕하고 있소. 애석하게도 난 무공을 모르니 적수가 되지 못하오. 그러니 어서 도망가시오."

구마지가 웃으며 말했다.

"이미 늦었다."

이 말이 끝나기 무섭게 앞으로 한 걸음 뛰어가 왼손 손가락을 뻗어 단예의 혈도를 찍자 단예는 큰 소리로 비명을 질렀다.

"으악!"

단예가 이를 어찌 피할 수 있겠는가? 전신의 요혈 세 곳을 찍혀버린 그는 곧 두 다리가 시큰거리고 마비돼 바닥에 널브러지고 말았다. 그는 다시 소리쳤다.

"아주, 아벽! 어서 가시오! 어서!"

구마지가 웃었다.

"죽음을 코앞에 두고도 자신은 돌보지 않고 계집들만 끔찍이 위하다니 뜻밖이로구나."

구마지는 아주를 향해 말했다.

"낭자도 이젠 얄팍한 눈속임 따위는 그만두시오. 모용부 일은 도대체 누가 주재하는 것이오? 단 공자는 머릿속으로 육맥신검 검보 전체를 기억하고 있소. 무공을 몰라 쓰지 못할 뿐이지. 내일 그를 모용 선생 묘소 앞에서 불태우면 모용 선생께서도 지하에서 그 뜻을 이해하고 옛 벗이 과거의 약조를 저버리지 않았음을 알게 될 것이오."

아주는 오늘 저 화상에 대적할 적수가 이 금운소축 내에선 없다는 생각이 들자 이맛살이 찌푸려졌지만 곧바로 웃음을 머금었다.

"좋아요! 대화상 말씀을 믿겠어요. 어르신 묘소는 여기서 물길로 하루 정도 소요돼요. 오늘은 늦었으니까 내일 새벽 일찍 우리 자매가 직접 대화상과 단 공자를 묘소까지 안내해드리겠습니다. 네 분께서는 잠시 쉬고 계세요. 곧 저녁을 준비해드리죠."

이 말을 남기고 아벽의 손을 끌어당겨 내당을 빠져나갔다.

반 시진 정도 후에 한 남자 하인이 나타나 말했다.

"아벽 낭자가 금슬거錦瑟居에 저녁을 준비해놨으니 네 분을 모셔오시랍니다."

구마지가 말했다.

"고맙네!"

그는 단예의 손목을 잡고 하인을 따라갔다. 구불구불한 길을 수십 장가량 걸어가자 거위 알만 한 돌들로 만들어진 오솔길이 나왔다. 바위와 꽃나무들로 가득 찬 몇 곳을 돌아 물가에 당도하자 버드나무 밑에 작은 배 한 척이 정박되어 있는 것이 보였다. 그 하인은 수면 중앙에 위치한 사면이 창으로 된 작은 나무집을 가리켰다.

"저깁니다."

구마지와 단예, 최백천, 과언지 네 사람이 작은 배에 올라타자 하인이 작은 집을 향해 노를 저어가 잠시 후 도착했다.

단예가 소나무 계단을 걸어 금슬거 입구로 올라가자 아벽이 담녹색 옷을 입고 객을 맞이하기 위해 서 있는 모습이 보였다. 그녀 옆에는 속이 비칠 듯 말 듯한 담홍색 사삼紗衫을 입은 여랑이 한 명 서 있었는데 역시 열예닐곱 살가량의 아름다운 낭자였다. 그녀는 단예를 향해 웃는 듯 마는 듯한 표정을 지은 채 영리해 보이지만 장난기 어린 얼굴을 하고 있었다. 아벽은 갸름한 얼굴에 청아하고 수려한 반면에, 그 여랑은 거위 알 같은 동그란 얼굴과 기민한 눈동자를 지니고 있어 마음을 움직이는 또 다른 기품이 느껴졌다.

단예가 가까이 가니 그녀 몸에서 은은한 향기가 풍겨왔다. 그는 웃는 얼굴로 물었다.

"아주 누님, 이토록 아름다운 분이 어찌 그리 노부인 변장을 그럴듯하게 한 거요?"

그 여랑은 바로 아주였다. 그녀는 눈을 한번 흘기며 웃었다.

"저한테 고두삼배를 해서 속으로 불만이로군요. 그렇죠?"

단예는 연신 고개를 가로저었다.

"고두삼배를 한 것은 그만한 이유가 있소. 다만 내 예상과 많이 다른 게 문제였을 뿐이오."

"예상과 다르다니 뭐가요?"

"난 누님도 아벽 누님처럼 천하에 보기 드문 미인이라 예상했었소. 속으로 누님이 아벽 누님과 별 차이 없을 거라 여긴 것이오. 한데 지금 보니 이건… 이건…."

아주가 다급하게 물었다.

"아벽한테 많이 못 미친다는 건가요?"

아벽 역시 동시에 물었다.

"언니가 나보다 열 배는 더 예뻐서 많이 놀랐군요. 안 그래요?"

단예가 고개를 가로저었다.

"둘 다 아니오. 난 대단한 능력을 지닌 하늘에 대해 탄복해 마지않는다고 느꼈을 뿐이오. 하늘이 온갖 지혜를 동원해서 아벽 누님 같은 미인을 만들어내느라 여기 이 강남의 빼어난 기운을 한번에 모조리 써버렸을 텐데 이런 아주 누님 같은 미인을 또 만들어낼 줄 어찌 알았겠소? 두 사람은 전혀 다른 모습을 지녔지만 각자 아름다운 면들이 있소. 내가 찬미의 말을 더 하고 싶지만 한마디 말로는 표현할 방법이 없소."

아주가 웃으며 말했다.

"쳇! 여태껏 입에 침이 마르도록 한바탕 찬사를 보내놓고 한마디 말로 표현할 방법이 없다니 뭐예요?"

아벽이 빙긋 웃으며 고개를 돌려 구마지 등을 향해 말했다.

"네 분께서 이런 누추한 곳까지 왕림하셨는데 변변한 음식을 대접해드리지 못해 송구합니다. 네 분께서 마실 술과 강남 본토에서 나는 제철 음식 조금뿐이니 그거라도 좀 드시도록 하십시오."

그녀는 네 사람을 자리에 앉힌 뒤 아주와 함께 하석에 앉았다.

단예는 금슬거가 사면 모두 물인 것을 보고 창문 밖을 한번 내다봤다. 호수 위를 덮고 있는 자욱한 안개가 한눈에 들어왔다. 고개를 돌려 보니 주연상 위의 잔과 접시들 모두 정교하기 이를 데 없는 고급 자기인 것을 보고 속으로 갈채를 보내지 않을 수 없었다.

잠시 후 남자 하인이 소과蔬果와 간식을 내왔다. 이 중 채소 네 접시는 구마지를 위해 특별히 준비한 것이었다. 곧이어 더운 음식들이 하나씩 나오기 시작했다. 은행나무 열매와 생새우 살을 넣어 만든 요리인 백과하인白果蝦仁, 연잎과 동순을 넣어 끓인 탕인 하엽동순탕荷葉冬筍湯, 앵두 열매에 염장 돼지 다리를 훈제한 화퇴를 넣어 만든 요리인 앵도화퇴櫻桃火腿, 용정차 찻잎을 넣고 잘게 썬 닭고기를 넣어 볶은 요리인 용정차엽계정龍井茶葉雞丁 등등이었는데 요리 하나하나마다 매우 독특했다. 생선과 새우, 육류 안에 꽃잎과 신선한 과일을 섞어넣어 색깔이 매우 아름답고 특별한 자연의 향기가 배어 있었다. 단예가 각 요리들을 몇 젓가락씩 시식해보니 그야말로 입에 맞지 않는 음식이 없었다. 그는 찬탄을 금치 못했다.

"이런 산천이 있음에 이런 인물들이 있고, 이런 인물들은 영리함과 재기가 있어 이토록 고아한 산해진미를 만들어내는구나."

아주가 말했다.

"알아맞혀보세요. 제가 만들었을까요? 아니면 아벽이 만들었을까요?"

단예가 말했다.

"이 앵도화퇴 그리고 매화와 삭힌 오리 고기를 넣어 만든 매화조압梅花槽鴨은 연하고 향이 많이 나는 것으로 보아 누님이 만든 것 같고 이 하엽동순탕과 생선 완자에 각종 채소를 넣어 만든 비취어원翡翠魚圓은 푸르고 신선한 것으로 보아 아벽 누님이 만든 것 같소."

아주가 손뼉을 치며 웃었다.

"알아맞히는 재주가 뛰어나네요. 아벽, 상으로 뭘 주면 좋겠니?"

아벽이 미소를 지으며 말했다.

"단 공자가 무슨 분부를 하든 우리가 최선을 다해 해드려야지요. 상은 무슨 상이에요? 우리 같은 시녀들이 그럴 능력이나 있나요?"

아주가 말했다.

"아유, 넌 입만 열면 환심 사는 말만 하는구나. 어쩐지 사람들이 하나같이 난 나쁘고 넌 좋다고 말하더라니."

단예가 웃으며 말했다.

"부드럽고 우아한 사람과 발랄하고 영리한 사람 둘 다 좋지요. 아벽 누님, 지난번에 연편으로 연주하는 걸 들으니 정말 속이 후련하고 유쾌해지더군요. 진짜 악기로 한 곡 연주하는 걸 들을 수 있겠소? 그럼 내일 저 대화상한테 잿더미로 태워져버린다 해도 머릿속에 신선의 풍악으로 가득 찬 귀신이 되어 저승길로 갈 수 있을 테니 말이오."

아벽이 우아한 자태로 일어나 말했다.

"공자께서 듣기 싫어하지만 않는다면 귀빈들을 즐겁게 해드리기 위해서라도 하찮은 재주지만 보여드려야지요."

이렇게 말하고는 병풍 뒤쪽으로 들어가 오래돼 보이는 슬瑟[11] 하나를 들고 나왔다. 아벽은 비단 의자에 단정하게 앉아 슬을 몸 앞에 내려놓고 단예를 향해 손짓을 하며 웃었다.

"단 공자, 이리 와서 좀 보세요. 여기 이게 어떤 슬인지 아세요?"

단예가 그녀 앞으로 걸어가보니 그 슬은 일반적으로 타는 슬에 비해 1척가량 길고 현이 50가닥에 각 현마다 색깔이 달랐다. 그는 나지막이 말했다.

"'금슬아, 넌 까닭 없이 현이 왜 50가닥이더냐? 현 하나, 기둥 하나마다 지나간 화양연화를 생각나게 하는구나' 이건 시인 이상은李商隱의 〈금슬錦瑟〉이라는 시요."

아주가 다가가 손가락을 뻗더니 현 하나에 올려놓고 잡아당겼다 놓았다. 띵 하는 소리가 크고 낭랑하게 들렸다. 알고 보니 이 현은 금속으로 만들어진 것이었다. 단예가 말했다.

"누님, 이 슬은…."

이 말이 채 끝나기도 전에 갑자기 발밑이 허전하게 느껴지면서 몸이 밑으로 푹 꺼져버렸다.

"으아악!"

그는 깜짝 놀라 큰 소리로 비명을 질렀다. 곧이어 자신이 푹신푹신한 어딘가에 떨어졌음을 느꼈다. 이와 동시에 '으악!' '이런!' 하는 비명이 연달아 들리더니 다시 풍덩풍덩하는 물소리가 들려왔다. 곧바로 몸이 흔들거리며 무언가에 의해 옮겨지는 것처럼 느껴졌다. 순식간에 찾아온 이런 변고는 기괴하기 그지없었고 매우 급박하게 이루어져 정신없이 뭔가에 지탱해 가까스로 일어나 앉을 수 있었다. 자신은 이미 한 작은 배 안에 있고 아주와 아벽 두 사람이 각각 뱃머리와 꼬리 부분에 앉아 각자 노를 들고 젓고 있는 모습이 보였다. 고개를 돌려보니 구마지와 최백천, 과언지 세 사람 머리가 수면 위로 막 올라오고 있었다. 아주, 아벽 두 사람이 노를 몇 번 젓자 작은 배는 금슬거에서 이미 수 장 밖에 떨어져 있었다.

돌연 한 사람이 호수 속에서 흠뻑 젖은 채로 훌쩍 뛰어올랐다. 구마지였다. 그는 금슬거 주변 지면을 디딘 채 지체 없이 손으로 나무 기둥 하나를 꺾더니 배꼬리에 앉아 있던 아벽을 조준해 집어던졌다. 휙 소리와 함께 그 나무 기둥은 맹렬한 기세로 배를 향해 덮쳐왔다. 아벽이 소리쳤다.

"단 공자, 어서 엎드려요!"

단예와 두 소녀가 동시에 엎드리자 반 토막 난 나무 기둥이 머리 위를 스치고 지나갔다. 바람이 어찌나 강력했던지 바람에 목이 긁혀 살짝 아플 정도였다.

아주가 몸을 구부린 채 노를 젓자 배는 다시 1장 가까이 앞으로 나아갔다. 돌연 풍덩풍덩하고 몇 번의 물장구 소리가 들리며 작은 배가 수면 위에서 하늘 위쪽으로 내던져지듯 솟구쳐올랐다가 떨어졌다. 많은 양의 호수 물이 배 안으로 쏟아져 들어오자 세 사람 옷은 삽시간에 흠뻑 젖어버리고 말았다. 단예가 고개를 돌려보니 구마지가 이미 금슬거의 벽면을 모두 박살내버리고 집 안에 있던 석고石鼓와 향로 등 무거운 물건들을 끊임없이 집어던지는 것이 아닌가! 아벽이 날아오는 물건들을 피해 재빨리 방향을 틀어 노를 저어 나아가자 아주 역시 있는 힘을 다해 앞으로 노를 저었다. 노를 한번 저을 때마다 배는 금슬거에서 수 척씩 멀어졌다. 구마지가 여전히 물건들을 집어던지고 있었지만 물건이 떨어지는 지점은 배에서 갈수록 멀어지고 마침내 그가 아무리 힘 있게 던져도 도저히 닿을 수 없는 곳에 이르렀다.

두 소녀는 여전히 쉴 새 없이 노를 젓고 있었다. 단예가 고개를 돌려 바라보니 최백천과 과언지 두 사람이 금슬거 계단으로 올라가고 있었다. 속으로 안도의 한숨을 내쉬는 순간 곧이어 비명이 터져 나왔다.

"아이고!"

구마지가 작은 배 한 척을 물에 띄우는 모습을 본 것이다.

아주가 소리쳤다.

"못된 화상이 쫓아오고 있어!"

그녀는 있는 힘껏 노를 젓다가 고개를 돌려 뒤를 바라보고 갑자기 깔깔대며 크게 웃었다. 단예가 고개를 돌려보니 구마지의 작은 배가 수면 위에서 뱅글뱅글 맴돌고 있는 것이 아닌가! 구마지가 무공은 고강하지만 배를 저을 줄은 몰랐던 것이다.

세 사람은 곧 안심했다. 그러나 얼마 지나지 않아 구마지가 방향을 잡고 무서운 속도로 쫓아오기 시작하자 아벽이 탄식을 했다.

"저 대사부는 정말 영리하네요. 그 짧은 시간에 노 젓는 방법을 터득하다니 말이에요."

아주가 말했다.
“저자하고 숨바꼭질이나 할까?”
그녀는 노를 좌현에서 몇 번 저어 배를 빽빽하게 우거진 연잎 숲 안으로 끌고 들어갔다. 태호 안에는 수없이 많은 지류가 있었기에 배를 저어 몇 번 굽이돌다 작은 지류 속을 뚫고 들어가면 구마지가 더 이상 추적해오지 못할 것이라 짐작했던 것이다.
단예가 말했다.
“애석하게도 내 몸의 혈도가 풀리지 않아 두 누님을 도와 노를 저을 수가 없소.”
아벽이 위로하며 말했다.
“단 공자, 염려 마세요. 대화상은 쫓아오지 못할 거예요.”
단예가 말했다.
“금슬거 안의 장치는 정말 흥미로웠소. 이 작은 배를 누님이 슬을 타는 비단 의자 밑에 설치해놓았으니 말이오. 안 그렇소?”
아벽이 미소를 지으며 말했다.
“맞아요. 그래서 공자께 슬을 보러 오라고 청한 거예요. 아주 언니가 슬을 한 번 튕기는 게 신호였어요. 밖에 있던 하인이 그걸 듣고 밑으로 통하는 함정 위의 널판을 열었던 거죠. 그러고는 다들 풍덩풍덩 빠져버린 거예요!”
세 사람은 일제히 큰 소리로 웃었다.
아벽이 다급하게 입을 막으며 웃었다.
“그 화상한테 들리면 안 돼요.”
갑자기 저 먼 곳에서 누군가 외치는 소리가 들려왔다.

"아주 낭자, 아벽 낭자! 배를 저어 돌아오시오. 어서 돌아와요. 이 화상은 당신네 공자 친구라 절대 낭자들을 괴롭히지 않을 것이오."

그건 구마지의 목소리였다. 그 몇 마디 말은 매우 부드럽고 정다워서 자기도 모르게 그의 분부를 따라야 할 것처럼 느껴졌다.

아주가 어리둥절해하며 말했다.

"대화상이 우리더러 돌아오라고 외치는데 절대 우릴 해치지 않을 거래."

이 말을 하며 젓던 노를 멈추었다. 그 말에 약간 마음이 흔들리는 눈치였다. 아벽 역시 말했다.

"그럼 우리 돌아가요!"

단예는 극강의 내력을 지니고 있어 절대 구마지의 목소리에 현혹되지 않았다. 그는 다급하게 말렸다.

"저자가 우릴 속이는 거요. 그 말을 어찌 믿는단 말이오?"

구마지의 상냥한 목소리가 나긋나긋하게 귓가로 들려왔다.

"두 분 소낭자는 들으시오. 당신네 공자 나리가 돌아오셔서 낭자들더러 빨리 돌아오라고 했소. 사실이오. 어서 돌아오시오!"

아주가 말했다.

"네!"

그녀는 노를 들어 뱃머리를 돌렸다.

단예가 생각했다.

'모용 공자가 진짜 돌아왔다면 아주와 아벽한테 직접 소리쳤을 테지 어찌 대신 부르라 했겠는가? 이는 틀림없이 영혼을 부르는 사술邪術일 것이다.'

속으로 이런 생각이 들자 당장 손을 배 밖으로 뻗어 호수 위의 연잎 몇 조각을 따서는 한 뭉치로 비벼 꼬아 아벽의 귀를 틀어막았다. 이어서 아주의 귀마저도 틀어막아버렸다.

아주는 정신을 가다듬자마자 소리쳤다.

"아이고! 큰일 날 뻔했다!"

아벽 역시 깜짝 놀라 말했다.

"저 화상이 혼을 끌어내는 구혼법勾魂法을 펼칠 줄 아네요. 우리가 하마터면 저자의 간계에 빠질 뻔했어요."

아주는 뱃머리를 되돌려 있는 힘껏 노를 저으며 외쳤다.

"아벽, 어서 저어! 어서!"

두 사람은 배를 저어 연잎이 우거진 웅덩이 깊은 곳을 향해 나아갔다. 한참 후에 구마지의 목소리가 점점 멀어지고 작아지더니 마침내 더 이상 들리지 않았다. 단예는 두 사람에게 손짓을 해서 귀에 막았던 연잎을 빼내도록 했다.

아벽이 가슴을 툭툭 치면서 긴 한숨을 내쉬었다.

"놀라죽는 줄 알았네! 아주 언니, 이제 우린 어쩌죠?"

아주가 말했다.

"이 호수 안에서 그 못된 화상하고 숨바꼭질이나 하면서 시간을 끄는 수밖에 없지. 허기가 지면 연뿌리를 파서 먹으면 돼. 열흘에서 보름 정도까지는 전혀 문제없으니까."

아벽이 웃으며 말했다.

"그거 아주 재미있겠네요. 근데 단 공자가 답답해하지 않을까 모르겠어요."

단예가 박장대소를 하며 말했다.

"호수 안 풍광은 볼 게 없지만 두 분과 함께 열흘 정도 한가로이 노닐 수 있다면 신선이라도 이처럼 즐겁지 못할 것이오."

아벽이 입을 오므려 싱긋 웃으며 말했다.

"여기서 동남쪽을 향해 가면 작은 지류들이 가장 많은 곳이에요. 본토 어부들 빼놓고는 그 누구도 그 길을 아는 사람이 없어요. 백곡호百曲湖에 진입만 하면 그 화상도 더 이상 쫓아오지 못할 거예요."

두 소녀는 노를 잡고 천천히 배를 저어나갔다. 단예는 배 안에 길게 드러누워 하늘에 떠 있는 반짝이는 뭇별들을 바라봤다. 노 젓는 소리와 연잎이 배에 스치며 내는 가벼운 샤샥 하는 소리 외에는 사방이 적막과 고요뿐이었다. 호수 위의 맑은 바람에 은은한 꽃향기가 실려오자 단예는 속으로 생각했다.

'평생 이대로 지낸다 해도 좋겠다.'

또 이런 생각도 했다.

'아주, 아벽 두 누님이 이렇게 좋은 사람들이라면 모용 공자 역시 그리 흉악한 사람은 아닐 거야. 소림사 현비대사와 곽 선생 사형을 정말 그가 죽인 게 맞을까? 에이. 우리 집에 내 시중을 드는 시녀들이 그렇게 많은데 아주와 아벽 두 누님만 한 사람은 하나도 없잖아. 둘 다 나보다 어린 것 같은데 둘 다 누이라 불러야 하는 거 아닌가? 누이라고 부르면 너무 친한 척하는 것 같으니 그냥 누님이라고 부르자!'

얼마나 지났을까? 어렴풋이 잠이 들려고 하는 순간 갑자기 아벽의 웃음소리와 함께 소곤대며 말하는 소리가 들렸다.

"아주 언니, 이리 와봐요."

아주 역시 나지막이 말했다.

"무슨 일이야?"

아벽이 말했다.

"이리 와봐요. 할 말이 있어요."

아주는 노를 내려놓고 배꼬리 쪽으로 다가가 앉았다. 아벽은 그녀와 어깨동무를 하고 그녀의 귀에 나지막이 웃으며 말했다.

"좋은 방법 좀 생각해내줘요. 부끄러워 죽겠어요."

아주가 웃으며 말했다.

"무슨 일인데 그래?"

아벽이 말했다.

"목소리 낮춰요. 단 공자는 잠들었겠죠?"

아주가 말했다.

"알 수 없지. 가서 물어봐."

아벽이 말했다.

"물어보긴 뭘 물어봐요. 아주 언니, 저기… 내가… 볼일이 좀 급해요."

두 소녀는 모깃소리만 한 목소리로 얘기했지만 내력이 강한 단예는 아주 똑똑히 들을 수 있었다. 그는 아벽의 말을 듣고 감히 움직일 수가 없어 일부러 코 고는 소리를 내며 아벽이 난처하지 않도록 했다.

아주의 나지막한 웃음 소리가 들려왔다.

"단 공자는 자나 봐. 어서 볼일 봐."

아벽이 머뭇머뭇하며 말했다.

"그건 안 돼요. 만약 볼일을 보는 동안 단 공자가 깨기라도 하면 어떻게 해요?"

아주는 참을 수 없다는 듯이 소리 내어 웃다가 황급히 손을 뻗어 입을 막고 속삭였다.

"어떡하긴 뭘 어떡해? 누구나 볼일은 볼 수 있지. 그게 뭐 희한한 일이라고."

아벽은 그녀의 몸을 흔들어대며 간청했다.

"언니야, 제발! 방법 좀 생각해줘요."

"내가 가려줄 테니까 볼일 봐. 그럼 단 공자가 깨어나더라도 보지 못할 거야."

"소리는 어떡해요? 소리가 들릴 거 아니에요. 그럼… 난…."

"그럼 방법 없지. 그냥 옷에다 싸서 말릴 수밖에. 단 공자가 그건 못 들을 거야."

"그건 못해요. 앞에 누가 있으면 나오질 않아요."

"안 나오면 잘됐네 뭐."

아벽이 다급한 나머지 금방이라도 울 것 같은 얼굴로 말했다.

"그러지 말아요. 제발!"

아주가 갑자기 또 큭 하고 소리 내어 웃었다.

"다 네 탓이야. 네가 말하기 전까지는 나도 잊고 있었는데 네가 그 얘기를 하는 바람에 나까지 볼일이 보고 싶어졌잖아. 여기서 왕씨 외숙모님 댁까지는 반구로半九路밖에 안 되니까 거기 가서 해결하자."

"왕씨 외숙모님이 우리가 들어가게 놔두지 않을 거예요. 얼마나 무서운데요? 들키기라도 하는 날에는 틀림없이 우리한테 따귀를 몇 대 날리실 거라고요."

"상관없어. 왕씨 외숙모님이 우리 노부인하고 언쟁을 벌인 적이 있긴 하지만 노부인은 이미 돌아가시고 안 계시잖아? 우리 같은 시녀들이 무슨 죄가 있다고 따귀를 때리시겠어? 몰래 뭍으로 올라가서 볼일만 보고 곧바로 배에 돌아오면 외숙모님이 어떻게 알겠니?"

"그렇기는 하네요."

아벽이 잠시 주저하다 말했다.

"그럼 이따 단 공자한테도 뭍에 올라가 볼일을 보고 오라고 해요. 안 그랬다가… 안 그랬다가 갑자기 볼일이 급하기라도 하면 난처해할 거 아니에요."

아주가 빙그레 웃었다.

"네가 남의 사정까지 살피는구나. 우리 공자께서 아시고 질투할까 두렵다."

아벽이 한숨을 내쉬었다.

"공자께서는 이런 사소한 일을 마음에 두실 분이 아니에요. 우리 두 시녀들도 공자를 마음에 둔 적 없잖아요."

아주가 말했다.

"내가 공자를 마음에 두면 뭐 하게? 아벽, 동생도 공자 걱정 좀 그만해. 그럴 필요 없어."

아벽은 가벼운 한숨만 지을 뿐 아무 대답도 하지 않았다. 아주는 그녀의 어깨를 툭툭 치며 나지막이 말했다.

"볼일도 보고 싶고 공자도 보고 싶어? 그 두 가지를 함께 생각한다니까 정말 웃기는데!"

아벽이 웃으며 말했다.

단예는 과거 천룡사와 황궁에 있는 벽화 속에서 하늘로 비상하며 가무를 즐기는 '천축천녀상天竺天女像'을 적지 않게 본 적이 있다. 아름다운 용모에 풍만한 몸매를 지닌 이들 천녀들은 바람에 나부끼는 옷을 입은 채 백옥같이 하얗고 가느다란 발과 흰 젖가슴을 반쯤 드러낸 모습을 하고 있었다. 어린 소년의 심정으로 그걸 볼 때는 깊은 사색에 잠겨 수 시진 동안 자리를 뜨지 못했었다. 후에 무량산 동굴에서 신선누님 옥상을 보고는 선녀에 눈을 떠 더욱 광분하게 됐고, 목완청과 해후한 뒤 석옥 안에서 살결을 맞댄 채 두 사람의 정이 불같이 타올랐을 때는 스스로 억제를 못했다면 자칫 크나큰 혼돈에 빠질 뻔했다. 그는 그날 이후 밤낮으로 그 생각이 떠올라 남녀 지사에 대해 고민하지 않을 수 없었다. 오늘 강남에서 아벽을 처음 보고 갑자기 다시 그 생각이 떠올랐지만 그녀는 왠지 달랐다. 맑고 우아하며 부드럽기 이를 데 없는 그녀 옆에 있으면 말할 수 없이 기쁘고 평온한 느낌을 받았던 것이다. 더구나 연편으로 채상자 몇 구절을 타고 '이사양진二杜良辰' 노래를 부를 때는 심신을 빼앗겨버리는 느낌이었다. 그저 배 안에 길게 드러누워 그녀와 함께하고 싶었다. 영원히 좋은 동반자로 남아 함께 푸른 물에서 놀고 하늘의 별을 볼 수만 있다면 평생 더 바랄 것이 없겠다는 생각이 든 것이다.

12

연정에 취하다

그는 개울에 손을 넣어 두 손에 묻은 흙을 깨끗이 씻어낸 다음 커다란 바위 위에 다리를 걸치고 앉아 안아미를 정면으로 바라보다 다시 측면에서 바라보았다.

이런저런 생각에 즐거워하는 사이 갑자기 발소리가 들리며 여자 둘이 걸어왔다. 그중 한 사람의 목소리가 들렸다.

"여기가 가장 조용한 곳이라 아무도 안 올 거야…."

작은 배는 천천히 앞을 향해 미끄러져 나아갔다. 호수 위에서 바라다보니 뭍에는 빽빽하게 들어선 짙푸른 나무들 사이로 나뭇가지들이 바람에 날려 춤을 추는데 수를 헤아릴 수 없을 정도로 많은 버드나무들이었다. 단예는 속으로 갈채를 보냈다.

'저토록 우아한 풍광은 난생처음 보는구나.'

배는 길게 늘어서 있는 수양버들을 따라 돌아갔다. 저 멀리 물가의 꽃나무 덤불이 물 위에 빨갛게 비쳐 마치 노을이 물든 것처럼 보였다. 단예의 입에서 탄성이 터져 나왔다.

아주가 말했다.

"왜 그러세요?"

단예가 꽃나무를 가리키며 말했다.

"저건 우리 대리의 산다화山茶花인데 어찌 이곳 태호에 있는지 모르겠소? 저 푸르른 숲속에 어찌 저런 전산다滇山茶를 심을 수가 있단 말이오?"

산다화는 운남에서 나는 것이 가장 유명해 세인들은 그걸 운남을 뜻하는 약자인 '전滇' 자를 써서 '전산다'라고 칭했다. 아주가 말했다.

"그래요? 저 장원은 만타산장曼陀山莊이라 불리는 곳이에요. 저 안에는 곳곳에 산다화가 심어져 있죠."

단예가 생각했다.

'산다화는 다른 말로 옥명玉茗 또는 만타라화曼陀羅花라고도 하지 않는가? 이 장원이 만타를 이름으로 썼다니 내가 가서 어떤 종류를 심었는지 봐야겠는데?'

아주는 노를 저어 산다 나무가 있는 쪽으로 갔다. 물가에 인접해 바라보니 푸른 버드나무 사이 곳곳에 빨갛고 하얀 산다화만 만발할 뿐 집이라고는 보이지 않았다. 대리에서 태어나고 자란 단예는 수없이 많은 산다화를 봐왔던 터라 전혀 이상할 것이 없었다. 그는 이런 생각이 들었다.

'산다화가 많기는 한데 진짜 아름다운 품종은 없구나. 진짜 유명한 품종은 필시 장원 안쪽에 심어놨을 거야.'

아주는 배를 물기슭에 붙이고 빙긋 웃었다.

"단 공자, 안에 들어갔다가 곧바로 나와야 해요."

아주가 아벽 손을 잡고 뭍으로 뛰어오르는 순간 난데없이 꽃밭 속에서 가느다란 노랫소리가 들리며 파란 옷을 입은 소녀 하나가 걸어 나왔다.

그 소녀는 손에 화초 한 묶음을 들고 아주와 아벽을 바라보다가 빠른 걸음으로 걸어와 반가운 기색으로 말했다.

"아주, 아벽! 너희들 진짜 간도 크구나. 여길 또 몰래 오다니 말이야. 부인께서 그러셨어. '조만간 그 두 계집애들 얼굴에 칼로 열십자를 그어서 꽃 같은 얼굴을 망가뜨리고 말겠다'고 말이야."

아주가 웃으며 말했다.

"유초야, 외숙모님은 집에 계시니?"

유초라는 소녀는 단예를 몇 번 쳐다보다 고개를 돌려 아주와 아벽을 향해 웃었다.

"부인께서 이런 말씀도 하셨어. '망할 년들 둘이 또 낯선 남자를 집으로 데려오면 그놈의 두 다리를 모조리 분질러놓겠다'고."

그녀는 말이 채 끝나기도 전에 입을 오므리고 웃기 시작했다.

아벽은 자기 가슴을 팍팍 두드리며 말했다.

"유초 언니, 사람 좀 놀라게 하지 마요! 진짜예요, 가짜예요?"

아주가 웃으며 말했다.

"아벽, 놀랄 것 없어. 외숙모님이 집에 계시면 저 계집애가 감히 저렇게 히죽거리면서 웃을 리가 있겠니? 유초야, 외숙모님은 어디 가셨니?"

유초가 웃으며 말했다.

"칫! 너 몇 살이야? 무슨 내 언니라도 되는 듯이 말하네? 이런 요물! 부인께서 집에 안 계신 걸 어떻게 알았대?"

그러고는 가볍게 한숨을 내쉬고 말했다.

"아주, 아벽 동생들. 내 생각 같아서는 두 사람이 어렵게 여기까지 왔으니 하루 이틀 머물다 가게 해주고 싶어. 하지만…."

이 말을 하면서 고개를 절레절레 흔들었다. 아벽이 말했다.

"난들 언니하고 같이 있고 싶지 않겠어요? 유초 언니, 언제 언니가 우리 장원으로 놀러 와요. 그럼 내가 사흘 밤낮을 안 재우고 놀아줄게요. 어때요?"

두 소녀는 이 말을 하면서 뭍으로 뛰어올라갔다. 아벽은 유초 귓가에 작은 소리로 몇 마디 속삭였다. 유초가 풋 하고 웃더니 단예를 한번 힐끗 쳐다보자 아벽은 만면에 홍조를 띠었다. 유초가 한 손으로는 아주를, 한 손으로는 아벽을 끌어당기며 생글생글 웃었다.

"집 안으로 들어가자."

아벽이 고개를 돌려 말했다.

"단 공자, 여기서 잠깐만 기다리세요. 갔다가 금방 올게요."

"알겠소!"

단예가 어서 가보라는 눈짓을 하자 세 소녀는 손을 맞잡고 다정하게 꽃밭 속으로 들어갔다.

그는 주변을 살피다 아무도 보이지 않자 커다란 나무 뒤로 가서 볼일을 봤다. 작은 배 옆으로 돌아와 한참을 앉아 있다 따분해지기 시작해 속으로 생각했다.

'이곳 만타라화 중에 특이한 품종이 있는지 어디 한번 살펴볼까?'

그는 발길 닿는 대로 걸어가 꽃 감상을 하기 시작했다. 꽃밭 속에는 산다 외에 다른 화초들이 전혀 없었다. 가장 흔하게 볼 수 있는 견우화나 봉선화, 월계화 같은 종류는 단 한 송이도 없었던 것이다. 온통 산다만 심어져 있었지만 수가 많다는 것 외에는 특별할 것이 없었다. 수십 장을 걸어가자 산다 품종이 점점 많아졌다. 이따금씩 한두 송이는 그런대로 봐줄 만했지만 심는 방법이 뭔가 잘못되어 있었다.

'이 장원은 만타라는 이름이 무색하구나. 이런 아름다운 산다를 모두 망쳐놨으니 말이야.'

그러다 이런 생각이 들었다.

'돌아가야겠다. 아주와 아벽 누님이 왔다가 내가 보이지 않으면 걱정할 거야.'

몸을 돌려 몇 걸음 걸어가다 속으로 부르짖었다.

'큰일 났다!'

산다화에 정신이 팔려 꽃밭 속을 발길 닿는 대로 걷다 보니 되돌아가는 길을 잃어버리고 만 것이다. 오솔길이 동쪽으로 하나, 서쪽으로 하나 나 있었지만 어느 길이 온 길인지 몰라 배가 정박되어 있는 곳으로 다시 돌아갈 수가 없었다. 이런 생각이 들었다.

'일단 물가 쪽으로 걸어간 뒤에 생각하자.'

하지만 걸어가면 걸어갈수록 뭔가 잘못됐다는 생각이 들었다. 눈앞에 보이는 산다화들은 하나같이 조금 전에 보지 못했던 것들이 아닌가! 근심스럽게 고민하는 사이 왼쪽 숲속에서 누군가 말하는 소리가 들렸다. 바로 아주 목소리였다. 단예는 너무 기쁜 나머지 생각했다.

'잠깐 여기서 두 사람을 기다렸다가 얘기가 끝나면 같이 돌아가야겠다.'

아주 목소리가 들려왔다.

"공자께서는 아주 건강하세요. 식사도 아주 잘하시고요. 지난 두 달 동안은 개방의 타구봉법打狗棒法을 연마하고 계셨어요. 아마 개방의 누군가와 대결을 할 모양이에요."

단예가 속으로 생각했다.

'아주가 모용 공자에 대해 얘기하고 있구나. 남의 말을 몰래 엿듣는 건 예의가 아니지. 멀리 가 있는 게 좋겠다. 하지만 너무 멀리 가 있으면 그것도 안 되잖아? 얘기가 끝나도 내가 모를 테니까 말이야.'

바로 그때 조용히 한숨짓는 한 여인의 목소리가 들렸다.

단예는 온몸이 떨리며 가슴마저 쿵쾅쿵쾅 뛰기 시작했다.

'한숨 소리가 이토록 듣기 좋다니. 세상에 어찌 이런 목소리가 있을 수 있단 말인가?'

그 목소리가 나지막이 질문을 했다.

"이번에는 어디로 출타를 한다 하시더냐?"

한숨 소리만 듣고도 이미 심신이 떨렸던 단예는 그녀의 이 한마디 말을 듣자 온몸에 뜨거운 피가 용솟음치는 느낌이 들었다. 말할 수 없는 부러움과 질투로 인해 가슴이 쓰리고 아팠던 것이다.

'분명 모용 공자에 대해 묻는 거야. 모용 공자한테 저토록 깊은 관심을 가지고 그를 가슴 깊이 담아두고 있다니. 모용 공자는 도대체 무슨 복일까?'

아주 목소리가 들렸다.

"공자께서는 출타를 하시면서 개방의 고수를 만나러 낙양洛陽에 간다고 하셨어요. 등鄧 오라버니가 공자와 함께 가셨으니까 안심하세요. 낭자!"

그 여인이 가냘픈 목소리로 말했다.

"개방의 타구봉법과 항룡이십팔장 양대 신기神技는 개방의 부전지비不傳之秘[12]야. 너희 모용가의 환시수각과 우리 집의 낭환옥동琅嬛玉洞에 소장하고 있는 비급들을 모두 모은다 해도 그건 완벽하지 않은 봉법일 뿐이지. 운공에 대한 심법心法이 전무하니까 말이야. 한데 너희 공자께서 어찌 연마를 하시겠느냐?"

아주가 말했다.

"공자께서 그러셨어요. 타구봉법의 심법은 어쨌든 사람이 만들어낸 것인데 생각해내지 못할 이유가 뭐 있느냐고 말이에요. 봉법이 있으면 스스로 심법을 생각해내 덧붙이는 건 어렵지 않다고 하셨어요."

단예가 생각했다.

'모용 공자의 그 말은 일리가 있어. 보아하니 공자는 아주 총명하고 포부가 있는 사람인 것 같구나.'

그 여인이 다시 나지막이 한숨을 쉬었다.

"설사 만들어낼 수 있다 해도 몇 년 만에 할 수 있는 일이 아닌데 단시간 안에 어찌 가능하겠느냐? 공자께서 봉법을 연마하시는 모습을 너희들이 직접 본 것이냐? 혹시 막히는 부분이 있어 힘들어하지는 않으셨더냐?"

아주가 답했다.

"공자의 봉법 전개는 쾌속하기 이를 데 없었어요. 처음부터 끝까지 행운유수行云流水처럼 막힘이 없었죠…."

"헉!"

그 여인이 깜짝 놀라며 소리를 쳤다.

"큰일 났다! 쾌… 쾌… 속하기 이를 데 없었다는 게 사실이냐?"

아주가 말했다.

"네, 뭐가 잘못됐나요?"

그 여인의 목소리가 들렸다.

"당연히 잘못됐지. 나도 잘은 모르지만 타구봉법의 심법에 대해서는 수각에 있는 서책에서 본 바가 있다. 몇 로路는 느려질수록 좋고 몇 로는 필히 때론 빨랐다 때론 느렸다, 빠름 속에 느림이, 느림 속에 빠름이 있어야 한다고 돼 있어. 공… 공자가 단순히 빠르기만 했다니 혹시라도 개방의 고수가 제대로 손을 쓴다면 아마… 아마… 너희들…

공자께 전갈을 전해드릴 방법이 있느냐?"

아주가 머뭇거리다 말했다.

"공자께서 지금 어디 계신지는 저희들도 모릅니다. 개방의 장로들과 만났는지 안 만났는지도 잘 모르고요. 공자께서 떠나실 때 그러셨어요. 개방에서 자기네 마馬 부방주副幇主의 죽음을 공자한테 누명을 씌우는 바람에 그 문제를 해명하기 위해 낙양에 가시는 것이지 개방 사람들과 대결을 펼치러 가시는 건 아니라고 말이에요. 그게 아니라면 공자와 등鄧 오라버니 두 분만으로 그 많은 사람을 상대하진 못할 거예요. 확실히 말씀드릴 수는 없지만 혹시라도 쌍방이 언쟁을 벌이기라도 한다면…."

아벽이 질문하는 소리가 들렸다.

"낭자, 그 타구봉법을 빨리 펼치는 게 정말 잘못된 건가요?"

그 여인이 답했다.

"당연히 잘못됐지. 말하면 뭐 하느냐? 공자… 공자께서 출타하실 때 어찌 날 만나고 가지 않으신 거지?"

이 말을 하면서 발을 동동 굴렀다. 안절부절못하면서도 염려하는 모습이었지만 목소리만은 여전히 나긋나긋해서 듣기가 매우 좋았다.

단예는 이상한 생각이 들었다.

'대리에서 고소모용가에 관한 말을 들을 때마다 존경해하는 건 물론 경외시하지 않는 사람이 없었다. 한데 이 낭자 말을 들어보면 마치 모용 공자의 무예가 저 낭자한테 지적을 받아야 하는 수준처럼 느껴지지 않는가? 설마 저 젊은 여인이 그렇게 능력이 대단하다는 건가?'

잠시 넋을 잃고 있는 사이 난데없이 나뭇가지에 머리를 부딪히면서 비명을 내지르고 말았다. 재빨리 입을 틀어막긴 했지만 이미 때는 늦었다.

그 여인이 물었다.

"누구냐?"

단예는 더 이상 숨을 수 없다는 것을 알고 기침 소리를 내며 숲속에서 말했다.

"재하는 단예라 하오. 귀 장원의 옥명을 감상하던 중에 예까지 들어오게 됐으니 부디 용서해주시기 바라겠소."

그 여인이 나지막이 말했다.

"아주, 너희들하고 함께 온 그 상공이더냐?"

아주가 재빨리 답했다.

"네. 낭자께서는 모른 체하세요. 저희들은 가볼게요."

그 여인이 말했다.

"잠깐! 서찰을 한 통 써서 공자께 설명해드릴 것이다. 부득이 개방 사람과 대결을 펼쳐야 한다면 절대 타구봉법을 쓰지 말고 다른 무공만 쓰라고 말이다. '상대가 쓴 방법을 상대에게 펼친다'라는 말은 본래 상대에게 겁을 주기 위한 것이지 그리 쉽게 펼쳐낼 수 있는 건 아니니 말이다. 내 서찰을 전할 방법을 생각해봐라."

아주가 머뭇거리며 말했다.

"그게… 외숙모님께서 말씀하시길…."

그 여인이 말했다.

"뭐야? 부인 말만 듣고 내 말은 듣지 않겠다는 말이냐?"

그 말 속에는 노기가 내포되어 있는 듯했다.

아주가 다급하게 말했다.

"낭자께서 외숙모님께 알리지만 않으신다면 당연히 소녀들은 명에 따를 것입니다. 하물며 공자께 득이 되는 일이 아닙니까?"

그 여인이 말했다.

"너희들은 나를 따라 서재로 가서 서찰을 가져가도록 해라."

아주가 여전히 머뭇거리다 할 수 없다는 듯 대답했다.

"네!"

단예는 그 여인의 한숨 소리를 듣고 난 후부터 그녀에게 점점 빠져들고 있었다. 그런데 그녀가 떠나려는 것을 보고 이대로 가버리면 다시는 보지 못할뿐더러 평생 한으로 남을 것만 같았다. 주제넘는 행동이라고 질책을 받는다 해도 얼굴만이라도 한번 보겠다는 각오로 용기를 내서 말했다.

"아벽 누님, 여기서 나와 함께 있어주겠소?"

이 말을 하면서 숲속 뒤에서 걸어나왔다.

"헉!"

그 여인은 그가 걸어나오는 소리를 듣고 깜짝 놀라 등을 돌려버렸다.

단예가 숲속을 돌아나오자 연뿌리 색 사삼을 입은 여랑이 얼굴을 꽃나무 쪽으로 향한 채 서 있었는데 호리호리한 몸매에 동의胴衣를 덮은 긴 머리는 은색 명주 띠로 살짝 묶여 있었다. 그녀의 뒷모습을 바라보게 된 단예는 이 여랑의 몸 주위가 마치 안개와 노을로 은은하게 감싸져 있어 속세인이 아닌 듯한 느낌이 들었다. 그는 깊이 읍을 하며 말했다.

"재하 단예가 낭자를 뵈옵니다."

그 여인은 왼발로 바닥을 한번 구르고 나무라듯 말했다.

"아주, 아벽! 다 너희들 탓이야. 난 아무 상관 없는 외간 남자는 보지 않아!"

이 말과 함께 앞을 향해 걸어가며 모퉁이를 몇 번 돌더니 산다화 숲 속으로 사라져버렸다.

아벽이 빙긋 웃으며 단예에게 말했다.

"단 공자, 저 낭자께선 보통 성격이 아니에요. 우린 어서 떠나도록 해요."

아주 역시 빙그레 웃으며 말했다.

"단 공자 덕분에 저희들이 곤경에서 빠져나올 수 있었어요. 안 그랬다면 왕王 낭자가 우리에게 전갈을 전하도록 시켰을 테죠. 그럼 우리 자매 두 사람 목숨은 위험에 빠지고 말았을 거예요."

단예는 앞뒤 안 가리고 용감하게 나섰지만 그녀의 몇 마디 질책을 듣고 무안하기 짝이 없었다. 이로 인해 아주와 아벽에게 원망을 들을 것이라 생각하던 차에 오히려 두 사람이 이토록 고마워하리라고는 미처 생각지 못했다. 그 여인은 이미 멀리 가버리고 없었지만 그녀의 잔상이 눈앞에 아른거리고 가슴이 허전해지는 느낌이 들었다. 그저 그녀의 뒷모습이 사라진 꽃밭만 멍하니 바라볼 뿐이었다.

아벽이 그의 소매를 살며시 잡아끌었지만 단예가 이를 느끼지 못하자 아주가 웃으며 말했다.

"단 공자, 어서 가요!"

단예는 깜짝 놀라 껑충 뛰며 정신을 차리고 나서야 말했다.

"알겠소, 알겠소. 이제 가야겠지요?"

그는 아주와 아벽이 앞장서서 걸어가자 할 수 없이 뒤를 따라갔지만 발걸음을 뗄 때마다 뒤를 돌아보며 아쉬움을 감추지 못했다.

세 사람은 다시 작은 배로 돌아왔다. 아주와 아벽이 노를 들어 배를 저어나가는 동안 단예는 육지 위의 산다화를 멍하니 바라보며 생각했다.

'나 단예한테 복이 없다면 어찌 나한테 그 낭자의 목소리와 탄식, 말소리가 들렸을까? 또 그녀의 신선 같은 자태를 어찌 보게 됐을까? 또한 복이 있다면 어찌 그녀의 얼굴 한번 보지 못했던 것일까?'

산다화 숲이 점점 멀어져만 가고 순간 푸른 버드나무에 가려 보이지 않자 단예는 갑자기 우울해지기 시작했다.

"헉!"

별안간 아주가 비명을 지르더니 떨리는 목소리로 말했다.

"외숙모님… 외숙모님이 돌아오셨어."

단예가 고개를 돌려보니 호수 위에 쾌속선 한 척이 빠른 속도로 달려와 순식간에 근방에 이르렀다. 쾌속선 뱃머리에는 오색찬란한 꽃송이 그림이 잔뜩 그려져 있었는데 가까이 다가왔을 때 보니 모두 다 산다화였다. 아주와 아벽이 재빨리 노를 저어 피하려 했지만 이미 때는 늦었다. 두 사람은 할 수 없다는 듯 몸을 일으켜 눈을 내리깐 채 고개를 숙였다. 그 모습은 지극히 공손한 듯했지만 심히 두려워하는 표정이었다. 아벽은 단예를 향해 어서 같이 일어나라는 손짓을 했다. 단예가 웃음 띤 얼굴로 고개를 가로저었다.

"주인이 배 안에서 나와 말을 하면 당연히 일어날 것이오. 사내대장부가 지나치게 겸손해도 바람직하지 않은 법이지."

쾌속선 안에서 한 여자의 호통 소리가 들려왔다.

"어떤 놈이 감히 만타산장에 난입했단 말이냐? 청하지 않은 자라면 그 어떤 놈이든 다리몽둥이가 분질러진다는 걸 모른다는 말이냐?"

위엄으로 가득 찬 목소리였지만 그래도 낭랑하고 듣기 나쁘지 않았다. 단예가 큰 소리로 말했다.

"재하 단예가 난을 피하느라 잠시 귀 장원을 경유했을 뿐 난입할 의도는 없었으니 용서하시오."

"성이 단이라고?"

그 목소리에는 의아해하는 듯한 느낌이 들어 있었다.

"그렇습니다!"

"흥! 아주, 아벽! 또 너희 망할 년들이로구나! 복관復官[13]이 그 녀석은 배우라는 건 안 배우고 몰래 숨어서 나쁜 짓만 한단 말이야!"

아주가 말했다.

"외숙모님, 소녀들은 적에게 쫓기다 만타산장을 지나게 된 것이며 저희 공자께서는 출타를 하신 지 오래라 공자와는 아무 관계도 없습니다."

배 안에 있는 여자가 차갑게 말했다.

"흥! 거짓말은 아주 그럴듯하게 하는구나. 달아날 생각 말고 당장 날 따라와라!"

아주와 아벽이 일제히 대답했다.

"네!"

대답이 끝나기 무섭게 그녀들은 배를 저어 쾌속선 뒤를 따라갔다. 순식간에 배 두 척이 앞다투어 호숫가에 이르렀다.

댕그랑 하는 패환 소리와 함께 쾌속선 안에서 청의를 입은 여인들이 줄지어 걸어나왔다. 하녀 차림의 이 여인들은 각자 손에 장검을 쥐고 있었다. 순간 서릿발 같은 칼날에서 뿜어져 나오는 검광에 꽃 빛깔이 비치었다. 계속해서 두 명씩 아홉 쌍의 여인이 밖으로 걸어나왔다. 18명의 여인이 두 줄로 늘어서서 허리춤에 있던 검을 뽑아 들고 일제히 위를 향해 비스듬히 맞부딪친 채 서 있자 배 안에서 한 여자가 걸어나왔다.

단예는 그 여자의 모습을 보고 자기도 모르게 탄성이 터져 나왔다. 그러고는 입을 벌린 채 말문이 막혀버리고 말았다. 이게 혹시 꿈은 아니던가? 그 여자는 담황색의 비단 장삼을 입고 있었는데 그 의복과 장식이 뜻밖에도 대리 무량산 동굴 안의 옥상과 거의 흡사하게 보였던 것이다. 이 여자는 마흔 남짓 나이의 중년 부인이었지만 동굴 속의 옥상은 열여덟, 열아홉 살가량의 소녀가 아니었던가! 단예는 경악을 금치 못한 채 다시 한번 그 부인의 모습을 자세히 바라봤다. 그녀는 동굴 속의 옥상에 비하면 이목구비나 전체적인 미모가 눈부시게 뛰어나진 않았다. 물론 나이 차이도 있고 세파에 찌든 흔적이 얼굴에 역력하게 남아 있긴 했지만 그래도 5~6할 정도는 어렴풋이 비슷해 보였다. 아주와 아벽은 그가 왕 부인을 마주하고도 눈 한번 깜빡이지 않고 넋을 잃은 채 쳐다보며 무례한 태도를 보이자 속으로 무척 난감해했다. 그녀들이 연신 손짓을 하며 똑바로 쳐다보지 말라는 신호를 보냈지만 단예는 왕 부인의 얼굴을 계속 뚫어져라 바라보고 있었다.

그 여자가 단예를 힐끗 한번 쳐다보고 냉랭한 목소리로 말했다.

"정말 무례한 놈이로구나. 잠시 후에 두 다리부터 절단해버린 다음 눈알을 파내고 혓바닥을 잘라버려라."
시녀 하나가 몸을 굽혀 대답했다.
"네!"
단예는 속으로 섬뜩했다.
'정말 날 죽여버리는 건 그렇다 쳐도 내 두 다리를 절단한 다음 눈알을 뽑고 혀를 잘라서 죽은 것도 산 것도 아닌 상태로 만들어버린다면 그걸 어찌 견딜 수 있겠는가!'
이런 생각이 드는 순간 비로소 공포심이 몰려들었다. 고개를 돌려 아주와 아벽을 바라보자 두 사람은 잿빛으로 변한 얼굴로 넋이 빠진 채 멍하니 서 있을 뿐이었다.
왕 부인이 뭍에 오르자 배 안에서 다시 청의를 입은 시녀 두 명이 나오는데 이들 손에는 각각 쇠사슬이 하나씩 들려 있었다. 곧이어 배 안에서 남자 두 명이 끌려나왔다. 두 사람 모두 양손이 뒤로 묶여 있고 고개를 숙인 채 낙심한 표정을 하고 있었다. 한 사람은 수려한 얼굴로 보아 부유한 집 자제로 보였고 또 다른 한 사람은 단예가 본 적이 있는 무량검파의 한 제자로 보였는데 검호궁 연무청에서 자신을 당唐씨라고 밝혔던 자였다. 단예는 의아했다.
'저자는 원래 대리에 있었는데 어쩌다 강남까지 잡혀온 거지?'
왕 부인이 당씨 사내를 향해 말했다.
"넌 대리 사람이 분명하거늘 어찌 발뺌을 하는 것이냐?"
그 당씨 사내가 말했다.
"난 운남 사람이오. 내 고향은 대리국이 아닌 대송 경내에 속하오."
왕 부인이 말했다.

"네 고향이 대리국에서 얼마나 떨어져 있느냐?"

당씨 사내가 말했다.

"400리가 조금 넘소."

왕 부인이 말했다.

"500리가 안 되면 대리국 사람인 셈이다. 가서 만타화 아래 생매장해서 비료로 쓰도록 해라."

당씨 사내가 부르짖었다.

"내가 도대체 무슨 죄를 지었다고 이러는 것이오? 설명을 해보시오. 이유를 모르면 죽어도 눈을 감지 못할 것이오."

왕 부인이 차갑게 말했다.

"대리 사람이거나 단씨 성을 가진 사람이 나와 마주치기만 하면 생매장을 해야 한다. 소주에는 무슨 일로 온 것이냐? 소주에 왔는데 어찌 아직까지 대리 말투를 쓰는 것이며 또 주루에서는 왜 고래고래 고함을 친 것이냐? 네가 대리국 사람이 아니라 해도 대리국과 인접해 있으니 그에 준해 처리할 것이다."

단예는 속으로 생각했다.

'아하, 날 두고 하는 말이렷다? 나한테는 물을 필요 없다. 대놓고 인정해버리고 말지.'

이런 생각을 하다 큰 소리로 말했다.

"난 대리국 사람에 단씨요. 생매장을 시켜 죽이려면 당장이라도 해치우시오."

왕 부인이 냉랭한 말투로 말했다.

"이미 네 이름이 단예라고 밝히지 않았더냐? 흥! 대리단가 사람을 그렇게 쉽게 죽일 순 없지."

그녀가 손짓을 하자 시녀 하나가 당씨 사내를 끌고 갔다. 혈도를 찍힌 건지 중상을 입어 그런 건지는 몰라도 그는 아무런 저항도 못하고 끌려가며 끊임없이 부르짖기만 했다.

"천하에 이런 법은 없다. 대리국에는 수십만 명의 백성들이 있는데 그들을 모두 죽이겠다는 것이냐?"

그는 꽃밭 깊은 곳으로 끌려가면서 점점 멀어져갔고 목소리도 점차 작아졌다.

왕 부인은 고개를 살짝 돌려 수려한 외모의 사내를 향해 말했다.

"할 말 있느냐?"

그 사내는 갑자기 무릎을 꿇고 애걸하며 말했다.

"가친께서는 변량의 관리로 슬하에 저 하나밖에 없으니 부인께서 부디 목숨만 살려주십시오. 부인께서 무슨 분부든 말씀만 하시면 가친께서 흔쾌히 들어주실 것입니다."

왕 부인이 냉랭한 목소리로 말했다.

"네 부친이 조정 대관이라는 사실을 내가 모를 것 같더냐? 목숨을 살려주는 건 어렵지 않다만 대신 오늘 돌아가면 당장 네 조강지처를 죽이고 내일 네가 사사로이 사귄 묘苗 낭자를 처로 받아들이도록 해라. 혼례는 반드시 삼서육례三書六禮[14]에 맞추어 제대로 치러야 한다. 그럼 살려줄 것이다."

그 사내가 말했다.

"그… 제 처를 죽이는 짓은 할 수 없습니다. 그리고 묘 낭자를 정식으로 받아들이는 것도 부모님께서 절대 허락하지 않으실 겁니다. 그건 저를….”

왕 부인이 말했다.

“저놈을 데려가 생매장해버려라!”

그를 붙잡고 있던 시녀가 답했다.

“네!”

그러고는 쇠사슬을 묶어 끌고 갔다. 그 사내는 놀라서 전신을 바들바들 떨며 말했다.

“마… 말씀대로 하겠습니다.”

왕 부인이 말했다.

“소취小翠, 그놈을 소주성으로 압송해라. 그리고 놈이 자기 처를 죽이고 묘 낭자와 혼례를 올리는지 보고 돌아오도록 해라.”

소취가 답했다.

“네!”

소취는 사내를 끌고 물가에 있는 작은 배를 향해 걸어갔다.

그러자 그 사내가 애원하며 말했다.

“부인, 은혜를 베풀어주십시오. 우처는 부인과 아무 원한도 없고 묘 낭자와도 전혀 모르는 사이인데 어찌 묘 낭자 편에 서서 우처를 죽이고 다른 처를 맞으라고 강요하시는 겁니까? 저… 전 부인을 잘 알지도 못하고 여태껏… 죄를 지은 적도 없는데 말입니다.”

왕 부인이 말했다.

“넌 이미 처가 있는 이상 밖에 나가서 남의 집 귀한 처녀를 건드리는 건 옳지 않다. 한데 네가 이미 입에 발린 소리로 처녀를 꼬드겼으니 네가 처로 맞이하지 않으면 안 되는 것이다. 그 사실을 내가 듣지 않았으면 몰라도 내가 이미 안 이상 그렇게 처리해야만 한다. 이번 일이 처음도 아닌데 뭐가 억울해서 그러는 것이냐? 소취, 이번이 아홉 번째가 아니더냐?"

소취가 말했다.

"소녀가 상숙常熟, 곤산昆山, 무석無錫, 호주湖州, 상주常州 등지에서 모두 일곱 건을 처리한 적이 있으며 소란小蘭과 소시小詩 두 사람도 몇 번 처리한 적이 있습니다."

그 사내는 관례가 그렇다는 말에 죽는소리만 계속 해댈 뿐이었다. 소취가 그 사내를 배로 끌고 가서는 노를 저어 배를 몰고 가버렸다.

단예는 지극히 도리에 맞지 않는 이 부인의 행동을 보고 자기도 모르게 어안이 벙벙해져 바보가 된 느낌이 들었다. 마음속으로 생각난 것은 그저 '어찌 이럴 수가?' 하는 것이었다. 그때 부지불식간에 생각하고 있던 말이 입밖으로 새어나오고 말았다.

"어찌 이럴 수가, 어찌 이럴 수가!"

왕 부인이 흥 비웃으며 말했다.

"천하에 '어찌 이럴 수 있는 일'은 이보다 더욱 많다."

단예는 실망스럽고도 가슴이 아팠다. 그날 무량산 석동에서 본 신선 누님의 옥상을 속으로 그토록 앙모해왔건만 눈앞의 이 여자는 그 용모가 옥상과 거의 흡사한 듯해도 언행이나 행동거지는 뜻밖에도 요괴나 악마 같으니 말이다.

그는 고개를 숙인 채 넋을 잃고 있다가 시녀 네 명이 선실 안으로 들어가 화분 네 개를 들고 나오는 것을 보고 자기도 모르게 정신이 번쩍 들었다. 네 개의 화분 모두 산다화였는데 하나같이 매우 보기 힘든 품종이었기 때문이다. 천하에서 산다화는 대리 것을 최고로 쳤다. 그것도 진남왕부에는 이름난 품종이 셀 수 없이 많아 대리 내에서도 최고였다. 단예는 어릴 때부터 최고의 산다화를 익히 보아왔고 시간이 날 때마다 왕부 안의 정원사 십여 명과 담론을 하고 강평을 들으면서 산다의 우열과 습성들을 이미 가슴에 담아두고 있었던 터라 배우지 않아도 모두 알고 있었다. 이는 마치 농가의 자제들이 콩과 보리를 분간해내고 어가의 자제들은 물고기와 새우에 대해 알고 있는 이치와 같은 것이었다. 그는 만타산장 안을 1마장 넘게 걸으면서 제대로 된 품종을 보지 못했기에 '만타산장'이란 네 글자가 유명무실하다고 느꼈던 터였다. 그러나 지금 이 산다화 화분 네 개를 보고 속으로 인정을 하며 생각했다.

'이제야 이치에 맞는 것 같구나.'

왕 부인의 목소리가 들렸다.

"소차小茶! 이 만월 산다 화분 네 개는 어렵게 얻은 것이니 잘 돌봐야 한다."

소차라는 시녀가 답했다.

"네!"

단예는 산다화에 대해 문외한인 것 같은 그녀의 말을 듣고 차가운 미소를 지었다. 왕 부인이 다시 말했다.

"호수 위에서는 강한 바람을 피해 며칠 동안 선실 안에 놔두는 바람에 해를 보지 못했다. 속히 햇볕에 가져다 해를 쬐고 비료도 듬뿍 주도록 해라."

소차가 다시 대답했다.

"네!"

단예는 더 이상 참지 못하고 큰 소리로 웃었다.

왕 부인이 그의 기괴한 웃음소리를 듣고 물었다.

"왜 웃는 것이냐?"

단예가 말했다.

"산다를 전혀 모르면서 굳이 그렇게 산다만 심은 걸 보고 웃은 것이오. 그렇게 아름다운 품종이 불행히도 당신 손에 들어간 것은 마치 '금琴을 태워 학을 삶듯' 어리석은 짓이니 이거야말로 살풍경이 아니고 무엇이겠소? 애석하도다, 애석해! 귀한 물건이 가치를 모르는 사람 손에 들어갔으니 정말 가슴이 찢어지는구나."

왕 부인이 화를 버럭 내며 말했다.

"내가 산다를 모르다니 그럼 넌 안다는 말이냐?"

이 말을 내뱉었지만 갑자기 이런 생각이 들었다.

'잠깐! 저 녀석이 대리 사람에 단씨라 했으니 정말 알지도 모르잖아?'

그러나 여전히 강경한 어조로 말했다.

"본 장원은 만타산장이라 불리는 데다 장원 안팎 곳곳에 만타라화로 가득하다. 이 얼마나 우거지고 아름답더냐? 한데 어찌 산다를 모른다 하느냐?"

단예가 싱긋 웃으며 말했다.

"모름지기 평범한 여자는 거칠게 태어나 거칠게 자라기 마련이오. 그 화분 네 개에 담겨 있는 백다화白茶花는 경국지색에 해당된다고 할 수 있는 꽃들인데 당신 같은 문외한이 그걸 제대로 기를 수 있다면 내 성을 단씨가 아닌 다른 성으로 갈아버리겠소."

사실 산다화를 무척이나 좋아하는 왕 부인은 평소 아름답다는 품종이 있다고만 하면 도처에서 거금을 아끼지 않고 모두 사들여왔다. 하지만 장원에 가져와 옮겨 심은 후에는 그 어떤 진귀한 산다화들도 제대로 자란 것이 단 한 포기도 없었다. 대부분 얼마 자라지 못하고 시들어 죽거나 아니면 간신히 살아 있기만 할 뿐이었다. 그녀는 이 문제 때문에 늘 고민에 빠져 이곳저곳에서 화초 재배 전문가를 수소문해 데려와봤지만 아무 쓸모가 없었다. 천하제일이라고 알려진 소주 원림园林의 화초 명장들은 숫자만 많았지 대부분 가업을 이어받다 보니 강남 품종 몇 개만 알았을 뿐 운남 산다화에 대해서는 전혀 몰랐기 때문이었다.

왕 부인은 단예 말을 듣고 노하기보다 오히려 기뻐서 앞으로 두 걸음 나아가 물었다.

"저 백다화 화분 네 개가 무엇이 다르냐? 어찌해야 잘 자랄 수 있느냐?"

단예가 말했다.

"저한테 가르침을 원한다면 응당 스승의 예우를 갖춰야 함이 옳지 않겠소? 그렇게 고문으로 협박을 할 요량이라면 우선 내 두 다리를 베고 물어봐도 늦지 않을 것이오. 그때 가서 내가 말을 해주나 안 해주나 한번 보시오."

왕 부인이 화를 벌컥 내며 말했다.

"네 두 다리쯤 베어버리는 게 뭐 어렵다 그러느냐? 소시, 우선 이놈의 왼쪽 다리부터 베어버려라."

소시란 이름의 시녀가 "네" 하고 답하고는 검을 들고 다가왔다. 아벽이 단예를 보호하기 위해 용기를 내서 재빨리 끼어들었다.

"외숙모님, 이러지 마십시오. 이분을 해친다 해도 워낙 고집이 세서 절대 말하지 않을 것입니다."

원래 단예한테 겁만 줄 생각이었던 왕 부인은 곧바로 손을 휘둘러 소시를 막았다.

단예가 웃으며 말했다.

"내 다리를 베어 그 백다화 네 그루 옆에 묻는다면 아주 좋은 비료가 될 것이오. 그럼 백다화가 점점 크게 펴서 커다란 대접 크기로 자랄지도 모르지. 하하… 아름답겠군. 훌륭해, 아주 훌륭해!"

왕 부인은 그렇게 생각을 하고 있었지만 그의 말투를 들으니 역설적인 표현인 것 같아 순간 말이 나오지 않았다. 그녀는 잠시 어리둥절해하다 비로소 입을 열었다.

"웬 허풍을 떠는 것이냐? 그 백다화 네 그루의 진귀한 점이 무엇인지 어디 한번 들어보자. 그 말이 맞는다면 그때 예우를 갖춰도 늦지 않을 것이다."

단예가 말했다.

"왕 부인, 부인께서 그 백다화 네 그루를 '만월'이라고 칭했는데 그건 완전히 틀린 말이오. 꽃 이름도 제대로 모르면서 어찌 꽃을 안다 할 수 있겠소? 그중 한 그루는 '홍장소과紅妝素裹'라 불리는 것이며, 또 한 그루는 '조파미인검抓破美人臉'이라 불리는 것이지요."

왕 부인이 신기한 듯 물었다.

"조파미인검? 이름이 어찌 그리 괴이한 것이냐? 어느 걸 말하는 게지?"

"후배한테 가르침을 받으려면 예우를 갖춰야만 합니다."

왕 부인은 더 이상 어찌할 방법이 없었다. 산다화 네 그루에 각각 다른 이름이 있다는 그의 말을 듣고 오히려 기쁜 마음에 미소를 띠었다.

"좋아! 소시, 어서 주방에 명해라. 운금루에서 연회를 베풀어 단 공자를 대접할 것이다."

소시가 답을 하고 주방을 향해 뛰어갔다.

아벽과 아주는 너 한번 나 한번 서로의 얼굴을 쳐다봤다. 단예가 죽음의 문턱에서 빠져나온 것은 물론 왕 부인이 빈객의 예로 환대하니 이 뜻밖의 사건에 기쁨을 감추지 못했던 것이다.

앞서 그 무량검 제자를 끌고 갔던 시녀가 돌아와 고했다.

"그 당씨 대리인은 홍하루紅霞樓 앞의 붉은 꽃 옆에 묻었습니다."

단예는 속으로 소름이 끼쳤지만 왕 부인은 아무렇지 않다는 듯 고개를 끄덕였다.

"단 공자, 갑시다!"

"주제넘게 폐를 끼치게 됐으니 부디 책망은 말아주십시오."

"현인께서 왕림하시었으니 우리 만타산장의 무한한 영광입니다."

두 사람은 깍듯하게 예를 지키며 앞을 향해 걸어갔다. 단예의 생사가 경각에 달려 있던 조금 전까지의 상황과는 전혀 다른 모습이었다.

왕 부인은 단예와 함께 꽃밭을 가로질러 돌다리를 건너고 오솔길을 지나 한 자그마한 누각 앞에 당도했다. 단예가 바라보니 누각 처마 밑에는 검푸른 색 전서체篆書體로 운금루雲錦樓라는 세 글자를 적어놓은 편액이 걸려 있었고 누각 밑 전후좌우에는 하나같이 산다화가 심어져 있었다. 그러나 여기 심어놓은 산다화는 대리에서 3류, 4류에 불과한 것들이라 이 정교하고 우아한 누각 건물에 대비했을 때 전혀 돋보이지 않게 느껴졌다.

왕 부인은 오히려 득의양양한 기색으로 말했다.

"단 공자, 그쪽 대리에는 산다화가 많기로 유명하지만 우리 이곳과는 비교가 안 될 거예요."

단예가 고개를 끄덕였다.

"이런 산다화는 우리 대리 사람들이 심지 않는 게 확실하긴 하지요."

왕 부인이 빙그레 웃으며 말했다.

"그래요?"

단예가 말했다.

"대리에서는 일반 향촌 사람들조차 다 아는 사실입니다. 이렇게 저급한 산다화 품종은 너무 추해서 가급적 피해야 한다는 걸 말입니다."

왕 부인은 안색이 변해 대로했다.

"뭐예요? 여기 이 산다화가 모두 저급하다는 건가요? 그… 그건… 사람을… 업신여기는 말 아닌가요?"

단예가 말했다.

"소생이 어찌 감히 부인을 업신여기겠습니까? 부인께서 정 못 믿겠다면 부인 마음대로 하는 수밖에 없지요."

그는 누각 앞의 한 오색찬란한 산다화를 가리키며 말을 이었다.

"보아하니 이걸 아주 보배같이 여기셨군요. 음… 이 꽃 옆에 있는 옥난간玉欄杆이야말로 진정한 화전미옥和闐美玉[15]입니다. 윤기가 흐르고 매끈한 데다 얼룩 하나 없으니 정말 아름답군요. 아름다워요!"

단예는 꽃 옆에 있는 난간에 대해서는 입이 마르도록 칭찬하면서 정작 꽃 자체에 대해서는 일언반구도 하지 않았다. 이는 마치 명인의 서법을 품평하면서 먹색이 새까맣고 종이가 고아하다고 칭찬하는 것이나 마찬가지 행태였다.

그 산다화는 붉은 꽃과 흰 꽃, 자주색 꽃과 노란색 꽃도 있는 품종이었다. 워낙 색깔이 화려해서 왕 부인이 늘 진귀한 품종이라 여기고 있었는데 단예가 보고 거들떠보지도 않는지라 곧 미간이 찌푸려지면서 눈에서 살기가 뿜어져 나왔다. 단예가 말했다.

"부인께 묻겠습니다. 이 꽃이 강남에서는 뭐라고 불리는지 알고 계십니까?"

왕 부인이 화가 머리끝까지 나서는 말했다.

"여기서는 특별한 명칭 없이 그냥 오색 산다화라 불러요."

단예가 빙긋 웃으며 말했다.

"우리 대리 사람들에게는 이름이 있지요. 바로 '낙제수재落第秀才'라 합니다."

왕 부인은 흥 하고 비웃었다.

"이름이 귀에 거슬리는 걸 보니 공자가 만들어낸 말 같군요. 저렇게 웅장하고 화려한 꽃이 어디 낙방한 선비처럼 보인다는 말인가요?"

"부인께서 직접 헤아려보십시오. 저 꽃 한 그루에 꽃송이 색깔이 모두 몇 종류인지 말입니다."

"헤아려본 적 있지요. 최소한 열대여섯 종류는 될 거예요."

"다시 자세히 헤아려보십시오. 색깔은 모두 열일곱 종류입니다. 대리에 있는 한 진귀한 산다화종을 십팔학사十八學士라 하는데 천하일품입니다. 꽃나무 한 그루에 모두 열여덟 송이 꽃이 피는 이 품종은 송이마다 색깔이 모두 달라서 붉은 것은 모두 붉고 자줏빛인 것은 모두 자줏빛으로 피어 색이 섞인 것은 전혀 없지요. 더구나 열여덟 송이 꽃의 형상이 송이마다 모두 달라 각자 묘한 모습을 지니고 있습니다. 또 꽃이 필 때는 모두 피고 질 때는 일제히 지지요. 부인께서는 보신 적이 있나요?"

왕 부인은 멍하니 듣기만 하고 있다가 고개를 가로저었다.

"천하에 그런 산다화가 있단 말인가요? 난 들어본 적 없어요."

단예가 말했다.

"십팔학사보다 못한 등급의 품종 중에 십산태보十三太保란 것이 있는데 그건 색깔이 다른 열세 송이 꽃이 한 그루에서 피지요. 팔선과해八仙過海는 한 그루에서 여덟 송이 다른 꽃이 피고, 칠선녀七仙女는 일곱 송이, 풍진삼협風塵三俠은 세 송이, 이교二喬는 붉은색과 흰색 두 송이가 핍니다. 이들 산다화는 모두 순수한 색이어야 하며 만일 붉은색 중에 흰색이 섞였거나 흰색 속에 자줏빛이 있다면 그건 하품에 속하는 겁니다."

왕 부인은 자기도 모르게 넋을 잃은 채 마음이 끌려 고개를 쳐들고 나지막이 중얼거렸다.

"그 사람은 어찌 그런 말을 하지 않았을까? 이런, 산다화를 볼 때마다 휴 하고 한숨만 내쉬었다는 건 집과 마누라를 생각했다는 게로군."

단예가 다시 말했다.

"팔선과해 중에는 짙은 자줏빛과 담홍빛 꽃이 각각 한 송이씩 있는데 그걸 철괴리鐵拐李[16]와 하선고何仙姑라 하지요. 만일 이 두 가지 색이 없다면 여덟 송이 꽃 색깔이 모두 다르다 해도 팔선과해라 할 수 없고 그냥 팔보장八寶妝이라 합니다. 이 역시 명품에 속하기는 하지만 팔선과해에 비하면 한 등급 하품에 속하는 것이지요."

왕 부인이 말했다.

"그렇군요."

단예가 말을 이었다.

"풍진삼협도 정품과 하품으로 나뉩니다. 무릇 정품이란 세 송이 꽃 중에서 자주색인 꽃이 가장 커야 하는데 그걸 규염객虯髯客이라 하고 흰색이 그다음 크면 그건 이정李靖, 붉은색이 가장 아름답고 가장 작을 때 그걸 홍불녀紅拂女라 하지요. 만일 붉은색 꽃이 자주색 꽃과 흰색 꽃보다 크면 그건 하품에 속해 등급 차이가 많이 납니다."

옛말에 '자기 집의 보물을 헤아리는 것 같다'라는 말이 있다. 그가 말한 이런 각종 산다화는 원래 단예 집안의 진귀한 물건들이었기에 단예 자신이 누구보다 자세히 알고 있었다. 왕 부인은 흥미진진하게 듣다가 깊은 한숨을 내쉬었다.

"난 하품조차 보지 못했는데 정품은 말해 뭐 합니까?"

단예는 그 오색 산다화를 가리키며 말했다.

"저 산다화는 색깔만 놓고 보면 십팔학사에 비해 한 가지 색이 부족하고 또한 얼룩이 있어 순수하지 않으며, 꽃도 늦게 피거나 일찍 피는 것이 있고, 꽃송이도 크고 작은 게 있습니다. 저건 마치 아무 맥락 없이 무조건 모방한 것에 불과한 것이라 십팔학사와 흡사해 보이지만 전혀 비슷하지가 않지요. 허니 지식도 재능도 없는 얼뜨기 서생과 다를 것이 뭐 있겠습니까? 그래서 우린 저걸 낙제수재라 명명한 것입니다."

왕 부인은 자기도 모르게 푸하하 하며 웃음을 터뜨렸다.

"이름을 아주 신랄하고 매몰차게 지었군요. 아마도 당신네 글이나 읽는 서생들이 생각해냈겠지요."

이 상황에 이르니 왕 부인은 산다화에 관해 해박한 지식을 가지고 있는 단예를 전폭적으로 신임하게 됐다. 그녀는 당장 그를 끌고 운금루에 올랐다. 누각 위는 화려한 장식들로 꾸며져 있었다. 본당 중앙에는 꼬리를 활짝 편 공작이 그려져 있었고 양옆의 나무에는 대련對聯이 있어 이런 글이 적혀 있었다.

옻나무 잎사귀는 구름을 가릴 듯하고　　漆叶云差密
산다화는 백설이 그 아름다운 모습을 질투하네　　茶花雪妒妍

그리고 그 옆에는 녹색의 옻칠로 글자를 적은 목패에 이런 글이 적혀 있었다.

자그마한 누각에서 밤새 봄비 소리를 듣는구나　　小樓一夜聽春雨

잠시 후 주연이 벌어졌다. 왕 부인은 단예를 상석에 앉히고 자신은 그 아래 앉아 접대를 했다.

주연에 나온 음식들은 아주와 아벽이 내놓았던 음식들과는 전혀 달랐다. 아주와 아벽의 음식은 담백하고 격조가 있어 평범한 재료만 가지고도 창의성을 발휘한 것들이지만 이 운금루 주연에는 호화스럽고 진귀한 것들을 중시한 듯 곰 발바닥과 상어 지느러미같이 유명하고 진귀한 음식들로 가득했다. 어릴 때부터 왕실에서 자란 단예가 그 어떤 진귀한 음식인들 먹어보지 못했겠는가? 그렇기에 단예에게는 만타산장의 주연이 금운소축에 비해 오히려 많이 떨어진다는 생각이 들었다.

술이 세 순배 돌자 왕 부인이 물었다.

"대리단씨는 무림세가인데 공자는 어찌 무공을 익히지 않은 거죠?"

단예가 말했다.

"대리에는 단씨가 하나둘이 아닙니다. 황족 종실의 귀족 자제쯤 돼야 무예를 익힐 뿐 소생 같은 일반 백성들은 무공을 할 줄 모르지요."

그는 자신의 목숨이 상대 손에 달려 있는 곤궁에 빠진 상황이라 절대 자신의 진면목을 밝힐 수 없다고 생각했다. 혹시라도 백부님과 부친의 명성에 금이 갈까 두려워서였다. 왕 부인이 말했다.

"공자가 일반 백성이라고?"

"그렇습니다."

"공자는 단씨 황실 귀족 중에 아는 사람이 몇이나 되지요?"

단예가 두말없이 대답했다.

"전혀 없습니다."

왕 부인은 한참을 넋을 잃고 있다 화제를 돌려 말했다.

"조금 전 산다화 품종에 대한 공자의 거침없는 설명을 듣고 문득 깨닫는 바가 있었어요. 이번에 내가 가져온 백다화 화분 네 개를 소주성의 한 꽃장수는 만월이라고 했는데 공자 말에 따르면 하나는 홍장소과이고 또 다른 하나는 조파미인검이라고 했잖아요? 그걸 어찌 구분하는지 상세하게 좀 듣고 싶어요."

"커다란 흰 꽃에 은은한 검은 얼룩이 살짝 있는 것이야말로 만월이라 할 수 있습니다. 그 검은 얼룩들이 바로 달 속의 계수나무 가지인 셈이지요. 또한 흰 꽃잎에 감람橄欖 씨만 한 검은 얼룩 두 개가 있는 것은 안아미眼兒媚라고 합니다."

"그 이름은 아주 잘 지었네요."

"흰 꽃잎에 붉은 얼룩이 있는 것이 바로 홍장소과이고 흰 얼룩에 한 가닥 녹색 테와 붉은 줄이 가 있는 것이 조파미인검입니다. 허나 붉은 줄이 많은 것은 조파미인검이라고 하지 않고 의란교倚欄嬌라고 하지요. 부인께서도 생각해보십시오. 무릇 미인이라고 하면 응당 차분하고 우아한 모습을 떠올리지 않나요? 얼굴에 간혹 손톱에 할퀸 자국이 있다면 자기가 우악스럽게 머리를 빗다가 상처를 입혔을 테지 누군가에게 할퀸 자국은 아닐 것입니다. 오히려 앵무새를 가지고 놀다 새에게 할퀴어 상처가 났다고 하면 그게 도리에 맞다 할 수 있겠지요. 그런 연유로 꽃잎에 이런 녹색 테가 없어서는 안 됩니다. 그건 바로 녹색 털을 가진 앵무새를 말하는 것이기 때문입니다. 만일 얼굴에 온통 할퀸 자국이 있다면 그 미인은 언제나 남과 싸운다고 할 수 있으니…."

여기까지 말을 하다 갑자기 목완청을 떠올리고는 다시 말을 이었다.

"비록 여전히 아름답고 사랑스러워 총애를 받는다 해도 어느 정도 난폭할 수밖에는 없는 것입니다."

왕 부인은 본래 계속 고개를 끄덕이며 기쁜 마음으로 듣고 있었다. 그러나 갑자기 안색이 굳어지더니 호통을 쳤다.

"무엄하다. 네가 지금 날 풍자하고 있는 것이냐?"

단예가 깜짝 놀라 다급하게 말했다.

"그럴 리가요! 어찌 그리 불쾌해하시는지 모르겠습니다."

왕 부인이 화가 머리끝까지 나서는 말했다.

"누군가의 말을 듣고 그런 헛소리를 날조해서 날 모욕하는 것 아니더냐? 무공을 아는 여자가 아름답지 않다고 누가 그러더냐? 차분하고 우아한 여자가 뭐 좋은 게 있다고 그런 말을 하는 것이야?"

단예가 순간 어리둥절해했다.

"소생의 말은 통념에 따른 짐작일 뿐입니다. 무공을 아는 여자 중에도 미모가 뛰어나고 도리와 인정을 아는 사람이 많이 있지요."

뜻밖에도 이 말은 왕 부인이 듣기에 여전히 귀에 거슬렸던 터라 그녀는 또다시 역정을 내며 말했다.

"그럼 내가 도리와 인정을 모른다는 말이냐?"

"도리와 인정을 알고 모르고는 부인 스스로 아실 것인데 소생이 어찌 망언을 할 수 있겠습니까? 다만 사람을 핍박해 처를 죽이고 다른 처를 맞으라고 하는 행동은 도리에 부합되지 않는다 할 수 있지요."

그는 여기까지 말한 후에도 속으로는 화가 남아 있어 어떤 거리낌도 없었다.

왕 부인이 왼손으로 가볍게 손짓을 하자 옆에서 시중을 들던 시녀 넷이 일제히 두 걸음 앞으로 나와 몸을 굽히며 답했다.

"네!"

왕 부인이 말했다.

"저놈을 끌고 가서 산다화에 물 주는 일을 시키도록 해라."

시녀 넷이 일제히 답했다.

"네!"

왕 부인이 말했다.

"단예, 넌 대리 사람이자 단씨이니 진작 죽었어야 했다. 지금 당장은 죽을죄를 묻어두고 장원 앞뒤의 산다화를 돌보는 벌을 내리도록 하겠다. 특히 오늘 가져온 백다화 화분 네 개는 필히 조심해야 한다. 다시 말하지만 그 백다화 네 그루 중 하나라도 죽는다면 네 손 하나를 잘라버릴 것이며 두 그루가 죽으면 두 손을, 네 그루가 모두 죽는다면 네놈의 사지를 모조리 절단해버릴 것이다."

"네 그루가 모두 살면 어찌하실 겁니까?"

"네 그루가 모두 살면 다른 품종의 산다화를 길러야 한다. 십팔학사, 십산태보, 팔선과해, 칠선녀, 풍진삼협, 이교니 하는 품종들을 한 품종당 몇 그루씩 말이다. 해내지 못한다면 네놈 눈알을 뽑을 것이다."

단예가 큰 소리로 항변하며 말했다.

"그 품종들은 대리에서조차 보기 힘든데 여기 이 강남에서 어찌 구할 수 있단 말이오? 각 품종당 몇 그루씩이 있을 수 있다면 그게 어디 진귀하다 할 수 있습니까? '명화와 경국지색이 서로 즐겨 반기니 군왕이 웃음을 띤 채 바라보는구나.' 이런 시구처럼 명화와 경국지색은 백년에 한번 만나기도 힘든 것이오. 그 정도는 되어야 진귀하다 할 수 있는 겁니다. 차라리 일찌감치 날 죽이는 게 낫겠소. 오늘 손을 자르고 내일 눈을 뽑아버리시오! 당신이 언젠가 요행히 명품 산다화를 얻는다 해도 아마 보름도 채 기르지 못하고 꽃이 피는 걸 기다리다 시들고 말라 비틀어져 죽어버릴 것이오."

왕 부인이 호통을 쳤다.

"네놈이 살고 싶지 않은 모양이로구나. 감히 내 앞에서 무엄하게 굴다니! 끌고 가라!"

이 말에 시녀 넷이 앞으로 나왔다. 그중 두 사람이 그의 옷소매를 부여잡고 한 사람은 그의 가슴을, 나머지 한 사람은 손을 뻗어 그의 등 뒤에서 앞으로 밀었다. 네 사람은 단예를 질질 끌다시피 하면서 다 함께 누각 밑으로 내려갔다. 네 명의 시녀들 모두 무공에 능했던 터라 단예도 이들에게 제압당해 꼼짝할 수 없었다. 따라서 능파미보 역시 반보도 펼칠 수 없어 속으로 부르짖기만 할 뿐이었다.

'불운하구나. 불운해!'

네 명의 시녀들은 단예를 밀고 당기고 하며 한 화단으로 데려갔다. 시녀 하나가 호미 한 자루를 그의 손에 쥐여주자 다른 한 시녀가 꽃에 물을 주는 나무통을 하나 가져와 말했다.

"부인께서 분부하신 대로 순순히 꽃을 심으면 목숨은 건질 수 있어요. 지금처럼 부인한테 대드는데 생매장당하지 않은 것만 해도 하늘이 도운 거예요."

다른 시녀가 말했다.

"꽃을 심고 물을 주는 일 외에 장원을 함부로 돌아다니면 안 돼요. 장서가 있는 곳은 더욱더 들어가서는 안 되고요. 안 그랬다가는 죽음을 자초하는 짓이니 그 누구도 구할 수 없어요."

네 명의 시녀들은 아주 정중하게 당부를 하고 이내 자리를 떴다. 단예는 이 웃을 수도 울 수도 없는 상황 속에서 멍하니 그 자리에 서 있을 뿐이었다.

대리국 내에서 그는 백부인 보정제와 부친인 진남왕 황태제 다음가는 지위에 있어 장차 부친이 황위를 계승하면 저군儲君인 황태자가 될 몸이었다. 그런 그가 이곳 강남까지 잡혀와서 태워 죽여버린다거나 수

족을 자르고 두 눈알을 뽑아버리겠다는 험상궂은 말을 들을 줄 누가 알았겠는가? 그것도 모자라 이번엔 강제로 정원사 일까지 하게 생겼다. 그는 천성이 유순하여 사람을 대할 때 늘 동등하게 대하는 마음을 가지고 있었다. 그 때문에 대리 황궁과 왕궁 내에서도 정원사들이 꽃을 손보거나 화초를 깎고 땅을 고르며 비료를 주는 걸 보면서 그들과 이런저런 담소를 나눈 적이 있기는 했지만 왕세자 입장에서 볼 때 정원사는 당연히 비천한 사람이었다.

다행히 천성이 활달하고 유쾌한 그는 모진 역경과 좌절을 겪어도 아주 잠깐 동안 낙담할 뿐 얼마 지나지 않아 곧 즐거움을 되찾는 성격이었다. 그는 스스로를 위로하며 생각했다.

'난 이미 무량산 옥동 안에서 그 신선 누님께 절을 하고 사부님으로 모셨다. 왕 부인은 나이가 조금 많을 뿐 그 신선 누님과 모습이 비슷하니 응당 사백으로 모셔야 맞지. 안 될 게 뭐 있겠어? 사부를 비롯한 윗분의 명이 있다면 제자가 그에 따르는 것은 당연하다. 하물며 원예는 원래 문인들의 풍류가 아니던가! 힘을 쓰고 창을 휘두르며 무예를 익히는 것보다 훨씬 더 우아한 일이지. 구마지한테 잡혀 모용 선생 묘소에서 산 채로 불태워져 죽는 것에 비하면 여기서 꽃을 심는 게 천 배 아니라 만 배 더 기쁜 일이지 않은가? 다만 여기 이 산다화 품종들이 너무 저급한 게 아쉬울 뿐이다. 이런 품종들을 대리 왕세자가 직접 보살핀다는 건 '큰 인재가 사소한 일에 쓰인다'거나 '닭 잡는 데 소 잡는 칼을 쓰는 격'이라고 말해야 하는 상황 아니던가? 하하… 그럼 네가 소 잡는 칼이더냐? 그럼 어떤 꽃을 심어야 인재인 거지?'

또 이런 생각도 들었다.

'만타산장에서 며칠 더 머물면 그 연뿌리 색 옷을 입은 낭자를 한번 더 볼 수 있는 기회가 올지도 모른다. 이 상황을 한마디로 말하면 이렇게 되겠지. "단예가 꽃을 심으면 복이 올지도 모른다."'

생각이 화복禍福에까지 이르자 곧바로 풀 한 포기를 움켜쥐고 마음속으로 묵도를 했다.

'나 단예가 언제쯤 그 낭자 얼굴을 볼 수 있을지 두고 봐야겠다.'

그는 풀을 오른손에서 왼손으로 넘겼다가 다시 왼손에서 오른손으로 넘기며 점을 쳐봤다. 간상간하艮上艮下의 간艮괘가 나오자 속으로 생각했다.

'그 등에 머물러 있으면 그 몸을 얻지 못하고, 그 정원에 갈지라도 그 사람을 보지 못한다. 허물이 없기 때문이다. 정말 신통한 괘로구나. 그 사람을 보지 못하지만 어쨌든 허물이 없다니.'

다시 한번 점을 쳐보니 태상감하兌上坎下의 곤困괘가 나왔다. 그는 속으로 죽는소리를 했다.

'위험에 처했을 때 나무의 기초가 되고, 입구에는 항문과 음부를 감추고 있으며, 세 살만 돼도 가리고 드러내지 않는 곳이다. 3년 동안 보지 못하다니 정말 피곤하기 그지없구나.'

그러다 다시 생각을 바꿨다.

'3년 동안 못 본다면 4년째 되는 해에는 볼 수 있다는 거잖아? 앞날이 창창한데 피곤할 일이 뭐 있겠어?'

점괘가 이롭지 않아 더 이상 점을 칠 엄두가 나지 않자 입으로 소곡을 흥얼거리며 호미를 메고 발길 닿는 대로 걷다가 다시 생각했다.

'왕 부인이 나더러 그 백다화 화분 네 개를 기르라고 했는데 그 네

개는 명품이 확실하니 아주 우아한 장소를 찾아 심어야 돋보일 거야.'

그는 걸어가면서 한편으로는 사주의 경치들을 훑어봤다. 갑자기 하하하고 큰 소리로 웃다 속으로 생각했다.

'왕 부인은 산다화에 대해 전혀 아는 게 없는데 굳이 이곳에 산다화를 심어놓고 장원 이름도 만타산장이라고 지었잖아? 오히려 산다화가 그늘을 좋아하는지 안 좋아하는지도 모르고 햇볕이 따갑게 내리쬐는 곳에 심어놨으니 설사 죽지는 않더라도 활짝 피기는 어렵지. 더구나 비료만 왕창 뿌려댔으니 어떤 진귀한 품종이라도 그 여자 손에 들어가면 죽기 마련이다. 애석하도다, 애석해! 이 어찌 우스꽝스러운 일이 아닐 수 있는가?'

그는 햇볕을 피해 나무 그늘 깊이 들어갔다. 한 작은 산을 돌아가니 졸졸 개울물 소리가 들렸다. 왼쪽에는 푸른 대나무가, 오른쪽에는 수양버들이 늘어서 있었으며 사방은 매우 한적하고 고요했다. 그곳은 산언덕 밑의 그늘이라 햇볕이 내리쬐지 않는 일조량이 아주 적은 곳이었다. 더구나 버드나무 가지에 가려져 있는 데다 왕 부인이 보기에 꽃을 심으면 안 되는 곳으로 알았는지 단 한 그루의 산다화도 없는 곳이었다. 단예는 크게 기뻐하며 말했다.

"여기가 가장 적합한 곳이다."

원래 있던 곳으로 돌아와 백다화 화분 네 개를 푸른 대나무 숲 옆으로 하나씩 옮겼다. 그러고는 적절한 곳을 찾아 호미로 구멍을 파내고 화분을 깨서 화분 안에 있던 흙과 함께 차례대로 옮겨 심었다. 직접 심어본 적은 없지만 전부터 많이 봐왔기에 자신이 본 그대로 흉내를 내서 해봤다. 마침내 아주 적절하게 잘 심어졌다. 반 시진이 채 되지 않아 백다화 네 그루가 푸른 대나무 옆에 심어졌다. 왼쪽에는 조파미인 검을, 오른쪽에는 홍장소과와 만월을, 그리고 안아미 한 그루는 작은 개울 옆의 한 커다란 바위 뒤에 비스듬히 심었다. 그는 혼자 중얼거렸다.

"'수없이 부르고 또 청해 가까스로 나왔건만 얼굴은 비파를 안고 있어 반쯤 가렸구나'라는 시도 있지 않은가? 반쯤 가려져 있는 곳에 있어야 아름다운 자태도 배가되는 법이지."

중국에서는 대대로 꽃을 미인에 비유해왔기에 화초를 가꾸는 도리 역시 미인을 꾸미는 것과 같았다. 단예는 황족 출신이라 어려서부터 시서를 즐겨 읽었던 까닭에 이런 능력에 있어서는 고수에 속했다.

그는 개울에 손을 넣어 두 손에 묻은 흙을 깨끗이 씻어낸 다음 커다란 바위 위에 다리를 걸치고 앉아 안아미를 정면으로 바라보다 다시 측면에서 바라보며 생각했다.

'완 누이의 환한 얼굴 표정도 이렇게 곱고 아름다웠지. 에이, 이상해. 완 누이가 나보고 단랑이라고 부른 뒤부터 나한테는 예쁘고 귀엽기만 했을 뿐 조금도 난폭한 모습은 없었잖아?'

이런 생각도 들었다.

'아벽의 눈 속에 교태라곤 없었지만 자연스러운 온유함이 있었어. 그녀는 안아미보다 다른 명품종인 춘수녹파春水綠波가 더 어울려.'

이런저런 생각으로 즐거워하는 사이 갑자기 발소리가 들리면서 여자 둘이 걸어오고 있었다. 그중 한 사람 목소리가 들렸다.

"여기가 가장 조용한 곳이라 아무도 안 올 거야…."

그 목소리를 듣자 단예는 가슴이 쿵쾅쿵쾅 뛰기 시작했다. 틀림없이 낮에 보았던 그 연뿌리 색 사삼을 입은 소녀의 목소리였기 때문이다. 단예는 숨을 들이마신 채 멈추고 감히 아무 소리도 낼 수가 없었다.

'그녀는 자기와 상관없는 남자는 보지 않겠다고 했는데 나 단예야말로 그녀와 상관이 없는 남자가 아닌가? 내가 여기 있다는 걸 절대 알게 하면 안 된다.'

그는 머리가 비스듬히 기울어져 있는 상태였지만 이 순간만은 감히 똑바로 되돌리지 못하고 그대로 놔둘 수밖에 없었다. 목뼈에서 아주 작은 소리라도 나서 그녀를 놀라게 할까 두려웠기 때문이다.

계속해서 그 소녀의 목소리가 들렸다.

"소명小茗, 혹시 그분에 관해서 무슨 소식 들은 거 있느냐?"

단예는 자신도 모르게 가슴이 아팠다. 그 소녀 입에서 말한 '그분'이란 당연히 단예 자신이 아닌 모용 공자일 것이란 생각 때문이었다. 왕부인이 한 말에 의하면 그 모용 공자의 이름은 외자인 복復 자인 듯했다. 그 소녀가 질문하는 목소리 속에는 가슴 가득한 관심과 부드러운 애정이 담겨 있는 것으로 보였다. 단예는 부러움을 금할 길 없어 다시 한번 가슴이 시려왔다. 소명이라는 시녀가 한참을 우물거렸다. 있는 그대로 말하기가 어려운 모양이었다.

그 소녀가 말했다.

"어서 말해. 네 호의는 내가 절대 잊지 않을게."

"부… 부인께서 꾸짖으실까 봐 무서워서요."

"이런 바보 같은 계집애. 나한테만 말하는데 부인께서 어찌 아신단 말이냐?"

"부인께서 아가씨한테 물어보시면요?"

"당연히 말하지 않지."

소명은 다시 한참을 머뭇거리다 말했다.

"아가씨 사촌 도련님께서는 소림사에 가셨습니다."

"소림사에 갔다고? 그런데 아주, 아벽 그 아이들은 어찌 낙양 개방에 갔다고 하는 것이냐?"

단예가 생각했다.

'사촌 도련님이라니? 응? 그럼 모용 공자가 그녀의 사촌 오라버니인가 보구나. 두 사람은 친척인 죽마고우라는 건데. 그럼… 그럼….'

소명이 말했다.

"부인께서 이번에 외출하셨다가 우연히 공야公冶 둘째 나리를 만나셨는데 둘째 나리 말씀이 개방의 우두머리급 인사들이 모두 강남에 모여 사촌 도련님의 죄를 따져물으려 한다고 하셨대요. 또 이런 말씀도 하셨대요. 둘째 나리께서 사촌 도련님 서찰을 받았는데 도련님이 낙양에 가셨다가 걸개乞丐 우두머리들을 찾지 못해 숭산嵩山 소림사로 가셨다고 말이에요."

"소림사에는 뭐 하러 가신 거지?"

"공야 둘째 나리 말씀으로는 사촌 도련님이 서찰에 이런 말도 쓰셨대요. 소림사의 한 노화상이 대리에서 죽었다는 소식을 낙양에서 들었는데 그들이 고소모용에서 죽였다는 억울한 누명을 씌웠다고 말이에요. 사촌 도련님께서는 여태껏 대리에 간 적이라고는 없는데 그 말을 듣고 화가 많이 나셨대요. 다행히 소림사는 낙양에서 멀지 않아 소림사 내 화상한테 해명을 하기 위해 가신 거래요."

"해명을 하지 못한다면 손을 써야 하는 것 아니더냐? 부인께서는 그런 소식을 들었다면 당장 가서 사촌 오라버니를 돕지 않고 어찌 그냥 돌아오셨다는 말이냐?"

소명이 말했다.

"그건… 소녀도 잘 모르겠습니다. 생각해보면 부인께서 사촌 도련님을 좋아하지 않는 것 같아요."

그 소녀는 기분이 몹시 상한 듯 말했다.

"흥! 설사 좋아하지 않는다 해도 어쨌든 자기 사람이지 않으냐? 고소모용씨가 밖에서 체면을 구기면 우리 왕가 체면에 무슨 득이 있다고 그러는 거지?"

소명은 감히 말을 잇지 못했다.

그 소녀는 푸른 대나무 숲 옆을 왔다 갔다 하다가 갑자기 단예가 심은 백다화 세 그루와 땅바닥의 깨진 화분을 발견하고 깜짝 놀라 물었다.

"아니! 누가 여기에 산다화를 심은 거지?"

단예는 조금의 주저함도 없이 바위 뒤에서 몸을 돌려나와 길게 읍을 하고 말했다.

"소생은 부인의 명을 받고 이곳에서 산다화를 심고 있는 중인데 낭자한테 실례가 된 것 같소."

그는 깊이 읍을 하고 있었지만 눈은 여전히 앞을 똑바로 바라보고 있었다. 그 소녀가 '자신과 상관없는 남자는 보지 않는다'는 말을 했으니 당장 몸을 돌려 가버리면 또 얼굴 볼 기회를 놓쳐버릴까 두려워서였다.

그는 소녀를 보자마자 귀에서 웅 소리가 들리면서 그만 눈앞이 어질어질하고 두 무릎에 기운이 빠져 자기도 모르게 바닥에 주저앉고 말았다. 끝까지 버티지 못했다면 아마 바닥에 머리를 처박았을 것이다. 오죽하면 입에서 이런 말이 튀어나왔겠는가!

"신선 누님, 제… 제가 얼마나 보고 싶었는지 모릅니다! 제자 단예가 사부님께 인사 올립니다."

눈앞에 있는 소녀의 모습은 무량산 석동에 있던 옥상과 완전히 똑같았다. 왕 부인이 옥상과 무척 비슷하긴 했지만 어쨌든 나이 차이가 있었고 용모 역시 옥상의 미모에 미치지 못했다. 그러나 지금 눈앞에 보이는 이 소녀는 복장만 조금 다를 뿐 얼굴형과 눈, 코, 입술, 귀, 살빛, 몸매, 손발까지 닮지 않은 곳이 하나도 없었던 것이다. 마치 그 옥상이 부활을 한 것처럼 보였다. 그는 꿈속에서 이미 수백 아니 수천 번이나 그 옥상을 그리워해 왔기에 직접 목격을 한 이 순간 자신이 지금 어디에 있는지, 속세에 있는지 천상에 있는지조차 구별되지 않았다.

그 소녀는 단예를 미친 사람으로 알고 놀라서는 뒤로 두 발짝 물러서서 두려움에 가득 찬 목소리로 말했다.

"다… 당신은…."

단예는 몸을 일으켜 세웠다. 눈빛은 줄곧 그 소녀를 직시하고 있었지만 이때야 비로소 자세히 살펴볼 수 있었다. 마침내 그는 눈앞에 있는 소녀와 석동 속의 옥상에 약간 다른 부분이 있음을 느꼈다. 옥상은 매우 요염하고 날렵하며 사람의 혼을 빼놓는 자태를 지닌 반면, 눈앞의 소녀는 단정함 속에 치기가 있어 외모만 놓고 볼 때 오히려 옥상이 소녀에 비해 더욱 생동감 넘친다는 생각이 든 것이다.

"그날 석동 안에서 신선 누님의 비범한 모습을 뵙고 복이 적지 않다 자처해왔는데 뜻밖에도 오늘 누님의 용안을 직접 보게 됐습니다. 속세에 진정 선녀가 있다더니 과연 허언이 아니었군요!"

그 소녀가 소명을 향해 말했다.

"지금 뭐라 하는 것이냐? 저… 저 사람은 누구냐?"

소명이 말했다.

"저 사람은 아주와 아벽이 데려온 그 책벌레입니다. 산다화를 키울 줄 안다고 하여 부인께서 그의 헛소리를 믿으신 모양입니다."

그 소녀가 단예를 향해 말했다.

"이봐요, 책벌레. 방금 우리가 하는 말을 다 들었나요?"

단예가 눈웃음을 치며 말했다.

"소생의 성은 단, 이름은 예라고 하는 대리국 사람이며 책벌레가 아니오. 신선 누님과 여기 이 소명 누님의 대화는 제가 뜻하지 않게 들었소. 허나 두 분께서는 안심하시오. 소생은 그 어떤 말도 절대 누설하지 않을 것이오. 소명 누님이 절대 부인께 꾸짖음을 당하게 만들지 않을 거라 장담할 수 있소."

그 소녀는 굳은 안색을 하고 말했다.

"누가 당신한테 누님이니 뭐니 함부로 부르라고 했죠? 책벌레가 아니란 건 그렇다 쳐도 날 언제 본 적 있다고?"

"낭자를 신선 누님이라 부르지 않으면 뭐라고 불러야 합니까?"

"내 성은 왕이에요. 그냥 왕 낭자라고 부르면 돼요."

단예는 고개를 가로저었다.

"아니, 아니 됩니다. 천하에 왕씨 성을 가진 낭자가 수천, 수만 명은 될 것이오. 이런 선녀 같은 분을 어찌 왕 낭자란 호칭으로 끝낼 수 있겠소? 그럼 그대를 어찌 불러야 할까요? 정말 무척이나 어렵군요. 왕 선녀라고 부를까요? 그건 어감이 너무 속되군요. 만타 공주라고 부를까요? 아니지, 송, 대리, 요, 토번, 서하 어느 나라인들 공주가 없겠소? 더구나 그중 그 어느 누가 당신과 비할 수가 있단 말이오?"

소녀는 끊임없이 주절대는 그의 말을 듣고 생각할수록 그가 멍청하게 느껴졌다. 그러나 그가 그토록 탄복해 마지않으며 혼이 빠진 듯 자신의 미모를 칭찬하는 말을 듣고 어쨌든 기분이 좋아 미소를 지으며 말했다.

"어찌 됐건 운이 좋았는지 우리 어머니한테 두 다리를 잘리지는 않았군요."

단예가 말했다.

"영당 부인께서는 신선 누님과 비슷한 용모를 지녔지만 성격이 좀 특별하셔서 걸핏하면 사람을 죽이니 신선의 모습에 걸맞지 않다고 할 수 있…."

그 소녀는 수려하기 이를 데 없는 미간을 살짝 찌푸렸다.

"빨리 가서 산다화나 심어요. 여기서 주절대지 말고 말이에요. 우린 긴하게 할 말이 좀 더 남았거든요?"

그녀는 표정과 태도로 보아 그를 평범한 정원사로 여기는 듯했다.

단예는 이를 거스르려 하지 않았다. 오로지 그녀와 더 많은 말을 나누고 다만 몇 번이라도 더 볼 수 있기만 바랄 뿐이었다. 그는 속으로 생각했다.

'나와 기꺼이 대화하길 원하도록 유도하기 위해서는 모용 공자에

관한 얘기를 할 수밖에 없겠다. 그 외에는 어떤 일에도 관심을 두지 않을 테니 말이야.'

그러고는 말했다.

"소림사는 무림에서 태산북두라 할 수 있소. 사찰 내에는 고수인 고승들이 1천 명까지는 아니더라도 800명 정도는 있는 데다 이들 대부분이 72문 절기에 정통하지요. 이번에 소림파 현비대사가 대리 육량주의 신계사에서 누군가에게 독수를 당해 피살됐는데 모든 화상이 현비대사에게 손을 쓴 사람을 고소모용씨로 여기고 있소. 따라서 모용공자가 홀로 험지險地에 뛰어든 것은 매우 타당치 않다 할 수 있는 것이오."

그 소녀가 과연 몸을 부르르 떨며 깜짝 놀랐다. 단예는 그녀의 안색을 똑바로 쳐다보지 못하고 속으로 생각했다.

'이 소녀는 모용복 그 자식을 위해 이토록 관심을 쏟고 근심스러워하는구나. 소녀의 안색을 똑바로 보면 화가 나서 눈물이 날지도 모르겠다.'

그녀의 연뿌리 색 사삼 하단이 가볍게 흔들리더니 곧이어 퉁소보다 더 부드러운 목소리로 물었다.

"소림사 화상이 어찌 고소모용씨한테 누명을 씌운 거죠? 당신은 아나요? 어… 어서 말해봐요."

단예는 그녀가 나지막이 간청하는 목소리를 듣고 마음이 누그러져 당장 자신이 아는 바를 말해주려 했지만 생각이 바뀌었다.

'내가 아는 바는 사실 극히 제한적이다. 현비대사가 몸에 대위타저를 맞아 죽었고, 사람들이 말하는 "상대가 쓴 방법을 상대에게 펼친다"

는 것은 천하에 고소모용 일가뿐이라는 얘기 외에는 더 없지 않은가? 이에 대한 자세한 내막은 몇 마디면 끝나고 만다. 한마디로 끝낸다면 그녀는 또 나한테 가서 산다화나 심으라고 재촉할 것이고 다시 또 다른 화제를 찾아 그녀와 얘기를 나누는 건 쉽지 않을 것이다. 그렇다면 난 짧은 말을 길게 늘이고 하찮은 문제를 크게 부풀려야만 한다. 매일 조금씩만 말하고 이런저런 얘기를 두서없이 하며 주제에서 벗어난 말로 길게 늘여서 매일같이 날 찾아와서 얘기하게 만드는 거지. 날 찾아오지 않으면 근질근질해서 참을 수 없도록 말이야.'

단예는 헛기침을 한번 하고 말했다.

"난 무공이라고는 전혀 모르오. 무슨 금계독립金雞獨立이니 흑호투심黑虎偸心이니 하는 가장 쉬운 초식조차 단 일초도 펼치지 못하니 말이오. 허나 우리 고향에 성이 '주', 이름이 '단신'이란 친구가 하나 있는데 별호가 필연생筆硯生이오. 하지만 그 친구가 나처럼 책벌레일 거라 여기고 문약한 사람으로 보지는 마시오. 무공 실력이 보통 아니니 말이오. 언젠가 그 친구가 접선을 접어 거꾸로 집어서는 퍽 하고 접선 손잡이를 한 대한의 어깻죽지에 이렇게 찍었소. 그러자 그 대한은 몸을 움츠리더니 마치 진흙 덩어리처럼 꼼짝도 하지 못하더군요."

그 소녀가 말했다.

"음… 그건 청량선법淸凉扇法의 타혈打穴 무공이에요. 그중 제38초인 투골선透骨扇이 바로 접선 손잡이를 거꾸로 쥐고 비스듬히 어깨를 타격하는 기술이지요. 그 주 선생이란 분은 곤륜의 방계인 삼인관三因觀 문하의 제자예요. 그 일파의 무공은 접선을 쓸 때보다 판관필을 쓸 때가 훨씬 더 무서워요. 할 얘기만 해요. 나한테 무공 얘기는 하지 말고."

그녀의 이 말을 주단신이 들었다면 탄복해 마지않았을 것이다. 소녀는 그 일초의 명칭과 수법은 물론 그의 사문에 대한 내력과 무학의 분파까지 속속들이 알고 말하고 있었으니 말이다. 또 다른 무학 명가, 예를 들어 단예의 백부인 단정명과 부친 단정순이 들었다면 그와 마찬가지로 깜짝 놀라고 말았을 것이다.

'이렇게 젊은 낭자가 어찌 무학의 도에 대한 견식이 이토록 해박하고 날카로울 수 있을까?'

그러나 단예는 무공을 전혀 몰랐던 터라 이 낭자가 대충 묘사하고 지나가자 그 역시 대충 흘려들었을 뿐이다. 그는 이 소녀가 말한 것이 맞는지 안 맞는지 몰랐기에 연한 눈썹에 치켜뜬 눈으로 붉은 입술을 삐죽거리는 그녀의 모습만 쳐다볼 뿐이었다. 그녀의 목소리가 참을 수 없도록 듣기 좋고, 말하는 모습이 한없이 아름답다고 느껴질 뿐 그녀가 말하는 내용에 대해서는 한 글자도 머릿속에 들어오지 않았다.

소녀가 물었다.

"그 주 선생이 왜요?"

단예는 푸른 대나무 옆의 한 청석 의자를 가리키며 말했다.

"그 얘기를 하자면 좀 기니까 낭자께서 잠시 자리를 옮겨 저쪽에 편안히 앉으시면 천천히 말씀드리겠소."

"말이 많은 분이로군요. 그냥 속 시원히 말할 수 없나요? 난 당신 말 들을 시간이 없다고요."

"낭자께서 오늘 시간이 없다면 내일 다시 찾아오셔도 괜찮소. 내일 시간이 없다면 며칠 지나고 와도 괜찮고 말이오. 부인께서 내 혀를 잘라버리시지만 않는다면 낭자가 한 질문에 대해 아는 부분을 남김없이 말씀드릴 것이오."

그 소녀는 왼발로 땅을 가볍게 구르다 고개를 돌려 더 이상 신경도 쓰지 않고 소명을 향해 물었다.

"부인께서 또 뭐라 하셨느냐?"

소명이 말했다.

"부인께서 이런 말씀을 하셨어요. '흥! 일이 점점 더 커지는구나. 개방하고 원수지간을 맺은 것도 모자라 또 소림파의 적수가 되어버리다니 너희 고소모용가는 죽어도… 죽어도 묻힐 곳이 없을 것 같다.'"

그 소녀가 다급하게 말했다.

"어머니께서는 사촌 오라버니가 위험에 처한 것을 뻔히 알면서 어찌 그렇게 무심하실 수가 있지?"

"네. 아가씨, 저… 부인께서 절 찾으실까 두려워요. 전 이만 가봐야겠어요. 방금 드린 말씀은 절대 저한테 들었다고 하지 말아주세요. 소녀는 아가씨를 몇 년 더 모시고 싶습니다."

"그건 염려하지 마라. 내가 어찌 널 해치겠느냐?"

소명은 곧 작별 인사를 하고 가버렸다. 단예는 그의 눈빛 속에 무심코 드러난 두려운 기색을 보고 속으로 생각했다.

'왕 부인이 살인을 초개같이 여기니 저렇듯 사람이 넋을 잃게 되는구나.'

그 소녀는 천천히 청석 의자 앞으로 걸어가 조용히 자리에 앉았다. 하지만 단예에게 앉으라는 말은 하지 않았다. 단예는 감히 함부로 그녀 옆에 앉을 수가 없었다. 백다화 한 그루가 그녀와 매우 가까운 곳에 있었고 두 그루와는 약간 떨어져 있었다. 미인과 명화가 함께 있으니 과연 더욱더 돋보였다. 그는 한숨을 쉬며 말했다.

"'명화와 경국지색이 서로 즐겨 반기니 군왕이 웃음을 띤 채 바라보는구나.' 이 시구로도 견줄 수가 없군요. 견줄 수가 없소. 과거에 이태백이 작약芍藥으로 양귀비의 아름다움을 비유했지만 그가 낭자를 볼 수 있는 복이 있었다면 꽃이 아무리 아름답다 해도 애교가 없고, 부드러운 목소리가 없고, 즐겁게 웃는 모습이 없고, 우수에 젖은 모습이 없어 절대 견줄 수가 없었을 것이오."

그 소녀가 은은한 목소리로 말했다.

"끊임없이 나한테 아름답다고 하는데 그게 진심인지 모르겠네요."

단예는 너무 의아한 나머지 물었다.

"'자도子都[17]의 아름다움을 모르는 자는 눈이 달려 있지 않은 자'라 했지요. 남자에게조차 그런 표현을 하는데 하물며 낭자처럼 세상이 놀랄 만한 미인은 어떠하겠소? 아마 평생 아름다움을 찬탄하는 말을 너무 많이 들어 싫증이 나서 그럴 것이오."

소녀는 천천히 고개를 가로저으며 적막감으로 가득한 눈빛을 하고 말했다.

"평생 나한테 아름답니 아름답지 않니 그런 말을 하는 사람은 없었어요. 여기 만타산장 내에는 우리 어머니 외에 모두 시녀와 여복들뿐이에요. 다들 나를 아가씨로만 아는데 내가 아름다운지 못났는지 상관할 바 있겠어요?"

"그럼 외부 사람들은 어땠소?"

"외부 사람들이라니요?"

"외부에 나가면 남들이 당신처럼 선녀 같은 미인을 보고 너무 놀라 찬사를 보내며 머리 숙여 절하지 않던가요?"

"평생 외부에 나간 적이 없어요. 외부에 나가 뭐 해요? 어머니도 내가 출타하는 걸 허락하지 않아요. 고모님 댁의 환시수각에 가서 책을 볼 때도 외부 사람은 만난 적 없어요. 오라버니의 몇몇 친구들인 등鄧 큰오라버니, 공야 둘째 오라버니, 포包 셋째 오라버니, 풍風 넷째 오라버니가 전부예요. 그분들은… 당신처럼 그렇게 아둔하진 않아요."

이 말을 하면서 빙그레 한번 웃었다.

"그럼 모용 공자… 그분도 당신을 아름답다고 말한 적이 없었소?"

그 소녀는 천천히 고개를 숙였다. 스륵 하는 극히 가벼운 소리가 들리고 다시 또 한 번 들리면서 그녀의 눈에서 흘러내린 눈물 몇 방울이 푸른 풀잎 위로 떨어졌다. 영롱하게 빛나는 그 눈물은 마치 새벽녘의 이슬방울처럼 보였다.

단예는 감히 더 이상 묻지 못했고 그 어떤 위로의 말도 건넬 수 없었다.

잠시 후 그 소녀가 가벼운 한숨을 내쉬었다.

"그… 그분은 너무 바빠요. 1년 내내 아침부터 저녁까지 쉬는 시간이라고는 없으니까요. 나와 함께 있을 때도 무공에 대해 담론하지 않으면 나라의 대사를 논하는 게 다예요. 난… 무공을 좋아하지 않는데."

단예가 무릎을 탁 치면서 소리쳤다.

"옳소. 옳은 말이오. 나도 무공을 좋아하지 않소. 우리 백부님과 아버지께서 무공을 배우라고 하셨지만 난 배우지 않겠다고 했소. 차라리 몰래 도망쳐나올지언정 말이오."

그 소녀는 길게 한숨을 내쉬었다.

"난 무공을 싫어하지만 수시로 그분을 보기 위해 권경도보拳經刀譜 같은 걸 보거나 아니면 머리에 확실히 기억해두었던 거예요. 그분이 이해하지 못하는 부분을 내가 설명해주기 위해서요. 하지만 난 배우지 않았어요. 계집애가 칼을 휘두르고 봉을 사용하는 게 우아하지도 않고…."

단예는 마음 깊은 곳으로부터 찬사가 터져 나왔다.

"그렇소, 맞아요! 당신 같은 천하무쌍의 미인이 어찌 남들과 손발을 써가며 싸울 수 있단 말이오! 그건 말이 안 되는 소리요. 아이고…."

그는 별안간 생각이 났다. 그 말은 자기 모친에 대한 모독이자 목완청과 종영 그리고 아주, 아벽처럼 무공을 아는 여인들에 대한 모독이 아닌가! 그 소녀는 다행히 그의 말을 마음에 묻어두지 않고 말을 이었다.

"역대 왕후장상王侯將相들은 '오늘 네가 날 죽이면 내일 내가 널 죽이는' 행동들을 계속해왔지만 난 정말 알고 싶지 않아요. 하지만 그분께서 가장 즐겨 얘기하는 것들이라 하는 수 없이 그 책들을 보고 얘기해줬던 거예요."

단예가 의아한 표정을 지었다.

"한데 왜 낭자가 보고 얘기해주는 것이오? 본인이 직접 보지 못하기라도 하는 거요?"

소녀가 눈을 한번 흘기고는 나무라듯 말했다.

"지금 그분이 장님이라고 말하는 거예요? 글을 모를까 봐요?"

단예가 다급하게 변명을 했다.

"아니, 아니오! 그분이 천하제일 호인이라는 거요. 이제 됐소?"

그렇게 말하기는 했지만 속이 쓰려오는 것을 참을 수 없었다.

소녀가 우아한 미소를 지으며 말했다.

"그분은 우리 사촌 오라버니예요. 이 장원에서 고모님과 고모부님 그리고 사촌 오라버니 외에는 주변 사람이 거의 없어요. 다만 내가 어릴 때 고모부님이 별세하신 후로 우리 어머니와 고모님께서 다투셔서 사이가 틀어져버리고 말았죠. 어머니께선 사촌 오라버니조차 오지 못하게 하셨어요. 나도 그분이 천하제일 호인인지 아닌지 몰라요. 천하의 호인이건 악인이건 누구도 본 적 없으니까요."

"어찌 부친께 물어보지 않으시는 것이오?"

"우리 아버지께서는 일찍 돌아가셨어요. 내가 태어나기도 전에 이미 세상을 뜨셨죠. 난… 그분을 한 번도 뵌 적이 없어요."

이 말을 하면서 눈시울이 붉어지더니 금방이라도 눈물을 뚝뚝 흘릴 것처럼 보였다.

단예가 말했다.

"음… 낭자 고모님은 부친의 누님이실 테고 고모부님은 고모님의 남편일 테니 그분은… 그분은… 그분은 낭자 고모님 아들이군요."

소녀는 다시 웃음을 띠며 말했다.

"정말 멍청하네요. 난 우리 어머니 딸이고 그분은 내 사촌 오라버니예요."

단예는 그녀의 웃음을 이끌어내자 매우 기쁜 마음으로 말했다.

"아! 알겠소. 사촌 오라버니가 너무 바빠서 책 볼 시간이 없을 거라 생각해 그분 대신 본 거로군요."

"그렇게 말할 수 있죠. 하지만 다른 이유가 또 있어요. 한데 대답해봐요. 소림사의 그 화상들은 왜 우리 사촌 오라버니가 소림파 사람을 죽였다고 누명을 씌우는 거죠?"

단예는 그녀의 기다란 속눈썹 위에 여전히 눈물 한 방울이 달려 있는 것을 보고 속으로 생각했다.

'옛 선인들이 "봄비를 머금은 한 떨기 배꽃 같구나"란 말을 했는데 그게 바로 미인의 눈물을 비유한 것이었어. 허나 배꽃이 아름답기는 하지만 배나무는 지나치게 비대하지 않은가! 더구나 비가 온 뒤의 배꽃은 꽃잎 하나하나마다 눈물이 맺힌 것 같아 상심이 너무 큰 것처럼 보인다. 왕 낭자처럼 이렇게 산다화에 아침이슬이 맺힌 듯한 모습이어야 비로소 아름답다 할 수 있지.'

소녀는 한참을 기다려도 시종 답을 하지 않는 것을 보고 손을 뻗어 그의 손등을 가볍게 밀면서 말했다.

"왜 그래요?"

단예는 전신을 떨면서 몸을 펄쩍 뛰며 부르짖었다.

"어이쿠!"

소녀는 단예의 갑작스러운 행동에 깜짝 놀라 말했다.

"왜요?"

단예는 시뻘게진 얼굴로 말했다.

"낭자 손가락이 내 손등을 미니까 마치 혈도를 찍힌 것 같소."

소녀는 그가 농으로 한 말인지도 모르고 동그란 눈을 부릅뜨며 말했다.

"손등 위에는 혈도가 없어요. 전곡前谷, 후계後谿, 양지陽池 세 혈은 모두 손바닥 가장자리에 있고 외관外關, 회종會宗 두 혈은 손목 가까이에 있지만 훨씬 더 멀어요."

그녀는 이 말을 하면서 자기 손등을 뻗어 손짓으로 가리켰다.

단예는 그녀가 마치 대파의 흰 줄기 같은 왼손 식지로 눈처럼 하얗고 가녀린 그녀의 오른 손등 위를 찍자 갑자기 목이 마르고 어질어질한 기분이 느껴졌다. 그녀에게 물었다.

"나… 낭자! 이름이 어찌 되시오?"

소녀는 빙긋 미소를 지었다.

"당신은 정말 괴이한 구석이 있네요. 좋아요. 당신한테는 알려줘도 상관없죠. 어차피 내가 말하지 않으면 아주, 아벽 두 계집애들이 말할 테니까요."

그러고는 손가락을 뻗어 자기 손등 위에 세 글자를 써내려갔다.

'왕王… 어語… 언嫣.'

단예는 부르짖었다.

"정말 묘하군요. 묘하기가 그지없소! '웃으면서 말하는 모습이 아름답다'니 정말 온화하고 친근감이 넘치는 이름이오."

그러고는 속으로 생각했다.

'이렇게 미리 말을 해둬야만 돼. 만일 그녀가 그녀 어머니처럼 멀쩡하게 말하다 갑자기 안면을 바꿔 꽃이나 심으러 가라고 한다면 이름하고 전혀 어울리지 않을 거야.'

왕어언은 미소를 지으며 말했다.

"이름은 어쨌든 듣기 좋게 짓기 마련이죠. 역사적으로 간악하기 이를 데 없는 자들도 이름만은 다 아름다웠어요. 조조曹操는 그 이름에 담긴 뜻과 달리 도덕적 소양이라고는 찾아보기 힘들었고, 주전충朱全忠이란 사람은 충성을 다한다는 뜻이지만 불충한 인물로 알려진 사람이죠. 당신은 이름이 단예라 했는데 당신한테 대단한 명예라도 있나요?

그보다는 명예를….”

단예가 그 말을 이어받아 말했다.

“…탐내고 있지요.”

두 사람은 동시에 큰 소리로 웃었다.

왠지 모르지만 우울한 기색으로 가득했던 왕어언의 어여쁜 얼굴은 큰 소리로 즐겁게 웃는 이 순간 더욱 눈부시게 아름다웠다. 단예는 생각했다.

‘내가 만일 평생 당신 얼굴을 웃음으로 가득하게 만들어줄 수 있다면 그보다 더 좋을 게 있을까?’

하지만 그녀는 기쁨도 잠시뿐, 눈빛 속에 다시 우울한 기색이 어슴푸레하게 나타나기 시작했다. 그녀는 힘없이 말을 이었다.

“그… 그분께서는 늘 진지하기만 해서 나한테 무의미한 말은 한 적이 없어요. 에이! 연燕나라, 연나라! 그게 그렇게 중요한 건가요?”

“연나라, 연나라!”라는 이 두 마디 말이 단예의 귓속으로 파고들자 갑자기 신경조차 쓰지 않던 수많은 단어가 한꺼번에 줄줄이 떠오르기 시작했다.

‘모용씨’, ‘연자오’, ‘참합장’, ‘연나라’… 그러고는 불쑥 이런 말이 튀어나왔다.

“모용 공자는 그럼 오호난화五胡亂華[18] 시기의 선비鮮卑 사람인 모용씨의 후예란 말이오? 그럼 그분은 중국인이 아니라 호인胡人[19]이오?”

왕어언이 고개를 끄덕였다.

“그래요. 그분은 연나라 모용씨의 옛 왕손이에요. 하지만 이미 수백 년이 지난 일이고 또 선조들의 옛일인데 굳이 잊지 않고 기억할 필요 있나요? 그분은 중국인이 아닌 호인이 되고 싶어 해요. 중국 글자를 알고 싶어 하지도, 중국 서책도 읽고 싶어 하지 않아요. 하지만 내가 볼 땐 중국 서책에 무슨 나쁜 점이 있는 것도 아니에요. 한번은 이런 말을 했어요. '사촌 오라버니, 중국 서책이 나쁘다고 하는데 선비 글자로 된 서책이 있으면 어디 한번 보여주세요.' 이 말을 듣더니 버럭 화를 내는 거예요. 애당초 선비 글자로 된 서책이란 건 없었기 때문이었죠."

그녀는 살며시 고개를 들더니 저 멀리 두둥실 떠가는 흰 구름을 바라보며 부드러운 목소리로 말했다.

"그분은… 그분은 나보다 열 살이 많아요. 늘 나를 어린 여동생으로만 취급해서 내가 서책을 읽고 서책 속의 무공만 암기하고 있을 뿐 아무것도 모른다고 생각해요. 그분은 아직까지 몰라요. 내가 서책을 읽는 게 다 그분을 위해 읽는 것이고 무공을 암기하는 것도 그분을 위해 기억하고 있다는 걸 말이에요. 그분을 위해서가 아니라면 난 차라리 닭이나 키우며 놀거나 금이나 타고 글이나 썼겠죠."

단예는 떨리는 목소리로 말했다.

"그분은 정말 낭자가 이렇게… 이렇게 호의적으로 대한다는 사실을 전혀 모르고 계시오?"

왕어언이 말했다.

"호의적으로 대한다는 건 당연히 알죠. 그분 역시 저한테 잘해주시니까요. 하지만… 하지만 우리 두 사람은 친남매나 마찬가지라 형식적인 일 외에 다른 얘기는 한 적이 없어요. 속마음을 나한테 털어놓은 적도 없고 내가 무슨 마음을 품고 있는지 물어본 적도 없어요."

여기까지 말하자 그녀의 아름다운 볼은 연한 홍조를 띠기 시작했고 어색한 표정과 함께 눈빛 속에 부끄러운 빛이 드리워졌다.

단예는 그녀에게 우스갯소리를 하려는 마음에 '무슨 마음을 품고 계십니까?' 하고 묻고 싶었지만 그녀의 수줍은 듯한 기색을 보자 감히 가인의 기분을 상하게 할 수는 없었다.

"그분에게 늘 역사와 무학에 관해서만 얘기할 필요는 없소. 시사詩詞 중에도 자야가子夜歌[20]나 회진시會真詩[21] 같은 것이 있지 않소?"

이 말을 하고 단예는 곧 크게 후회를 했다.

'그냥 말없이 은근한 애정을 품기만 하고 표현을 못하게 만드는 게 낫잖아? 내가 왜 하필 그녀에게 이런 방법을 알려줬지? 정말 바보도 이런 바보가 없구나.'

왕어언은 더욱 부끄러워하며 다급하게 말했다.

"어… 어떻게 그래요? 난 단정하고 반듯한 요조숙녀예요. 어찌 그… 그런 시사를 들어 사촌 오라버니께 가벼이 보일 수 있겠어요?"

단예는 긴 한숨을 몰아쉬었다. 그러고는 정색을 하며 말했다.

"네, 그래야 맞지요!"

이 말을 하면서도 속으로는 자책을 했다.

'단예야, 너란 자식은 성인군자가 아니란다.'

왕어언은 이런 속마음을 누구에게 토로한 적이 없었다. 오로지 가슴속으로 수천 번 헤아리고 수백 번 따져보기만 했을 뿐이다. 오늘은 단예같이 편한 성격에 글공부 좀 한 사람을 만나게 되자 왠지 모르게 믿음이 가서 가슴 깊이 묻어두었던 연정을 토로하기에 이른 것이다. 사실 그녀는 사촌 오라버니를 마음 깊이 사모하고 있었다. 아주와 아벽 그리고 소차, 소명, 유초 등 시녀들이 어찌 이를 모르겠는가! 그저 누구도 입 밖에 내지 않을 뿐이었다. 그녀는 한바탕 속마음을 터놓자 가슴속의 번민이 일부 가셨는지 입을 열었다.

"당신한테 아무 상관 없는 말만 늘어놓고 정작 본론을 얘기 안 했군요. 소림사가 도대체 왜 우리 사촌 오라버니를 힘들게 하는 거죠?"

단예는 더 이상 무성의하게 질질 끌 수 없을 것 같아 하는 수 없이 말했다.

"소림사의 방장은 현자대사라는 분으로 그분에게는 현비라는 사제가 한 분 계셨소. 그 현비대사는 대위타저라는 무공에 정통했지요."

왕어언이 고개를 끄덕이며 말했다.

"그건 소림 72절예 중 제29문이에요. 다 합쳐서 19초의 저법杵法뿐이지만 일초 일초가 모두 위협적이고 용맹스럽죠."

"그 현비대사가 우리 대리에 왔다가 육량주 신계사에서 누군가에게 죽임을 당했소. 한데 적이 그분을 살해할 때 사용한 수법이 바로 현비대사의 절초인 대위타저였소. 사람들 말에 따르면 그 수법은 현비대사를 제외하고 오직 고소모용씨만이 구사할 줄 안다고 하더군요. '상대가 쓴 방법을 상대에게 펼친다'라고 하면서 말이오."

왕어언이 고개를 끄덕였다.

"그 말에도 일리가 있군요."

"하지만 소림파 외에도 모용씨를 찾아 복수를 하려는 사람들이 또 있소."

"어떤 사람들 말이죠?"

"복우파에 가백세라는 사람이 있는데 그의 독보적인 무공을 천령천렬이라고 하오."

"네. 그건 복우파의 백승연편百勝軟鞭 제27초 중 네 번째 변초예요. 비록 초법이 기괴하긴 하지만 상승 무학 축에는 들지 못해요. 그저 힘이 매우 강맹할 뿐이죠."

"그 사람 역시 천령천렬이란 그 일초 아래 죽임을 당했소. 바로 그 사람 사제와 제자가 모용씨를 찾아 복수하려고 하는 것이오."

왕어언이 잠시 주저하다 말했다.

"가백세 그 사람은 정말 우리 사촌 오라버니가 죽였을지도 몰라요. 하지만 현비 화상은 분명 아니에요. 우리 사촌 오라버니는 대위타저 무공을 할 줄 모르거든요. 그 무공은 연마하기가 매우 어려워서 20년 이상의 공력이 없으면 그 무공을 펼쳐도 똑같을 수가 없어요. 하지만 우리 사촌 오라버니를 만나면 그 무공을 할 줄 모른다는 말은 말아요. 내가 말해줬다는 말도 하지 말고요. 그분께서 그 말을 들으면 크게 화를 내실 거예…."

이 말을 하는 도중 갑자기 누군가 급히 뛰어오는 소리가 들렸다. 바로 소명과 유초였다.

유초는 놀라서 어쩔 줄 모르는 표정으로 다급하게 말했다.

"아가씨, 크… 큰일 났습니다. 부인께서 명을 내리셨는데 아주와 아벽 두 사람…."

여기까지 말을 하고는 목이 메는지 순간 말을 잇지 못했다. 소명이 말을 이었다.

"그 두 사람의 오른손을 잘라 만타산장에 난입한 죄를 묻겠다고 하세요. 어… 어쩌면 좋죠?"

단예가 다급하게 말했다.

"왕 낭자, 어… 어서 두 사람을 살릴 방법을 생각해보시오!"

왕어언 역시 매우 초조해하다 눈살을 찌푸리며 말했다.

"아주, 아벽 두 사람은 사촌 오라버니의 심복인 시녀들이에요. 그 아이들 손이 잘린다면 내가 어찌 오라버니를 볼 낯이 있겠어요? 유초, 그 애들은 어디 있느냐?"

유초는 아주, 아벽 두 사람과 매우 친한 사이였던 터라 왕어언이 어떻게든 구하겠다는 뜻을 보이자 한 가닥 희망이 생긴 듯 다급하게 말했다.

"부인께서 두 사람을 화비방花肥房에 보내라고 분부하셨습니다. 소녀가 엄嚴 파파한테 부탁해서 반 시진 정도만 늦춰서 손을 쓰라 했으니 지금 가서 부인께 간청하시면 늦진 않을 거예요."

왕어언이 생각했다.

'어머니께 간청을 해봐야 소용없을 테지만 지금은 그 외에 달리 방법이 없어.'

그녀는 고개를 끄덕이고 유초와 소명 두 시녀와 함께 달려갔다.

단예는 그녀의 나긋나긋한 뒷모습을 쳐다보며 당장이라도 달려가 그녀에게 몇 마디 더 하고 싶은 마음에 한 걸음 앞으로 내딛었지만 곧바로 할 말이 없다는 걸 알고 그저 실성한 사람처럼 멍하니 서서 조금 전 그녀와 나눈 대화들을 회상할 뿐이었다.

재빨리 상방上房 안으로 들어간 왕어언은 침상 위에 비스듬히 기대어 벽에 걸린 산다화 그림을 넋 놓고 바라보고 있던 모친을 향해 소리쳤다.

"어머니!"

왕 부인은 천천히 고개를 돌려 엄한 표정을 지으며 말했다.

"무슨 말이 하고 싶어 그러느냐? 모용가와 관계된 일이라면 듣고 싶지 않다."

"어머니! 아주와 아벽은 다른 의도가 있어 온 것이 아니에요. 이번 한 번만 용서해주세요."

"그 애들이 다른 의도가 있어 온 게 아니란 걸 어찌 아느냐? 내가 그 애들 손을 자르면 네 사촌 오라비가 이제 널 거들떠보지 않을까 두려워 그러는구나? 아니더냐?"

왕어언은 눈물을 글썽이며 말했다.

"사촌 오라버니는 어머니 생질甥姪이잖아요. 한데 어머니께서는… 왜 그리 미워하시는 거죠? 고모님이 어머니께 잘못하셨다 해도 사촌 오라버니까지 미워하실 필요는 없잖아요?"

그녀는 용기를 내서 몇 마디 하긴 했지만 말을 내뱉은 순간 가슴이 두근거렸다. 스스로도 감히 이렇게 대담하게 모친을 향해 대꾸한 데 대해 깜짝 놀랐던 것이다.

왕 부인은 서릿발 같은 눈빛으로 딸의 얼굴을 몇 번 힐끗 쳐다보더니 아무 말 하지 않고 눈을 지그시 감았다. 왕어언은 감히 숨조차 제대로 쉬지 못했다. 모친이 속으로 무슨 궁리를 하고 있는지 알 수 없었기 때문이었다.

한참 후에 왕 부인이 눈을 뜨고 말했다.

"네 고모가 나한테 뭘 잘못했는지 아느냐? 고모가 나한테 어찌했더냐?"

왕어언은 모친의 차가운 목소리를 듣고 순간 놀란 가슴에 아무 대답도 하지 못했다. 왕 부인이 말했다.

"어서 말해봐라. 어차피 너도 이제 나이를 먹어서 내 말을 들을 필요 없을 테니 말이다."

왕어언은 조급하면서도 화가 난 나머지 눈물을 흘리며 말했다.

"어머니, 어머니… 어머니께서 고모님 댁 사람들을 미워하시니 당연히 고모님이 어머니께 잘못한 거겠지요. 하지만 고모님이 어머니께 뭘 잘못했는지는 저한테 말씀하지 않으셨어요. 이제 고모님도 돌아가셨으니 이제… 어머니도 노여움을 푸셔야 하지 않나요?"

왕 부인은 성난 목소리로 말했다.

"네가 누구한테 무슨 말을 들었구나?"

왕어언이 고개를 가로저었다.

"제가 출타하는 걸 허락하신 적도 없고 외부인도 절대 들어오지 못하게 하셨는데 누구한테 그런 말을 듣겠어요?"

왕 부인은 조용히 한숨을 쉬더니 줄곧 곤두세웠던 표정을 풀고 아주 온화한 말투로 말했다.

"다 널 위해서야. 세상에는 나쁜 사람이 너무 많아서 아무리 죽여도 다 못 죽인다. 넌 나이 어린 계집아이라 나쁜 사람은 안 보는 게 좋아."

여기까지 말하고 갑자기 뭔가 생각이 난 듯 말했다.

"새로 온 그 단씨 정원사는 말만 번지르르하게 할 줄 알지 좋은 사람이 아니다. 만약 그 녀석이 너한테 단 한 마디라도 말을 붙이거든 당장 애들을 시켜 죽여버려라. 두 마디가 못 나오게 말이다. 알겠느냐?"

왕어언은 속으로 생각했다.

'무슨 한 마디, 두 마디? 백 마디, 천 마디도 더 했을 텐데.'

왕어언이 답했다.

"네!"

이 말을 하면서 문 쪽으로 가다가 걸음을 멈추고 고개를 돌려 다시 말했다.

"어머니, 아주, 아벽을 살려주세요. 앞으로 다시 오지 못하게만 하면 되잖아요."

왕 부인이 냉랭한 어조로 말했다.

"내가 한번 내뱉은 말에 언제 책임지지 않은 적이 있더냐? 아무리 그래야 소용없다."

왕어언은 이를 악물고 나지막이 말했다.

"어머니가 왜 고모님을 미워하는지 알아요. 왜 사촌 오라버니를 싫어하는지도…."

그러고는 왼발을 가볍게 구르며 방을 나왔다.

왕 부인이 말했다.

"이리 와!"

이 말은 크게 울리지는 않았지만 위엄으로 가득 차 있었다. 왕어언은 다시 방으로 들어와 고개를 숙인 채 아무 말도 하지 않았다. 왕 부인은 탁자 위 향로에서 모락모락 끊임없이 피어오르는 푸른 연기를 바라보며 조용히 속삭였다.

"언아嫣兒야, 네가 아는 게 무엇이더냐? 숨기지 말고 무슨 말이든 해봐라."

왕어언은 아랫입술을 꽉 깨물었다.

"고모님께서는 어머니가 함부로 사람을 죽여 관부에 죄를 짓고 무림 사람들과 원수를 맺는 데 대해 나무라신 거잖아요."

"그래, 그게 우리 왕가 문제지 그쪽 모용가와 무슨 상관이 있다 하더냐? 네 고모는 네 아버지의 누나일 뿐인데 무슨 근거로 날 간섭을 해? 흥! 모용가는 수백 년 동안 연나라를 부흥시키겠다는 꿈을 이루기 위해 오로지 천하 영웅들과 접촉을 하려고 했다. 모용가를 위해 쓰겠다는 생각에 그들과 소통을 하고 아첨을 해왔던 것이지. 흐흐, 한데 이번에 개방과 소림파에 연이어 죄를 짓게 된 것 아니냐?"

"어머니, 소림파의 현비 화상은 사촌 오라버니가 죽인 게 절대 아니에요. 오라버니는 그…."

대위타저란 네 글자가 입에서 나오려는 순간 그녀는 재빨리 입을 다물었다. 모친이 그 네 글자의 내력을 조사하면 단예가 목숨을 부지하지 못할 거란 생각에서였다. 그녀는 말을 돌렸다.

"… 그 무공 실력이 아직 거기에 미치지 못해요."

"그래. 이번에 그 애가 소림사에 갔지. 당연히 그 입 싼 계집애들이 너한테 쪼르르 달려가서 고했을 것이다. '남모용, 북교봉'이란 말처럼 그 명성이 자자한 것은 맞아. 하지만 모용복 한 명에 등백천鄧百川이 따라갔다고 소림사에서 좋은 결과가 나올 것 같으냐? 그건 분수를 모르는 짓이야. 너무 경솔하다고!"

왕어언은 몇 걸음 앞으로 나아가 부드러운 목소리로 말했다.

"어머니, 어찌하든 방법을 강구해서 오라버니를 구해주세요. 사람을 보내 거들게 하면 되잖아요? 오라버니는 모용가의 마지막 핏줄이에요. 오라버니한테 예기치 못한 일이 벌어지기라도 하는 날에는 고소모용가는 대가 끊기고 말 거예요."

왕 부인이 냉소를 머금으며 말했다.

"고소모용? 흥! 모용가가 나랑 무슨 상관 있다고? 네 고모는 모용가의 환시수각 장서가 우리 낭환옥동을 능가한다고 했다. 네 고모가 아끼는 아들 모용복이 소림사에 갔으니 어디 위세를 떨쳐보라고 하면 될 것 아니겠느냐?"

그러고는 손을 내저으며 말했다.

"나가봐라, 어서 나가!"

"어머니, 사촌 오라버니는…."

왕 부인이 역정을 내며 말했다.

"네가 갈수록 무엄해지는구나!"

왕어언은 눈물을 머금고 고개를 숙인 채 밖으로 걸어나갔다. 더 이상 기댈 곳이라고는 없는 이 소녀는 어찌해야 할 바를 몰랐다. 서쪽 곁채 회랑 밑으로 걸어가다 갑자기 누군가가 나지막이 묻는 소리가 들렸다.

"낭자, 어찌 그러시오?"

왕어언이 고개를 들어보니 다름 아닌 단예였다. 그녀가 다급하게 말했다.

"나… 나한테 말 걸지 말아요."

단예는 왕어언이 가는 모습을 한참 동안 멍하니 서서 보다가 얼떨결에 그녀 뒤를 쫓아와 멀리서 기다리고 있었다. 그러다 그녀가 왕 부인 방에서 나오자 다시 자기도 모르게 그녀를 따라온 것이다. 그는 왕어언이 참담한 기색으로 나오는 것을 보고 왕 부인이 허락하지 않았다는 사실을 알게 됐다.

"부인께서 허락하지 않으셨다 해도 방법을 강구해내야지요."

"어머니께서 허락을 안 하시는데 무슨 방법을 강구한다는 거예요? 어머니… 어머니께선 사촌 오라버니가 위험에 빠져 있어도 전혀 관여하지 않겠다고 하셨어요."

그녀는 말을 하면 할수록 더욱 괴로운지 다시 눈에 눈물이 가득 고였다.

"음… 모용 공자가 위험에 빠져 있다면…."

단예는 이 말을 하다 갑자기 무언가가 생각난 듯 물었다.

"낭자는 그렇게 많은 무공을 알고 있으면서 왜 직접 가서 돕지 않는 거요?"

왕어언은 새까맣고 또릿또릿한 눈동자를 부릅뜨고 그를 쳐다봤다. 마치 그의 이 말이 기이하기 이를 데 없다고 느껴진 모양이었다. 한참 후에 비로소 입을 열었다.

"나… 난 무공만 알 뿐 펼쳐낼 줄은 몰라요. 더구나 내가 어찌 갈 수 있겠어요? 어머니께서 절대 허락하지 않으실 거예요."

단예가 미소를 지으며 말했다.

"낭자 어머니께서는 당연히 허락하지 않으시겠지요. 허나 낭자 혼자 몰래 가면 되지 않겠소? 나도 혼자 몰래 집에서 도망쳐 나온 적이 있소. 후에 집에 돌아가서도 아버지, 어머니께선 날 보고 매우 기뻐하시기만 했을 뿐 많이 꾸짖지는 않으셨지요."

집에 돌아갈 때 미래의 여동생을 데리고 갔던 일이 눈앞을 스치고 지나갔지만 그 얘기를 거론할 필요까지는 없었다.

왕어언은 그의 몇 마디 말을 듣고 모르고 있던 이치를 깨달은 듯 두 눈을 반짝이며 이런 생각을 했다.

'그래. 몰래 나가서 사촌 오라버니를 도우면 되잖아? 돌아와서 어머니한테 크게 꾸지람을 듣는다 해도 그게 뭐 대수라고? 정말 날 죽이기라도 한다면 어쨌든 이미 오라버니를 구한 뒤니까 아무 문제 없어.'

사촌 오라버니를 위해 고난을 감수할 수 있다고 생각하니 속으로 괴롭고 슬프면서도 한편으로는 흐뭇했다. 또 이런 생각도 들었다.

'이 사람도 전에 몰래 도망친 적이 있다고 했잖아? 음… 난 왜 그렇게 할 생각을 못 했지?'

단예는 그의 안색을 몰래 살피다가 의향이 있는 것으로 보이자 있는 힘껏 부추겼다.

"낭자는 여태껏 만타산장에서만 살았는데 바깥세상 구경을 하고 싶지 않으시오?"

왕어언이 고개를 가로저었다.

"볼 게 뭐 있어서요? 난 사촌 오라버니가 걱정될 뿐이에요. 하지만 난 무공을 연마한 적이 없어서 오라버니가 정말 위험에 처했다면 내가 있어도 도움은 되지 못해요."

"왜 도움이 되지 못한다는 거요? 도움이 아주 많이 될 것이오. 낭자 사촌 오라버니가 누군가와 대결을 펼칠 때 옆에서 몇 마디만 해주면 큰 도움이 될 테니 말이오. 구경꾼이 더 잘 보는 법이니까. 바둑을 둘 때도 그렇소. 바로 얼마 전, 누가 바둑을 두는데 내가 옆에서 몇 수 지적해주자 패색이 짙던 판을 뒤집은 적이 있었소."

왕어언은 그 말에 일리가 있다고 느꼈다. 그녀는 자신의 무학에 대해 자신감이 있었지만 좀처럼 용기가 나지 않아 늘 망설이기만 하지 않았던가!

"난 평생 집 밖에 나가본 적이 없어서 소림사가 동쪽에 있는지 서쪽에 있는지조차 몰라요."

단예가 선뜻 나서서 말했다.

"내가 모시고 가겠소. 가는 길에 무슨 일이 있으면 모든 건 내가 감당할 것이오."

강호를 헤집고 다닌 경력에 있어서는 사실 대단히 고명했던 그였지만 이 순간에는 굳이 거론할 필요가 없었다.

왕어언은 그 수려한 눈을 찡그리고 고개를 갸우뚱거리며 망설였다. 선불리 결정을 내리기 어려웠기 때문이었다. 단예가 다시 물었다.

"아주와 아벽 두 사람은 어찌 됐죠?"

"어머니께서 그 애들도 용서하지 못하시겠대요."

"이왕 내친김에 끝까지 해보지요. 아주와 아벽의 손가락이 잘린다면 낭자 사촌 오라버니가 나무라실 것이오. 허니 우리가 두 사람을 구해서 넷이 함께 가는 게 좋겠소."

왕어언이 혀를 내밀며 놀라운 표정을 지었다.

"그런 대역무도한 짓을 하면 우리 어머니가 가만 계실까요? 정말 간도 크네요."

단예는 순간 그녀의 사촌 오라버니 외에는 그 어떤 사안도 그녀의 마음을 움직일 수 없다고 느꼈다. 그는 아주와 아벽 두 사람을 구하기 위해 일단 한발 물러서는 척하며 그녀의 사촌 오라버니를 끌어들이는 방법을 썼다.

"정 그렇다면 지금 당장 떠납시다. 당신 어머니가 아주와 아벽 손을 자르라고 놔두고 말이오. 나중에 당신 사촌 오라버니가 물으면 모르는 일이라고 잡아떼면 그뿐이오. 나도 이 일은 절대 발설하지 않겠소."

왕어언이 다급하게 말했다.

"어떻게 그래요? 그건 사촌 오라버니께 거짓말을 하는 거잖아요?"

그녀는 마음의 결정을 내리지 못했다.

"아이! 아주, 아벽 두 아이는 사촌 오라버니 심복이에요. 아주 어렸을 때부터 오라버니 시중을 들었다고요. 만일 그 애들이 잘못되기라도 한다면 모용가와 우리 왕가의 원한은 더욱 깊어질 거예요."

그녀는 왼발을 한 차례 구르며 말했다.

"따라와요!"

단예는 따라오라는 그녀의 한마디 말을 듣고 기쁘기 한량없었다. 평생 동안 이렇게 듣기 좋은 한마디는 처음 듣는 듯했다. 그녀가 앞에서 빠른 걸음으로 걷자 그는 곧장 그 뒤를 따라나섰다.

잠깐 사이에 왕어언은 한 커다란 석옥 밖에 당도했다.

"엄嚴 마마媽媽, 나와보세요. 할 말이 있어요."

석옥 안에서 포악하기 그지없는 괴상한 웃음소리가 들리더니 누군가가 걸걸한 목소리로 말했다.

"착한 아가씨, 이 엄 마마가 비료 제조하는 거 구경하러 오셨나요?"

단예는 앞서 유초와 소명이 한 말 중에 아주와 아벽이 지금 화비방에 끌려갔다는 얘기를 들은 적이 있었다. 당시에는 귀담아듣지 않았는데 당장 그 음산한 기운이 도는 목소리로 '비료 제조'란 말을 듣자 속으로 깜짝 놀랐다.

'비료 제조라니 뭐지? 꽃 심을 때 쓰는 비료를 말하는 건가? 아이고! 맞다. 그 잔인무도한 왕 부인이 사람을 산 채로 베어서 산다화의 비료로 썼다고 했잖아? 우리가 한발 늦어서 아주와 아벽 두 사람의 오른손이 이미 잘려 비료가 돼버렸다면 어쩌지?'

그는 두 사람에 대해 호감을 가지고 있었던 터라 순간 가슴이 쿵쾅쿵쾅 뛰면서 얼굴의 핏기가 모두 사라져버렸다.

왕어언이 말했다.

"엄 마마. 우리 어머니께서 하실 말씀이 있다고 건너오라세요."

석옥 안의 그 여자가 말했다.

"지금 바쁜데. 부인께서 무슨 긴한 일이 있어 아가씨를 직접 보내신 거죠?"

왕어언이 말했다.

"어머니 말씀이… 음… 그 애들도 왔어요?"

그 말을 하고는 석옥 안으로 들어갔다. 안에는 아주와 아벽 두 사람이 쇠기둥 두 개에 묶여 있었는데 눈에 눈물이 가득 고여 있고 재갈이 물려 있어 아무 말도 하지 못했다. 단예가 빼꼼히 고개를 들이밀고 바라보니 아주와 아벽 두 사람이 아직 무탈한 것 같아 약간은 안심이 됐다. 그러나 양옆을 보자 곧 고요했던 가슴이 다시 요동을 치며 뛰기 시작했다. 허리와 등이 굽은 한 노파가 손에 눈부시게 빛나는 기다란 칼을 들고 서 있고 그 옆의 펄펄 끓는 가마솥 안에서는 김이 모락모락 피어오르고 있는 광경이 보였던 것이다.

왕어언이 말했다.

"엄 마마. 어머니께서 일단 저 애들을 풀어주래요. 긴한 일이 있어 저 애들한테 물어볼 게 있다고 말이에요."

단예 눈에 고개를 돌리는 엄 마마의 추한 용모가 들어왔다. 눈빛 속은 살기로 가득하고 끝이 뾰족한 송곳니 두 개가 드러나 있어 당장이라도 사람을 깨물 것처럼 보였다. 순간 말할 수 없는 구토가 느껴져 견딜 수가 없었다. 그 노파가 고개를 끄덕이며 말했다.

"알겠습니다. 심문이 끝나고 다시 오면 그때 손을 자르지요."

그러고는 혼자 중얼거리며 말했다.

"이 엄 마마는 미모의 낭자를 보는 걸 가장 싫어하지. 이 두 계집은 손을 반드시 절단해야 보기가 좋을 거야. 가서 부인께 말해야지. 두 손을 모조리 잘라야 된다고 말이야. 요즘 비료가 좀 부족하거든."

단예는 속으로 화가 치밀어올랐다. 저렇게 못된 노파라면 사람을 수없이 많이 죽였을 거란 생각이 들었기 때문이다. 닭 한 마리 잡을 수 있는 힘도 없는 자신이 한탄스럽기만 했다. 그렇지만 않았어도 당장 저 못된 노파의 따귀를 흠씬 후려친 다음 이빨을 두세 개 부러뜨리고 나서 아주와 아벽을 구했을 것이다.

나이는 들었지만 귀가 매우 밝은 엄 마마는 밖에서 씩씩거리는 단예의 목소리를 듣고 왕어언에게 물었다.

"밖에 누가 있죠?"

그러고는 고개를 내밀어 단예를 발견하자 흉악한 목소리로 물었다.

"넌 누구냐?"

단예가 웃으며 말했다.

"부인의 명으로 산다화를 심고 있는 정원사입니다. 저기 엄 마마. 혹시 신선한 비료 좀 있나요?"

엄 마마가 말했다.

"좀 기다려라. 곧 있으면 생길 것이다."

그 노파는 고개를 돌려 왕어언을 향해 말했다.

"아가씨, 사촌 오라버니께서 이 두 계집을 아끼셨나요?"

왕어언이 말했다.

"맞아요, 이 아이들은 건드리지 않는 게 좋아요."

엄 마마가 고개를 끄덕이며 말했다.

"아가씨, 부인께서 이 두 계집의 오른손을 절단해 장원 밖으로 쫓아내라 분부하시고 이런 말씀을 하셨다지요? '앞으로 다시 내 눈앞에 나타나면 당장 목을 베어버릴 것이다!' 이렇게 말입니다. 맞습니까?"

왕어언이 말했다.

"맞아요."

그녀는 이 대답을 내뱉자마자 곧 잘못됐다는 걸 알았는지 재빨리 손을 뻗어 자신의 입을 막았다. 단예가 속으로 비명을 질렀다.

'아이고! 저 낭자는 거짓말이라곤 할 줄 모르나 보구나.'

다행히 엄 마마는 나이가 들어 정신이 흐릿한 듯 이런 크나큰 실수를 눈치채지 못하는 것으로 보였다.

"아가씨, 밧줄이 꽉 묶여 있어서 아가씨가 밧줄 푸는 걸 도와주셔야겠어요."

"그래요!"

대답이 끝나기 무섭게 그녀는 아주 옆으로 걸어가 손목을 휘감고 있던 밧줄을 풀어줬다. 별안간 철컥 소리와 함께 쇠기둥에서 활모양의 쇠고리가 하나 튀어나오더니 왕어언의 가녀린 허리를 휘감았다.

"악!"

왕어언은 깜짝 놀라 비명을 질렀다. 그 쇠고리는 그녀의 허리를 휘감고 나서 수 촌의 틈이 있긴 했지만 절대 빠져나올 수 없었다.

단예는 깜짝 놀라 황급히 석옥 안으로 들어가 호통을 쳤다.

"뭐 하는 짓이오? 어서 아가씨를 풀어주시오."

"킬킬킬."

엄 마마는 연이어 괴상한 웃음소리를 내더니 말했다.

"부인께서 이미 저 두 계집년들이 다시 보이면 당장 머리를 베어버린다고 했는데 어찌 저 애들을 불러 물어볼 수가 있을까요? 부인께는 시녀들이 한둘이 아닌데 왜 굳이 아가씨를 친히 보내셨느냐 말입니다? 아무래도 뭔가 이상하단 말입니다. 아가씨, 여기서 잠시 기다리세요. 제가 직접 부인께 가서 물어보고 오지요."

왕어언이 버럭 화를 내며 말했다.

"위아래도 없이 이게 뭐 하는 짓이에요? 어서 풀어줘요!"

엄 마마가 말했다.

"아가씨, 전 부인에 대한 충성심이 매우 강한 사람이에요. 추호의 잘못도 저지를 순 없습니다. 모용가 고모님께서 부인께 정말 잘못하셨습니다. 수많은 험담을 하고 부인의 오점 없는 명성을 비방하셨지요. 심지어 태부인까지 거론하면서 말입니다. 그건 더더욱 그래선 안 됐지요. 물론 부인께서도 화가 많이 나셨지만 우리 하인들 역시 뼈에 사무치도록 증오하고 있습니다. 언제든 부인께서 승낙만 하신다면 우리가 당장이라도 달려가 고모님 무덤을 파헤치고 유골을 꺼내서 이 화비방으로 가져와 비료로 만들 겁니다. 아가씨, 다시 말씀드리지만 모용가에는 좋은 사람이 없습니다. 저 두 계집년들은 부인께서 절대 용서하지 않으실 겁니다. 다만 아가씨께서 그리 분부하셨다 하시니 제가 부인께 가서 물어보고 다시 얘기하시지요. 만일 그게 사실이라면 이 늙은이가 아가씨께 큰절을 올리고 사죄드릴 것이며 아가씨께서는 가법에 따라 곤장으로 이 늙은이의 등짝을 마음껏 두들겨 패십시오."

왕어언이 다급하게 말했다.

"잠깐, 이봐요! 어머니한테 가서 물어보지 말아요. 어머니께서 화내실 거예요."

엄 마마는 더 이상 의심을 품을 필요가 없어졌다. 왕어언이 어머니 몰래 흉계를 꾸미는 게 확실했기 때문이다. 그녀는 사촌 오라버니의 몸종을 보호하기 위해 거짓 분부를 전한 것이 틀림없었다. 노파는 이 기회를 틈타 공을 세우고 싶었다.

"아주 좋군요. 아주 좋습니다. 아가씨께서는 잠시만 기다리세요. 이 늙은이가 금방 갔다 오겠습니다."

왕어언이 소리쳤다.

"가지 말아요. 일단 나부터 풀어주고 얘기해요."

엄 마마는 그녀 말에 아랑곳하지 않고 빠른 걸음으로 석실 밖으로 나갔다.

단예는 일이 급박하게 돌아가는 모습을 보고 두 손을 활짝 펼쳐 그녀의 앞길을 가로막은 채 웃으며 말했다.

"아가씨를 풀어주시고 가서 부인께 물어보는 게 좋지 않겠소? 당신은 하인인데 어찌 아가씨 분부를 듣지 않는 것이오?"

엄 마마는 가늘게 실눈을 뜨고 고개를 갸우뚱거렸다.

"네 녀석도 어딘가 수상한 구석이 있다."

그러고는 손을 뻗어 단예의 손목을 움켜쥐고 그를 쇠기둥 옆으로 끌고 갔다. 그 노파가 손잡이 장치를 잡아당기자 철컥 하는 소리와 함께 쇠기둥에서 활모양의 쇠고리가 뻗어나와 똑같이 그의 허리를 휘감았다. 단예는 다급한 마음에 오른손을 뻗어 그녀의 왼손 손목을 꽉 움켜쥐고 끝까지 놓지 않았다.

엄 마마는 그에게 손목을 잡히자 체내의 내력이 끊임없이 쏟아져 나가는 느낌을 받았다. 곧이어 말할 수 없는 고통이 밀려와 버럭 화를 내며 호통을 쳤다.

"이거 놔라!"

그녀가 호통을 치자 내력은 더욱 빨리 쏟아져 나갔다. 그녀는 아무리 힘을 써도 단예의 손에서 빠져나갈 수가 없자 속으로 두려움이 밀려와 비명을 질렀다.

"이 나쁜 자식아! …이게 무슨 짓이냐? 어서 이거 놔라!"

단예는 수 촌에 불과한 거리를 두고 그녀의 추한 몰골과 마주하게 됐다. 그는 등이 쇠기둥에 묶여 있어 머리를 뒤로 젖힐 수도 없는 상황이었다. 눈앞에는 이미 그녀의 누렇고 더럽기 짝이 없는 이빨이 마치 당장이라도 자기 목을 물어뜯을 태세여서 너무나 두렵고도 구역질이 났다. 그러나 지금은 극히 위험한 순간이 아닌가! 그녀를 풀어주면 왕어언은 중벌을 받고 자신과 아주, 아벽 두 사람은 목숨을 부지하기 힘들 것 같았다. 할 수 없이 그저 눈을 질끈 감고 그녀를 쳐다보지 않았다. 불현듯 목완청이 평 파파와 서 파파에게 포위됐던 상황이 생각났다. 그 두 못된 파파들과 이 엄 마마는 다를 바가 없다고 느껴졌다. 또 그 두 파파가 목완청을 죽이기 위해 사람을 끌고 소주에서 대리까지 쫓아온 일도 생각났다. 아마도 그 악인들은 모두 다 왕 부인의 수하였을 것이다. 여러 일들을 한데 모아놓고 생각해보니 많은 상황이 꼭 들어맞았다. 자신을 두렵게 만든 수많은 일이 있었지만 지금은 더 생각하고 싶지도 않고 더 생각할 틈도 없었다.

엄 마마가 말했다.

"너… 어서 날 놔라…."

노파 목소리에 갈수록 힘이 없어졌다. 단예가 처음 무량검 일곱 제자의 내력을 흡입할 때 소요된 시간은 아주 길었다. 그 후 적지 않은 고수들의 일부 내력을 얻게 되어 그의 내력은 갈수록 강해졌고 북명신공의 흡입력 또한 갈수록 커져만 갔다. 지금 엄 마마에 대한 내력 흡입은 극히 짧은 순간에 이루어졌다. 엄 마마가 비록 흉악하게 생기긴 했지만 내력에는 한계가 있었다. 일다경의 시간이 채 되기도 전에 그녀는 이미 지친 기색이 역력해 숨을 헐떡거리는 상태로 애걸할 뿐이었다.

"나… 나 좀 놔줘. 어… 어서… 풀어줘…."

단예가 말했다.

"먼저 장치를 풀어라."

엄 마마가 말했다.

"아… 알았다!"

곧 몸을 숙이고 오른손을 뻗어서는 탁자 밑에 있는 장치를 잡아당겼다. 찰칵 소리를 내며 단예의 허리를 휘감고 있던 쇠고리가 제자리로 되돌아 들어갔다. 단예는 왕어언과 아주, 아벽 두 사람을 가리키며 그녀들도 당장 풀어줄 것을 명했다.

엄 마마는 손가락을 뻗어 왕어언이 묶여 있는 쇠고리의 장치를 걸고 잡아당겼지만 장치는 꼼짝도 하지 않았다. 단예가 화를 내며 말했다.

"어서 아가씨를 풀어주지 않고 뭐 하는 것이냐?"

엄 마마는 오만상을 찌푸렸다.

"소… 손가락에 힘이 전혀 없다."

단예는 손을 탁자 밑으로 뻗어 장치를 더듬거리다 힘을 주어 당겼다. 철컥 소리와 함께 왕어언의 허리를 휘감고 있던 쇠고리가 천천히 쇠기둥으로 되돌아갔다. 단예는 너무 기뻤지만 오른손으로는 여전히 엄 마마의 손목을 놓지 않은 채 바닥에 떨어진 장도를 주워 아벽 손에 묶인 밧줄을 끊었다.

아벽은 장도를 건네받아 아주 손의 결박마저 제거했다. 두 사람은 입안에 물려 있던 마핵도麻核桃[22]를 꺼내고는 놀랍고도 기쁜 마음에 한동안 아무 말도 하지 못했다.

왕어언은 단예를 몇 번 흘겨보더니 의아한 기색을 한 채 경멸하는 듯한 말투로 말했다.

"어떻게 화공대법을 쓸 줄 알죠? 그런 불결한 무공을 뭐 하러 배운 거예요?"

단예가 고개를 가로저었다.

"이건 화공대법이 아니오."

그는 처음부터 설명을 하자면 말이 길어질 테고 또한 그녀가 믿지 않을 것이 틀림없었기에 차라리 입에서 튀어나오는 대로 명칭을 지어

내는 게 낫다고 생각했다.

"이건 우리 대리단씨 가문에 전해내려오는 육양융설공六陽融雪功으로 일양지와 육맥신검에서 변형되어 나온 것이며 화공대법과는 전혀 다른 것이오. 정正과 사邪, 또 선善과 악惡으로 구분된다는 점에서 절대 한데 섞어 논할 수 없지요."

왕어언은 곧 그 말을 믿고 방긋 웃으며 말했다.

"미안해요. 제가 학식이 짧아 그렇게 말씀드린 거예요. 대리단씨의 일양지와 육맥신검은 저도 익히 들어 알고 있지만 육양융설공이란 무공은 오늘 처음 들었거든요. 훗날 가르침을 청하겠어요."

단예는 천하의 미인이 자신에게 가르침을 청하겠다고 하는 말을 듣자 이는 천재일우의 기회라 여기고 재빨리 말했다.

"낭자가 자문을 구하신다면 응당 낱낱이 말씀드려야겠지요. 추호의 숨김도 없이 말씀드릴 것이오."

아주와 아벽은 단예가 이런 긴박한 순간에 자신들을 구하러 오리라고는 상상도 못했지만 그와 왕 낭자가 이렇게 의기투합해서 얘기하는 모습을 보자 더더욱 의아한 생각이 들었다. 아주가 말했다.

"낭자! 단 공자! 구해주신 은혜에 진심으로 감사드립니다. 이 사실이 부인 귀에 들어가는 걸 피하려면 저 엄 마마를 데리고 떠나야 합니다."

엄 마마는 이 말에 다급해졌다. 저 계집들한테 끌려갔다가는 십중팔구 목숨을 부지할 수 없다고 생각했기 때문이다. 그는 다급하게 소리쳤다.

"아가씨, 아가씨! 모용가의 고모님께서 그러셨습니다. 부인께서는 서방질을 했고 아가씨 외할머니께서는 더더욱 행실이 좋지 않으셨다고 말….”

아주는 왼손으로 그녀의 뺨을 꽉 잡고 오른손으로는 자기 입속에서 뱉어낸 마핵도를 그녀의 입속에 쑥 집어넣었다.

단예가 웃으며 말했다.

“훌륭하오. 그건 모용가의 문풍이로군요. ‘상대가 쓴 방법을 상대에게 펼친다.’”

왕어언은 단예가 모용가의 문풍을 칭찬하는 소리를 듣고 속으로 흡족한 마음에 말했다.

“세 사람과 함께 갈게요. 가서 봐야겠어요. 그분이….”

이 말을 하면서 만면에 홍조를 띠고는 나지막이 말했다.

“봐야겠어요. 그분이… 어찌 됐는지.”

그녀는 줄곧 망설이다 결심을 못했으나 조금 전의 변고가 그녀를 결심하도록 만든 모양이었다.

아주가 기뻐하며 말했다.

“낭자께서 도와주러 가시겠다니 그보다 더 좋을 수는 없지요. 그렇다면 저 엄 마마도 데려갈 필요가 없어요.”

아주와 아벽이 엄 마마를 끌어다 쇠기둥 옆에 밀어놓고 장치를 잡아당기자 쇠고리가 튀어나와 그녀를 휘감아버렸다. 네 사람은 석옥 문을 살며시 닫아걸고 재빠른 걸음으로 호숫가로 달려갔다.

왕어언은 본래 갈아입을 옷을 챙겨갈 생각이었지만 모친에게 들켜 잡혀갈까 두려웠다. 다행히 가는 길에 장원의 비복婢僕들과 마주치지 않아 네 사람은 무사히 아주와 아벽 두 사람이 타고 온 작은 배에 오를 수 있었다. 그들은 호수 한가운데를 향해 노를 저어나갔다. 아주, 아벽, 단예 세 사람이 동시에 노를 젓자 더 이상 만타산장의 꽃나무와 수양버들이 보이지 않는 곳까지 이르렀고 네 사람은 그제야 안심할 수 있었다. 다만 왕 부인이 쾌속선을 몰고 쫓아올까 두려워 여전히 배를 멈추지 않고 계속해서 노를 저어갔다.

한나절을 저어가니 곧 날이 어둑어둑해지고 호수 위의 연무는 점점 짙어져만 갔다. 아주가 말했다.

"낭자, 여기서 소녀의 거처까지는 그리 멀지 않습니다. 오늘 밤은 누추하지만 그곳에서 하루 묵으시고 공자를 어찌 찾아갈지에 대해서는 다시 상의하시지요. 어떠십니까?"

왕어언이 말했다.

"음, 그렇게 하자."

그녀는 줄곧 아무 말도 하지 않았다. 만타산장에서 멀어지면 멀어질수록 점점 더 침묵에 빠지기만 했다.

호수 위로 부는 맑은 바람에 그녀의 옷깃이 휘날렸다. 황혼 녘이 되면서 쌀쌀한 기운이 돌자 단예는 이런 생각이 들었다.

'왕 낭자는 오직 사촌 오라버니 곁에 있고 싶다는 생각뿐이로구나. 그런 걸 보면 완 누이처럼 나한테 호의를 보이는 사람이 또 있을까? 종영 그 아이도 나한테 아주 잘하기는 했지.'

마음속으로 갑자기 처량한 느낌이 들었다. 처음 집을 나올 때 기쁘고 즐거웠던 심정은 점차 사라져만 갔다.

다시 한참을 저어가다 상대방 얼굴이 어슴푸레 보이기 시작하면서 동쪽 하늘에 반짝이는 불빛이 보였다. 아벽이 말했다.

"저기 불빛이 있는 곳이 바로 아주 언니의 청향수사예요."

작은 배는 불빛이 있는 곳을 향해 나아갔다. 단예가 문득 생각했다.

'이생에서는 아마 오늘 밤 같은 느낌은 더 이상 없을 거야. 이렇게 호수 위에 배를 띄운 채 영원히 불빛이 있는 곳에 닿지 않는다면 얼마나 좋을까?'

별안간 눈앞이 번쩍하더니 커다란 유성 하나가 하늘 한쪽에서 긴 꼬리를 늘어뜨리며 밑으로 떨어졌다.

왕어언이 나지막이 뭐라고 중얼거렸지만 단예는 정확히 들을 수 없었다. 어둠 속에서 오로지 그녀의 가냘픈 탄식 소리만 들릴 뿐이었다. 아벽이 부드러운 음성으로 말했다.

"낭자, 안심하세요. 공자께서는 봉흉화길逢凶化吉의 운세를 타고나셨기에 평생 위험에 처하신 적이 없었습니다."

왕어언이 말했다.

"소림사는 수백 년 동안 명성을 누려왔기에 절대 경시할 수가 없어. 다만 소림사 내 고승들이 도리를 알고 사촌 오라버니의 해명을 들어주기만 바랄 뿐이야. 근데 혹시라도… 혹시라도 성질이 있는 사촌 오라버니가 소림사 화상들과 언쟁이라도 벌이는 날에는. 아…."

그녀는 잠시 멈추었다 천천히 입을 열었다.

"매번 하늘에서 떨어지는 유성을 만날 때마다 내 소원은 늘 이루어지지 않았어."

강남에서는 예로부터 전해내려오는 이야기가 있었다. 유성이 하늘을 지날 때 누구든 그 유성이 사라지기 전에 소원을 빌면 어떤 힘든 일도 바람대로 이루어진다는 것이다. 그러나 유성이 한번 반짝였다 사라질 때마다 소원을 비는 사람은 몇 마디 하지 못한 상태에서 사라져 버리고 만다. 천백 년 동안 강남의 소녀들은 이로 인해 얼마나 많은 꿈을 품고 얼마나 많이 실망을 했는지 모른다. 왕어언이 비록 무학에 대해 대단히 많이 알고 있긴 했지만 소녀로서의 감성은 일반 농가의 소녀나 호수 위를 전전하는 물가의 낭자들과 전혀 다를 바가 없었다.

단예는 그 말을 듣고 또다시 가슴이 쓰렸다. 그녀가 빈 소원은 필시 모용 공자와 관계된 것이고 그의 평안무사와 만사형통을 비는 것이란 걸 알기 때문이었다. 갑자기 이런 생각이 들었다.

'이 세상에 그 어떤 소녀가 이 왕 낭자처럼 남몰래 날 위해 소원을 빌어줄까? 완 누이는 이전까지 날 깊이 사랑했지만 내가 자신의 친오라버니라는 사실을 알았으니 당연히 다른 감정이겠지. 지금 그녀는 어디에 있는지 모르겠군. 마음에 드는 낭군을 또 만나지 않았을까? 그럼 종영은? 그녀는 내가 자신의 친오라버니라는 사실을 알고 있을까? 설사 모른다 해도 간혹 내 생각이 나는 건 순간에 불과할 뿐일 테니 곧 떨쳐버리고 말겠지. 절대 왕 낭자에는 미치지 못할 거야. 그 누구도 마음에 담아둔 사람을 저토록 가슴 깊이 그리워할 수는 없을 테니까.'

이런 생각을 하고 아벽을 힐끗 한번 쳐다보자 갑자기 이런 생각이 스치고 지나갔다.

'이 세상에 아벽 한 명만이라도 날 잠시나마 그리워한다면 얼마나 좋을까? 에이, 그녀조차도 모용 공자에 대한 그리움이 더 크지 나 단예에 대한 그리움이 크진 않을 거야.'

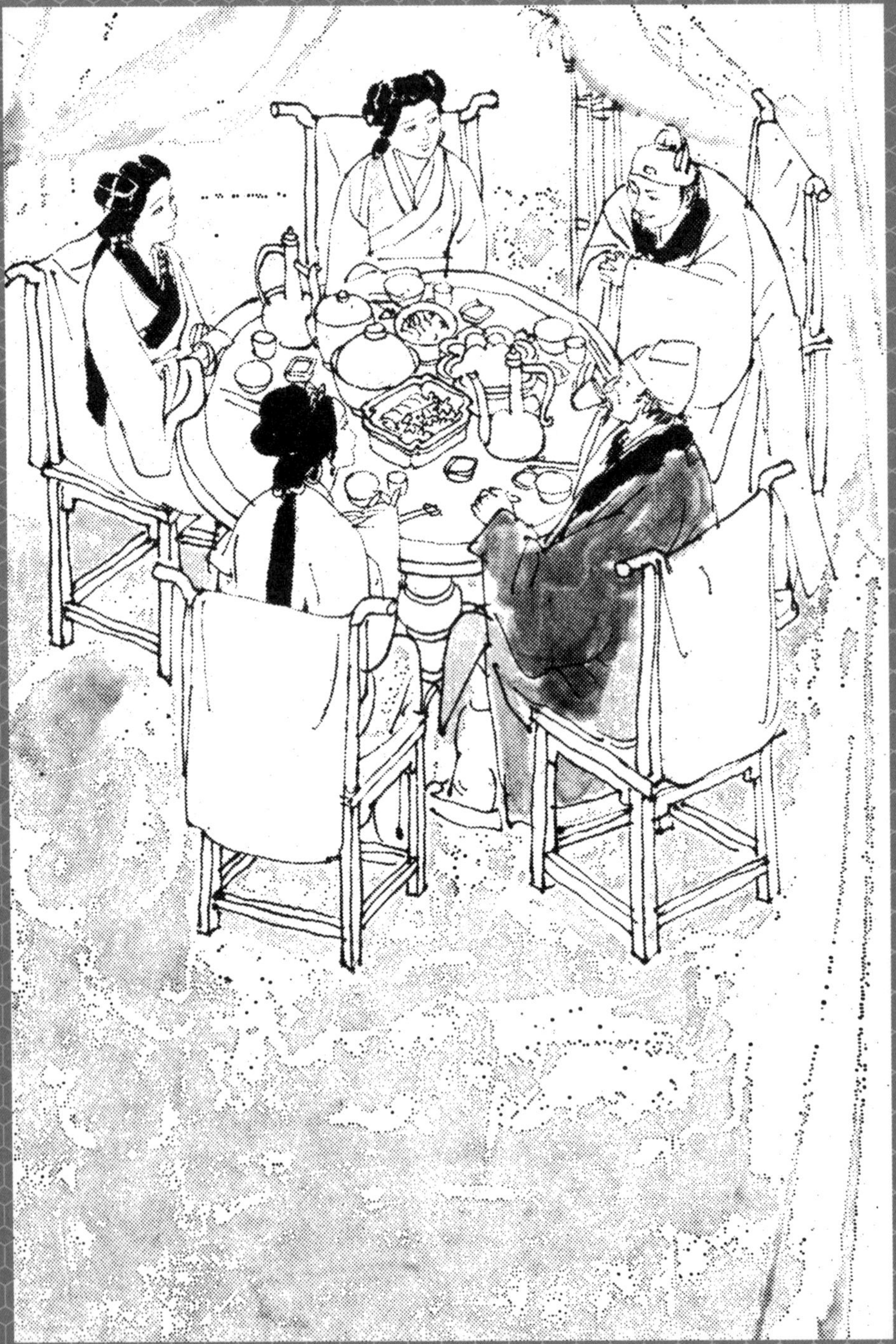

13

손가락 하나로 영웅호걸들을 희롱하다

포부동이 공공연히 쫓아내자 왕어언과 헤어지는 것이 아쉽기는 했지만 뻔뻔스럽게 억지로 남겠다고 할 수는 없었기에 마음을 모질게 먹고 자리에서 일어나 말했다.

"왕 낭자, 아주, 아벽 두 낭자. 재하는 이만 물러가보겠소. 훗날 꼭 만납시다."

배는 불빛이 있는 곳과 점점 가까워졌다. 아주가 대뜸 입을 열었다.

"아벽, 저거 좀 봐. 뭔가 좀 이상해."

아벽이 말했다.

"웬 등불이 저리 많이 켜져 있죠?"

그녀는 호호하고 소리 내어 웃었다.

"아주 언니, 언니 집에서 원소절元宵節[23]이라도 쇠나요? 저렇게 촛불을 환하게 켜놨다는 건 누군가 언니 생일잔치를 해주려고 준비한 것 같은데요?"

아주는 침묵을 지키며 호수 위에 켜 있는 등불을 의심스럽게 쳐다볼 뿐이었다.

단예가 멀리 바라보니 한 작은 뭍 위에 여덟아홉 칸 정도 되는 집이 보였다. 그중 두 칸은 누각으로 된 방이었다. 각 방마다 창문을 통해 등불 빛이 새어나왔다. 그는 속으로 생각했다.

'아주가 거주하는 곳을 청향수사라고 했는데 아마 아벽이 사는 금운소축과 별 차이가 없을 거야. 청향수사 안 곳곳에 붉은 촛불을 피워 놓은 것은 아주 누님이 떠들썩하게 즐기는 걸 좋아해서겠지.'

작은 배가 청향수사에서 약 1마장 정도 거리까지 다가가자 아주가 노를 내려놓고 말했다.

"왕 낭자, 우리 집에 침입자가 있는 것 같아요."

왕어언이 깜짝 놀라 말했다.

"뭐라고? 침입자라니? 그걸 어찌 알아? 누군데?"

아주가 말했다.

"누군지는 저도 모르겠어요. 냄새 맡아보세요. 술 냄새가 진동하는 걸 보면 수많은 악한이 와서 난장판을 만들어놓은 게 틀림없어요."

왕어언과 아벽이 집중을 해서 몇 번 냄새를 맡았지만 아무 냄새도 맡을 수 없었다. 단예 역시 오로지 소녀의 체취만 느껴졌을 뿐 별다른 냄새를 맡을 수 없었다.

그러나 아주의 후각은 매우 민감했다. 그녀가 말했다.

"큰일 났어요, 큰일 났어요! 누군가 제 말리화로茉莉花露랑 매괴화로枚塊花露를 모조리 뒤집어놨어요. 한매화로寒梅花露도 다 망쳐놨고요…."

이 말을 하고는 거의 울음이 터져 나올 것 같은 얼굴이었다.

단예는 이상한 듯 물었다.

"눈이 그렇게 좋단 말이오? 그게 보이시오?"

갑자기 아주가 흐느껴 울기 시작했다.

"아니에요, 냄새만 맡아보면 알아요. 제가 온 정성을 다 들여서 담근 꽃술들인데 저 악한들이 모두 마셔버린 거 같아요."

아벽이 말했다.

"아주 언니, 어떡해요? 피해야 하나요? 아니면 올라가서 싸워야 하나요?"

아주가 말했다.

"악한들이 얼마나 무서운 사람들인지 모르잖아…."

단예가 말했다.

"그렇소. 무서운 자들이라면 피하는 게 상책이오. 만일 평범한 자들이라면 가서 제대로 훈계를 하면 될 것이오. 아주 누님의 애장품을 더 이상 못쓰게 만들지 못하도록 말이오."

아주는 심사가 편치 못하던 차에 안 하느니만 못한 그의 말을 듣고 말했다.

"무서우면 피하고 평범하면 훈계하는 거야 누군들 못해요? 저자들이 무서운지 평범한지 어떻게 알아서요?"

단예는 그녀의 말에 말문이 막혀 아무 말도 하지 못했다. 아벽이 부드러운 말투로 말했다.

"아주 언니, 단 공자는 좋은 뜻으로 한 말이에요."

아주가 말했다.

"당장 가서 제대로 살펴봐야겠어요. 하지만 다들 옷부터 갈아입어야 해요. 고기를 잡는 어부 무리들로 변장을 해요."

그녀는 손가락으로 동쪽을 가리키며 말했다.

"저쪽에 사는 어부들은 다 제가 아는 사람들이에요. 저기 가서 옷을 빌려요."

단예가 손뼉을 치며 활짝 웃었다.

"훌륭한 계책이오. 훌륭해!"

아주는 노를 잡고 동쪽을 향해 저어갔다. 그녀는 변장을 할 생각에 정신이 번쩍 들었는지 자기 집에 악한들이 난입한 상황에 대해서도 더 이상 화를 내지 않았다.

아주는 일단 왕어언과 아벽을 어가로 보내 옷을 빌리도록 했다. 그리고 그녀는 알아서 늙은 어부의 아내로 변장하고 왕어언과 아벽을 중년의 여자 어부로 변장시킨 다음 다시 단예를 데리고 가서 40여 세의 어부로 변장시켰다. 아주의 역용술易用術은 과연 기묘하기 이를 데 없어서 네 사람 얼굴에 밀가루와 연고를 이리 바르고 저리 붙이자 삽시간에 각자의 나이와 용모가 감쪽같이 바뀌어버렸다. 그녀는 또 고깃배와 어망, 어루漁簍, 낚싯대, 활어 등등을 빌려 고깃배를 저으며 청향수사를 향해 나아갔다.

단예와 왕어언 등은 모습이 변하긴 했어도 목소리와 행동거지가 여기저기 허점투성이라 아주 특유의 변장 기술을 따라 하려야 따라 할 수가 없었다. 왕어언이 웃으며 말했다.

"아주, 무슨 일이든 네가 앞에 나서서 처리해. 우리는 벙어리처럼 있을게."

아주가 웃으며 말했다.

"네, 입만 열지 않으면 돼요."

고깃배는 천천히 수사의 배후 쪽을 향해 나아갔다. 단예가 보니 전후좌우 곳곳이 모두 수양버들이었다. 거칠고 난폭한 고함 소리가 끊임없이 집 안에서 들려왔다. 이 떠들썩한 고함 소리는 주변의 우아한 정취가 넘치는 가옥이나 화목들과는 전혀 어울리지 않았다.

아주는 한숨을 푸욱 내쉬며 매우 불쾌해했다. 아벽이 그녀의 귀에 대고 말했다.

"아주 언니, 침입자들을 쫓아내면 제가 정리해드릴게요."

아주는 그녀의 손을 꼭 쥐고 고맙다는 뜻을 표시했다.

그녀는 단예 등 세 사람과 함께 집 뒤편에서 주방 쪽을 향해 걸어갔다. 그곳에선 주방장인 고顧씨가 바쁘게 땀을 뻘뻘 흘려가며 뭔가에 몰두하고 있었다. 다름 아닌 가마솥에 연신 침을 뱉다가 두 손을 비벼서 나온 때를 똘똘 말아 가마솥 안에 집어넣는 것이었다. 아주는 화가 나기도 하고 우습기도 해서 나직이 소리쳤다.

"고씨, 지금 뭐 하는 거예요?"

고씨는 깜짝 놀라서 두려움에 가득한 목소리로 말했다.

"아니… 나… 낭자…."

아주가 웃으며 말했다.

"그래요, 아주예요."

고씨가 크게 기뻐하며 말했다.

"아주 낭자, 어디서 못된 놈들이 잔뜩 오더니 저더러 요리를 하고 밥을 지으라고 하네요. 보세요!"

그는 이 말을 하면서 콧물을 닦아 요리 안에 집어넣고 낄낄대며 웃기 시작했다. 아주가 눈살을 찌푸리며 말했다.

"무슨 그런 더러운 요리가 다 있어요?"

고씨가 다급하게 말했다.

"물론 낭자가 드시는 요리를 만들 때는 두 손을 아주 깨끗하게 씻고 하지요. 못된 놈들이 먹는 거라 더럽게 만드는 겁니다."

"다음에 고씨가 만든 요리를 보면 지금 이 모습이 생각나서 구역질 나겠어요."

"아닙니다. 달라요. 완전히 다릅니다."

아주는 모용 공자의 시녀이긴 했지만 청향수사에서는 주인인지라 또 다른 시녀와 주방장, 뱃사공, 정원사 들이 시중을 들고 있었다.

"침입자가 몇이나 되죠?"

"처음에 온 패거리는 열여덟아홉 정도 됐는데 뒤에 온 패거리는 스무 명이 좀 더 됩니다."

"패거리가 둘이라고? 어떤 자들이던가요? 차림새는요? 말투가 어디 사람이에요?"

고씨가 욕을 하며 말했다.

"빌어먹을 놈들…."

욕이 입 밖으로 튀어나오자 그는 재빨리 손을 뻗어 자기 입을 가로막으며 당황해했다.

"아주 낭자, 죽어 마땅합니다. 제… 제가 화가 치밀어올라 머리가 어떻게 됐나 봅니다. 저 못된 패거리들 중 한 무리는 북방의 호인들인데 제가 보기엔 강도나 매한가지입니다. 또 다른 무리는 사천四川 사람들 같은데 하나같이 백포白袍를 입었다는 것 외에는 뭐 하는 자들인지 모르겠습니다."

"누구를 찾아온 건가요? 다친 사람은 없나요?"

"먼저 온 강도들은 어르신을 찾아왔고 다음에 온 괴인들은 공자 나리를 찾아왔습니다. 저희들이 어르신께서는 이미 돌아가셨고 공자 나리께선 안 계신다고 했더니 그 말을 안 믿고 다짜고짜 온 집 안을 샅샅이 수색하지 뭡니까? 장원의 시녀들은 모두 대피했는데 전 화를 참지 못하고 제기…."

그는 또다시 욕을 하려 했지만 욕이 입언저리까지 나왔다가 간신히 참고 내뱉지 않았다. 아주와 세 사람은 그의 왼쪽 눈에 시커먼 멍이 들어 있고 얼굴 반쪽이 퉁퉁 부어오른 것을 보고 그가 아주 심하게 맞아서 그런 것이라 생각했다. 그가 요리 안에 침을 뱉고 콧물을 집어넣어 조금이라도 분을 풀려 한 이유를 알 것 같았다.

아주는 곰곰이 생각하다 말했다.

"우리가 직접 가봐야겠어요. 고씨도 자세히 모르니까."

그녀는 단예, 왕어언, 아벽 세 사람과 함께 주방 옆문으로 나갔다. 그리고 말리화 화단을 거쳐 월동문 두 개를 지나서는 화청 밖에 도착했다. 화청의 후문 창문과의 거리가 수 장 정도 됐지만 이미 화청 안의 떠들썩한 소리가 들려왔다.

아주가 살며시 다가가 손가락을 뻗어 손톱으로 창호지를 뚫고 안쪽을 들여다봤다. 대청에는 촛불이 환하게 켜져 있었지만 그 불빛은 동쪽 편에만 비추고 있어 열여덟아홉 명의 우람한 대한들이 거나하게 술판을 벌이고 있는 모습만 보였다. 탁자 위에는 술잔과 접시들이 어지럽게 널려 있었고 바닥에는 의자들이 이리저리 나뒹굴고 있었다. 몇 명은 아예 탁자 위에 앉아 있었으며 어떤 사람들은 손에 닭다리와 돼지 족발을 들고 뜯어 먹고 있었다. 또 긴 칼을 춤추듯이 휘둘러서 접시에 있는 쇠고기를 칼로 찍어 입에 가져가 먹는 사람도 있었다.

아주는 다시 서쪽을 바라다봤다. 처음에는 전혀 개의치 않았지만 조금 더 바라보니 자기도 모르게 머리가 곤두서고 등골이 오싹해졌다. 스무 명이 좀 넘는 자들이 백포를 걸치고 숙연하게 앉아 탁자 위에 작은 촛불 하나를 켜놓고 있었는데 촛불에 비친 예닐곱 사람은 하나같이 넋을 잃은 듯 무슨 강시처럼 즐거운 것도 화난 것도 아닌 표정을 짓고 있는 것이 아닌가! 그자들은 시종 아무 말도 없이 꼼짝도 하지 않은 채 앉아 있었다. 그중 몇몇이 눈알을 굴리지 않았다면 정말 죽은 사람인 줄 알았을 것이다.

아벽은 가까이 다가가 아주의 손을 잡았다. 그녀는 얼음장처럼 차가운 손을 바르르 떨고 있었다. 아벽도 곧 창호지를 뚫어 안을 들여다봤다. 그녀의 눈은 마침 누렇게 뜬 얼굴빛을 한 사내의 두 눈과 마주치고 말았다. 산송장처럼 보이는 그자가 눈을 부릅뜨고 노려보자 아벽은 깜짝 놀라 자기도 모르게 비명 소리를 내고 말았다.

빠직, 빠직 하는 두 번의 강력한 굉음이 들리면서 장창長窗이 부서지더니 사내 넷이 동시에 후닥닥 달려나왔다. 둘은 북방의 대한이고 둘은 사천의 괴객이었다. 그들은 일제히 호통을 쳤다.

"누구냐?"

아주가 말했다.

"물고기 몇 마리를 잡아와서 고씨한테 필요한지 물어보러 왔어요. 오늘 아침에 잡은 새우도 아직 살아서 싱싱해요."

그녀가 한 말은 소주 본토 사투리였다. 대한 넷은 무슨 말인지 알아듣지 못했지만 네 사람 모두 어부 차림을 하고 있었고 손에는 끊임없이 튀어대는 물고기와 새우를 들고 있어 말은 이해 못해도 무슨 뜻인지는 알 수 있었다. 대한 하나가 아주 손에 있던 물고기를 뺏어가며 큰 소리로 고함을 쳤다.

"주방장, 주방장! 이거 가져가서 해장국 좀 끓여와!"

또 다른 대한 하나가 단예 손에 있던 물고기를 건네받았다.

이 두 사천성 괴객은 물고기 장수인 것을 알자 더 이상 신경도 안 쓰고 몸을 돌려 대청 안으로 들어갔다. 아벽은 그 두 사내가 옆을 지나갈 때 진한 체취가 풍겨오자 이를 참지 못하고 손을 뻗어 코를 막았다. 사천 괴객 하나가 그녀의 옷소매가 젖혀지면서 드러난 백설처럼 희고 고운 팔목의 살결을 힐끗 보고는 의심을 하기 시작했다.

'중년의 여자 어부 살결이 어찌 저리 희고 고울 수가 있지?'

이런 생각을 하고는 당장 손을 뻗어 아벽의 팔목을 붙잡았다.

"이보시오, 나이가 어찌 되시오?"

아벽은 깜짝 놀라 손을 내밀어 그의 손을 뿌리치며 말했다.

"무슨 짓이에요? 왜 함부로 손을 대는 거예요?"

그녀의 목소리는 매우 낭랑하고 나긋나긋했지만 뿌리치는 손짓은 매우 날렵해서 그 사천객은 손목이 시큰거리고 마비되는 느낌이 들면서 휘청하고 바깥쪽으로 몇 걸음 밀려나버렸다.

이 바람에 정체가 드러나버리고 말았다. 대청 밖에 있던 네 사람이 동시에 호통을 치며 묻자 대청 안에서 다시 십여 명이 우르르 달려나오며 단예와 세 낭자 주위를 에워쌌다. 대한 하나가 손을 뻗어 단예의 수염을 잡아당기자 가짜 수염이 손쉽게 떨어져버렸다. 또 다른 사내가 아벽을 붙잡으려 하자 아벽은 몸을 비스듬히 피하면서 밀어제쳐 그 사내를 바닥에 내동댕이쳤다.

모든 사내가 더 큰 소리로 외쳤다.

"첩자다! 첩자야!"

"변장을 한 도적들이다!"

"어서 매달아놓고 고문을 하자."

이들은 네 사람을 에워싸고 대청 안으로 밀어넣고는 동쪽 편에 앉아 있던 한 노인에게 고했다.

"요姚 채주寨主, 변장한 첩자들을 잡아왔습니다."

건장한 체구에 위엄이 넘쳐 보이는 반백의 수염을 가슴까지 늘어뜨린 그 노인이 호통을 쳤다.

"어디서 보낸 첩자더냐? 남몰래 변장을 하고 잠입을 하다니 무슨 수작을 부리려 한 것이냐?"

왕어언이 말했다.

"늙은 여자 어부 변장은 하나도 재미없어. 아주, 난 안 할래."

이 말을 하고 손을 뻗어 얼굴을 몇 번 닦자 연고와 밀가루를 붙여 만든 얼굴 가득한 주름이 줄줄이 떨어져버렸다. 모든 사내는 중년의 여자 어부가 갑자기 빼어나게 아름다운 소녀로 변하는 걸 보자 눈이 휘둥그레지면서 입이 딱 벌어졌다. 순식간에 대청 안은 쥐 죽은 듯이 조용해졌고 서쪽 편에 앉아 있던 사천객 무리의 시선 역시 그녀를 향해 쏟아졌다.

왕어언이 말했다.

"다들 변장을 지워."

이 말과 함께 아벽을 향해 웃으며 말했다.

"다 네 탓이야. 우리 계책이 들통나버리고 말았잖아."

아주와 아벽, 단예 세 사람 역시 각자 얼굴에 한 변장을 제거하자 모두들 왕어언을 쳐다보다가 다시 아주, 아벽을 차례대로 뜯어보고는 세상에 이렇게 백옥같이 하얗고 아름다운 여인들이 있는지 상상도 하지 못했다는 표정을 지었다.

한참 후에야 그 건장한 노인이 물었다.

"너희들은 누구냐? 이곳에는 뭐 하러 왔느냐?"

아주는 북방 말씨로 바꾸고 빙긋 웃으며 말했다.

"난 이 집 주인이에요. 한데 엉뚱한 사람이 나한테 여기 뭐 하러 왔느냐고 물으니 이 어찌 괴이하지 않겠어요? 당신들은 누구죠? 내 집에는 뭐 하러 온 거예요?"

그 노인이 고개를 끄덕이며 말했다.

"음. 네가 이곳 주인이라니 그거 아주 잘됐구나. 네가 모용가의 아가씨더냐? 모용박이 네 아버지고?"

아주가 미소를 지으며 말했다.

"난 시녀일 뿐이에요. 제가 무슨 복으로 나리의 딸일 수 있겠어요? 한데 귀하께선 누구시죠? 여긴 무슨 일로 오셨나요?"

그 노인은 그녀가 자칭 시녀라는 말을 듣고 믿지 못하겠다는 듯 한참을 망설이다가 말했다.

"그럼 가서 네 주인을 모시고 와라. 그럼 곧 여기 온 이유를 말할 것이다."

아주가 말했다.

"우리 노주인께서는 돌아가셨어요. 소주인께서는 출타하셨고요. 귀하께서 하실 말씀이 있으면 저한테 하세요. 귀하의 이름을 알면 안 되는 건 아니겠죠?"

그 노인이 말했다.

"음… 난 운주雲州 진가채秦家寨의 채주, 요백당姚伯當이다."

아주가 말했다.

"말씀 많이 들었습니다."

요백당이 웃으며 말했다.

"너같이 새파란 계집이 나에 대해 무슨 얘기를 들었다는 것이냐?"

이때 왕어언이 나서서 말했다.

"운주 진가채의 독문 무공은 바로 오호단문도五虎斷門刀잖아요? 과거 진공망秦公望 선배님께서 단문도 64초를 창안하신 후 후예들이 5초를 잊어먹어 지금은 59초만 전해내려온다고 들었어요. 요 채주께서는 몇 초나 배우셨죠?"

요백당은 깜짝 놀라 무심결에 말이 튀어나왔다.

"우리 진가채 오호단문도에 원래 64초가 있었다는 걸 어찌 알고 있느냐?"

"서책에 그렇게 적혀 있었으니 아마 틀림없을걸요? 거기서 빠진 5초는 백호도간白虎跳澗, 일소풍생一嘯風生, 전박자여剪撲自如, 웅패군산雄霸群山 그리고 제5초는 음… 복상승사伏象勝獅예요. 맞나요?"

요백당은 아무 말 없이 수염만 쓰다듬었다. 자신의 문파 도법 중 가장 핵심적인 초식 5초가 실전됐다는 사실은 그 역시 알고 있었다. 다만 그 5초가 어떤 초식인지 진가채 내에서는 그 누구도 알지 못했다. 그는 그녀가 당당하고 차분하게 말하는 소리에 깜짝 놀라면서도 의심이 가기는 했지만 그의 질문에 대해 대답할 방법이 없었다.

서쪽 편의 백포객 중 서른 살이 조금 넘어 보이는 한 사내가 괴상야릇한 목소리로 말했다.

"진가채의 오호단문도 중 빠진 5초가 뭔지는 요 채주께서 워낙 일이 바빠 기억을 못 하실 것이오. 이보시오 낭자! 낭자는 모용박 모용 선생과는 어찌 되시오?"

왕어언이 말했다.

"모용 어르신께서는 제 고모부님 되십니다. 귀하께서는 존성대명이 어찌 되시는지요?"

그 사내가 냉랭한 어투로 말했다.

"낭자는 가전家傳 무학에 조예가 깊은 것 같소. 요 채주의 무공 초식 개수까지 숙지하고 있다니 말이오. 허면 재하의 내력을 낭자가 알아맞혀보시오."

왕어언이 미소를 지으며 말했다.

"그럼 솜씨를 한번 보여주세요. 몇 마디 말만 가지고는 알아맞히기 힘들죠."

그 사내가 고개를 끄덕였다.

"옳은 말이오."

그는 마치 겨울철에 손을 따뜻하게 만들기 위해 취하는 자세처럼 왼손을 오른손 옷소매에, 또 오른손을 왼손 옷소매 속에 집어넣었다. 곧이어 두 손을 꺼내는데 양손에는 기이한 형태의 병기를 한 자루씩 잡고 있었다. 왼손에는 송곳 같은 추錐 끝이 두 개로 구부러져 있는 6~7촌 길이의 강추를, 또 오른손에는 손잡이가 1척가량 되고 추두錘頭 부위가 보통 사람 주먹보다 작은 팔각소추八角小錘를 잡고 있었다. 두 병기는 마치 아이들 노리개처럼 아주 조그맣고 앙증맞아서 이것들로 적에 맞선다면 별로 쓸모가 없을 것처럼 보였다. 동쪽 편의 북방 대한들이 이 기괴한 병기들을 보고 그중 몇 명이 킥킥대고 웃었다. 대한 하나가 나서서 말했다.

"사천 아이들이 가지고 노는 노리개를 꺼내다니. 이게 무슨 추태요?"

왕어언이 말했다.

"음. 그건 뇌공굉雷公轟이로군요. 귀하는 필시 경공과 암기에 능할 겁니다. 서책 속에서 본 바에 따르면 뇌공굉은 사천 청성산青城山 청성파青城派의 독문 병기예요. 청青 자는 9타九打를 뜻하고 성城 자는 '18파十八破'를 뜻하는데 그 기괴함이 예측 불가라 했지요. 귀하께서는 복성인 사마司馬씨가 틀림없겠군요."

그 사내는 줄곧 침울한 표정을 짓고 있다가 그녀의 말에 감동하지 않을 수 없었던지 그 옆에 있던 세 명의 수하들과 얼굴만 마주볼 뿐이었다. 그렇게 아무 말도 하지 못하다가 한참 후에 입을 열었다.

"고소모용씨는 무학에 있어 박학하기 그지없다고 하더니 과연 명불허전이오. 재하는 사마림司馬林이오. 낭자, 대답해보시오. 청 자에 정말 9타가 있고 성 자에 정말 18파가 있는 게 확실하오?"

왕어언이 말했다.

"소녀가 견식이 부족하니 귀하께서 가르침을 내려주세요. 전 청 자는 십타十打라고 칭해야 타당하다고 생각합니다. 철보리鐵菩提와 철연자鐵蓮子는 외형상 비슷하지만 용법은 전혀 달라 동일시할 수 없지요. 성 자에 있는 18파를 논하자면 파갑破甲, 파순破盾, 파패破牌 이 세 가지 초식은 서로 큰 차이가 없어요. 그저 18이란 수를 모아놓은 것에 불과할 뿐 사실은 삭제나 합병을 할 수가 있죠. 따라서 15파나 16파라고 해야 오히려 더 정요精要하다고 할 수 있어요."

사마림은 그녀의 말에 어안이 벙벙해졌다. 그의 무공은 청 자 중 7타만 연마했을 뿐이며 철연자와 철보리는 더더욱 구분하지 못하고 있었다. 파갑, 파순, 파패 3종의 기술은 원래 그가 평생 가장 만족스러워하는 무학이었으며 늘 청성파의 진산절기鎭山絶技라 여기고 있었는데 뜻밖에도 이 소녀는 오히려 삭제할 수도 있다고 하지 않는가? 처음에는 그저 놀라기만 했지만 곧 화가 치밀어올랐다. 그는 생각했다.

'내 무공과 이름을 모용가에서도 당연히 알고 있었을 것이다. 저들은 날 욕보이기 위해 저런 말도 안 되는 거짓말을 지어내서 저 소녀를 시켜 떠들어대도록 명한 게 틀림없어.'

그러고는 화를 꾹 참고 말했다.

"낭자의 가르침에 감사드리겠소. 재하가 모르고 있던 사실을 알게 됐으니 말이오."

그는 잠시 머뭇거리다 왼쪽에 있던 수하를 향해 말했다.

"제諸 사제, 사제도 저 낭자께 가르침을 받아보게."

그의 사제인 제보곤諸保昆은 얼굴에 온통 곰보 자국이 나 있는 추한 몰골의 사내였다. 사마림보다 몇 살 많은 것으로 보이는 그는 몸에 백포를 걸쳤을 뿐만 아니라 머리를 하얀 천으로 둘둘 말고 있어 마치 상복을 입고 있는 것처럼 보였다. 더구나 희미한 촛불빛 밑이라 더욱 음산해 보였다. 그는 몸을 일으키고 두 손을 옷소매 안으로 찔러넣어 짧은 강추 하나와 소추 한 자루를 꺼내 들었다. 바로 사마림과 똑같은 뇌공굉이었다. 그는 왕어언을 향해 말했다.

"낭자, 가르침을 내려주시오."

이를 옆에서 보던 사람들 모두 같은 생각을 했다.

'그의 병기는 사마림 것과 전혀 다르지 않고 저 낭자는 이미 사마림의 병기를 알고 있는데 어찌 그걸 모르겠나?'

왕어언이 말했다.

"귀하 역시 뇌공굉을 사용하는 걸 보니 당연히 청성 일파겠지요."

사마림이 말했다.

"여기 제 사제는 다른 문파의 무공을 배우고 우리 문파에 들어온 것이오. 원래 어느 문파에 있었는지 낭자의 혜안으로 고증해주시기 바라오."

그는 이 말을 하면서 속으로 다른 생각을 했다.

'제 사제가 전에 있던 문파는 나조차도 자세히 모르는데 네가 알아맞힌다면 신기할 일이지.'

왕어언이 속으로 생각했다.

'이거야말로 어려운 문제로구나.'

그녀가 미처 입을 열기도 전에 한쪽에 있던 진가채의 요백당이 나서서 말했다.

"사마 장문, 낭자한테 당신 사제의 진면목을 알아내라고 요구하다니 그런 망신스러운 일이 어디 있다는 말이오?"

사마림이 아연실색하며 말했다.

"뭐가 망신스럽다 하는 것이오?"

요백당이 껄껄 웃으며 말했다.

"당신 사제는 지금 얼굴 가득 곰보 자국이 정교하게 새겨져 있지 않소? 그의 진면목은 당연히 아름답지 않을 것 아니오?"

동쪽 편에 있던 대한들은 모두 박장대소를 하고 웃었다.

제보곤은 평생 자신의 곰보 자국에 대해 조소하는 자들을 가장 증오했다. 그런데 요백당이 공공연히 자신을 비웃고 나섰으니 어찌 참을 수 있겠는가? 그는 요백당이 북방의 대호大豪이자 채주인 신분이란 사실도 무시한 채 왼손의 강추 끝을 그의 가슴에 겨냥하고 오른손 소추로 강추 뒷부분을 강하게 가격했다. 피융 하고 하늘을 가르는 날카로운 소리가 들리며 암기 하나가 요백당의 가슴을 향해 쏜살같이 발사되어 나갔다.

진가채와 청성파는 사실 청향수사에 들어온 이후, 암암리에 기싸움을 벌이며 서로 예도 갖추지 않은 채 너 나 할 것 없이 상대를 째려보고 콧방귀만 뀌고 있었던 터였다. 따라서 왕어언 일행이 오지 않았다면 안 그래도 한바탕 싸움이 벌어질 판국이었다. 요백당이 상대에게 상처 주는 말을 내뱉은 건 시비를 걸겠다는 의도이긴 했지만 상대가 다짜고짜 공격을 해올 줄은 생각지도 못했다. 이 암기는 뜻밖에도 그 속도가 매우 빨라 도저히 검을 뽑아 막아낼 여유가 없었다. 그는 왼손으로 옆의 탁자 위에 있던 촛대를 집어들어 날아오는 암기를 후려쳤다. 쨍 소리와 함께 암기는 위쪽으로 방향을 바꾸어 퍽 하고 대들보에 박혀버렸다. 알고 보니 3촌쯤 되는 길이의 강침鋼針이었다. 강침이 비록 짧긴 했지만 그 힘은 예사롭지 않게 강력했다. 요백당은 왼손 무지와 식지 사이의 범아귀에 저릿한 느낌을 받으며 촛대를 바닥에 떨어뜨리고 말았다. 와장창하는 소리가 온 방 안에 울려퍼졌다.

진가채 사람들이 너도나도 칼을 뽑아 들고 큰 소리로 호통을 쳤다.

"암기를 썼단 말이야?"

"이러고도 영웅호한이라 할 수 있느냐?"

"파렴치하구나. 이런 빌어먹을 놈들 같으니!"

그중 뚱보 하나가 온갖 욕설을 다 해가며 상대의 조종 18대까지 욕을 보였다. 그러나 청성파 무리는 시종 애매한 태도를 취하며 묵묵부답 아무 말도 하지 않고 진가채 무리의 욕지거리를 못 들은 척했다.

요백당이 조금 전 정신없는 와중에 촛대를 집어들어 대처한 것은 원래 적절치 못한 행동이었다. 수십 년 동안 공력을 수련한 자로서 하찮은 강침 따위를 손에 쥔 물건으로 막아냈다는 것은 무림 규율로 따진다면 이미 일초를 패배한 셈이었다. 그는 속으로 생각했다.

'상대의 무공에는 사악한 기운이 있어. 저 낭자 말에 따르면 청성파에는 청 자 9타인가 뭔가가 있다고 했는데 그건 바로 암기를 말하는 것인가 보다. 조심하지 않으면 당할 수도 있겠어.'

그는 손을 휘둘러 수하들의 소란을 저지하고 웃으며 말했다.

"제 형의 일초는 아주 뛰어나긴 하나 간악한 데가 있구려! 그게 무슨 초식인지 모르겠소?"

제보곤은 흐흐하고 냉소를 머금기만 할 뿐 아무런 대답도 하지 않았다.

진가채의 뚱보가 말했다.

"그야 '철면피 암전暗箭'쯤 되겠지!"

또 다른 중년 사내가 웃으며 말했다.

"안 그래도 얼굴이 원래 철면피잖아? 이름 한번 잘 지었구먼. 아주 딱 들어맞네. 좋아. 아주 좋아."

그 말 속에는 상대의 곰보 자국을 비웃는 의미가 담겨 있었다.

왕어언이 고개를 가로저으며 부드러운 음성으로 말했다.

"요 채주, 이번엔 당신이 잘못했어요."

요백당이 말했다.

"뭐가 말이오?"

왕어언이 말했다.

"누구든 허물이나 흉터는 있을 수 있어요. 어릴 때 살짝 넘어져도 운이 없으면 다리가 부러질 수도 있고 남과 싸우다 손이나 눈을 잃을 수도 있는 거죠. 무림 친구들 몸에 어떤 곳이든 상처가 있는 건 극히 당연한 일이에요. 아닌가요?"

요백당은 고개를 끄덕일 수밖에 없었다. 왕어언이 말을 이었다.

"여기 이 제 대협은 어릴 때 천연두에 걸려 몸에 상흔이 좀 남은 것뿐인데 그게 뭐가 우습죠? 사내대장부라면 첫째, 인품과 마음씨를 논하고 둘째, 재능과 일을 논하고 셋째, 문학과 무공을 논해야 하는 법이에요. 얼굴 따위가 잘나고 못난 게 무슨 상관이겠어요?"

요백당은 자기도 모르게 말문이 막히고 말았다. 그는 껄껄 웃으며 말했다.

"소낭자 말에 일리가 있소. 낭자 말에 따르면 노부가 제 형을 비웃은 것은 잘못됐다는 게로군."

왕어언이 빙긋 웃으며 말했다.

"자신의 과오를 자인하는 것을 보니 아주 정정당당해 보이네요."

그녀는 얼굴을 돌려 제보곤을 향해 고개를 가로저었다.

"안 돼요. 소용없어요."

이 말을 할 때 그녀의 얼굴은 온유함과 동정으로 가득했다. 마치 되지 않은 일을 벌이다 땀으로 범벅이 된 어린 동생을 바라보는 누나처럼 그녀의 타이르는 듯한 어조에는 친밀감이 넘쳤다.

제보곤은 무림인의 몸에 상처가 나는 건 흔한 일이며 사내대장부는 응당 품격과 공적을 우선해야 한다는 그녀의 말을 듣고 속이 시원했다. 그는 평생 곰보인 얼굴 탓에 늘 마음이 답답하고 우울한 상태로 살아왔고 누군가 이렇게 진지하고도 이치에 맞는 말로 위로해주는 말을 들어본 적이 없었던 터였다. 그는 그녀가 마지막에 "안 돼요. 소용없어요"라고 한 말을 듣고 물었다.

"낭자, 뭐라 하셨소?"

이렇게 물으며 생각했다.

'내 천왕보심침天王補心針이 안 된다고 말한 건가? 소용없다고? 저 낭자는 내 강추 안에 강침이 모두 열두 개나 있다는 걸 모르잖아? 만일 내가 멈추지 않고 연속해서 소추를 두들겼다면 저 늙은이의 목숨은 끝장이 났을 텐데. 다만 사마림 앞에서 그런 기밀을 밝히고 싶지 않았을 뿐이지.'

왕어언이 말했다.

"당신의 천왕보심침이 극히 포악한 암기라는 건 틀림없어요…."

제보곤은 순간 흠칫 놀라 소리를 내고 말았다. 사마림과 다른 두 청성파 고수들은 약속이라도 한 듯 소리쳤다.

"뭐라고?"

제보곤은 안색을 바꾸고 말했다.

"낭자가 잘못 알았소. 이건 천왕보심침이 아니오. 이건 우리 청성파의 암기인 청 자의 제4타 기술로 청봉정靑蜂釘이라 하는 것이오."

왕어언이 미소를 지으며 말했다.

"청봉정의 외형이 그렇기는 하지요. 당신이 펼친 천왕보심침에 사용되는 기구나 수법은 청봉정과 완전히 같다고 할 수 있어요. 다만 암기의 본질은 외형과 발사 방법에 있는 게 아니라 암기의 힘과 날아가는 기세에 있는 것이죠. 강표鋼標를 날릴 때도 소림파에는 소림파만의 손기술이 있는 것이고, 곤륜파에는 곤륜파만의 손기술이 있으니 그건 억지로 되는 것이 아니에요. 근데 당신은….”

제보곤의 눈빛 속에 돌연 살기가 돌았다. 그는 곧 왼손에 들고 있던 강추를 가슴 앞으로 들어올렸다. 소추로 강추 뒷부분을 강타하기만 하면 곧 강침이 왕어언을 향해 날아갈 상황이었다. 옆에서 지켜보던 사람들 중 절반에 가까운 사람들이 깜짝 놀라 비명을 질렀다. 조금 전 그가 요백당에게 침을 발사할 때 본 강침의 쾌속한 기세와 강력한 기운은 그 어떤 암기에서도 찾아보기 힘든 수준이었다. 필시 비어 있는 강추 안에 강력한 용수철을 장착해놓은 것이 틀림없었다. 사람의 힘만 가지고는 절대 될 수 없는 일이었기 때문이다. 더구나 강추 끝이 구부러져 있는 것은 위장이었다. 남들이 이렇게 구부러져 있는 강추로 암기를 발사할 것이라는 생각을 할 수 없게 만든 것이다. 강추 안의 빈 관이 일직선일 것이라고 누가 생각할 수 있겠는가? 다행히 요백당은 빠른 눈과 날렵한 손을 가진 덕에 큰 화를 피할 수 있었지만 그가 왕어언을 향해 강침을 날린다면 연약하기 이를 데 없는 그녀가 피하는 건 불가능한 일이었다. 그러나 제보곤 역시 그녀의 연약한 모습을 보고 감히 살수를 쓰지 못했다. 더구나 그녀가 조금 전 자신을 위해 변호를 해주었다는 생각에 고마운 마음을 품고 있었다.

그는 소리쳤다.

“낭자, 쓸데없는 말로 화를 자초하지 마시오.”

바로 그때 누군가 몸을 비스듬히 박차고 나와 왕어언 앞을 막아섰다. 바로 단예였다.

왕어언이 미소를 지으며 말했다.

“단 공자, 고마워요. 제 대협, 절 죽이지 않고 살려주셔서 고맙습니다. 하지만 절 죽인다 해도 소용없어요. 청성, 봉래蓬來 두 파는 대대로 원수지간이에요. 당신이 도모하고 있는 일은 80여 년 전 귀 파의 7대 장문인인 해풍자海風子 도장道長이 시도한 바 있어요. 하지만 그분은 재기와 무공에 있어 절정의 고수였음에도 결국 성공하지 못했어요."

청성파 사람들은 그녀의 말을 듣자 모두들 제보곤을 험악하게 노려보며 의혹의 눈길을 보내기 시작했다.

'그렇다면 저자는 우리의 철천지원수인 봉래파 문하 제자란 말이 아닌가? 우리 문파에 첩자로 왔다는 거잖아? 한데 어찌 사천 억양으로 말을 할 수 있지? 산동山東 사투리는 전혀 쓴 적이 없는데?'

근거지가 산동반도인 봉래파는 원래 동해에서 위세를 떨치고 있었다. 그들은 사천 서쪽에 있던 청성파와 함께 각각 동쪽과 서쪽에 수천 리나 떨어져 있었지만 100여 년 전 양 문파의 고수가 원수를 맺은 후부터 보복을 전전하는 참혹한 복수극을 지속해오고 있었다. 양 문파에는 각자의 절기가 있어 서로 억제를 해오고 있었으며 과거 쌍방이 원수를 맺게 된 이유 역시 무공에 대한 담론으로 인한 것이었다. 수십 차례에 걸친 대혈투와 복수전을 거쳤지만 끝끝내 봉래파는 청성파를 넘어서지 못했고, 청성파 역시 봉래파를 제압하지 못했다. 이로 인해 매번 참혹한 결투를 벌일 때마다 늘 쌍방 고수들 모두 똑같이 희생을 당하는 양패구상兩敗俱傷의 상황이 반복되고는 했다.

왕어언이 말한 해풍자란 인물은 봉래파에서도 아주 걸출한 인재였다. 그는 양 문파 무공의 우열과 장단점을 탐구해 이를 자신이 연마한다면 당대에 청성파를 제압할 수도 있겠다고 생각했지만 훗날 자신이 죽고 난 다음 청성파에서 재기와 지혜를 갖춘 인물이 나타난다면 다시 제압당하게 될 것이라 여겼다. 그는 최후의 수단으로 상대를 영원히 제압하겠다는 일념하에 자신이 가장 신임하는 제자를 청성파 내부에 침투시켜 무공을 훔쳐 배우도록 했다. 이는 적을 알고 나를 알아야 한다는 지피지기知彼知己 계책이었다. 그러나 그 제자는 무공을 완전히 배우기도 전에 청성파 사람들에 의해 발각되어 죽음에 이르고 말았다. 이리되자 쌍방의 원한은 더욱 심화됐고 상대가 자기 문파의 무공을 몰래 배우는 걸 방비하기 위한 경계심이 더욱더 커지게 됐다.

그렇게 수십 년 동안 청성파는 북방 사람을 제자로 거두지 않는다는 규율을 세워 조금이라도 북방 말투를 쓰면 산동 사람은 물론, 하북, 하남, 산서山西, 섬서陝西 사람이라 할지라도 절대 제자로 거두지 않았다. 그 후에도 규율은 더욱 엄해져 사천 사람이 아니면 절대 받지 않는 것으로 바뀌었다.

청봉정은 청성파의 독문 암기였지만 천왕보심침은 봉래파 기술이었다. 제보곤이 날린 것은 청봉정이 틀림없었지만 왕어언은 이를 천왕보심침이라고 했으니 청성파 사람들 모두 경악을 금치 못할 수밖에 없었다. 봉래파 역시 청성파와 마찬가지로 산동 사람이 아니면 거두지 않는다는 규율을 엄하게 정해놓고 있었다. 그중에서도 산동 동부 지역 사람을 우선시해서 심지어 산동 서쪽, 서남 사람들이 봉래파에 들어가려면 보통 어려운 일이 아니었다. 누구든 변장을 교묘하게만 한다면 쉽사리 허점이 노출되지는 않지만 입에 붙은 사투리는 수천 마디 말 중 한 마디 정도는 새어나오기 마련이었다. 제보곤은 사천 서쪽에 위치한 관현灌縣의 제가諸家 사람이었다. 사천 서쪽의 명문 세가 사람이 어찌 봉래파 문하에 들어갈 수 있었단 말인가? 이는 꿈에서조차 상상할 수 없는 일이었다. 사마림이 앞서 왕어언에게 그의 사문 내력을 알아맞혀보라고 한 것은 그 질문을 던져 이 소낭자를 난처하게 만들려 했을 뿐이지 제보곤을 의심해 그런 것은 절대 아니었다. 그런데 이렇듯 넋이 나갈 정도로 놀라운 답변이 나올 줄 누가 알았으랴!

그중에서도 가장 놀란 것은 당연히 제보곤이었다. 사실 도영도인都靈道人이라 불리는 그의 사부 도영자都靈子는 봉래파의 고수로 젊은 시절 청성파에게 크게 당한 적이 있어 절치부심하며 보복을 도모해오고 있었다. 사천 각지를 암암리에 정탐하면서 청성파의 빈틈을 노리고 있던 그는 어느 해인가 관현에서 제보곤을 만났는데 그때만 해도 아직 어린아이였던 그가 훌륭한 근골을 지닌 것을 보고 무학을 연마하기에 매우 좋은 신체를 지니고 있다 판단해 그를 포섭하기 위해 계책을 꾸미게 됐다.

그는 우선 누군가를 시켜 강호의 대도로 변장해 제가에 잠입토록 한 다음 제가의 주인을 묶어놓고 약탈을 자행하도록 한 후, 칼을 휘둘러 온 가족을 죽여 입을 봉할 것이며 제가의 두 딸도 간음하겠다고 으름장을 놓도록 했다. 이때 밖에서 대기하고 있던 도영자는 이런 위기일발의 순간을 기다렸다가 바람처럼 나타나 이 가짜 도적 무리들을 쫓아내고 모든 재물을 회수하는 것은 물론 두 딸의 순결까지 지켜줬다. 제가 주인은 당연히 그 은혜에 몇 번이고 감사해하면서 감격의 눈물까지 흘렸다.

도영자는 제가 주인에게 이런 말을 했다.

"상승무공이 없다면 가내에 아무리 많은 재산이 있다 해도 악도들의 침입을 피할 수 없을 것이오. 도적 무리들의 무공이 만만치 않기에 이번에는 쓴맛을 봤다 해도 다시 오지 말란 법은 없소."

사실 제가는 나름 현지에서 이름난 명문 세가였다. 그런데 이 집에 초빙돼 상주하던 호원무사護院武師가 도적들의 일격에 나가떨어지는 것을 본 데다 도적들이 다시 올 수도 있단 말을 들은 제가 주인은 애걸복걸하며 도영자에게 자기 집에 머물러줄 것을 청하기에 이르렀다. 도영자는 한번 사양을 한 뒤 다시 못 이기는 척 응낙했고 얼마 후에 제보곤을 끌어들여 그의 사부로 자리 잡게 된 것이다.

도영자는 청성파에 복수를 하기 위해 전력을 다한다는 점 외에는 사람됨이 그리 나쁘지 않았고 무공 실력 역시 매우 뛰어났다. 그는 제가 사람들에게 비밀로 할 것을 당부하고 암암리에 제보곤에게 무공 연마를 지도했다. 10년 후 제보곤은 당당히 봉래파에서 손꼽히는 인물이 됐다. 도영자는 인내심까지 강해 제부諸府에 거주한 뒤 인후부에 생긴 종기 때문에 말을 할 수 없게 됐다는 거짓말로 벙어리를 가장해 시종 그 누구와도 일언반구 말을 나누지 않았다. 또한 제보곤에게 무공을 전수할 때는 손짓 발짓으로 자세를 알려주고 일체의 지시와 수업은 붓으로 적어서 하는 등 절대 산동 사투리를 내뱉는 실수를 하지 않았다. 이런 까닭에 제보곤은 그와 아침저녁으로 10년이나 마주했음에도 산동 사투리는 단 한 마디도 들어본 적이 없었다.

제보곤의 무공이 완성되자 도영자는 자초지종을 글로 적어 제자에게 스스로 결정토록 했다. 물론 도적을 가장해 제가를 습격한 사건에 대해서는 당연히 언급하지 않았다. 제보곤은 마음속으로 사부가 자신의 집안을 구한 생명의 은인일 뿐만 아니라 지난 10년간 자신에게 베푼 은혜가 깊고 모든 봉래파 무공까지 남김없이 전수받았던 터라 이미 감격해 마지않고 있었다. 사부의 뜻을 이해한 그는 일말의 주저함도 없이 곧바로 청성파 장문인인 사마위司馬衛 문하로 들어갔다. 사마위는 바로 사마림의 부친이었다.

그 당시 제보곤은 적지 않은 나이였고 게다가 가내의 호원무사에게 배워 일반적인 무공들을 이미 연마했다고 말한 상황이라 사마위도 거두어들이기를 꺼렸다. 다만 제가는 사천 서부에서 권세가 높은 대부호였던 터라 청성파가 무림에 속해 있긴 해도 필경 사천 서부에 뿌리를 두고 있는 처지였기에 본토 호족의 환심을 잃고 싶지는 않았다. 더구나 제가의 자제를 제자로 거둔다면 자기 문파의 명성과 위세가 드높아지는 결과를 가져오게 될 것이라 여겨 그를 거두기로 결정하게 된 것이다. 무공을 전수받는 동안 제보곤의 뛰어난 무공 실력이 들통나서 몇 번이나 질문을 받았지만 제보곤은 도영자가 사전에 지시한 대로 늘 이런저런 구실을 들어 대답을 날조했다. 사마위는 그의 부친 체면을 생각해 지나친 추궁을 하지 않았지만 속으로는 늘 저런 부호의 자제가 그 정도 솜씨에 이르기까지 배운다는 건 절대 쉽지 않은 일이라 생각하고 있었다.

제보곤은 청성파에 들어간 이후 도영자의 치밀한 지시에 따라 모든 청성파 무학을 철저하게 연구해야만 했다. 그는 춘절 같은 명절 때면 사부와 사형 그리고 모든 동문에게 극진한 예물을 보냈고 사부가 원하는 것이 있다면 말이 떨어지기도 전에 그 누구보다 앞장서서 일처리를 했다. 어쨌든 집안이 매우 부유했기에 이 모든 것을 손쉽게 처리할 수 있었다. 사마위는 속으로 불편하긴 했지만 무공 전수에 있어서

만은 결코 사심을 품지 않았다. 이렇게 7~8년이 지나자 제보곤은 마침내 청성파 절기의 최고 경지에까지 오르게 되었다.

3~4년 전 도영자가 이미 그에게 집을 떠나 산동의 봉래산으로 가서 청성파 무공을 보여주고 적의 비밀을 모두 알아낸 다음 청성파를 일거에 전복시키라는 명을 내린 적이 있다. 그러나 청성파 문하에서 수년을 지낸 제보곤은 사마위가 두터운 정으로 자신을 대하는 데다 자신을 수제자로 여기고 무공을 전수하고 있다는 느낌을 받아 청성 일파를 자기 손으로 괴멸하고 사마위의 가족들을 모조리 주멸하는 짓은 차마 할 수 없다는 생각이 들어 혼자만의 결정을 내렸다.

'어쨌든 사마위 사부님이 세상을 떠난 다음에나 손을 쓸 수 있을 것 같다. 사마림 사형은 나한테 그리 특별하게 대해준 것도 아니니니 죽여버려도 상관없지.'

이런 생각에 다시 몇 년을 더 끌었다. 도영자가 몇 번이나 재촉을 했지만 제보곤은 언제나 청성파 내의 청 자 9타와 성 자 18파를 아직 다 연마하지 못했다는 핑계를 댔다. 도영자는 장기간에 걸쳐 심혈을 기울여 세운 계책인지라 성공을 눈앞에 두고 실패할 수는 없었기에 그가 비기를 모두 연마할 때까지 기다렸다가 따져물을 수밖에 없었다.

작년 겨울 사마위는 사천 동쪽 백제성白帝城 부근에서 누군가에게 성 자 12파 중의 파월추破月錐 초식에 당해 고막을 관통당하고 머릿속 깊이 내력이 들어가 목숨을 잃고 말았다. 그 파월추 초식은 명칭에 추 자가 들어 있긴 하지만 실제로는 강추를 사용하는 것이 아니었다. 다섯 손가락을 뾰족한 추 형태로 만들어 심후한 내력을 적의 고막에 관통시키고 뇌 속으로 집어넣는 수법이었다.

사마림과 제보곤은 성도에서 그 소식을 듣고 밤새 동쪽으로 달려왔다. 사마위의 부상 상태를 자세히 살펴본 두 사람은 비통함과 함께 경악을 금치 못했다. 청성파에서 이 파월추 기술을 구사할 줄 아는 사람은 사마위 본인 외에 사마림과 제보곤 그리고 또 다른 고령의 고수 둘뿐이었다. 그러나 이 일이 발생했을 당시 네 사람은 모두 성도에 있었고 때마침 벌어진 동지冬至 연회에 모여 있었기에 누구도 의심할 수 없었다. 따라서 사마위를 살해한 범인은 '상대가 쓴 방법을 상대에게 펼친다'라고 알려진 고소모용씨가 확실하며 제3자일 리가 없다는 결론을 내리게 되었고 이에 청성파는 문파 내의 고수들을 총집결시켜 고소에 있는 모용씨를 찾아가 끝장을 보겠다며 나섰던 것이다.

제보곤이 길을 떠나기 전 도영자에게 봉래파의 소행이 아닌지 암암리에 물어보자 도영자는 글로 써서 답했다.

"사마위의 무공은 나와 우열을 가릴 수 없기에 그에게 암수를 가하려면 천왕보심침을 써야만 목숨을 취할 수 있다. 만일 여럿이 포위를 해서 공격한다면 필히 본 파의 철괴진鐵拐陣을 써야 한다."

제보곤은 그 말이 옳다는 생각이 들었다. 두 사부의 무공 수련 정도로 볼 때 누가 누구를 어찌할 수 없다는 걸 이미 뼈저리게 느끼고 있었기 때문이다. 파월추를 사용해 사마위를 죽이려 한다면 도영자처럼 이 문파 무공을 모르는 사람은 물론 아는 사람이라 해도 사마위의 공력을 당해낼 수는 없었던 것이다. 그는 더더욱 아무 의심도 하지 않고 사마림을 따라 강남으로 원수를 찾아왔다. 도영자 역시 그의 행동을 막지 않고 그저 만사에 조심하라는 말만 이를 뿐이었다. 견문을 넓히고 경험을 쌓으려다 청성파를 위해 공연히 목숨을 버리게 만들 수는 없었기 때문이다.

소주에 이르자 일행은 사방에 수소문을 한 끝에 어렵사리 청향수사에 도착했다.

그러나 때마침 운주의 진가채 도적 무리가 그들보다 한발 앞서 도착해 있었다. 청성파는 문파의 규율이 엄격해 장문인의 호령 없이는 누구도 감히 함부로 말하거나 행동할 수 없었다. 그들은 진가채 도적 무리가 난잡하게 행동하는 모습을 경멸의 눈초리로 보고 있었던 터라 쌍방이 나누는 대화 속에 예의라고는 없었다. 청성파가 온 목적은 오로지 복수에 있었기에 청향수사 내에 있던 초목들을 절대 건드리지 않았고 그들이 먹을 식량 역시 직접 들고 왔다. 이 덕분에 오히려 득을 본 것도 있었다. 그건 바로 고씨의 침과 콧물 그리고 손바닥 때가 들어간 음식들을 청성파 무리들은 맛보지 못했다는 것이다.

왕어언과 아주 등 네 사람이 갑자기 등장하자 돌연 기이한 변화가 일어나기 시작했다. 제보곤이 청성파 수법으로 청봉정을 발사한다는 사실은 사마위도 생전에 일말의 의심조차 하지 않았건만 뜻밖에도 왕어언이란 이 소낭자의 한마디에 간파당할 줄 누가 알았으랴! 너무도 갑작스러운 상황에서 미처 방어를 하지 못한 제보곤은 그녀를 죽여 입을 봉하려 했지만 순간의 자비로 인해 손쓸 기회마저 놓쳐버리고 말았다. 더구나 천왕보심침이란 다섯 글자가 이미 사마림을 비롯한 모든 이의 귀에 들어간 이상 왕어언을 죽여버린다 한들 아무 소용도 없고 오히려 도둑이 제 발 저리는 행동으로 부각될 뿐이었다.

순간 제보곤은 전신에 식은땀이 줄줄 흐르고 머릿속이 복잡해지기 시작했다. 고개를 돌려보니 사마림을 비롯한 청성파 제자들이 각자 두 손을 옷소매 안에 집어넣고 사나운 눈초리로 자신을 째려보고 있었다.

사마림이 차갑게 말했다.

"제 대협, 원래 봉래파 사람이었나?"

그는 제보곤을 사제로 칭하지 않고 대협이란 호칭으로 바꿔 불렀다. 더 이상 그를 동문으로 여기지 않는다는 뜻이었다.

제보곤은 이를 인정할 수도 인정하지 않을 수도 없어 매우 당혹스러운 표정을 지었다.

사마림은 두 눈을 부릅뜨고 화를 내며 말했다.

"네가 청성파에 첩자로 들어와 파월추 절초를 익힌 후에 우리 아버지를 죽였구나. 이런 배은망덕한 놈 같으니! 악랄하기 짝이 없도다!"

이 말을 내뱉으며 두 팔을 바깥쪽으로 펼치자 손에는 이미 뇌공굉 두 개가 들려 있었다. 그는 제보곤이 이미 청성파 무공을 전수받았으니 자연히 봉래파 내의 고수에게까지 전해졌을 것이라 생각했다. 부친이 살해당했을 때 제보곤이 성도에 있었던 것은 확실하지만 봉래파가 이미 이 수법을 배웠을 테니 누구든 그 수법으로 부친을 살해할 수 있었으리라 여긴 것이다.

제보곤은 안색이 새파랗게 변했다. 사부인 도영자가 자신을 청성파에 잠입시킨 의도가 바로 그것이긴 했지만 지금 이 순간까지 자신은 청성파 무공을 조금도 누설한 적이 없었다. 그러나 일이 이 지경에 이르렀는데 어찌 결백을 증명할 수 있겠는가? 눈앞에 펼쳐진 상황은 당장이라도 혈투가 벌어질 태세였다. 상대는 수가 많은 데다 사마림과 다른 두 고수의 무공 실력도 자신보다 못하지 않았기에 오늘 싸움이 벌어진다면 필시 목숨을 부지하기 힘들 것이란 생각이 들었다.

'비록 내가 한 짓은 아니지만 전부터 사부를 배반하려는 마음은 있었으니 설사 청성파에 죽임을 당한다 해도 그건 인과응보라 할 수 있다.'

이렇게 결심하고 큰 소리로 외쳤다.

"사부님은 내가 죽인 게 절대 아니다…."

사마림이 호통을 쳤다.

"당연히 네가 직접 손을 쓰진 않았겠지만 우리 문파의 무공을 네가 전한 것이니 네가 직접 손을 쓴 것과 무슨 차이가 있겠느냐?"

그는 옆에 있던 키가 크고 깡마른 노인 둘을 향해 말했다.

"강姜 사숙, 맹孟 사숙! 저런 반역자를 처단하는 데 무림의 단타독투單打獨鬪[24] 규율 같은 건 염두에 둘 필요 없습니다. 다 같이 공격합시다."

두 노인은 고개를 끄덕이며 두 손을 옷소매 안에서 뻗어냈다. 두 사람은 왼손에 강추, 오른손에 소추를 들고 각각 좌우에서 에워쌌다.

제보곤은 몇 걸음 물러서서 대청 안의 커다란 나무 기둥에 등을 기댔다. 앞뒤에서 받는 협공은 피하겠다는 의도였다.

사마림이 소리쳤다.

"저 반역자를 죽여 아버지의 원수를 갚겠다!"

이 말과 동시에 앞을 향해 질풍같이 내달려가더니 강추를 들어 제보곤의 머리통을 향해 휘둘렀다. 제보곤은 몸을 옆으로 피하며 왼손으로 일추一錐를 날려 반격했다. 강씨 성의 노인이 호통을 쳤다.

"이 간악한 반역자야! 네놈이 무슨 낯으로 본 파의 무공을 사용하는 것이냐?"

그는 왼손 강추로 그의 인후부를 찌르고 오른손 소추로 봉점두鳳點頭 초식을 펼쳐 연이어 삼추三錘를 두드렸다.

진가채 도적 무리는 강 노인이 소추를 능수능란하게 다루는 데다 초식마저 극히 기괴한 것을 보고 다들 호기심이 일기 시작했다. 요백당 등은 고개를 끄덕이며 속으로 생각했다.

'청성파가 천상川湘에 명성을 떨친 것은 실로 요행이 아니었구나.'

사마림은 부친의 원수를 갚아야겠다는 마음이 급했는지 초식 전개가 지나치게 무모했다. 덕분에 제보곤은 그를 상대하기가 매우 수월했다. 그러나 청성파의 '온穩, 한狠, 음陰, 독毒' 4대 요결을 운용해 강추로 찌르고 소추로 내리치는 강씨와 맹씨 두 노인의 일초 일초가 그의 급소를 노리고 들어오는 통에 제보곤은 이를 대처할 방법이 없어 연이어 위기의 순간을 맞이했다.

세 사람의 강추와 소추 초식은 매 일초마다 제보곤의 머릿속에 익숙하게 자리 잡고 있어 제보곤은 그들의 일초를 볼 때마다 그 후 삼사초의 변화를 미루어 짐작할 수 있었다. 이 덕분에 1대 3의 대결에서도 끝까지 버텨낼 수 있었다. 다시 10여 초를 겨루다 속으로 왠지 서글픈 마음이 들었다.

'사마 사부님께서는 정말 나한테 섭섭지 않게 대해주셨구나. 사마림 사형과 맹, 강 두 사숙이 사용하는 초식을 내가 모르는 게 없으니 말이다. 무공 동작을 연마할 때는 가장 핵심이 되는 기술을 일부러 숨기고 보여주지 않을 수도 있겠지만 지금은 생사의 결투를 하고 있으니 저들 세 사람은 당연히 최선을 다할 것이 아닌가! 그렇다면 청성파의 무공은 확실히 그 안에 다 있다고 볼 수 있다.'

그는 사부의 은혜에 감격해 큰 소리로 부르짖지 않을 수 없었다.

"사부님께서는 날 해치려 하지 않았어…."

그의 이 외침 속에는 울음 섞인 목소리가 섞여 있었다.

이런 생각을 하는 사이 사마림이 이미 그의 몸에서 1척가량 떨어진 곳까지 덮쳐왔다. 청성파가 사용하는 무기는 극히 짧고 작기 때문에 서로가 근접한 곳에서 육박전을 벌일 때가 가장 무섭다고 할 수 있었다. 사마림이 이렇게 가까이 덮쳤을 때 상대가 다른 문파 사람이라면 7, 8할 정도 이긴다고 할 수 있다. 그러나 제보곤은 그와 똑같은 무공을 구사하고 있기 때문에 쌍방이 서로 같은 상황이라고 볼 수 있었다. 촛불 밑에서 이를 지켜보는 사람들 모두 눈앞이 어지러웠다. 사마림과 제보곤 두 사람의 출초가 쾌속하기 그지없었기 때문이다. 두 사람이 양손으로 춤을 추듯 휘두르는가 싶으면 눈 깜짝할 사이에 이미 칠, 팔 초를 교환한 뒤였다. 강추를 위로 찌르고 밑에서 쑤시다 다시 소추를 횡으로 때리고 세워서 치면서 두 사람 모두 미친 듯이 대결을 펼쳐갔다. 그러나 두 사람은 모든 초식을 능숙하게 연마한 상태였기에 상대가 공격해오면 자연스럽게 그 공격을 막고 다시 반격을 가했다. 두 사람 모두 같은 사부로부터 전수를 받았던 터라 초식의 비결은 다를 것이 전혀 없었던 것이다. 사마림이 젊고 힘이 넘치는 반면 제보곤은 비교적 경험이 풍부했다. 순식간에 수십 초가 오갔다. 이를 지켜보던 사람들은 쨍쨍, 땅땅 하는 병기 부딪치는 소리만 끊임없이 들릴 뿐 두 사람이 어떻게 공격을 하고 방어를 하는지 육안으로는 전혀 볼 수가 없었다.

맹, 강 두 노인은 사마림이 장시간의 대결에도 승부를 가리지 못하자 갑자기 휙 하고 일제히 바닥에 붙어 뒹굴어가며 각각 제보곤의 하반신을 공격해갔다.

무릇 짧은 병기를 사용하는 사람들은 여자를 제외하면 대부분 지당地堂 무공에 능했는데 이 지당 무공은 땅바닥을 뒹굴다 훌쩍 뛰어오르면서 상대가 손을 쓰지 못하게 하는 기술이었다. 제보곤은 이 뇌공착지굉雷公着地轟이란 초식에 대해 익히 알고 있었지만 이미 양손으로 사마림의 강추와 소추에 대응하고 있던 터라 강, 맹 두 노인까지 대응할 여유가 없어 몸을 날려 피할 수밖에 없었다. 강 노인은 소추를 왼쪽에서 오른쪽으로 후려쳤고 맹 노인의 강추는 오른쪽에서 찔러들어갔다. 제보곤이 왼발을 날려 맹 노인의 아래턱을 걷어차자 맹 노인이 욕설을 퍼부어댔다.

"이런 후레자식 같으니! 죽기 살기로 덤빈단 말이야?"

그러고는 옆으로 재빨리 물러났다. 강 노인이 기회를 틈타 위로 훌쩍 튀어올라 소추를 재빨리 휘둘렀다. 바로 그때 사마림의 소추 역시 그의 미간을 향해 찔러가고 있었다. 제보곤은 찰나의 순간에 경중을 따져 자신의 소추로 사마림의 소추부터 막고 왼쪽 다리로는 날아오는 강 노인의 일격을 그대로 받아들였다.

소추가 비록 작긴 하지만 가격하는 힘은 실로 무섭기 짝이 없었다. 제보곤은 뼛속 깊은 곳까지 통증이 밀려왔지만 순간 왼쪽 다리가 이미 부러졌는지의 여부는 알 수 없었다. 땅 하는 소리와 함께 두 소추가 부딪쳐 불똥이 튀었고 곧이어 비명 소리가 나며 왼쪽 다리가 맹 노인의 일추에 적중되고 말았다.

그는 이 일추를 피할 수도 있었지만 이 일격을 피하고 나면 강, 맹 두 노인의 뇌공착지굉이 곧바로 지모뇌망地母雷網 초식으로 변형될 것이며 그때는 절대 방어할 수 없는 상황에 놓인다는 사실을 알고 있었기에 왼쪽 다리가 부러지는 한이 있어도 차라리 강추의 가격을 받아들일 수밖에 없었던 것이다. 수 초 만에 그의 다리에서 뿜어져 나온 선혈이 여기저기로 튀어 사방의 회벽 위를 얼룩진 피로 가득 채워버렸다.

왕어언이 고개를 돌려보니 아주가 미간을 찌푸리며 작은 입을 삐쭉 내밀고 있었다. 그녀는 아주가 사람들이 서로 치고받고 싸우면서 그녀의 깔끔한 방을 난장판으로 만드는 걸 못마땅해하고 있음을 간파하고 살며시 웃으며 소리쳤다.

"이봐요! 그만 싸워요! 문제가 있으면 말로 할 일이지 왜 이리 무력을 써서 난장판을 만드는 거예요?"

사마림 등 세 사람은 사부를 시해한 반역자를 당장이라도 처단하겠다는 마음뿐이었고, 제보곤은 싸움을 피하고 싶었지만 그럴 수가 없었다. 왕어언은 네 사람이 격전을 치르는 데 집중하느라 자기 말을 무시하자 싸움을 멈추려 하지 않는 주범이 사마림 등 세 사람이라고 보고 소리쳤다.

"다 제가 천왕보심침 얘기를 함부로 발설해서 제 대협의 사문 기밀을 누설한 탓이에요. 사마 장문, 어서 멈추세요!"

사마림이 호통을 쳤다.

"아버지를 죽인 불공대천지 원수를 어찌 살려둘 수 있단 말이오? 허튼소리 마시오."

왕어언이 말했다.

"당장 멈추지 않겠다면 내가 나서서 저분을 돕겠어요."

사마림은 속으로 주저하지 않을 수 없었다.

'저 미모의 낭자 눈빛이 매서운 걸 보면 무공 역시 심후할 것이 틀림없는데 저 낭자가 놈을 돕는다면 피곤해질 것이다.'

그러다 곧 생각을 바꿨다.

'우리 청성파에서는 고수들이 총출동했다. 아무리 그래도 한꺼번에 떼로 공격하는데 설마 저런 연약한 소낭자 한 명쯤 상대하지 못할 리가 있겠는가?'

그는 손에 힘을 주고 광풍이 몰아치듯 더욱 세차게 공격을 가하기 시작했다.

왕어언이 말했다.

"제 대협, 이존효타호세李存孝打虎勢 초식을 펼친 다음 다시 장과노도기려張果老倒騎驢를 펼치세요!"

제보곤은 순간 어리둥절해하며 속으로 생각했다.

'앞의 일초는 청성파 무공이고 뒤의 일초는 봉래파 기술이다. 이 두 초식은 절대 섞어서 펼칠 수가 없는데 어찌 연계해서 펼치라는 거지?'

그러나 긴박한 상황에 처해 더 이상 깊이 생각할 여지가 없었다. 그는 그녀가 말한 대로 먼저 이존효타호세 초식을 펼쳐나갔다. 땅, 땅 하는 두 번의 소리와 함께 때마침 사마림과 강 노인이 내리친 두 소추를 막아낼 수 있었다. 곧이어 몸을 돌려 비틀거리며 뒤로 세 걸음 물러서자 그 순간 강 노인이 연이어 펼친 세 번의 복격伏擊 초식마저 피할 수 있었다.

강 노인의 이 복격 초식은 강추와 소추를 병용하는 것인데 이 초식을 연달아 세 번이나 펼쳐냈다는 것은 극히 악랄하고 지독한 수법이라 할 수 있었다. 제보곤의 이 세 걸음은 매 걸음마다 마치 술에 취한 듯 비틀거려 일관성이 없는 듯했으나 번번이 아주 간발의 차이로 상대의 독한 공격을 피할 수 있었다. 마치 두 사람이 자신들의 재주를 자랑하기 위해 사전에 대련을 준비해놓은 것처럼 보인 것이다.

이 세 번의 복격 초식은 본래 매우 정교한 것이었으며 피하는 기술은 더더욱 난도가 높은 것이었다. 진가채 도적 무리들은 가슴속이 후련한 듯 가만히 지켜보기만 하면서 제보곤이 매 일격을 피할 때마다 환호성을 질렀다. 그가 연달아 세 번을 피하자 도적 무리들도 연달아 세 번의 환호성을 질러댔다. 침울한 표정을 짓고 있던 청성파 제자들은 상황이 이리되자 더욱 일그러진 얼굴을 하고 있었다.

단예가 소리쳤다.

"훌륭하군요! 제 형, 왕 낭자가 어떤 분부를 하든 그대로 따라만 하시오. 그럼 절대 손해 보지 않을 것이라 장담하오."

제보곤은 세 걸음을 옮기는 장과노도기려를 펼칠 때 결과가 어찌 될지는 생각도 하지 못하고 그저 머릿속이 혼란스럽기만 했었다. 오로지 '죽기 아니면 살기'라는 생각뿐 이미 목숨을 부지하겠다는 생각은 접어버린 뒤였다. 청성, 봉래 양 문파의 철저하게 다른 무공을 접목해서 함께 펼쳐낼 수 있으리라고는 생각지도 못했기 때문이다. 그러나 덕분에 그 무시무시한 초식을 피할 수 있게 됐기에 그는 속으로 놀라움을 금할 길 없었다. 진가채와 청성파의 모든 이보다 자신이 더욱 놀랐던 것이다.

왕어언이 외치는 소리가 들려왔다.

"한상자설옹남관韓湘子雪擁藍關을 펼친 다음 다시 곡경통유曲徑通幽를 펼치세요!"

이는 봉래파 무공을 먼저 펼친 뒤 다시 청성파 무공을 펼치라는 것이었다. 제보곤은 생각도 하지 않고 소추와 강추를 들어올려 전방을 막았다. 바로 그때, 사마림과 맹 노인의 두 강추가 일제히 찔러왔다. 세 사람은 원래 동시에 출수한 것이었지만 옆에 있던 사람들이 보기에는 마치 제보곤이 미리 길목을 차단하는 것처럼 보였다. 사마림과 맹 노인 두 사람은 상대가 길목을 차단해 빈틈이 없음에도 여전히 극한의 힘으로 쓸모없는 일초를 펼쳐냈다. 그러자 강추 두 자루는 그의 소추 추두 부위에 부딪쳐 깡 하고 튕겨져 나가버렸다. 제보곤은 아무 생각 없이 신형을 낮춰 강추를 뒤로 들어 비스듬히 찔러갔다.

강 노인은 마침 그의 후위를 공격하려던 참이었다. 그는 제보곤의 일추가 바로 그 순간에 자기 쪽으로 찔러올 줄은 상상도 하지 못했다. 곡경통유 초식은 청성파 무공이라 속속들이 숙지하고 있었지만 그런 형태의 방법은 청성파 무공의 기본 원리에 부합되지 않은 것이라 제보곤이 평소 무공 수련을 할 때 그렇게 펼쳐냈다면 강 노인이 깔깔대고 큰 소리로 웃었을 것이다. 그러나 이런 이치에 맞지 않는 일초에 강 노인은 마치 자결이라도 하려는 듯 빠른 걸음으로 앞으로 질주해 그의 강추에 자신의 몸을 들이미는 셈이 되어버렸다. 그는 뭔가 잘못된 것을 알았지만 이미 때는 늦어 공세를 거둘 수가 없었다. 푹 소리를 내며 강추가 그의 허리춤을 그대로 찔러버리자 그는 신형을 흔들 하더니 몸이 구부러지며 바닥에 쓰러졌다. 청성파 수하 두 명이 달려와 그를 부축해 돌아갔다.

사마림이 욕을 하며 말했다.

"제보곤, 이 후레자식 같으니! 네 손으로 강 사숙을 찔렀다는 건 지금 장난이 아니라는 거지?"

왕어언이 말했다.

"그분에게 부상을 입힌 건 제가 시켜서 그런 것이니 다들 멈추세요!"

사마림이 화를 내며 말했다.

"그런 능력이 있다면 나도 죽이라고 해봐라!"

왕어언이 빙긋 웃었다.

"제 대협, 철괴리월하과동정鐵拐李月下過洞庭 초식을 펼치고 다시 철괴리옥동론도鐵拐李玉洞論道 초식을 펼치세요."

제보곤이 답했다.

"그러겠소!"

그는 대답을 하면서 생각했다.

'우리 봉래파 무공 중에는 여순양월하과동정呂純陽月下過洞庭이나 한종리옥동론도漢鍾離玉洞論道라는 초식뿐인데 어찌 저 낭자는 철괴리와 연관을 짓는 걸까? 필시 우리 문파 무공을 속속들이 아는 것이 아닌지라 입에서 나오는 대로 말했을 것이다.'

그러나 이런 긴박한 순간에 사마림과 맹 노인이 그가 질문이나 하고 자세히 연구할 수 있게 놔둘 리 없었다. 그는 하는 수 없이 평소 배운 대로 여순양월하과동정 초식을 펼쳤다. 전설로 전해내려오는 팔선과해는 산동 봉래 부근 바다를 말하는데 노산嶗山 밑에 여덟 명의 신선이 모여 있는 것처럼 보이는 석진石陣이 있어 봉래파의 무공 초식에는 이 여덟 명의 신선 이름이 적지 않게 쓰였다.

이 월하과동정이란 초식은 본래 큰 걸음으로 나아가는 것으로 마치 하늘 높이 솟아올라 나는 듯 우아한 자세를 요했다. 그러나 그의 왼쪽 다리는 연이어 두 곳에 창상을 입었던 터라 큰 걸음으로 성큼 뛰어나갈 때 절뚝거릴 수밖에 없었으니 이 어찌 '여순양'과 비슷하다 할 수 있겠는가? 오히려 영락없는 '철괴리'의 모습 그대로였다. 뜻밖에도 이런 절뚝거리는 걸음이 커다란 장점으로 작용해 사마림의 연이은 두 번의 강추 공격이 모두 허공을 내리치는 결과를 가져왔다. 이어진 한종리옥동론도 초식 역시 절뚝거리는 왼쪽 다리로 인해 몸이 왼쪽으로 비스듬히 기울어진 상태에서 오른손의 소추를 부들부채처럼 횡으로 휘두를 때 맹 노인이 마침 머리를 들이밀고 있었다. 빽 하는 소리와 함께 이 일추는 공교롭게도 그의 입을 가격했고 이와 동시에 10여 개에 이르는 이가 부러져 바닥으로 후두두둑 떨어져버렸다. 고통을 참지 못한 맹 노인은 이리저리 날뛰다 병기를 버리고 두 손으로 입을 받쳐든 채 그 자리에 털썩 주저앉았다.

속으로 깜짝 놀란 사마림은 순간 계속 싸워야 할지 아니면 일단 물러났다 훗날을 도모해야 할지 결정을 내릴 수 없었다. 조금 전 왕어언이 가르쳐준 두 초식은 실로 교묘하기 그지없었다. 맹 노인이 삼초를 펼치고 난 후 제보곤의 우측으로 덮치리란 것을 사전에 예측해 제보곤에게 소추를 들어 횡으로 후려쳐나가도록 했고, 이는 결국 한 치의 어긋남도 없이 그의 입에 적중된 것이다. 때마침 제보곤이 왼쪽 다리를 절뚝거리다 보니 한종리옥동론도 초식에서 철괴리옥동론도 초식으로 변초되면서 소추를 비스듬히 쓸어쳤기에 망정이지 그게 아니라 정면으로 가격했다면 수 촌 차이로 적중시키지 못했을 것이다.

사마림은 곰곰이 생각했다.

'제보곤 저 후레자식을 죽이려면 우선 저 계집이 무공을 지시하지 못하도록 막아야겠다.'

왕어언을 어찌 막아야 할지 고민하던 와중에 돌연 그녀의 낭랑한 목소리가 들려왔다.

"제 대협, 당신이 봉래파 제자임에도 청성파에 잠입해 무공을 도둑질해 배웠다는 것은 크게 잘못된 행동이에요. 전 사마위 사부를 죽인 건 당신이 아니라고 믿어요. 당신이 배운 것을 다른 고수에게 가르쳐줬다고 해도 절대 파월추 초식으로 사마 사부를 죽일 수는 없었을 거예요. 그래도 무공을 도둑질해 배운 것은 어쨌든 당신 잘못이에요. 어서 사마 장문께 사죄를 하세요. 그럼 됩니다."

제보곤은 그 말이 옳다고 생각했다. 더구나 그녀는 자신에게 있어 생명의 은인이었다. 그녀가 가르쳐준 몇 초 덕분에 위험에서 빠져나올 수 있지 않았던가? 그녀의 분부를 거역할 수 없다고 느낀 그는 곧바로 소추와 강추를 소매 안에 집어넣고 두 손으로 포권을 하며 사마림을 향해 깊이 읍했다.

"장문 사형, 소제가 옳지 못했습니…."

사마림은 옆으로 비켜서서 병기를 숨겨넣은 듯 두 손을 옷소매 안에 모아넣고 사나운 목소리로 욕을 했다.

"못된 놈 같으니! 네가 무슨 낯으로 날 장문 사형이라 부르는 것이냐?"

왕어언이 소리쳤다.

"어서! 오유동해傲遊東海!"

제보곤은 속으로 흠칫 놀라 재빨리 몸을 움직여 1장 가까이 뛰어올랐다. 피융, 피융 하는 소리가 끊임없이 들리며 10여 발의 극독을 먹인 청봉정이 그의 발밑을 스치고 지나가는데 그야말로 간발의 차이였다. 만일 왕어언이 오유동해란 초식을 부르짖으며 자신에게 주의를 주지 않았다면 암기를 방어하기는커녕 여전히 상대를 넋 놓고 바라보기만 하고 있었을 것이다. 그럼 사마림이 옷소매 속에서 청봉정을 발사할 줄 어찌 알았을 것인가? 그때 가서 피하려 했다면 이미 때는 늦었을 것이다.

사마림의 이 수리건곤袖裏乾坤 초식은 청성파 사마씨가 아들에게만 전수하고 제자에게는 전수하지 않은 가전 절기였다. 이는 사마씨 본가의 규율로 맹, 강 두 노인도 구사할 줄 모르는 비기였다. 사마위가 제보곤에게 전수하지 않은 것은 선조들의 유훈을 준수하기 위해서였을 뿐 사사로이 숨긴 것이라 할 수는 없었다. 뜻밖에도 사마림은 한 치의 표정 변화도 없이 양손을 옷소매 안에 집어넣은 채 암암리에 소매 속에 있는 청봉정 발사 장치를 당겼던 것이다. 왕어언은 이를 간파하고 이 암기를 피할 수 있는 초식을 제보곤에게 알려주었는데 그게 바로 봉래파의 오유동해였던 것이다.

사마림은 반드시 적중할 것이라 믿었던 자신의 일격이 뜻밖에도 불발에 그치자 마치 귀매를 만난 사람처럼 왕어언을 가리키며 부르짖었다.

"넌 사람이 아니라 귀신이야! 모용가의 처녀 귀신!"

맹 노인은 소추에 맞아 이가 모조리 부러져버렸을 때 허둥지둥 대다 이 세 개를 삼켜버렸다. 그는 나이가 많아 눈이 좀 침침하긴 했어도 이만은 튼튼해서 줄곧 자부심을 느끼고 있었지만 당장 개수가 부족해 틀니를 할 수도 없던 터라 고통스럽고도 아까운 마음에 입에서 바람 빠진 소리를 내며 고함을 쳤다.

"저 계집을 잡아라! 저 계집을 잡으라고!"

청성파는 문규門規가 매우 엄해서 맹 노인이 서열이 높기는 해도 문파 내의 모든 사안은 반드시 장문인의 지시가 있어야만 했다. 따라서 여러 제자들은 모두 사마림만 바라보며 그가 명령을 내리면 일제히 왕어언을 향해 덮쳐들 태세를 갖추고 있었다.

사마림이 냉랭한 어조로 물었다.

"왕 낭자, 본 파의 무공을 어찌 그리 정확히 알고 계시오?"

왕어언이 말했다.

"다 서책에서 본 거예요. 청성파 무공은 기이한 변화와 잔인한 수법에 능하지요. 다만 변화가 그리 복잡하지 않아 기억이 어렵지는 않아요."

사마림이 말했다.

"어떤 서책을 말하는 것이오?"

왕어언이 말했다.

"음… 그리 대단한 서책은 아니에요. 청성파 무공을 기재한 서책은 두 권이죠. 하나는 《청자구타青字九打》이고 하나는 《성자십팔파城字十八破》예요. 당신은 청성파 장문인이니 당연히 봤겠죠."

사마림이 속으로 부르짖었다.

'부끄럽도다!'

그가 어린 시절 무예를 배우기 시작할 때 부친이 그에게 한 말이 있었다.

"본 문파의 무공은 원래 '청자구타, 성자십팔파'가 있었지만 애석하게도 오랜 세월을 거치는 동안 실전되어 완전하지 않은 상태다. 그로 인해 최근 들어 봉래파와 끝도 없는 대치 국면에 접어들게 된 것이지. 만일 누군가 우리의 완벽한 무공을 찾아내기만 한다면 봉래파를 일거에 멸할 수 있을 뿐만 아니라 천하를 호령하고도 부족함이 없을 것이다."

그런데 지금 왕어언이 그 서책을 본 적이 있다고 하니 자기도 모르게 가슴속이 뜨겁게 불타올랐다.

"그 서책을 재하가 한번 빌려볼 수는 없겠소? 본 파에서 배운 것과 어떤 다른 점이 있는지 살펴보고 싶소."

왕어언이 대답도 하기 전에 요백당이 껄껄대고 웃으며 말했다.

"낭자, 그 작자한테 속아넘어가지 마시오. 청성파의 무공은 실로 허술하기 짝이 없어 청자는 많아야 3, 4타 정도뿐이고 성자 역시 11, 12파에 불과하오. 저자는 당신을 속여 무학 기서를 가져가겠다는 심보이니 절대 빌려줘서는 안 되오."

사마림은 자신의 속내를 간파당하자 시퍼렇던 얼굴이 잿빛으로 변해갔다.

"내가 왕 낭자에게 서책을 빌려보겠다는데 진가채와 무슨 관계가 있다 그러시오?"

요백당이 웃으며 말했다.

"당연히 우리 진가채와 관계있지. 왕 낭자는 희귀하고 기이한 수많은 무공을 기억하고 있는 특별한 사람이니 그녀를 손에 넣게 되면 누구든 천하무적이 될 것임은 자명한 사실이오. 나 요백당은 금은주보金銀珠寶와 천하절색을 보면 늘 손에 넣어야 직성이 풀리는 성격이지. 한

데 왕 낭자처럼 평생 만나기 힘든 기인을 내 어찌 그냥 둘 수 있겠소? 사마 형제, 당신네 청성파가 서책을 빌리고 싶다면 나한테 먼저 물어봐야 할 것이오. 하하하! 내가 빌려줄지 안 줄지 한번 알아맞혀보시오!"

요백당의 이 말은 극히 무례하고 오만방자하기가 이를 데 없었지만 사마림과 맹, 강 두 노인은 이를 듣고도 가슴이 두근거리기만 할 뿐 내색은 하지 못했다. 사마림이 생각했다.

'저 어린 소녀의 무학에 대한 지식은 실로 깊이를 헤아릴 수 없다. 바람만 불어도 쓰러질 것처럼 연약한 몸이라 스스로 손을 쓸 능력은 없어 보이지만, 그 많은 무학 기서를 모두 섭렵한 것은 물론 다방면의 도리와 이치마저 모두 통달하고 있지 않은가? 우리가 저 소녀를 청성산 안으로 데려갈 수 있다면 청자구타와 성자십팔파를 완벽하게 배우는 것만으로 끝나지는 않을 것이다. 한데 진가채에서 이미 흑심을 품고 있으니 아무래도 오늘 큰 싸움이 벌어질 것 같구나.'

요백당이 다시 말했다.

"왕 낭자, 우린 사실 모용가에 화풀이를 하러 온 것이오. 보아하니 낭자가 모용가 사람인 것 같은데, 아니오?"

왕어언은 '모용가 사람인 것 같다'는 말을 듣고 수치스럽고도 반가운 마음에 가볍게 칫 하고 가소롭다는 표정으로 말했다.

"모용 공자는 제 사촌 오라버니인데 그분을 무슨 일로 찾는 거죠? 오라버니께서 당신한테 무슨 잘못이라도 했나요?"

요백당은 껄껄 웃으며 말했다.

"낭자가 모용복의 사촌 누이라니 그보다 더 좋을 수는 없지. 고소모용가의 조상은 우리 요가에 금자 백만 냥과 은자 5백만 냥을 빚졌소. 벌써 수백 년이 지났으니 그 이자가 붙으면 얼마나 되는지 아시오?"

왕어언이 어리둥절해하며 말했다.

"그런 일이 있을 수가 있나요? 우리 고모부님 댁은 줄곧 이 지역의 부호로 살아오셨는데 어찌 그쪽 집안에 빚을 질 수가 있단 말이죠? 더구나 수백 년 전에는 이 세상에 운주의 진가채라는 곳도 없었을 텐데 말이에요."

요백당이 말했다.

"빚을 지고 안 지고를 낭자가 어찌 알겠소? 내가 모용박을 찾아가 빚 독촉을 하니 그가 갚겠다고 했소. 한데 한 푼도 갚지 않고 그냥 두 다리 쭉 뻗고 죽어버린 것이오. 아비가 죽으면 그 빚은 아들이 갚는 게 당연한 이치요. 한데 모용복은 이 채주가 오기만 하면 숨어서 나오지를 않으니 어찌하겠소? 하는 수 없이 저당 잡을 물건이라도 찾아야지."

왕어언이 말했다.

"우리 사촌 오라버니는 원래 후하고 솔직하신 분이라 당신한테 빚을 졌다면 벌써 갚았을 거예요. 설사 빚을 진 것이 아니라 당신이 금자나 은자를 요구한다 해도 절대 거절할 분은 아니에요. 한데 어찌 두려워 피한다고 말하는 거죠?"

요백당이 이맛살을 찌푸렸다.

"이럽시다. 이 문제는 짧은 시간에 설명하기가 어렵소. 허니 낭자가 오늘 나를 따라 북쪽에 있는 우리 진가채로 가서 1년쯤만 머물도록 하시오. 진가채 사람들은 낭자를 털끝 하나 건드리지 않을 것이오. 나

요백당의 아내는 하삭河朔 일대에서 암호랑이로 명성이 자자한 사람인 데다 이 늙은이 역시 여색에 있어서는 늘 규율을 엄하게 지켜온 사람이니 낭자는 안심해도 괜찮소. 짐을 챙길 필요도 없이 그냥 이대로 가면 되는 거요. 당신 사촌 오라버니가 금은을 준비해 해묵은 빚을 청산만 하면 자연히 낭자를 고소까지 호송해주고 혼례를 올리도록 해줄 것이오. 그럼 진가채에서 후한 예물을 보내고 나 요백당도 와서 축하주를 마시겠소."

이 말을 하고는 입을 헤벌쭉 벌려 껄껄대며 웃었다.

그의 말은 무례하기 짝이 없었다. 더구나 마지막 몇 마디는 희롱에 가까운 수준이었지만 왕어언이 듣기에는 아주 달달하고 듣기 좋은 말인지라 이내 미소를 지으며 말했다.

"허튼소리를 좋아하는 분이시네요. 제가 당신하고 진가채에 가서 뭘 하죠? 우리 고모부님 댁에서 당신한테 빚을 졌다면 필시 오래전 일일 테니 우리 사촌 오라버니도 모르실 거예요. 쌍방이 검증해서 확실하다고 판명되면 우리 사촌 오라버니도 당연히 빚을 갚겠죠."

요백당의 저의는 사실 왕어언을 납치해 그녀가 알고 있는 무공을 털어놓도록 만드는 것이었고 금자 백만 냥이니 은자 5백만 냥이니 하는 말들은 그냥 입에서 나오는 대로 지껄였을 뿐이다. 하지만 그녀가 천진난만한 표정으로 자신이 함부로 지껄인 말을 진짜라고 믿는 것처럼 보이자 말을 이었다.

"어쨌든 나와 함께 가는 게 좋겠소. 진가채는 아주 재미있는 곳이오. 우리는 사냥용 흑표범과 독수리를 키우고 있고 꽃사슴과 사불상四不像[25]도 있어서 1년쯤은 심심치 않게 놀 수 있소. 당신 사촌 오라버니가 낭자 소식을 들으면 그 즉시 달려와 재회할 수 있을 것이오. 그럼 빚을 모두 갚지 않는다 해도 내가 적당히 청산해줄 것이오. 우리 북방 사람들은 재물보다 의리를 중시하고 벗과의 교류를 우선적으로 생각하오. 당신 사촌 오라버니가 오면 내가 융숭한 대접을 하고 후한 예물과 함께 낭자와 사촌 오라버니를 소주로 돌려보내줄 것이오. 어떻소?"

그의 이 말은 정말 왕어언의 가슴을 두근거리게 만들었다.

사마림은 눈을 이리저리 굴리며 희색으로 가득한 왕어언의 표정을 보고 생각했다.

'저 소녀가 운주의 진가채로 함께 가겠다고 응한 다음에는 내가 아무리 가지 못하게 말려도 따르지 않을 것이다.'

그는 왕어언이 입을 열기 전에 재빨리 끼어들며 말했다.

"운주는 장성 이북의 혹한의 땅에 있소. 왕 낭자처럼 연약하기 그지없는 강남 아가씨가 어찌 그런 고초를 견뎌가며 살 수 있겠소? 우리 성도부成都府로 말하자면 금관성錦官城이라 불릴 정도로 천하제일의 비단이 나오는 곳이오. 또한 아름다운 풍경은 물론 재미있는 것들이 운주에 비해 열 배는 더 많이 있소. 왕 낭자 같은 인재가 성도에 가서 자수가 놓인 비단을 사 입는다면 마치 꽃으로 치장을 한 듯 몇 배는 더 아름다운 모습으로 바뀔 것이오. 그럼 재능과 용모를 겸비한 모용 공자가 화려하게 변신한 낭자를 보고 무척 좋아할 것이오."

그는 부친이 봉래파에게 당했다고 믿고 있어 고소모용씨에 대한 원한 역시 모두 없어져버린 상태였다.

요백당이 호통을 쳤다.

"헛소리! 말도 안 되는 헛소리는 집어치우시오! 소주성에는 그런 비단이 없어서 그따위 소리를 하는 게요? 눈이 있으면 똑바로 보고 말하시오. 지금 우리 앞에 있는 미모의 낭자 세 명 중 우아한 옷을 입지 않은 사람이 어디 있단 말이오?"

사마림이 비웃으며 말했다.

"고약하구나! 역시 고약해!"

요백당이 노해 말했다.

"지금 나한테 하는 소리요?"

사마림이 말했다.

"그럴 리가 있겠소? 어디서 고약한 냄새가 나 그런 것이오."

요백당이 단도를 뽑아 들며 소리쳤다.

"사마림! 우리 진가채가 너희 청성파와 맞붙는다면 엇비슷할지도 모르겠다. 허나 우리가 봉래파와 손을 잡는다면 어떠할 것 같으냐? 너희 청성파가 당해낼 수 있을 것이라 보느냐?"

순간 안색이 변한 사마림은 생각에 잠겼다.

'저 말은 허튼소리가 아니다. 아버지께서 하직하신 후 청성파의 역량도 예전 같지 않다. 더구나 제보곤 저 첩자가 우리 문파의 무공을 도둑질해 배웠으니 만일 진가채가 우리와 적대하게 된다면 큰 근심거리로 남을 것이다. 옛말에도 선수를 쓰는 자는 강하고 후수를 쓰는 자는 재앙을 입는다 했지 않은가? 제기랄! 이리된 이상 놈이 손을 쓰기 전에 죽여버리는 수밖에 없겠다.'

그러고는 곧 담담한 어조로 말했다.

"그래서 어찌하겠다는 거요?"

요백당은 사마림이 두 손을 옷소매 안으로 집어넣는 것을 보자 그가 언제든 음흉한 암기를 소매 안에서 발사할지도 모른다는 것을 알고 정신을 집중해 경계하며 말했다.

"난 모용 공자가 데리러 올 때까지 왕 낭자를 운주로 모시고 가서 객으로 삼으려 하는데 당신이 쓸데없는 참견으로 답을 못하게 하지 않았소? 아니오?"

사마림이 말했다.

"당신네 운주는 너무 열악한 곳이라 왕 낭자를 힘들게 할까 봐 그러는 것이오. 내가 왕 낭자를 청해 성도부로 모실 것이오."

요백당이 말했다.

"좋소. 그럼 대결을 해서 승부를 가리도록 합시다. 누가 이기든 이기는 사람이 왕 낭자를 차지하는 것이오."

사마림이 말했다.

"그거 좋소. 어찌 됐건 대결에서 진다면 왕 낭자를 저승까지 데려갈 수는 없을 테니 말이오."

이 말에는 이 대결이 결코 무공을 겨루는 것이 아니라 실로 생사존망을 판가름하는 사투가 될 것이라는 의미가 담겨 있었다. 요백당이 껄껄 웃으며 큰 소리로 말했다.

"나 요백당은 평생 칼날에 묻은 피를 닦아가며 살아왔소. 사마 장문이 생사존망을 들먹거리며 겁을 줄 생각인 것 같은데 노부는 전혀 개의치 않소."

"대결 방법은 무엇으로 하겠소? 우리 두 사람이 단타독투를 하겠소? 아니면 모두 한꺼번에 붙겠소?"

"노부가 사마 장문과 한번 놀아드리겠소…."

그때 사마림이 돌연 고개를 왼쪽으로 돌리고는 기이하기 이를 데 없는 표정을 지었다. 마치 변고라도 발생한 듯 대경실색한 얼굴이었다. 요백당은 눈 한번 깜빡거리지 않고 계속 그를 주시하고 있었다. 갑작스러운 암수에 대비해서였다. 그런 찰나에 자기도 모르게 고개를 왼쪽으로 돌려 바라보다 피융, 피융, 피융 가벼운 세 번의 소리가 들리자 문득 깨달았다. 암기가 이미 그의 가슴에서 3척도 채 되지 않는 거리에 와 있는 것이었다. 그는 가슴이 시큰거리는 느낌을 받자 이미 요행을 바랄 수 없는 상황임을 깨달았다.

"텅! 텅! 텅!"

위기일발의 순간 느닷없이 미상의 물체가 가슴 앞에 횡으로 날아들어 가슴 앞으로 날아오던 독정毒釘을 모조리 맞혀 떨어뜨렸다. 독정이 날아오던 속도는 무척이나 빨라 요백당처럼 수없이 많은 적을 상대했던 사람조차 피할 수 없을 정도였다. 그러나 이 물체는 그보다 몇 배는 더 빨라서 놀랍게도 후발선지後發先至로 독정을 격추시켜버린 것이다. 이 물체가 무엇인지는 요백당과 사마림 모두 미처 볼 수가 없었다.

왕어언이 환호성을 질렀다.

"포 숙부님 오셨어요?"

그때 어딘가에서 기괴한 목소리가 들려왔다.

"아니로소이다, 아니로소이다! 포 숙부는 오지 않았소."

왕어언이 웃으며 말했다.

"이래도 포 숙부님이 아니라 그러세요? 사람은 안 왔지만 '아니로소이다, 아니로소이다!' 하는 말이 먼저 도착했는데요?"

그 목소리가 말했다.

"아니로소이다, 아니로소이다. 난 포 숙부님이 아니오."

왕어언이 웃으며 말했다.

"아니로소이다, 아니로소이다. 그럼 누구세요?"

그 목소리가 말했다.

"모용 형제들은 모두 날 삼형三兄이라 부르는데 낭자가 날 숙부라고 부르지를 않소? 아니로소이다, 아니로소이다! 호칭이 잘못됐소이다."

왕어언은 양볼이 발그레해지며 웃었다.

"정말 안 나타나실 거예요?"

그 목소리는 더 이상 아무 말도 하지 않았다. 잠시 후, 계속 아무런 기척이 없자 왕어언이 소리쳤다.

"포 숙부님! 어서 나오세요! 빨리 와서 이 불한당 같은 사람들 좀 쫓아버려주세요."

사방은 여전히 아무 소리도 없이 적막하기만 했다. 포씨라는 그 사람은 이미 멀리 가버린 것으로 보였다. 왕어언은 약간 실망을 한 듯 아주에게 물었다.

"어디 가신 거니?"

아주가 미소를 지으며 말했다.

"포 셋째 나리께서는 원래 성격이 그러세요. 낭자가 정말 안 나오실 거냐고 하셨잖아요? 나리께선 원래 나오시려고 했다가 낭자 말을 듣고 심사가 뒤틀리셨던 거예요. 아마 이제는 안 나오실걸요?"

요백당은 거의 죽은 목숨이었다가 그 포씨라는 사람의 출수 덕분에 목숨을 구했다고 생각해 감격해하고 있던 중이었다. 그는 청성파와 아무런 원한도 없었으나 이젠 사마림을 죽이지 않으면 안 되겠다는 생각이 들어 당장 단도를 추켜세우며 호통을 쳤다.

"이런 파렴치한 놈 같으니! 네가 감히 몰래 암기를 쏴서 노부를 해치려 했단 말이지?"

그가 단도를 휘둘러 사마림의 머리를 향해 베어가자 사마림은 왼손에 강추, 오른손에 소추를 각각 나눠 들고 요백당의 단도에 맞서 싸우기 시작했다.

요백당이 남달리 좋은 힘과 매서운 도초刀招를 앞세운 반면 사마림은 매우 뛰어난 민첩함과 정교함을 가지고 맞섰다. 청성파와 진가채 두 문파의 첫 대결이 공교롭게도 쌍방 모두 우두머리가 직접 나서게 됐으니 이는 두 사람의 생사가 걸려 있기도 했지만 두 파의 흥망성쇠를 결정지을 수도 있는 승부였기에 두 사람 다 한 치의 양보도 할 수 없었다.

두 사람이 70여 초를 교환하고 나자 왕어언이 아주를 향해 말했다.

"저거 봐. 진가채의 오호단문도는 실전된 부분이 5초뿐만이 아닌 것 같아. 부자도하負子渡河와 중절수의重節守義 초식을 요 채주는 왜 사용하지 않나 모르겠어."

아주는 오호단문도라는 무공을 전혀 몰랐던 터라 그저 연거푸 그렇다고 대답만 할 뿐이었다.

요백당은 격렬한 대결을 벌이던 중 불쑥 그 말을 듣자 다시 한번 놀랐다.

'저 소낭자의 안목은 정말 대단하구나. 오호단문도 64초 도법은 수십 년을 내려오면서 지금은 59초밖에 남지 않았다. 그것도 원본은 괜찮았지만 우리 사부님 수중에 들어온 이후 부자도하와 중절수의 두 초식만 완성하지 못했던 거지. 그 두 초식은 이미 실전돼서 지금은 57초만 남아 있을 뿐이다. 진가채의 체면도 있고 해서 두 초식을 약간 덧붙이고 변형시켜 59초로 보완해놓았던 것인데 뜻밖에도 저 낭자한테 간파당할 줄은 몰랐구나.'

본래 만천하의 녹림綠林 산채는 하나같이 오합지졸이라 어떤 문파의 무인들도 모두 들어갈 수 있었다. 그들은 떼를 지어 다니며 약탈을 일삼아왔지만 유독 운주 진가채의 우두머리들은 오호단문도 문하생들이었다. 다른 문파의 고수들은 진가채가 자기 사람으로 인정하지 않는다는 걸 알기에 그 무리에 의탁하려 하지 않았다. 요백당의 사부는 진秦씨로 진가채의 우두머리이자 오호단문도의 장문인이었다. 하지만 그의 친아들인 진백기秦伯起가 무공 실력이 극히 평범해 장문인 자리를 대제자인 요백당에게 물려주게 됐다. 몇 달 전 진백기는 섬서에서 일초에 가로로 세 번, 세로로 한 번 벤다는 왕자사도王字四刀를 얼굴에 맞아 목숨을 잃었는데 그건 바로 오호단문도 중에서 가장 강력한 절초였던 터라 모두들 그게 고소모용씨의 소행일 것이라 추측하고 있었다. 이에 요백당은 사부의 은혜를 가슴에 아로새긴 채 본채의 고수들을 모두 데리고 사제의 복수를 위해 소주로 온 것이다. 그런데 정작 당사자는 만나지도 못하고 하마터면 청성파의 독정 아래 목숨을 잃을 위기의 순간에 오히려 모용복의 친구가 자신의 생명을 구해주는 것이 아닌가?

그는 사마림의 음흉한 암수에 한이 맺힌 데다 왕어언이 자신의 무공에 결함이 있다는 것을 간파하고 소리치자 심히 부끄러운 나머지

조속히 사마림을 물리쳐 진가채의 위엄을 보여주고자 했다. 그러나 이런 승리에 대한 간절한 염원은 마음을 들뜨고 조급하게 만들어 그가 필살기를 연이어 펼쳐낼 때마다 사마림은 이를 번번이 피해갔다. 요백당은 대갈일성과 함께 단도를 휘둘러 비스듬히 베어나갔다. 사마림이 이를 피해 왼쪽을 향해 튀어오르자 그는 이때를 놓치지 않고 잽싸게 오른발로 걷어찼다. 몸이 허공에 떠 있어 더 이상 피할 방법이 없던 사마림은 왼손 강추로 상대의 발등 위를 맹렬하게 찔러 요백당이 발을 거두어들이게 만들었다. 요백당은 과연 이 일각을 더 이상 내지르지 않았지만 곧이어 왼발로 원앙연환鴛鴦連環을 펼쳐 그의 오른쪽 허리를 맹렬하게 내질러갔다.

사마림이 소추를 비스듬히 휘둘러 퍽 소리를 내며 요백당의 콧등 정중앙을 가격하자 곧 그의 콧등에서 선혈이 하염없이 흘러내리기 시작했다. 바로 그 순간 요백당의 왼발이 사마림의 허리춤을 걷어찼다. 그러나 얼굴에 선제공격을 당한 그는 움찔하고 놀라느라 발길질이 평소의 2할에도 미치지 못했다. 사마림은 발에 차이기는 했지만 통증만 약간 있었을 뿐 아무런 상처도 입지 않았다. 마침내 찰나의 차이로 승패가 갈려버리게 된 것이다. 요백당이 노호처럼 호통을 치며 단도를 들고 나아가 공격하려 했지만 머리가 빠개지는 듯한 고통이 밀려와 다리를 휘청거리며 제대로 서 있을 수조차 없는 상황에 이르렀다.

사마림은 이 일초 덕분에 가까스로 이길 수 있었다. 그는 상대방 목숨을 그대로 남겨놓았다간 훗날 후환이 될 것이라 여겨 재빨리 오른손 소추를 휘둘러 요백당이 단도로 막도록 만들고, 그 틈에 왼손 강추로 그의 심장을 향해 찔러갔다.

진가채 부채주는 상황이 여의치 않다 느끼자 곧바로 휘파람을 불며 사마림을 향해 단도를 집어던졌다. 순식간에 대청 안은 '휙휙' 하는 바람 소리와 함께 단도 10여 자루가 사마림의 몸을 향해 날아갔다.

원래 진가채 무공 중에는 이렇게 단도를 던지는 절기가 있어 이를 포효하산咆哮下山이라 칭했다. 각 단도의 무게는 평균적으로 7~8근에서 10여 근에 이르렀던지라 힘껏 던지면 그 기세가 극히 맹렬했다. 단도 10여 자루가 동시에 날아갔으니 사마림은 실로 막아낼 수도 피할 수도 없었다.

이제 곧 있으면 온몸이 수많은 칼에 맞아 갈기갈기 찢어질 운명에 처하려는 찰나, 난데없이 촛불 그림자가 어두워지며 누군가 사마림 옆으로 날아와서는 날아드는 단도들 사이에 손을 뻗어넣더니 동에 번쩍 서에 번쩍 낚아채기 시작했다. 그는 그렇게 10여 자루나 되는 단도를 모두 받아내고 왼팔로 가슴 앞을 감싸안은 채 껄껄대고 한바탕 큰 소리로 웃어젖혔다. 대청 한가운데에 있는 의자 위에 누군가 다소곳이 앉아 있는 모습이 보이고 이어서 땡그랑 소리와 함께 단도 10여 자루가 그의 발밑에 모조리 내동댕이쳐졌다.

사람들 모두 깜짝 놀라 서로를 쳐다봤다. 그곳에는 비쩍 마른 체구의 중년 사내가 한 명 보였다. 매우 큰 키에 회색 장포를 걸친 그는 아주 괴팍하고 고집스러운 표정을 짓고 있었다. 다들 조금 전 그가 강철로 만든 단도를 받아내는 실력을 봤던 터라 감탄스러운 마음에 그 누구도 감히 말을 꺼내지 못했다.

단예만이 웃으며 말했다.

"여기 대형께선 출수가 매우 빠르시군요. 극강의 무공을 지니신 듯

합니다. 존성대명이 어찌 되시는지 알 수 있을까요?"

큰 키의 비쩍 마른 사내가 미처 대답을 하기도 전에 왕어언이 앞으로 걸어나와 웃으며 말했다.

"포삼 오라버니, 안 돌아오시는 줄 알고 걱정하고 있던 중이에요. 다시 오실 줄 몰랐네요. 잘하셨어요! 정말!"

단예가 말했다.

"음… 이제 보니 포삼 선생이셨군요."

포삼 선생이 그를 향해 눈을 한번 흘기더니 냉랭하게 말했다.

"네 녀석은 누구기에 감히 내 앞에서 나불거리는 것이냐?"

단예가 말했다.

"재하의 성은 단, 이름은 예라고 합니다. 천성적으로 힘도 용기도 없지만 강호를 떠돌면서도 아직까지 죽지 않았으니 기이한 일인 셈이지요."

포삼 선생이 눈을 부릅뜨고 노려보다 순간 그를 어찌 대할지 몰라 머뭇거리는 사이 사마림이 앞으로 다가와 깊이 읍을 했다.

"청성파 사마림이 선생의 은덕을 입었으니 영원히 잊지 못할 것입니다. 포삼 선생의 명휘를 어찌 칭하면 좋을지 알려주신다면 영원토록 기억하도록 하겠습니다."

포삼 선생이 두 눈을 까뒤집으며 왼발을 날렸다.

"퍽! 쿵!"

그는 사마림을 바닥에 곤두박질치게 만들고 호통을 쳤다.

"네놈이 뭘 믿고 감히 내 이름을 묻는단 말이냐? 네놈을 구할 마음은 눈곱만치도 없었다. 후레자식 같은 네놈이 갈기갈기 찢겨 선혈이 사방에 튀면 아주 누이의 집인 이곳 청향수사가 더럽혀질까 봐 막았던 것이야. 여기서 당장 꺼져!"

사마림은 그가 발을 날려 내지르는 순간 재빨리 피하려 했지만 이미 때는 늦은 뒤였다. 그에게 내동댕이쳐진 것도 큰 낭패였지만 이렇게까지 업신여기는 말을 들었으니 강호 규율에 따라 당장 손을 써서 죽을 때까지 싸우든가, 아니면 훗날 결투 약속을 잡아야만 했다. 이 많은 사람 앞에서 그런 굴욕을 당하고도 아무 말 없이 물러설 순 없었기에 그는 이를 악물고 말했다.

"포삼 선생, 저 사마림이 오늘 포위를 당해 중과부적인 상태에서 하마터면 목숨을 잃을 뻔했으나 선생 덕분에 무사할 수 있었소. 저 사마림은 은원 관계를 분명히 알고 은혜는 은혜로, 원한은 원한으로 갚는 사람이오. 그럼 이만, 가보겠소!"

그는 남은 평생 동안 각고의 수련을 한다고 해도 절대 포삼 선생에 버금갈 정도의 수련은 할 수 없다는 걸 이미 알고 있었다. 따라서 하는 수 없이 '은혜는 은혜로, 원한은 원한으로'라는 애매모호한 말로 체면을 유지하려 한 것이다.

포삼 선생은 그가 무슨 헛소리를 하든 거들떠보지도 않고 왕어언을 향해 물었다.

"왕 낭자, 외숙모님께서 어찌 낭자를 여기까지 오게 만드셨소?"

왕어언이 웃으며 말했다.

"알아맞혀보세요. 어찌 된 걸까요?"

포삼 선생이 머뭇거리며 말했다.

"알아맞히기가 쉽지 않소."

사마림은 포삼 선생이 왕어언과 대화하는 데만 정신이 팔려 자신이 체면치레로 한 말에 대해서는 아랑곳하지도 않자 자신을 곤두박질치게 만든 일보다 더 심한 모욕감을 느꼈다. 그는 자기도 모르게 조금 전 자신을 구해준 은덕을 까맣게 잊고 마음속으로 깊은 원한을 품게 됐다. 그는 왼손을 휘저어가며 청성파 제자들을 데리고 문밖을 향해 걸어나갔다.

포삼 선생이 말했다.

"멈춰라!"

사마림이 몸을 돌려 물었다.

"무슨 일입니까?"

포삼 선생이 말했다.

"듣자 하니 네가 부친의 원수를 갚기 위해 고소에 왔다고 하던데 사람을 잘못 찾아왔다. 네 부친 사마위는 모용 공자가 죽인 것이 아니야!"

사마림이 말했다.

"근거가 뭡니까? 포삼 선생께서 어찌 아시오?"

포삼 선생이 버럭 화를 내며 말했다.

"내가 모용 공자가 죽인 게 아니라고 하면 당연히 그런 줄 알아야지. 설사 모용 공자가 죽였다 해도 내가 아니라고 하면 아닌 줄 알란 말이다. 설마 내가 한 말이 말 같지가 않아서 그러는 것이냐?"

'저 말은 극히 억지스러운 말이다.'

이런 생각을 하며 사마림은 말했다.

"부친의 원수와는 같은 하늘 아래 살 수 없소. 저 사마림은 무예 실력이 미미하긴 하지만 이 한 몸이 분골쇄신한다 해도 원수는 기필코

갚고 말 것이오. 선부께서 도대체 누구에게 죽임을 당했는지 가르침을 내려주시오."

포삼 선생이 껄껄 웃었다.

"네 부친이 내 아들도 아니거늘 누구에게 살해됐는지 나랑 무슨 상관이더란 말이냐? 내 말은 네 부친을 모용 공자가 죽인 것이 아니란 것이다. 내 말을 믿지 못하는 것 같은데 좋아! 그럼 내가 죽였다고 하자. 원수를 갚으려면 어디 한번 덤벼봐라!"

사마림은 새파랗게 질린 얼굴로 말했다.

"부친을 살해한 원한을 어찌 그리 장난 식으로 대하는 거요? 포삼 선생, 내가 당신 적수가 되지 않는다는 건 알고 있소. 날 죽일 테면 죽이시오. 그런 식의 모욕은 도저히 참을 수가 없소."

포삼 선생이 웃으며 말했다.

"끝까지 죽이지 않고 모욕을 줄 것이다. 네가 어찌 나오는지 좀 봐야겠다."

사마림은 울화가 치밀어올라 폭발 일보 직전에 이르렀다. 그는 홧김에 당장이라도 달려가 목숨 걸고 싸우고 싶었지만 감히 그럴 수가 없어 그 자리에 서서 이러지도 저러지도 못한 채 당혹스러워만 할 뿐이었다.

포삼 선생이 웃으며 말했다.

"네 부친인 사마위의 그런 미미한 무공 실력을 우리 모용 형제가 신경이나 쓸 것 같더냐? 모용 공자의 무공은 나보다 열 배쯤 더 고강한데, 너도 생각해봐라. 사마위를 상대로 공자가 직접 손을 쓸 것 같으냐?"

사마림이 미처 대답을 하기도 전에 제보곤이 무기를 뽑아 들고 고함을 쳤다.

"포삼 선생, 사마위 선생께서는 나한테 무예를 전수해주신 은사요. 이미 돌아가신 분에 대한 그런 모욕적인 언사는 용서할 수 없소."

포삼 선생이 웃으며 말했다.

"넌 청성파에 잠입해 무예를 도둑질해 배운 첩자가 아니더냐? 한데 네가 어찌 쓸데없는 간섭을 하는 것이냐?"

제보곤이 소리쳤다.

"사마 사부님은 나한테 인의로 대해주셨지만 나 제보곤은 그 은혜를 갚지 못해 부끄러워하고 있었소. 내 오늘 선사先師의 명예를 죽음으로써 보전해 그분을 기만한 죄를 조금이라도 갚아야겠소. 포삼 선생, 사마 장문께 잘못했다고 사과하시오."

포삼 선생이 웃으며 말했다.

"나 포삼은 평생 잘못을 인정한 적이 없다. 잘못을 알아도 입으로는 끝까지 버텨왔지. 사마위는 생전에 우리 모용가의 명을 받들려 하지 않았으니 진작 죽었어야 했다. 아주 잘 죽은 셈이지. 아주 잘 죽었어!"

제보곤이 노해 부르짖었다.

"어서 무기를 꺼내라!"

포삼 선생이 웃으며 말했다.

"사마위의 아들과 제자는 하나같이 하찮은 머저리들이로구나. 암수로 사람을 해칠 줄만 알지 할 줄 아는 게 없으니 말이야!"

제보곤이 부르짖었다.

"받아라!"

이 말을 하며 왼손에 강추, 오른손에 소추를 동시에 들어 그를 향해 공격해나갔다.

포삼 선생은 몸을 일으키지도 않고 왼손 옷소매를 휘둘렀다. 그러자 거센 바람이 그의 얼굴을 향해 덮쳐갔다. 제보곤은 순간 숨이 막혀오는 듯 느껴져 몸을 비틀어 재빨리 피했지만 순간 포삼 선생이 오른발로 다리를 슬쩍 걸자 그 자리에서 고꾸라지고 말았다. 포삼 선생은 기세를 몰아 오른발로 그의 엉덩이를 걷어차 대청문 밖으로 내동댕이쳐버렸다.

제보곤은 공중제비를 한 바퀴 돌아 어깨가 땅에 닿으려는 순간 몸을 뒤집어 일어섰다. 그는 다리를 절뚝거리며 대청 안으로 뛰어들어가 다시 강추를 들고 포삼 선생의 가슴을 향해 찔러갔다. 포삼 선생이 손을 뻗어 그의 손목을 움켜잡고 홱 뿌리치자 그의 몸은 하늘 높이 올라가 쿵 소리를 내며 대들보에 부딪혔다. 제보곤은 바닥에 나동그라지면서도 몸을 뒤집어 일어나 다시 세 번째로 그를 향해 덮쳐갔다.

포삼 선생이 미간을 찌푸리며 말했다.

"정말 사리 분별을 못 하는 녀석이로구나! 내가 널 죽이지 못해서 이러는 것 같더냐?"

제보곤이 외쳤다.

"차라리 날 죽여라…."

포삼 선생이 두 팔을 내뻗어 그의 두 손을 움켜잡고 앞으로 밀어제치자 우두둑 소리와 함께 제보곤의 두 팔뼈가 부러지면서 강추는 자신의 왼쪽 어깨를 찌르고, 소추는 자신의 오른쪽 어깨를 때리더니 양어깨에서 선혈이 흘러내렸다. 찰나의 순간에 극심한 부상을 입게 된 제보곤은 죽을힘을 다해 싸우려 했지만 마음만 앞설 뿐 더 이상 그럴 힘이 없었다.

청성파 사람들은 서로의 얼굴만 마주보며 당장 달려가 구해야 할지 말지 머뭇거렸다. 그가 선사의 명예를 보전하기 위해 목숨을 돌보지 않았다는 건 틀림없는 사실이었기에 그에 대한 증오심이 어느 정도 사라져버렸던 것이다.

아주는 줄곧 옆에서 지켜보며 아무 말도 하지 않다가 이때 갑자기 끼어들었다.

"사마 대협, 제 대협! 우리 고소모용가에서 정말 사마 노선생을 죽였다면 어찌 당신들 목숨을 살려둘 수 있겠습니까? 포 셋째 나리께서 여러분을 죽이려 한다면 그리 어려운 일은 아닐 겁니다. 적어도 사마 대협의 목숨을 구할 필요는 없었을 테고 왕 낭자 역시 제 대협을 구할 일도 없었을 겁니다. 도대체 누가 사마 노선생을 해쳤는지 여러분께서 돌아가 제대로 조사해보시는 게 좋겠어요."

사마림이 그 말에 일리가 있다고 생각하고 무슨 말을 하려고 하자 포삼 선생이 화를 내며 말했다.

"이곳은 우리 아주 누이 집이다. 주인이 축객령逐客令을 내렸건만 끝까지 호의를 무시하겠다는 것이냐?"

사마림이 말했다.

"좋소! 훗날을 기약하겠소."

이 말과 함께 살며시 고개를 끄덕이고 밖으로 나가려 했다.

포삼 선생이 호통을 쳤다.

"잠깐!"

그는 자신의 장포 가슴 속에 손을 뻗어 넣어 작은 깃발 하나를 꺼내

펼쳤다. 짙은 검은색 비단으로 된 그 작은 깃발 가운데에는 흰색 원이 수놓아져 있었고, 흰 원 안에는 금색으로 '연燕'이란 글자가 수놓아져 있었다. 포삼 선생이 작은 깃발을 몇 번 가볍게 흔들다가 말했다.

"사마 장문, 이 깃발을 가져가면 고소모용씨 휘하에 있는 셈이 된다. 앞으로 힘든 일이 있거나 위기에 처하면 그게 무슨 일이건 이 깃발을 들고 소주로 와라. 그럼 어떤 재앙도 복으로 돌아오게 될 것이다."

사마림이 그 작은 깃발을 받아들기만 하면 청성파는 든든한 후원자를 얻게 되는 셈이라 다시는 봉래파로부터 원한에 의한 압박을 받지 않을 수 있었다. 다만 앞으로 고소모용의 명을 받들어야 하는 처지가 될 테니 모용씨가 이 작은 깃발을 들고 청성산에 와서 금은을 달라거나 사람을 수천 명 요구한다면 청성파에서 그 명을 받들지 않을 수 없게 될 것이다. 그에 따르지 않는다면 청성파가 궤멸되고 말 테니 말이다. 이대로 모용가의 수하로 들어가게 된다면 청성파의 명성에 큰 손실을 입고 일을 행함에 있어서도 자유롭지 못한 신세가 될 순 있다 하더라도 이 순간부터 안전을 보장받을 수는 있을 것이다. 안 그래도 대내외적으로 위기에 처했을 때 자신의 무공 실력만으로는 청성파를 천하에서 독립적으로 이끌어가기가 부족하지 않았던가? 결국 이해득실을 따졌을 때 이 작은 흑기를 받아들이는 것이 유리하게 느껴졌다. 다만 포삼 선생의 언행이 매우 무례하고 지나치게 강요를 하는 게 마음에 걸렸다. 그래도 자신은 한 문파의 장문인 몸이고 무림에서 꽤 알려진 우두머리인데 그에게 큰 소리로 혼나가며 굴욕을 당하고 있으니 앞으로 강호에서 어찌 얼굴을 들고 다닐 수 있겠는가? 차라리 죽는 한이 있어도 굴욕을 당하지 않고 그에게 죽임을 당하면 그만일 것이다.

그는 당장 두 손을 옷소매 안에 넣어 포 선생과 죽을 때까지 싸울 작정을 했다.

아주는 포삼 선생이 도착한 것을 보고 승세를 굳힐 것이라 생각했지만 이 세 우두머리들의 성격이 너무 다르다고 느꼈다. 포삼 선생의 그 말은 상대방 체면을 전혀 봐주지 않은 것이라 상대가 만약 끝끝내 고집을 꺾지 않는 성격이라면 필사적으로 싸우려 들 것이 틀림없었다. 물론 포삼 선생이 청성파를 모조리 없애버릴 순 있겠지만 이는 공자의 대업에 좋을 게 없다는 생각이 들었다. 그녀는 곧 낭랑한 목소리로 말했다.

"사마 장문, 우리 공자께서 출타하시면서 이런 말씀을 하고 가셨습니다. 운주 진가채와 사천 청성파의 여러 영웅들은 모두 강호의 좋은 벗이자 좋은 호한이며 두 파의 무공 모두 독보적인 데다 조예가 깊지만 애석하게도 모두 멀리 떨어져 있어 벗이 될 수 없다고 하시면서 근자에 듣기로는 진가채와 청성파 내의 두 영웅이 불행히도 '극악무도한 간인'에게 암살당해 무척이나 가슴 아프니 이번에 출타하면 이를 자세히 탐문하고 범인을 찾아 진 대협과 사마 노대협의 원수를 갚겠다고 말입니다."

진가채와 청성파 제자들은 그녀의 말을 듣자 진백기와 사마위 두 사람을 죽인 것은 모용복이 아니라고 생각하게 됐다. 그게 아니라면 저 소낭자가 어찌 범인을 '극악무도한 간인'이라 칭하며 모용복은 또 어찌 범인을 추적하기 위해 출타할 수 있겠는가? 워낙 말솜씨가 좋은 소낭자 말을 절대적으로 믿을 순 없지만 어쨌든 그녀는 모용가 사람이고 또 진가채와 청성파를 치켜세우는 말을 했으니 양 문파 제자들의 마음은 평온해질 수밖에 없었다.

아주가 말을 이었다.

"모용 공자께서 이런 분부도 하셨습니다. '만일 진가채와 청성파 벗들이 간인에게 공격을 받는다면 우리 고소모용가의 소행으로 오해해 탐문하러 올 것이니 필히 제대로 접대를 해야 한다. 우리는 공동의 적에 대해 적개심을 가지고 힘을 합쳐 대처해야 할 것이며 우리가 위기에 처했을 때에도 고소모용가의 명성 따위는 돌볼 것 없이 즉각 요 채주와 사마 장문께 도움을 청해라. 그럼 두 분께서는 용맹하고 후한 분들이라 꼭 도와주실 것이다.' 여기 이 포 셋째 나리께서는 무공이 매우 고강하시지만 성격이 아주 직설적이라 같은 식구에게도 늘 실수를 합니다. 다만 나리께서 겉보기엔 악해 보여도 속으로는 인자하시어 사람을 대할 때 악의가 없으십니다. 모두들 이분 성격을 아신다면 절대 승강이를 벌일 일이 없으실 겁니다. 나리께서도 속으로는 잘못을 알고 매우 송구한 마음을 가지고 계실 테니 앞으로 저희들한테 더 잘해주시기만 하면 됩니다."

포삼 선생은 아주가 자신에게 적당히 수습하라고 하는 의도임을 알아채고 모용가의 막중한 대업을 생각해 두 손으로 포권을 하며 말했다.

"형제 포부동包不同이 여러 벗들께 큰 죄를 지었으니 부디 용서해주시오. 그러지 않으면 우리 공자가 돌아오신 후 큰 벌을 받게 될 것이오!"

이 말을 하면서 연신 공수를 해댔다. 대청의 여러 호걸들은 온화한 표정을 지으며 줄줄이 답례를 했다.

왕어언이 이어서 말했다.

"오호단문도 64초와 청자구타, 성자십팔파 모두 극히 고명한 초식입니다. 그동안 전해내려온 시간이 있는데 어찌 불완전한 흠결이 없을 수 있겠습니까? 앞으로 소녀가 여러분께 가르침을 청해 부족한 점을 보완하고 서로 절차탁마한다면 완벽해질 수 있을 테니 이보다 좋은 것이 어디 있겠습니까?"

진가채와 청성파 제자들은 일제히 손뼉을 치며 환호성을 질렀다. 그녀가 이렇게 말한다는 것은 두 문파의 초식 중 부족한 부분에 대해 자신의 능력을 모두 쏟아부어 일일이 보완하고 전수해주겠다는 말이 아닌가? '가르침을 받겠다'는 둥 '절차탁마를 한다'는 말들은 오로지 두 문파의 체면을 세워주는 것이었을 뿐이다. 요백당과 사마림은 본래 자신들 문파 무공 안에 몇몇 초식이 빠진 데 대해 유감이었기에 왕어언을 청해 함께 돌아가면 가르침을 받을 수 있을 것이라 기대했었다. 다만 첫째, 그녀가 가르침을 내리겠다고 승낙하리란 보장이 없었고 둘째, 포부동이 온 이상 다시는 강제로 데려갈 방법이 없었다. 이런 시점에 그녀의 이런 말을 들으니 다년간 품어온 숙원이 졸지에 이루어진 셈이라 뜻밖의 성과에 모두들 기쁘지 않을 수 없었다.

사마림과 강, 맹 두 사숙은 나지막이 뭐라고 상의를 하다 포부동 앞으로 다가가 두 손으로 작은 깃발을 받아들고 허리를 숙이며 말했다.

"청성파는 이후로 모용씨의 명을 받들겠으니 부디 포삼 선생께서 많은 가르침을 내려주십시오. 저희가 바칠 예물은 준비가 되는 대로 보내드리겠습니다."

포부동은 안색을 바꿔 깃발을 건네주며 공손하게 답례했다.

"사마 장문, 앞으로 우리는 한 식구요. 조금 전에는 이 형제가 적지 않게 실례를 했으니 사과를 받아주시기 바라오."

사마림이 말했다.

"별말씀을 다 하십니다!"

이 말을 하고는 청성파의 모든 제자와 함께 일제히 몸을 굽혀 작별을 고했다. 왕어언이 말했다.

"사마 장문, 귀 파의 무공 초식에 대해서는 소녀가 훗날 꼭 가르침을 드리도록 하겠습니다."

사마림이 말했다.

"왕 낭자의 분부만 기다리고 있겠소."

이 말을 마치고 문밖으로 나가자 제보곤 등 수하들도 그 뒤를 따라 나갔다.

포부동은 고개를 돌려 요백당을 힐끗 한번 쳐다보고 아무 말도 하지 않았다. 진가채 무리는 조금 전 사마림에게 단도를 날려 수중의 무기를 모두 뺏겨버린 상태였다. 더구나 그 무기들은 모두 그의 발밑에 쌓여 있었다. 그들은 포부동이 요백당을 경멸의 눈초리로 바라보자 필사의 사투를 벌이겠다는 결심을 하고 있었지만 하나같이 무기가 없는 빈손이라 이빨 빠진 호랑이와도 같았다.

포부동이 껄껄 웃으며 오른발로 발밑에 쌓여 있던 칼자루를 연이어 하나씩 걷어찼다. 10여 자루의 단도가 어지럽게 날아가 진가채 무리를 향해 던져졌다. 그 기세는 심히 완만해서 진가채 수하들이 손에 단도를 하나씩 받아들고 어리둥절해했다. 그가 걷어찬 단도는 받기가 무척 수월해서 상대가 의도적으로 자기들 앞으로 보내는 게 확실해 보였기 때문이다. 하지만 그가 자신들에게 이렇게 편하게 잡도록 칼을 보낼 수 있다면 한편으로는 극히 받기 곤란하게 보낼 수도 있을 것이란 생각을 할 수밖에 없었다. 심지어 칼끝이 거꾸로 향해 자신들 몸에 박힌다 해도 전혀 이상할 것이 없었으니 말이다. 사람들 모두 손에 칼자루를 쥔 채 극히 난감한 표정을 지었다.

요백당은 한 걸음 앞으로 걸어가 단도를 땅에 버리고 포권을 하며 말했다.

"포삼 선생께서는 이 요백당의 목숨을 구해준 은인이시니 재하의 목숨을 선생께 바치겠습니다. 진가채같이 하찮은 산채를 고소모용에서 받아들여주시기만 한다면 평생의 영광으로 알겠습니다. 앞으로 저희들은 고소모용의 명령에만 따를 것이며 어떤 규율도 위배하지 않을 것입니다."

이 말을 하면서 다시 한 걸음 앞으로 다가갔다.

포부동은 껄껄대고 큰 소리로 웃었다.

"아주 좋소! 아주 좋아!"

그러고는 왼손으로 검은색 비단으로 된 작은 깃발 하나를 꺼내 그의 손 위에 건넸다. 요백당은 두 손으로 공손히 받아들어 머리 위로 높이 들고 몸을 돌려 수하들을 향해 말했다.

"형제들이여. 우리 진가채는 앞으로 모용씨의 명에 따를 것이며 오로지 충성을 다할 뿐 절대 변심하지 않을 것이다. 누구든 이를 원치 않는 자는 진가채를 떠난다 해도 이 요백당이 강요하지 않을 것이며, 앞으로 벗으로 여기지는 못해도 적으로 여기지도 않을 것이다. 허니 탄탄대로를 걷든 아니면 홀로 서든 각자의 길을 가도록 해라."

진가채 군도들은 목청을 높여 답했다.

"저희들은 요 채주의 뒤를 따를 것이며 앞으로 고소모용씨의 명을 준수하되 절대 역심을 품지 않을 것입니다!"

포부동이 웃으며 말했다.

"아주 훌륭하군! 훌륭해! 나 포부동이 무례한 언행과 부적절한 행동으로 벗들에게 죄를 지었소. 앞으로 우리는 한 식구이니 여러분이 양해해주시오."

이 말을 하면서 두 손으로 포권을 하고 읍을 하자 군도들이 크게 웃으며 답례를 했다.

요백당은 왕어언을 향해 말했다.

"왕 낭자, 이 요백당이 낭자를 객으로 10년간 모실 것이니 언제든 기분이 내키면 모용 공자와 포삼 선생 그리고 여기 계신 여러 낭자, 상공과 함께 운주로 오시오. 이 요백당이 성심성의껏 모실 것이오. 여러분의 왕림을 기다리겠소."

왕어언이 웃으며 말했다.

"요 채주의 호의에 감사드립니다. 당연히 가서 여러분께 가르침을 드려야지요."

요백당은 몸을 숙여 작별을 고하고 수하들을 인솔해 나갔다. 떠날 때는 하인들에게 나눠주라며 은량 꾸러미까지 놓고 갔다.

포부동은 단예를 물끄러미 바라보다 그가 어떤 사람인지 종잡을 수 없자 왕어언에게 물었다.

"저 친구는 뭐요? 저 녀석도 쫓아버릴까요?"

왕어언이 말했다.

"저랑 아주, 아벽이 우리 집 엄 마마한테 잡혀 위기에 처했을 때 다행히 저 단 공자께서 구해주셨어요. 단 공자는 현비 화상이 대위타저에 당해 죽게 된 정황도 잘 알고 있으니 자세한 상황을 물어볼 수도 있어요."

"그렇다면 저 친구를 남겨둘 생각이시오?"

"맞아요."

"우리 모용 형제가 질투할까 두렵지 않소?"

왕어언은 눈을 동그랗게 뜨며 말했다.

"질투라뇨?"

포부동이 단예를 가리키며 말했다.

"뺀질거리는 얼굴에 말도 능글맞게 하지를 않소? 괜히 저 친구한테 속아넘어가지 마시오."

왕어언은 여전히 이해가 되지 않는 듯 물었다.

"속아넘어가다니요? 저분이 소림파 소식을 날조라도 한다는 말씀인가요? 그건 아닐 거예요."

포부동은 더 이상 아무 말 없이 단예를 향해 흐흐흐 하고 냉소를 머금으며 말했다.

"듣자 하니 소림사 현비 화상이 대리에서 대위타저 초식에 맞아 죽은 사건을 어떤 어리석은 무리들이 우리 모용씨한테 뒤집어씌웠다고 하던데 도대체 어찌 된 일인지 있는 그대로 말해보시게."

단예는 은근히 화가 치밀어올라 코웃음을 치며 말했다.

"지금 죄인을 신문하겠다는 거요? 내가 말하지 않으면 고문이라도 할 작정이오?"

포부동은 순간 어리둥절해하다 화를 내는 대신 웃음을 지으며 나지막이 중얼거렸다.

"간도 큰 놈이로군. 대담한 녀석이야!"

그러고는 갑자기 앞으로 걸어나와 그의 왼팔을 움켜잡고 손에 살짝 힘을 주었다. 단예는 뼛속 깊이 통증이 느껴져 비명을 질렀다.

"이봐요, 뭐 하는 거요?"

포부동이 말했다.

"죄인 신문을 위해 고문을 하는 중이오."

단예는 그대로 내버려둔 채 마치 자기 팔이 아닌 듯 미소를 지으며 말했다.

"마음대로 하시오. 난 상관 안 할 테니!"

포부동은 손에 더욱 힘을 주어 단예의 팔에서 우두둑 소리가 날 때까지 꽉 움켜쥐었다. 팔을 부러뜨리기라도 할 기세였다. 단예는 억지로 통증을 참으면서도 전혀 내색하지 않았다.

아벽이 다급하게 나섰다.

"포 셋째 나리, 단 공자는 우리를 구한 생명의 은인이에요. 원래 도도한 성격이라 그러니 해치지는 마세요!"

포부동은 고개를 끄덕였다.

"좋아, 아주 좋아! 도도한 성격이라니 내 지론인 '아니로소이다, 아니로소이다!'와 입맛이 아주 잘 맞는데 그래?"

이 말을 하면서 단예의 팔을 천천히 풀어주었다.

아주가 싱긋 웃었다.

"입맛 얘기를 하니 배가 고파지네요. 고씨, 고씨!"

그녀가 목청을 높여 몇 번 부르자 고씨는 옆문에서 고개를 빼꼼 내밀어 요백당과 사마림 무리들이 없어진 것을 보고 기쁨에 넘쳐 대청 안으로 걸어들어왔다. 아주가 말했다.

"일단 가서 이 좀 닦으세요. 그리고 세수를 두 번 하고 손을 세 번 씻으세요. 그다음 우리한테 맛있는 음식 좀 해주세요. 조금이라도 깔끔하지 않으면 포 셋째 나리가 그냥 지나치지 않을 거예요."

고씨가 씩 웃으며 고개를 끄덕였다.

"그럼요, 깔끔하게 만들어야죠. 아주 깔끔하게!"

청향수사의 비복들이 화청에 연회를 마련했다. 아주는 포부동을 청해 상석에 앉히고 단예를 그다음 자리에 앉혔다. 왕어언은 세 번째 자리에 그리고 아벽과 아주 자신은 가장 하석에서 접대를 했다.

왕어언이 술을 따르기도 전에 물었다.

"셋째 오라버니, 그… 그분께선…."

포부동은 단예를 한번 힐끗 쳐다봤다.

"왕 낭자, 외부인이 자리에 있어 자세한 이야기는 말씀드릴 수 없소. 저 친구가 내력이 어떠한지도 모르고 뺀질거리게 생긴 기생오라비 같은 녀석은 도저히 믿을 수가 없으니…."

단예는 그 말을 듣고 울화가 치밀어올라 벌떡 일어나 자리를 뜨려 했다. 그는 자신의 신분을 드러내는 걸 좋아하지 않았다. 만일 자신이 대리국 진남왕세자라는 사실을 밝힌다면 포부동도 황실의 후손으로서 중시하진 않더라도 당대에 명성이 자자한 무림세가인 대리단씨의 자제를 만만하게 보진 못할 것이다. 하지만 그는 대리단가의 이름을 팔아 존중받고 싶지 않았다.

아벽이 다급하게 말했다.

"단 공자, 화내지 마세요. 우리 포 셋째 나리께선 성격이 원래 그래요. 누구하고든 말꼬리를 잡고 늘어져야 밥이 넘어가는 분이시니까요. 남들한테 원망 사는 말을 안 하면 해가 서쪽에서 뜰 거예요. 어서 앉으세요!"

단예는 왕어언을 쳐다봤다. 확실치는 않았지만 그녀 역시 자신에게 앉으라고 하는 표정처럼 보였다. 어쨌든 그녀와 동석하지 못하는 게 아쉬워 다시 자리에 앉았다.

"포삼 선생께서는 제가 빤질거리는 얼굴이라 믿을 수 없다고 말씀하셨는데 그럼 모용 공자는요? 생김새가 포삼 선생과 비슷한가요?"

포부동이 껄껄대고 웃었다.

"아주 좋은 질문이오. 우리 공자 나리는 단 형보다 훨씬 더 잘생기셨지…."

왕어언이 그 말을 듣자 금방이라도 웃음이 터져 나올 것처럼 얼굴이 환해졌다. 포부동이 말을 이었다.

"… 우리 공자 나리께서는 호방한 기개가 넘치시는 분이오. 얼굴이 매우 준수해서 단 형처럼 얼뜨기 같은 모습과는 많이 다르다고 할 수 있지. 완전히 달라! 그리고 이 보잘것없는 재하로 말할 것 같으면 호방하긴 하지만 준수하지는 않소. 일반적으로 호방한 기개가 넘치는 사람은 아주 못생겼거든. 결국 '호방한 못난이'라고 칭할 수 있겠지."

단예를 비롯한 모두가 웃음을 터트렸다.

포부동은 술을 한 잔 마시고 다시 말을 이었다.

"공자께선 나한테 복건로福建路에 가서 일을 하나 처리하라고 하셨소. 암암리에 소림파를 도우라는 문제였지만 자세한 얘기는 단 형이 간 다음에 할 수 있소. 우린 이미 소림파와 친구가 되기로 했기에 절대 소림사 화상들을 함부로 죽이지 않소. 더구나 공자 나리께선 대리라고는 가신 적이 없소. 고소모용씨가 아무리 무공이 고강하다 해도 만 리 밖으로 대위타저 권법을 펼쳐 목숨을 취하는 기술은 완성하지 못했으니 말이오."

단예가 고개를 끄덕이며 말했다.

"포형 말씀에 일리가 있습니다."

포부동이 고개를 가로저으며 말했다.

"아니로소이다, 아니로소이다!"

단예는 어리둥절해하다 속으로 생각했다.

'난 당신 말에 일리가 있다고 했는데 왜 반대로 그게 아니라고 하는 거지?'

포부동이 계속 말을 이었다.

"내 말에 일리가 있어서 그리 말하는 게 아니오. 실상을 얘기하는 거지. 단 형은 내 말에 일리가 있다고만 했지 실상은 마치 그렇지가 않은데 내가 말솜씨가 좋아서 일리가 있다고 말한 것뿐이지 않소? 난 그 말 자체가 잘못됐다는 거요!"

단예는 미소만 짓고 아무 말도 하지 않았다. 그와 괜한 논쟁을 벌일 필요가 없겠다고 생각한 것이다.

포부동이 말했다.

"어제 난 소주로 돌아와 풍 넷째 아우를 만났소. 우리 형제 둘이 머리를 맞대고 논의한 결과 어떤 개자식이 고소모용가를 난처하게 만들기 위해 암암리에 사람을 죽이고 그 모든 원한을 고소모용가가 떠안도록 만들었다는 결론에 도달했소. 사실 강호에서 고소모용가의 명성을 널리 알리는 건 대단히 아름다운 일이지요. 게다가 싸움을 벌일 수 있게 됐으니 이 어찌 즐거운 일이 아닐 수 있겠소?"

아주가 웃으며 말했다.

"넷째 나리께서 무척이나 기뻐하셨겠네요. 바라던 바였으니 말이에요."

포부동이 고개를 가로저으며 말했다.

"아니로소이다, 아니로소이다! 풍 넷째 아우가 싸움을 원하는 걸 어찌 바라던 바라고 할 수 있겠소? 넷째 아우 스스로 바라던 바는 아니지만 천하를 유람하다 보면 도처에 싸울 일이 있다는 것일 뿐이지."

단예는 그가 아주의 말에도 반박하는 것을 보고 나서야 아벽이 앞서 한 말이 틀리지 않음을 믿게 됐다. 이자는 과연 남의 말꼬리를 잡고 늘어지는 걸 즐기고 있었다.

왕어언이 말했다.

"셋째 오라버니와 풍 넷째 오라버니가 머리를 맞대고 논의해서 어떤 결과를 얻으셨죠? 누가 암암리에 우리를 힘들게 만든 거예요?"

포부동이 말했다.

"첫째, 소림파일 리는 없소. 소림파가 자기네 대화상을 죽일 리가 없기 때문이오. 둘째, 개방일 리도 없소. 개방의 부방주인 마대원馬大元이 누군가가 펼친 쇄후공鎖喉功에 의해 살해됐으니 말이오. 쇄후공은 마대원의 명성을 떨치게 만든 절기였소. 마대원이 피살된 건 별일 아니지만 마대원이 쇄후공에 의해 죽었다는 것은 고소모용가에 죄를 덮어씌우기 위한 짓이 틀림없소."

단예가 고개를 끄덕이자 포부동이 말했다.

"단 형, 단 형이 계속 고개를 끄덕인다는 건 속으로 내 말에 일리가 있다고 생각해서 그런 것이오?"

단예가 말했다.

"아니로소이다, 아니로소이다! 첫째, 난 고개를 한 번 끄덕였을 뿐 계속 끄덕인 것은 아니오. 둘째, 실상이 그런 것이니 그랬을 뿐 포 형 말에 일리가 있어 그런 것도 아니오."

포부동이 껄껄대고 큰 소리로 웃었다.

"내 말투를 그대로 배우다니 그건 '상대가 쓴 방법을 상대에게 펼친다'는 수법 아니오? 고소모용 휘하에 들어오고 싶은 게요? 의도가 뭐요? 우리 아벽 누이한테 반한 것이오?"

아벽은 만면에 홍조를 띠고 나무라듯 말했다.

"셋째 나리, 왜 또 없는 말을 지어내시는 거예요? 전 잘못한 것도 없는데."

포부동이 말했다.

"아니로소이다, 아니로소이다! 누군가 누이한테 반했다는 건 누이가 온화하고 사랑스럽다는 것이오. 내가 이렇게 말하는 건 누이가 나한테 잘못한 게 없기 때문이오. 누이가 나한테 잘못한 게 있다면 난 누이가 기생오라비한테 반하고 기생오라비는 누이한테 반하지 않았다고 말했을 것이오."

아벽은 더욱 곤혹스러워했다. 그러자 아주가 말했다.

"셋째 나리, 우리 아벽 좀 괴롭히지 말아요. 자꾸 아벽을 놀리면 다음에 제가 가서 오라버니네 정정靚靚도 괴롭혀줄 거예요."

포부동이 껄껄대고 웃었다.

"우리 딸 이름은 포부정包不靚인데 누이가 정정이라고 부르는 건 그 애를 괴롭히는 게 아니라 기만 살려주는 셈이오. 아벽 누이, 내 어찌 누이를 괴롭히겠소?"

자기 딸을 놀려주겠다고 으름장을 놓자 포부동은 약간 두려워하는 듯 보였다.

그는 왕어언에게 고개를 돌려 말했다.

"도대체 어떤 놈이 우리를 힘들게 만들었는지는 머지않아 알아내고 말 것이오. 풍 넷째 아우도 강서 쪽에서 막 돌아온 터라 자세한 내막을 잘 모르는 것 같더군. 우리 형제 둘이 청운장青雲莊에 가봤소. 등 큰형님 형수님 말씀으로는 개방의 고수들이 떼거지로 강남에 오고 있는데 우리한테 오는 것 같다더군. 넷째 아우가 당장 가서 싸우겠다고 나섰다가 형수님께서 어렵사리 말렸소."

아주가 미소를 지으며 말했다.

"큰 마님도 정말 능력이 대단하시네요. 넷째 나리가 싸우겠다는데 말리셨다니 말이에요."

포부동이 말했다.

"아니로소이다, 아니로소이다! 큰형수님 능력이 대단해서가 아니라 일리 있는 말씀을 하셔서 그런 것이오. 형수님께서 이렇게 말씀하셨지. '공자 나리의 대사가 중한 시점이니 강적들을 더 만들면 안 됩니다.'"

그가 이 말을 하자 왕어언과 아주, 아벽 세 사람은 매우 엄숙한 표정으로 서로를 쳐다봤다.

단예는 주의 깊게 듣지 않는 척하며 젓가락으로 닭고기와 냉이를 볶은 요리인 제체초계편薺涕炒鷄片을 집어 입안에 넣고 말했다.

"고씨의 요리 솜씨가 꽤 괜찮긴 한데 아주 누님이나 아벽 누님에 비하면 아직 먼 것 같소."

아벽이 빙긋 웃었다.

"고씨의 음식 솜씨가 아주 언니보다는 못해도 저보다는 훨씬 낫지요."

포부동이 말했다.

"아니로소이다, 아니로소이다! 두 사람 모두 솜씨가 좋지."

아주가 웃으며 말했다.

"셋째 나리, 오늘은 소녀가 직접 요리를 해드릴 수 없으니 용서하세요. 다음번에 오실 때는 제가 꼭 해드리겠…."

"딸랑! 딸랑!"

그녀의 말이 끝나기도 전에 갑자기 허공에서 맑고 낭랑한 은방울 소리가 두 번 들렸다.

아주와 아벽이 일제히 외쳤다.

"둘째 나리께서 소식을 전해오셨어요."

두 사람은 자리에서 일어나 처마 앞까지 걸어가 고개를 들었다. 흰색 비둘기 한 마리가 허공을 맴돌다 밑으로 날아와 아주의 손등 위에 앉았다. 아벽이 손을 뻗어 비둘기 다리에 묶여 있던 작은 죽통을 풀고는 그 안에서 쪽지 한 장을 빼냈다. 포부동이 앞으로 다가가 쪽지를 건네받고 몇 번을 보다가 말했다.

"그렇다면 우리도 빨리 가야겠어!"

그는 왕어언을 향해 말했다.

"왕 낭자, 함께 가시겠소?"

"어디를요? 무슨 일인데요?"

포부동은 손에 든 쪽지를 흔들며 말했다.

"둘째 형님이 소식을 보내오셨소. 서하국 일품당一品堂 고수들이 떼거지로 강남에 왔는데 의도가 뭔지 나더러 아주와 아벽 두 누이를 대동해 조사해보라고 말이오."

"당연히 같이 가야지요. 서하국 일품당 사람들까지 우리를 힘들게 하려는 건가요? 적이 점점 많아지네요?"

이 말을 하면서 이맛살을 찌푸렸다.

포부동이 말했다.

"꼭 적이라고 할 순 없겠지만 그자들이 강남까지 와서 산수를 유람하고 부처님께 향을 피우러 온 건 아닐 것이오. 고수들을 한동안 맞닥뜨리지 못했는데 개방에다가 이번엔 또 서하국의 일품당이라니… 하하… 한바탕 떠들썩하겠는데?"

이 말을 하면서 희색이 만면한 것으로 보아 큰 싸움에 참가할 수 있어 퍽이나 기쁜 모양이었다.

왕어언이 앞으로 다가가 쪽지 위에 또 무슨 내용이 적혀 있는지 보려 하자 포부동은 쪽지를 그녀에게 건넸다. 왕어언은 쪽지에 적힌 일고여덟 줄 정도 되는 글을 봤다. 필체는 매우 청아하고 힘이 있었다. 글자 한 자 한 자마다 모두 알아볼 순 있었지만 문맥이 맞지 않았다. 서책이라면 수없이 읽은 그녀였기에 이런 괴이한 글은 난생처음 보는 터라 눈살을 찌푸렸다.

"이게 뭐예요?"

아주가 싱긋 웃으며 말했다.

"이건 공야 둘째 나리께서 만들어낸 괴이한 놀이인데 시운詩韻[26]과 절음切音[27]을 변형시켜 만든 거예요. 평성平聲인 글자를 입성立聲으로 읽고 입성인 글자를 상성上聲으로 읽는 거죠. 일동一東이란 말의 성조를 삼강三江으로 읽는 것처럼 붙일 건 붙이고 버릴 건 버리고 읽는 방법이에요. 우리는 익숙해서 쪽지 속의 의미를 아는데 외부인이 보면 무슨 뜻인지 전혀 알 수가 없어요."[28]

아벽은 왕어언이 외부인이란 단어를 듣고 불쾌한 표정을 짓는 것을 보고 재빨리 말했다.

"왕 낭자는 외부인이 아니잖아요. 왕 낭자, 알고 싶으시면 나중에 제가 말씀드릴게요."

왕어언은 곧 밝은 표정을 지었다.

포부동이 말했다.

"서하의 일품당에서 수많은 고수를 긁어모았다는 말은 진작 들었소. 중원과 서역의 문파 사람들이 모두 있다고 하더군. 왕 낭자가 함께 간다면 몇 번만 봐도 그들의 내막을 알 수 있을 것이오. 이 문제가 해결되고 나면 우린 하남으로 건너가서 공자 나리와 회합합시다."

왕어언이 기쁜 마음에 손뼉을 치며 소리쳤다.

"그거 좋네요. 아주 좋아요! 저도 가겠어요!"

아벽이 말했다.

"여기 일은 최대한 빨리 처리하고 속히 하남으로 건너가요. 공자 나리께서 돌아오시면서 길이 어긋나지 않게 말이에요. 그리고 그 토번국

화상이 우리 쪽에 와서 무슨 소란을 피우지는 않았는지 모르겠어요?"

포부동이 말했다.

"공야 둘째 형수님이 이미 사람을 보내 조사해봤는데 그 화상은 이미 갔으니 안심하시오. 다음에 이 셋째 오라비가 그 화상을 보면 혼내주겠소."

단예는 속으로 생각했다.

'당신 셋째 오라버니는 절대 그 화상을 이기지 못할 거요. 그 화상한테 크게 혼쭐이 나지만 않는다면 당신 셋째 오라버니는 천지에 감사해야 할 것이오.'

아벽이 말했다.

"고맙습니다. 셋째 나리!"

포부동이 말했다.

"아니로소이다, 아니로소이다! 등 큰형님과 공야 둘째 형님, 나 포삼, 풍 넷째 아우 그리고 아주 다섯째 누이와 아벽 여섯째 누이, 우리 여섯은 모용가의 가신들이니 생사를 함께해야 하오. 허니 날 부를 때는 응당 셋째 오라버니라 해야지 더 이상 나리니 뭐니 하는 호칭은 붙이지 마시오. 이 오라비를 오라비로 인정하지 않는 것이 아니라면 말이오!"

아주와 아벽이 일제히 답했다.

"네, 셋째 오라버니!"

세 사람은 일제히 큰 소리로 웃었다.

포부동이 다시 말했다.

"왕 낭자가 우리를 따라가면 왕 부인께서 다음에 만날 때 아마 호되

게 꾸짖으실 텐데….”

이 말을 하다 갑자기 고개를 돌려 단예에게 말했다.

“네가 계속 옆에서 듣고 있으니 내가 무슨 말을 해도 시원하지가 않구나. 단가야! 넌 이제 그만 가봐라! 우린 우리들만의 일이 있으니 네 귀와 입까지 곁다리로 낄 필요는 없는 것 같다. 우리는 무공을 겨루러 가는데 네가 나서서 구경이나 하며 갈채를 보낼 필요가 없다는 게야!”

단예는 여기서 계속 엿듣다가 괜한 미움만 사게 될 것임을 알고 있었지만 포부동이 공공연히 쫓아내려 하는 데다 말투도 무척이나 무례했다. 왕어언과 헤어지는 것이 아쉽기는 했지만 뻔뻔스럽게 억지로 남겠다고 할 수는 없는 일이었기에 마음을 모질게 먹고 자리에서 일어나 말했다.

“왕 낭자, 아주, 아벽 두 낭자. 재하는 이만 물러가보겠소. 훗날 꼭 만납시다.”

왕어언이 말했다.

“이런 야심한 밤에 어딜 가신다는 거예요? 더구나 태호의 수로도 익숙하지 않잖아요? 오늘 밤은 여기서 하루 묵으시고 내일 떠나도 늦지 않아요.”

말로는 객을 붙잡는 듯했지만 그녀의 정신은 딴 데 가 있는 것처럼 보였다. 마음은 모용 공자에게로 가 있는 것이 분명했다. 단예는 자기도 모르게 화가 나고 무안했다. 그는 황실의 세자로 어려서부터 마음 내키는 대로 해왔던 사람이 아니었던가! 최근 들어 적지 않은 위험과 고초를 겪긴 했지만 여태껏 이런 푸대접을 받아본 적은 없었다.

"오늘 가나 내일 가나 매한가지요. 이만 가보겠소."

아주가 말했다.

"정 그러시면 제가 사람을 보내 호수 밖으로 배웅토록 하겠습니다."

아주마저 자신을 붙잡지 않는 것을 보자 단예는 더욱 기분이 좋지 않았다. 그는 생각했다.

'그 모용 공자란 자가 도대체 뭐 그리 대단한 사람이기에 다들 무슨 천상의 봉황처럼 떠받드는 거지? 소림파니 개방이니 서하의 일품당 같은 건 모두 안중에도 없고 어서 빨리 모용 공자와 재회할 생각만 하고 있으니 말이야.'

그러고는 말했다.

"그럴 필요 없소. 그냥 배 한 척과 노만 빌려주시오. 내가 직접 저어 가겠소."

아벽이 주저하며 말했다.

"호수의 수로를 모르면 아마 수월하지 않을 거예요. 더구나 그 화상하고 마주치지 않게 조심하셔야 할 테니 말이에요. 그럼 제가 일정 구간만 배웅해드릴게요. 제가 같이 가면서 호수 위 굽은 길로 몇 번만 바꿔가면 그자를 따돌릴 수 있어요."

단예는 화를 버럭 내며 말했다.

"다들 빨리 가서 모용 공자와 회합이나 하시오. 그 화상을 다시 만난들 기껏해야 불에 타 죽기밖에 더 하겠소? 더구나 난 당신네 사촌 오라버니나 사촌 동생, 공자 나리도 아닌데 뭐 하러 그런 노고를 하려 하시오?"

이 말을 하고 큰 걸음으로 성큼성큼 대청문을 향해 걸어나갔다. 포부동 목소리가 들렸다.

"그 토번 화상이 어떤 내력을 가진 자인지 몰라도 자세히 조사해봐야겠소."

왕어언이 말했다.

"사촌 오라버니가 아마 아실 거예요. 그자를 만나기만 하면…."

아주와 아벽은 단예를 배웅했다. 아벽이 말했다.

"단 공자, 훗날 공자께서 우리 공자 나리와 만나면 아마 좋은 벗이 될 수 있을지도 몰라요. 우리 공자 나리께서는 벗과 사귀는 걸 좋아하세요."

단예가 냉소를 머금고 말했다.

"너무 높은 분이라 엄두가 나질 않소."

아벽은 화가 많이 난 듯한 그의 말투를 듣고 이상한 느낌이 들어 물었다.

"단 공자, 기분이 어찌 그리 안 좋으신 거죠? 저희가 대접을 너무 소홀히 했던가요? 포 셋째 오라버니는 늘 성격이 저러시니 단 공자께서는 개의치 마세요. 저와 아주 언니가 대신 사죄드리겠습니다."

이 말을 하면서 예를 올리자 아주 역시 방긋 웃으며 따라서 예를 올렸다.

단예는 읍을 하며 답례하고 아무렇지 않은 듯 걸음에 속도를 붙여 물가 쪽으로 다가갔다. 그리고 작은 배에 올라타 노를 들어 배를 밀어내고는 호수 가운데를 향해 저어갔다. 가슴속에 울분이 맺혀 견디기가 힘들었다. 도대체 이유가 뭔지는 본인 스스로도 말할 수 없었다. 그저 그 집에 더 머물러 있다가는 추한 꼴을 보일 수도 있을 것 같다는 생각뿐이었다. 심지어 눈물을 왈칵 쏟아낼지도 모를 일이었다. 노를 몇 번 저었지만 작은 배는 제자리에서 맴돌기만 할 뿐이었다. 마치 어제 구마지처럼 배를 어찌 저어도 뭍에서 빠져나갈 방법이 없었다.

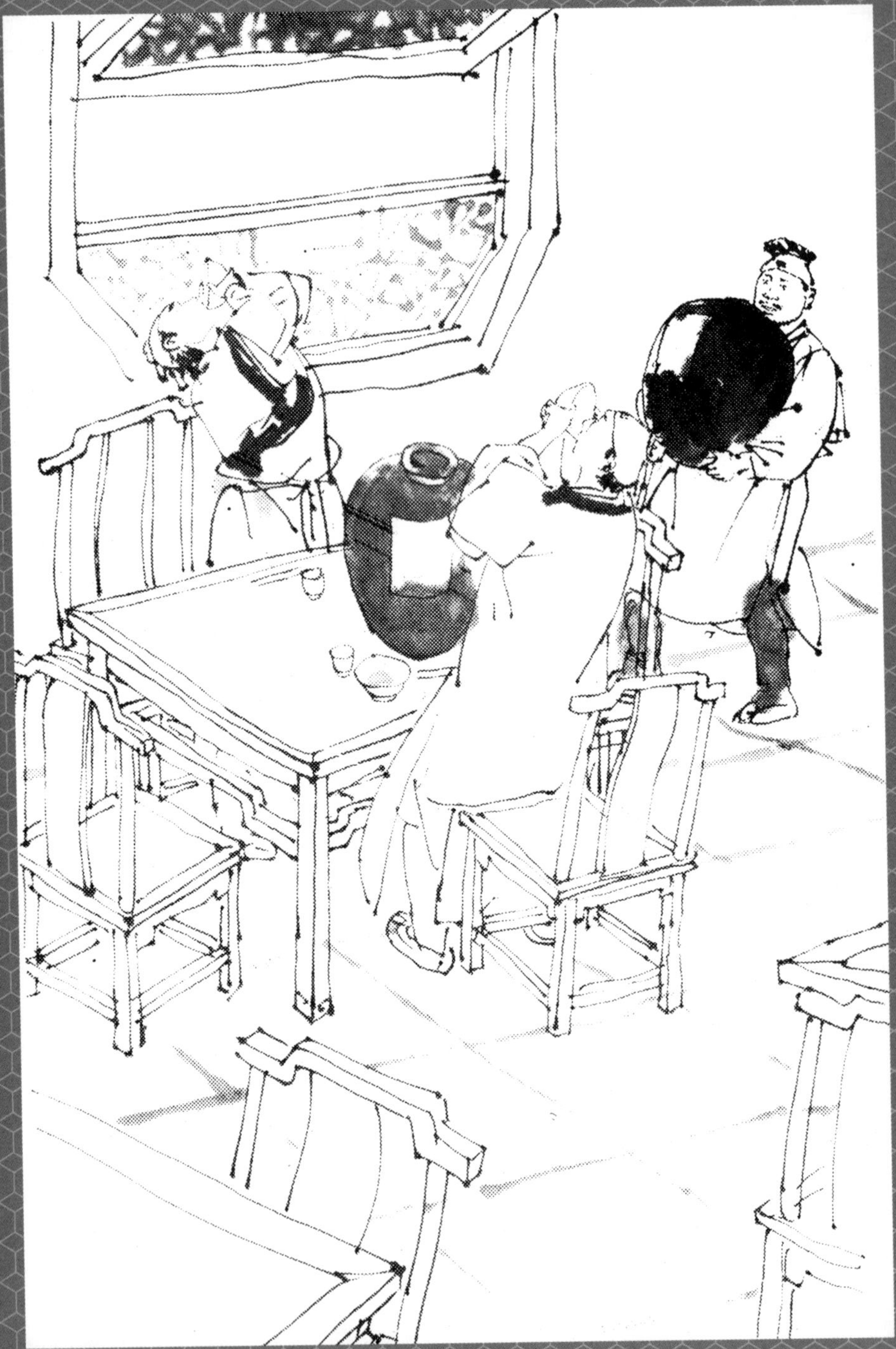

14

술로 맺은 사나이들의 우정

대한이 말했다.

"주보, 술 스무 근만 더 내오게!"

주보는 혀를 내두르며 커다란 술 항아리 하나를 가슴 가득 안아 가져왔다.

단예와 대한은 누가 더 많이 마셨다고 할 것도 없이 너 한 사발, 나 한 사발 주거니 받거니 끊임없이 마셔댔다. 한 식경이 지나니 두 사람은 서른 사발을 마셔버렸다.

태호 속의 이 작은 배는 돛도 지붕도 없이 무척 부실했다. 나무로 된 노는 저을 때도 쓰지만 방향 조종용으로도 쓰여 동서남북으로 움직이려면 노를 물속에 넣어 밀어젖혀야 했다. 구마지나 단예나 머리가 좋긴 했지만 노 젓는 법을 배운 적이 없었던 터라 힘을 쓰면 쓸수록 배는 호수 위에서 점점 더 빨리 맴돌기만 할 뿐이었다. 아주가 웃으며 말했다.

"단 공자, 그렇게 하면 안 돼요. 아벽한테 배웅해드리라고 할게요."

단예는 오기가 생겨 얼굴이 시뻘겋게 달아오를 때까지 두 손에 힘을 주었지만 배는 반대 방향인 뭍 쪽을 향해 나아갔다. 아벽이 가볍게 뛰어 배 앞에 올라타서는 싱긋 웃었다.

"단 공자, 제가 배웅해드릴게요."

아벽이 노를 물속에서 몇 번 휘휘 젓자 뱃머리가 앞으로 돌아가 뭍에서 멀어져갔다. 아주가 손을 흔들며 소리쳤다.

"단 공자, 안녕히 가세요!"

단예는 노를 손에서 놓자 울적한 마음을 달랠 길이 없었다. 그는 무량검과 신농방 사람들한테 굴욕을 당한 뒤로 남해악신한테 핍박을 받았고 연경태자에게 감금된 이후 다시 구마지에게 포로로 잡혀 끌려가는 신세였다가 만타산장에서는 정원사가 되어 꽃을 가꾸는 수모까지 당했다. 이런 갖가지 고초와 굴욕을 적지 않게 겪었던 그였지만 여태껏 이렇게까지 분하고 억울한 기분이 든 적은 없었다.

사실 청향수사에서 그를 난감하게 만든 사람은 그 누구도 없었다. 포부동이 그를 쫓아내기는 했지만 여지를 남겨놓았고, 왕어언은 하루 더 묵었다 가라고 말했으며, 아주와 아벽은 성심성의껏 예를 다해 배웅을 해주었다. 다만 그의 마음속은 말로 다 할 수 없는 울분으로 가득 차 있었다. 호수 위에는 연잎의 맑은 향기와 함께 밤바람이 간간이 불어오고 있었다. 단예는 하늘 가득한 별들을 바라보며 맑은 바람을 몸으로 받아들였다. 무엇 때문인지 모르지만 가슴속은 분하고 답답한 마음으로 가득했다. 과거 목완청과 남해악신, 연경태자, 구마지, 왕 부인 등이 그에게 가한 능욕은 보통 심한 것이 아니었지만 그는 이를 태연하게 받아들였을 뿐 크게 억울하다는 생각은 하지 않았었다.

그는 어렴풋이 느끼고 있었다. 왕어언을 깊이 사모하고 있었지만 그녀 가슴속에는 단예의 그림자라고는 전혀 없었고 포부동과 아주, 아벽 세 사람 역시 그를 대수롭지 않게 여기고 있다는 것을 말이다. 그는 어릴 때부터 아주 귀하게 자라왔다. 대리국의 황제, 황후를 비롯한 그 누구도 그를 대단한 존재로 느끼지 않은 사람이 없었다. 적을 만났을 때에도 마찬가지였다. 남해악신은 전심전력으로 그를 제자로 거두려 했고, 구마지는 고생을 마다치 않고 그를 대리에서 강남까지 납치했으니 무척이나 중시했다고 할 수 있었다. 더욱이 종영과 목완청 두 소녀는 그에게 첫눈에 마음을 빼앗기지 않았던가?

그는 평생토록 오늘과 같은 냉대와 무시를 당해본 적이 없었다. 다들 예를 갖추는 듯했지만 대부분 심드렁한 태도로 일관하지 않는가!

주변 사람들 마음속에는 당연히 모용 공자가 더 중요한 사람으로 자리 잡고 있는 듯했다. 지난 며칠 동안 누구든 모용 공자를 언급하기만 하면 그 즉시 모두가 깜짝 놀라며 정신을 집중해 경청하지 않는 이가 없었으니 말이다. 왕어언과 아주, 아벽, 포부동은 물론 무슨 등 큰 나리, 공야 둘째 나리, 풍 넷째 나리 같은 사람에 이르기까지 이들 모두는 하나같이 모용 공자를 위해 사는 사람들로 보였다.

그는 여태껏 질투와 부러움을 느껴본 적이 없었다. 그러나 지금 배를 타고 가는 이 호수 위에서는 마치 모용 공자의 그림자가 하늘에서 자신을 향해 비웃는 것처럼 보이고, 모용 공자가 큰 목소리로 비아냥거리는 말을 내뱉는 것 같았다.

"단예야! 단예! 너란 놈은 내 털끝 하나에도 미치지 못한다. 감히 내 사촌 누이를 마음에 두다니 그것이야말로 분수를 모르는 헛된 망상이 아니더냐? 가소롭고 염치없는 짓이란 생각이 들지도 않느냐?"

문득 구마지에게 잡혀 동쪽으로 끌려온 이후 크게 걱정하고 계실 백부님과 부모님, 고 숙부와 주단신 등이 떠올랐다. 그분들은 분명 백방으로 자신의 행방을 수소문하고 있을 것이다. 더구나 아버지와 어머니께서는 친히 내 뒤를 쫓아올 것이 틀림없었기에 속히 대리로 돌아가 걱정을 덜어드려야겠다는 생각이 들었다. 대리를 떠나올 때부터 매일같이 머릿속을 맴돌던 생각이었지만 여기 이 소주에서는 아무도 자신을 거들떠보지 않자 과거 대리에서 뭇별에 둘러싸인 달처럼 사람들의 관심을 받던 나날들이 생각난 것이다. 이런 생각도 들었다. 곽 선생은 그 못된 화상이 자신을 놓쳐버린 상황을 목격했으니 필시 대리로 돌아가 아버지께 고했을 것이다. 이런 생각을 하자 약간은 마음이 놓였다.

그는 뱃머리에 앉아서 배꼬리 쪽에 앉아 노를 젓고 있는 아벽을 바라봤다. 이런 정경은 흡사 과거 만타산장으로 배를 저어가던 모습과 비슷했다. 그때 그는 이대로 영원히 좋은 동반자로 함께할 수 있기를 바랐지만 이제 그 소원은 이미 풀었다고 말할 수 있었기에 원래는 참을 수 없을 정도로 기뻐해야 옳았다. 그러나 그날은 그의 가슴이 평온한 상태였지만 지금은 분노와 울분으로 가득 차 있었다. 또 그사이에 달라진 게 있다면 그때는 왕어언을 만나기 전이었지만 지금은 그 신선 누님과 닮은 그녀의 얼굴을 이미 봐버렸다는 것이다. 뜻밖에도 왕낭자의 온 마음은 그의 사촌 오라버니인 모용복한테 가 있었고 단예에 대해서는 그저 '책벌레 정원사'로만 여길 뿐이었다. 따라서 가능한 한 빨리, 더 멀리 떠나는 게 상책이었다. 그래야 그녀와 모용복 사이에 껴서 미움을 받지 않을 것이다. 단예는 그 어떤 수모와 굴욕도 신경 쓰지 않았지만 그녀가 자신을 가볍게 보고 전혀 염두에 두지 않는다는 사실만은 참을 수가 없었다.

마음을 돌려 이렇게 생각했다.

'만일 내 평생 한 낭자와 태호에서 배를 타고 노닐 수 있다면? 왕 낭자와 함께라면 난 제정신이 아닌 상태로 혼이 나가 있겠지. 또 완 누이와 함께라면 연정을 품게 되는 화를 자초해 근친상간을 하는 패륜아가 될지도 모른다. 영 누이와 함께라면 둘이 아침부터 저녁까지 이런저런 얘기를 하며 시시덕거리겠지. 만약 아벽과 함께라면 난 어여삐 여기고 끔찍이 아끼며 돌봐줄 것이다. 에이. 목완청과 종영은 내 친누이가 확실한데 오히려 누이가 아니었으면 좋겠고 아벽은 내 누이가

아닌 게 확실한데 오히려 누이로 삼고 싶으니….'

여기까지 생각하고는 멍청한 기운이 발작한 듯 자기도 모르게 소리쳤다.

"누이…."

아벽이 어리둥절해하며 젓고 있던 노를 멈추고 고개를 들며 웃었다.

"단 공자, 주무셨어요? 꿈을 꾸셨군요. 그렇죠?"

단예는 자기도 모르게 내뱉은 소리에 매우 당혹스러워하며 말했다.

"그렇소. 방금 꿈을 꿨는데 꿈속에서 내가 오라버니, 낭자는 내 누이였소. 낭자가 너무 귀여워 보여 낭자한테 누이라고 불렀던 거요."

아벽이 얼굴을 살짝 붉히며 말했다.

"전 시녀에 불과한데 어찌 공자 나리의 누이가 될 수 있겠어요? 꿈이니까 신경 쓰지 마세요. 벌건 대낮에 그런 말을 하면 남들이 보고 비웃을 거예요."

단예가 말했다.

"밤에 꿈을 꿀 때는 누이라고 부르고 대낮에 남들이 보지 않을 때도 그렇게 부르겠소. 어떻소?"

아벽은 그가 한 말이 자신을 희롱하는 것이라 생각했다. 소주 사람들은 종종 정인情人으로 여기는 여자한테 '누이'라는 호칭을 쓰기도 하기 때문이었다. 그녀는 정색을 하며 말했다.

"단 공자, 전 공자께서 저한테 잘해주셔서 그런 것도 있지만 그 못된 화상이 절 죽이려 할 때 목숨 걸고 구해주신 데 대한 고마움의 표시로 이렇게 배웅을 해드리는 거예요. 전 시녀에 불과합니다. 포삼 오라버니께서 함부로 말씀하신 데 대해서는 마음에 두지 마세요. 계속 저한테 농을 하시면 앞으로 저도 아는 체 안 할 거예요."

단예가 몸을 일으켜 뱃머리에 무릎을 꿇고 오른손을 든 채 말했다.

"나 단예가 엄숙하게 맹세하겠소. 아벽 낭자를 내 누이로 삼겠다는 마음은 모두 진심이며 추호의 불손한 마음도 없소. 만일 불손한 마음이 조금이라도 있다면 보살님이 내게 내세에 소나 말로 태어나는 벌을 내릴 것이며, 염라대왕께서 날 18층 지옥에 떨어뜨릴 것이오. 나 단예는 분별 있게 아벽 누이를 돌볼 것이며 누이가 기뻐하지 않는 일은 그 무엇도 하지 않을 것이오."

이 말을 하며 고개를 조아려 머리를 갑판에 쿵, 쿵 하고 두 번 부딪쳤다.

아벽은 그의 말이 간절해 보이고 성의가 있다는 확신이 들어 부드러운 소리로 말했다.

"단 공자, 절 누이로 여기는 건 이 아벽이 감당할 수 없습니다. 하지만 오늘 밤 베푸신 호의에 대해서는 영원히 기억하도록 하겠습니다."

단예는 홀가분한 마음에 길게 탄식을 하고 말했다.

"난 낭자를 누이로 여기고 싶소. 그건 진심이오. 절대 낭자를 희롱하겠다는 뜻은 없소. '나한테 아벽 같은 누이가 있다면 얼마나 좋을까?' 하고 생각해봤을 뿐이오. 남들이 비웃는 게 두렵고 내가 누이라 부르는 게 싫다면 그냥 난 꿈속에서만 부르고 대낮에는 부르지 않겠소."

아벽은 부끄러운 마음에 만면에 홍조를 띠고 우물쭈물하다 말했다.

"제가 보기엔 마음이 온통 왕 낭자한테 가 있는 것 같은데 꿈속에서 절 부르실 리가 있겠어요?"

단예가 말했다.

"좋소, 그럼 우리 단둘이 정합시다. 내가 꿈속에서 낭자를 누이라 부르면 대답해주시오. 내가 부르지 않으면 낭자도 대답하지 않으면 그뿐이니까."

아벽이 고개를 끄덕이다 빙긋 웃으며 말했다.

"좋아요, 그렇게 해요."

단예가 목완청과 종영을 누이로 삼은 건 원래 아내로 여겼다가 누이로 변해버렸으니 어쩔 수 없는 일이었다. 이번에 태호에서 아벽을 누이로 삼은 것은 마음속으로 바라던 바였다. 그녀만은 아내가 아닌 진짜 누이로 생각하고 싶었기 때문이다. 그는 아벽이 흔쾌히 받아들이는 모습에 너무나도 기뻐 당장 노를 건네받아 아벽이 가르쳐주는 방법대로 배를 저어나갔다.

그는 매우 총명한 데다 내력 또한 강했던 터라 얼마 지나지 않자 노 젓는 방법을 터득하게 됐다. 한 시진 넘게 노를 젓다 보니 날이 점점 밝아왔다. 아벽은 전방에 빈 배 한 척이 파도에 실려 떠내려가는 것을 보고 모용 공자를 찾으러 가는 포부동과 왕어언 등이 걱정됐다. 이미 단예가 노 젓는 법을 터득했고 그와 단둘뿐인 배 위에서 그가 허물없이 말을 하는 게 어색했던 나머지 그는 단예를 향해 말했다.

"단 공자, 저 앞에 마침 빈 배가 한 척 있으니 전 먼저 돌아가볼게요. 괜찮으시겠어요?"

단예는 하는 수 없이 답했다.

"그러시오. 이미 멀리까지 배웅을 했소."

아벽이 말했다.

"이쪽으로 계속 가면 마적산馬跡山인데 무석에서 아주 가까워요. 산을 향해 노를 저어가면 잘 찾아갈 수 있을 거예요."

단예가 말했다.

"알겠소. 그럼 돌아가보시오. 아벽 누이!"

아벽이 웃으며 말했다.

"네, 공자도 조심히 가세요. 지금 꿈꾸고 계신 건가요?"

"꿈을 꾸는 게 아니오. 난 진심으로 부르는 것이오. 대답해줘서 기쁘기 그지없소."

아벽이 미소를 지으며 말했다.

"오라버니, 저도 기뻐요."

그러고는 빈 배 쪽으로 가까이 저어가 훌쩍 뛰어 그 배 위로 넘어갔다. 단예는 아벽의 배가 수면 위에 펼쳐진 자욱한 안개 속으로 들어가 청향수사로 돌아가는 모습을 물끄러미 바라보다가 그 역시 노를 저어 앞을 향해 나아갔다.

다시 한 시진쯤 나아갔을까? 온몸에 넘쳐흐르는 내력이 천천히 힘을 발휘하기 시작하자 노를 저으면 저을수록 정신이 또렷해지고 가슴속에 가득 찬 번민과 울분 역시 점차 줄어들기 시작했다. 오시午時에 가까워지자 무석성 부근에 당도했다.

성안으로 들어가보니 인파로 북적거리는 모습이 무척이나 번화해서 대리와는 전혀 다른 풍광이었다. 발길 닿는 대로 걷는데 어디선가 고소한 냄새가 풍겨왔다. 그건 바로 초당焦糖과 간장을 섞어 조리한 고기 냄새였다. 그는 온종일 아무것도 먹지 못하고 여태껏 노만 젓고 왔던 터라 이미 허기가 질 대로 져 있었다. 그는 당장 냄새가 풍기는 곳을 찾아갔다. 모퉁이를 돌아가자 거리 한쪽에 엄청나게 큰 주루 하나가 서 있었는데 금색으로 된 간판 위에 송학루松鶴樓라는 세 글자가 커다랗게 적혀 있었다. 간판은 오랜 세월을 겪은 듯 주방에서 나온 연기에 시꺼멓게 그을려 있었지만 유독 금색으로 된 세 글자만은 번쩍거리며 빛나고 있었다. 주루 안에서는 간간이 술과 고기 냄새가 뿜어져 나오고 주방의 칼질 소리와 종업원들의 고함 소리가 들려왔다.

단예가 주루 위로 올라가자 주보酒保[29]가 와서 그를 맞이했다. 그는 술 한 동이와 안주 네 가지를 주문해 주루의 난간 쪽에 기대어 자작을 하며 술을 마셨다. 별안간 처량하면서도 적막한 기분이 치밀어오르는지라 이를 참지 못하고 길게 한숨을 내쉬었다.

서쪽 편에 앉아 있던 대한 하나가 고개를 돌리더니 차가운 눈빛으로 그의 얼굴을 두어 번 훑어봤다. 단예는 우람한 체격의 그 사내를 바라봤다. 나이가 서른 안짝으로 보이는 그는 낡아서 거의 해진 장포를 걸쳤는데 짙은 눈썹과 큰 눈, 높은 콧대와 큼지막한 입에다 사방에 각이 져서 네모난 얼굴 모양을 하고 있었다. 모진 풍상을 겪은 듯한 기색으로 주변을 둘러보는 그의 눈빛 속에서 범상치 않은 위세가 느껴졌다.

단예는 속으로 감탄을 금치 못했다.

'그야말로 멋진 대한이로구나! 필시 연燕나라나 조趙나라 같은 북쪽 국가의 비장한 호걸일 것이다. 강남은 물론 대리에 저런 인물이 있을 리가 없지. 포부동이 호방한 기개니 뭐니 하면서 자화자찬을 했지만 저 대한이야말로 호방한 기개를 지녔다고 할 수 있다.'

그 대한의 탁자 위에는 익힌 쇠고기와 커다란 탕 한 사발, 술 두 동이가 놓여 있었는데 그 외에 다른 건 없는 것으로 보아 먹고 마시는 것조차 매우 호탕하고 자유로워 보였다.

그 대한은 단예를 두어 번 쳐다보다 이내 고개를 돌려 혼자 먹고 마시기를 계속했다. 단예는 적막하고 무료한 기분을 느끼고 있어 마침 친구가 필요하던 참이었다. 그는 곧바로 주보를 오라고 한 뒤 그 대한의 등을 가리키며 말했다.

"저기 저 대형의 술값은 모두 내가 계산하도록 하겠소."

옆에서 단예가 주보에게 한 분부를 들은 그 대한이 고개를 돌려 씩 웃고는 고개를 끄덕여 감사의 뜻만 표할 뿐 아무 말도 하지 않았다. 단예는 그와 한담을 나누며 가슴속의 적막감을 해소하고 싶었지만 어찌해야 할지를 몰랐다.

다시 술을 석 잔 더 마시자 계단 위로 올라오는 발소리와 함께 사내 둘이 올라왔다. 한쪽 다리를 절룩거리며 지팡이를 짚은 앞 사람은 기이하게도 걸음걸이가 무척이나 신속했고 그 뒤를 따라 온 노인은 잔뜩 찌푸린 얼굴을 하고 있었다. 두 사람은 그 대한이 앉아 있는 탁자 앞으로 걸어와 공손하게 허리를 굽혀 예를 올렸다. 그 대한은 고개만 끄덕일 뿐 답례를 하면서도 몸을 일으키지 않았다.

다리를 절룩거리는 사내가 나지막이 말했다.

"큰형님께 아뢥니다. 상대가 내일 아침 혜산惠山의 양정凉亭에서 만나자고 합니다."

그 대한이 고개를 끄덕이며 말했다.

"시간이 좀 촉박한데?"

옆에 있던 노인이 말했다.

"원래는 제가 사흘 후에 만나자고 했습니다. 한데 상대는 우리가 다 모일 수 없다는 사실을 뻔히 안다는 듯 큰소리를 치더군요. 내일 약속장소에 나올 자신이 없으면 안 와도 좋다고 하면서 말입니다."

그 대한이 말했다.

"좋아. 가서 전달하시오. 오늘 밤 삼경에 모두 혜산으로 모이라고 말이오. 우리가 먼저 가서 상대방이 오길 기다려야겠소."

두 사람은 몸을 굽혀 답하고는 계단 밑으로 내려갔다.

그 세 사람이 하는 말소리는 극히 작아서 주루 위의 나머지 객들은 아무도 듣지 못했지만 내력이 충만해 눈과 귀가 밝은 단예는 남의 얘기를 엿듣고 싶진 않았지만 자연스럽게 모두 듣게 됐다.

그 대한은 의식을 하는 듯 안 하는 듯 다시 단예를 힐끗 한번 바라봤다. 그는 단예가 고개를 숙인 채 생각에 잠겨 있는 걸 보고 자기가 한 말을 들었다 생각했는지 갑자기 두 눈을 번뜩이며 코웃음을 쳤다. 단예가 깜짝 놀라 왼손이 살짝 떨리며 쨍그랑 소리와 함께 술잔이 바닥에 떨어져 산산조각 나버렸다. 그 대한이 빙긋이 웃으며 말했다.

"형씨는 어찌 그리 당황하시는 거요? 이리 와서 함께 한잔하시겠소?"

단예가 웃으며 말했다.

"그거 좋지요. 좋습니다!"

이 말을 하면서 주보에게 술잔과 젓가락을 다시 가져오라 시키고는 대한이 앉아 있는 자리로 옮겨 앉았다. 그가 대한에게 이름을 묻자 대한이 웃으며 말했다.

"뻔히 알 터인데 어찌 묻는 것이오? 형식에 얽매이지 말고 술 몇 잔 함께 나누는 게 더 재미있지 않겠소? 피아彼我를 분명히 한다면 뒷맛이 개운치 않을 것이오."

단예가 웃으며 말했다.

"저를 적으로 여기는 걸 보니 대형께서 사람을 잘못 보신 모양이오. 허나 '형식에 얽매이지 말자'는 말은 소제도 매우 좋아합니다. 자! 드십시오!"

이 말을 마치고 술 한 잔을 따라 단번에 비워버렸다.

그 대한이 웃으며 말했다.

"형씨도 아주 시원시원한 성격이구려. 한데 술잔이 너무 작은 것 같지 않소?"

그러고는 큰 소리로 외쳤다.

"주보, 큰 사발 두 개하고 고량주 열 근만 가져오게."

주보와 단예는 '고량주 열 근'이란 말을 듣고 놀라서 펄쩍 뛰었다. 주보가 공손하게 웃으며 말했다.

"나리, 고량주 열 근을 다 드실 수 있으시겠습니까?"

그 대한은 단예를 가리키며 말했다.

"여기 이 공자 나리께서 한턱내시겠다는데 어찌 돈을 아끼게 만드는 겐가? 열 근도 부족하니 스무 근을 가져오게."

주보가 웃으며 말했다.

"예! 예!"

얼마 지나지 않아 주보가 큰 사발 두 개와 큰 술 항아리 하나를 가져와 탁자 위에 올려놓자 그 대한이 말했다.

"사발에 가득 따라보게."

주보가 그의 말대로 술을 따랐다. 사발 두 개에 술이 가득 차자 단예는 술 냄새가 코를 찔러 견디기가 어려웠다. 대리에 있을 때 이따금씩 술을 몇 잔 마셔본 적은 있지만 이런 큰 사발에 마시는 건 본 적도 없던 터라 자기도 모르게 눈살이 찌푸려졌다.

대한이 웃으며 말했다.

"우리 둘이 우선 열 사발씩 마시는 게 어떻겠소?"

단예는 자신을 무시하는 듯한 그의 눈빛을 봤다. 평소 같았으면 주량이 그 정도에 미치지 못해 정중하게 사양을 했을 테지만 어젯밤 청향수사에서 톡톡히 받은 냉대를 생각해 마음을 바꿨다.

'이 대한은 아마 모용 공자와 한패일 거야. 무슨 등 큰 나리, 공야 둘째 나리가 아니면 풍 넷째 나리쯤 되겠지. 혜산에서 비무 대결을 하기로 약속한 걸 보면 상대가 개방이나 무슨 서하의 일품당일 거야. 흥, 모용 공자면 또 어때서? 그의 수하에게만은 무시당할 수 없어. 기껏해야 취해서 죽는 건데 그게 뭐 대수라고?'

그는 가슴을 꼿꼿이 세우고 큰 소리로 말했다.

"재하가 이 한 목숨 바쳐 군자를 상대하겠소. 술을 마신 후에 실례를 하더라도 대형께선 괴이쩍게 생각하지 마시오."

이 말을 하고는 곧 술 사발을 집어들어 꿀꺽꿀꺽 소리를 내며 마시기 시작했다. 그가 이 큰 사발 술을 마시는 건 일종의 화풀이였다. 왕어언은 곁에 없었지만 그녀가 보란 듯이 마시는 것이나 다름없었다. 이는 곧 모용복과의 경쟁이자 자신이 마음속에 둔 사람 앞에서 패배를 인정할 수 없다는 의지의 표현이었다. 이 독주 한 사발은 말할 것도 없고 짐주鴆酒 같은 독약일지라도 한 치의 주저함도 없이 들이켰을 것이다.

대한은 그가 호탕하게 술을 들이켜자 예상 밖이라 생각한 듯 껄껄대고 웃었다.

"아주 호쾌하시오!"

그는 사발을 들고 역시 목을 쳐들어 단숨에 들이켜더니 이어서 두 사발을 다시 따랐다.

단예가 웃으며 말했다.

"술이 아주 좋군요! 좋아!"

이 말이 끝나기 무섭게 숨을 크게 한번 내쉬고는 다시 사발을 들어 단숨에 비워버렸다. 그 대한 역시 한 사발을 다 마시고 나서 두 사발을 또 따랐다. 이 큰 사발 하나가 반 근에 달했으니 단예는 단번에 독주 한 근을 마신 셈이었다. 배 속은 마치 불길이 활활 타오르는 듯 뜨겁고 머리 또한 어질어질했지만 마음속으로는 이런 생각뿐이었다.

'모용복이 뭐 어떻다고? 뭐가 그리 대단한데? 내가 어찌 그자 수하한테 질 수 있겠어?'

그러고는 세 번째 사발을 집어들어 다시 들이켰다.

그 대한은 그가 순식간에 술에 취해 해롱대는 것을 보고 속으로 재미있어하면서 세 번째 사발까지 들이켜고 나면 곧바로 취해 쓰러질 것이라 생각했다.

단예는 세 번째 사발을 마시기도 전에 이미 가슴이 답답해져 금방이라도 구토를 할 것 같았다. 그러다 다시 독주 반 근이 배 안으로 들어가자 오장육부가 뒤집어지는 듯한 기분이 들었지만 입을 꽉 다물어 배 속의 술이 역류하지 않도록 만들었다.

그러자 느닷없이 단전이 움찔하며 한 줄기 진기가 위로 치솟아오르더니 내식이 뒤집혀 출렁이는 느낌이 들었다. 전에 진기를 받아들이지 못할 때 겪은 상황과 비슷했던 것이다. 당장 백부님으로부터 전수받은 방법에 따라 그 진기를 대추혈로 집어넣자 체내의 술기운이 용솟음치면서 뜻밖에도 진기와 서로 섞이는 것이었다. 술은 유형의 물질이기에 진기나 내력처럼 혈도 안에 남아 있을 수가 없는 것이다. 그는 스스로 손쓸 방법이 없어 진기가 천종혈天宗穴과 견정혈肩井穴에서 시작해 왼팔 위의 소해小海, 지정支正, 양로養老 등 여러 혈을 경유한 뒤 다시 손바닥 위에 있는 양곡陽谷, 후활後轄, 전곡前谷 등 혈을 통과한 다음 소지의 '소택혈' 속으로 자연스럽게 쏟아져가도록 내버려두었다. 이때 운행한 진기의 선로는 바로 육맥신검 중 소택검이었다. 소택검은 원래 유경무형有勁無形의 검기였던 터라 순간 그의 왼손 소지에서 술 줄기가 천천히 흘러내리고 있었다.

처음에는 단예도 미처 생각지 못했던 일이지만 얼마 지나지 않아 머리가 맑아지는 느낌이 들자 소지 끝에서 술 줄기가 흘러나온다는 걸 눈치채고 속으로 외쳤다.

'절묘하구나!'

그가 왼손을 바닥으로 늘어뜨리고 있었지만 그 대한은 전혀 주의를 기울이지 않았다. 대한은 조금 전까지 취해서 몽롱한 상태였던 사람이 순식간에 생기가 넘쳐나는 모습을 보고 내심 이상한 생각이 들어 단예를 향해 씨익 웃었다.

"형씨는 주량이 그리 약하지 않은 것 같구려. 아주 재미있어지는군."

그는 다시 사발 두 개에 술을 따랐다.

단예 역시 씨익 하고 웃었다.

"내 주량은 상대방에 따라 달라지지요. 이런 속담도 있지 않습니까? '지기를 만나면 천 잔의 술도 모자란다.' 이 큰 사발이라고 해봐야 보통 술잔 스무 잔 정도밖에 되지 않소. 천 잔을 채우려면 마흔에서 쉰 사발은 채워야 되겠지요. 소제는 아마 쉰 사발까지는 마시지 못할 것이오."

이 말과 함께 앞에 있던 술이 든 사발 하나를 들어 모두 들이켜고는 즉시 아까 했던 대로 운기를 한 다음 왼손을 주루 창가의 난간 위에 걸치자 소지 끝으로부터 흘러나온 술이 난간을 따라 아래층 담벼락으로 흘러내려갔다. 그야말로 쥐도 새도 모를 정도로 아무 흔적도 남기지 않았던 것이다. 잠깐 사이에 그는 전에 마신 네 사발의 술을 남김없이 뽑아내버렸다.

그 대한은 단예가 아무렇지도 않게 연달아 독주 네 사발을 비우자 매우 기뻐했다.

"아주 좋소. 아주 좋아! 지기를 만나면 천 잔의 술도 모자란다 했으니 내가 먼저 잔을 비우고 형씨께 드리겠소."

이 말을 하며 사발 두 개에 술을 따라 자신이 연이어 두 사발을 비우고 다시 단예에게 두 사발을 따라주었다. 단예는 얼렁뚱땅 이런저런 이야기꽃을 피우며 마셔나갔다. 독주를 마시면서도 물이나 차를 마실 때보다 더 여유가 넘쳐흘렀다.

두 사람의 이런 술 내기는 송학루 안에 있던 위층과 아래층 주객들마저 경악시켜 주방에서 일하는 주방장과 화부火夫까지 위층으로 올라와 두 사람이 앉아 있는 탁자를 에워싸고 구경하기에 이르렀다.

그 대한이 말했다.

"주보, 술 스무 근만 더 내오게!"

주보는 놀라서 혀를 내둘렀지만 당장 재미난 구경거리를 보고 싶었던 나머지 더 이상 만류하지 않고 곧바로 커다란 술 항아리 하나를 가슴 가득 안아 가져왔다.

단예와 그 대한은 누가 더 많이 마셨다고 할 것도 없이 너 한 사발, 나 한 사발 주거니 받거니 끊임없이 마셔댔다. 그렇게 한 식경이 지나고 난 뒤 두 사람은 서른 사발을 마셔버렸다.

단예는 이 불가사의한 손가락 장난으로 독주가 체내에서 한 바퀴 돌기만 하고 곧바로 쏟아져 나간다는 걸 알고 있었기에 주량이 무궁무진하다 말할 수 있었다. 그러나 그 대한은 진정한 자신만의 술 실력에 의지해 연달아 서른 사발을 비웠음에도 여전히 얼굴색 하나 변하지 않았고 심지어 약간의 취기조차 없었다. 단예는 그런 그의 모습을 보고 내심 탄복해 마지않았다. 처음에는 그가 모용 공자와 한패라는 생각에 적의를 품었지만 호탕한 인품을 지닌 그의 영웅적 풍모를 보고 자기도 모르게 존경심이 우러나왔던 것이다.

'이대로 대결을 지속한다면 내가 절대 지지는 않겠지만 저 사내가 과음을 해서 몸이 상하고 말 것이다.'

이런 생각을 하고 마흔 사발까지 마셨을 때 대한을 향해 말했다.

"인형仁兄, 우리 둘 다 이미 마흔 사발을 마시지 않았소?"

그 대한이 씨익 웃었다.

"형씨는 아직까지 정신이 멀쩡하구려. 숫자를 정확히 헤아리니 말이오."

"우리 둘은 서로 막상막하의 호적수를 만난 것이라 승부를 가리기가 쉽지 않을 듯하오. 이대로 마셔대다가는 이 아우가 가진 술값도 모자라겠소."

그는 품속에서 꽃이 수놓아진 염낭을 꺼내 탁자 위에 던졌다.

"탁!"

가벼운 소리로 보아 염낭 속에는 금은이라고는 없는 것 같았다. 단예는 대리에서 구마지에게 잡혀오느라 가진 재물이 없었다. 금실과 은실로 꽃이 수놓아진 이 염낭이 귀한 물건임은 단번에 알 수 있긴 했지만 주머니가 텅 비어 있다는 건 척 보면 알 수 있었다.

그 대한이 그걸 보자 껄껄대며 웃고는 몸을 뒤적거리다 은자 한 덩이를 탁자 위에 던지고 단예의 손을 붙잡았다.

"어서 갑시다!"

단예는 내심 기뻤다. 그가 대리에 있을 때는 황자인 몸이라 주단신 등 호위들을 제외하고는 진정한 친구 같은 건 사귀기 어려웠다. 오늘 이렇게 성씨와 신분으로도 아닌, 또 글재주나 무공으로도 아닌, 없는 걸 꾸며서 만든 주량으로 이 사내와 사귀게 됐으니 실로 난생처음 겪는 기이한 일이었다.

두 사람이 주루에서 내려오자 그 대한은 점점 걸음을 빨리했다. 성을 빠져나온 후에는 더욱 성큼성큼 내걸어 큰길을 따라 재빠르게 앞으로 나아갔다. 단예는 호흡을 가다듬고 그와 어깨를 나란히 한 채 걸어갔다. 무공은 모르지만 내력이 충만해 있어 아무리 빠른 걸음으로 걸어도 전혀 숨이 가쁘지 않았다. 대한은 그를 힐끗 한번 보고 빙긋 웃었다.

"좋소, 어디 누가 빠른지 겨뤄봅시다."

그는 이 말과 함께 질풍같이 내달렸다.

단예가 뒤따라 몇 걸음을 내달리다 너무 서두른 나머지 다리가 휘청하면서 하마터면 넘어질 뻔했다. 재빨리 그 힘에 기대어 왼쪽으로 비스듬히 반보 나아가자 그제야 똑바로 설 수 있었다. 그런데 그의 이 발걸음은 마침 능파미보의 한 보법이었다. 무의식중에 이 한 발을 내딛자 뜻밖에도 앞으로 수 척을 나아갔다. 그는 내심 기쁜 나머지 두 번째 발걸음도 능파미보로 걸었다. 그러자 순식간에 그 대한을 따라잡을 수 있었다. 두 사람이 어깨를 나란히 하고 나아가자 휙 하는 바람 소리가 들리며 길가의 나무들이 쉴 새 없이 옆으로 스쳐 지나갔다.

단예가 능파미보를 배울 때는 다른 사람과 달리기 대결을 펼칠 줄은 생각지도 못했지만 상황이 이리된 이상 최선을 다할 수밖에 없었다. 그러나 그 대한을 이기겠다는 마음은 전혀 없었다. 오로지 자신이 배운 보법에 심후하기 이를 데 없는 내력을 더해 한 걸음 한 걸음 앞으로 나아갔을 뿐 그 대한이 앞에 있는지 뒤에 있는지는 전혀 생각지도 않았다.

그 대한은 큰 걸음으로 성큼성큼 걸으며 가면 갈수록 빨리 치고 나가 순식간에 단예를 따돌리고 저 멀리 앞서갔다. 그러나 잠시 숨을 고르며 천천히 걷기만 하면 단예가 곧바로 쫓아오는 것이 아닌가! 곁눈질로 슬쩍 바라보니 단예는 신형이 매우 자연스럽고 편안해서 마치 정원을 산보하는 듯 전혀 힘들어 보이지 않는 걸음걸이였다. 속으로 탄복해하면서 몇 걸음 더 속도를 내서 뒤쪽으로 따돌렸지만 단예는 얼마 지나지 않아 다시 또 따라왔다. 이런 식의 보법 대결을 몇 번 시도하고 나자 그 대한은 단예의 내력이 자신보다 고강하다는 사실을 알게 됐다. 십수 리 안에서는 그를 이기는 게 어렵지 않겠지만 30~40리를 대결한다면 승부를 예측하기 어려웠고 60리를 넘어간다면 자신이

질 수밖에 없겠다는 생각이 든 것이었다. 그는 껄껄대고 웃으며 걸음을 멈추고 말했다.

"모용 공자! 나 교봉喬峯이 오늘 그대에게 승복하겠소. 고소모용은 과연 명불허전이오."

단예가 그의 옆을 몇 걸음 앞서 달려가다 즉시 몸을 돌려 돌아와서는 자신을 모용 공자라 부르는 그의 목소리를 듣고 황급히 말했다.

"소제의 성은 단, 이름은 예라고 하오. 대형께서 사람을 잘못 보셨소."

그 대한은 의아한 기색을 하며 말했다.

"뭐요? 모… 모용복 모용 공자가 아니라고?"

단예가 빙긋 웃었다.

"소제가 강남에 온 이래 매일같이 모용 공자의 대명을 들어 경모하고 있기는 하지만 연이 없는지 오늘까지 만나뵙진 못했소."

이 말을 하면서 속으로 곰곰이 생각했다.

'이 사내가 날 모용복으로 오인했다는 건 모용복과 한패는 아니라는 거로군.'

이리 생각하자 그에 대해 더욱 호감이 들었다.

"이름을 밝히셨는데 그럼 대형의 성은 교이고 이름이 봉인 것이오?"

그 대한은 놀랍고도 의아한 기색을 감추지 못했다.

"그렇소, 재하는 교봉이라 하오."

"소제는 대리 사람으로 처음 강남에 왔는데 교 형 같은 영웅을 알게 되다니 실로 행운인 것 같소."

교봉이 머뭇거리며 말했다.

"음… 대리단씨 자제였군. 어쩐지… 어쩐지! 단 형, 강남에는 어인 일로 오셨소?"

"말하자면 매우 부끄럽소. 소제는 남에게 붙잡혀 오게 된 거요."

이 말을 하고는 어쩌다 구마지에게 잡혔고 어떻게 모용복의 두 시녀를 만나게 됐는지 아주 간략하게 설명해주었다. 비록 긴 이야기를 간략하게 말해주긴 했지만 한 치의 숨김도 없었다. 심지어 자신이 겪은 재수 없었던 일들까지 하나도 빠짐없이 얘기해주었다.

교봉이 이를 듣고 놀라면서도 기쁨을 감추지 못했다.

"단 형, 단 형처럼 솔직담백한 사람은 평생 처음 만나는 것 같소. 우리는 처음 보고도 오랜 친구 같으니 두 사람이 의형제를 맺으면 어떠하겠소?"

단예가 기뻐하며 말했다.

"소제도 바라던 바요."

두 사람은 당장 서로 나이를 따져보고 교봉이 단예보다 열한 살이 많아 자연스럽게 형이 됐다. 곧바로 흙을 모아 향을 피워놓고 하늘에 8배를 올리니 한 사람은 현제賢弟라 칭하고 한 사람은 형님이라 칭하며 기쁨을 감추지 못했다.

단예가 말했다.

"소제가 아까 송학루에서 형님이 내일 새벽 적과 만나기로 약속했다는 얘길 들었습니다. 소제가 무공은 모르지만 옆에서 구경이나 하고자 합니다. 형님께서 윤허해주시겠습니까?"

교봉은 그에게 몇 마디 물어본 후 그가 정말 무공을 전혀 모르자 자기도 모르게 쯧쯧 혀를 차며 기이하다는 듯 말했다.

"현제가 지금의 그 내력으로 상승무공을 배운다면 그건 식은 죽 먹기나 마찬가지네. 내일 아침 대결을 구경하는 거야 안 될 것 없지. 다만 적이 워낙 악랄해서 독수를 쓸지도 모르니 절대 모습을 드러내선 안 되네."

단예가 기뻐하며 말했다.

"당연히 형님 분부에 따라야지요."

교봉이 껄껄 웃으며 말했다.

"지금은 아직 이른 시간이니 일단 무석성으로 돌아가세. 다시 또 한바탕 술을 마시고 함께 혜산으로 가도 늦지 않아."

단예는 다시 가서 술을 마시자는 말을 듣고 자기도 모르게 깜짝 놀랐다.

'조금 전에 사발로 마흔 잔이나 마시고 얼마 지나지 않았는데 또 술을 마시자고 하는구나.'

이런 생각을 하다 말했다.

"형님, 소제가 형님과 했던 술 내기는 사실 형님을 속였던 것이니 나무라지 마십시오."

그러고는 어쩌다 내력이 생겨 술을 소지의 소택혈로 뽑아냈는지 설명해주었다. 그러자 교봉이 깜짝 놀랐다.

"현제, 그… 그게 육맥신검 무공인가?"

"그렇습니다. 소제도 배운 지가 얼마 안 돼 아직 서툽니다."

교봉이 한참을 멍하니 있다 탄식을 했다.

"일찍이 우리 사부님께서 말씀하셨네. 예로부터 무림에 전해내려오는 얘기로 대리단씨한테 육맥신검이라는 무공이 있어 무형의 검기로 사람을 죽일 수 있다는데 그게 진짜인지 아닌지 모르겠다고 말이야.

이제 보니 그런 신공이 정말 있었군…."

"사실 그 무공은 형님과 술 내기를 하면서 요령을 피울 때 외에는 달리 용도가 없습니다. 소제가 구마지란 화상한테 잡혀갈 때에도 반격할 여지가 없었지요. 세인들이 육맥신검을 매우 대단하다 여기지만 사실 과장된 겁니다. 형님, 술은 몸을 해칠 수 있으니 적당히 마셔야 합니다. 오늘은 더 마시지 않는 게 좋겠습니다."

교봉이 껄껄대고 웃었다.

"현제의 충고도 맞는 말이네. 다만 우형愚兄은 황소처럼 몸이 튼튼하고 어릴 때부터 술을 좋아해서 마시면 마실수록 정신이 든다네. 내일 아침이면 적과 마주해야 하니 독주를 더 많이 마셔둬야 하네. 그래야 그들과 한바탕 놀 것 아닌가!"

두 사람은 이런저런 얘기를 하면서 무석성으로 돌아갔다. 이때는 더 이상 달리기 시합을 하지 않고 어깨를 나란히 한 채 천천히 걸었다.

단예는 좋은 친구를 사귀었다는 생각에 무척이나 기분이 상쾌했다. 그러나 모용복과 왕어언 두 사람에 대한 생각은 도저히 떨쳐버릴 수 없어 몇 마디 한담을 나누다 이를 참지 못하고 물었다.

"형님, 아까 소제를 모용 공자로 오인하셨는데 혹시 그 모용 공자의 모습과 소제가 비슷한 데가 있는지 모르겠습니다."

"고소모용씨의 대명은 평소에 익히 들어 알고 있지. 이번에 내가 강남에 온 것도 바로 모용 공자 때문이네. 듣기로는 기품이 있고 준수한 외모를 지녔다고 하더군. 나이가 스물여덟아홉 정도 된다고 하니 현제보다 몇 살 많다고 보면 되지. 한데 이 강남에 모용복 말고 이렇게 고강한 무공과 준수한 용모를 지닌 청년 공자가 또 있을 줄은 전혀 생각지 못했네. 그래서 사람을 잘못 본 것이야. 정말이지 부끄럽기 짝이 없네."

단예는 모용복이 고강한 무공과 준수한 용모를 지녔다고 하는 말을 듣고 속으로 질투심이 느껴져 기분이 언짢았다.

"그와 벗으로 사귀고 싶어 멀리서 찾아온 것입니까?"

교봉은 크게 한숨을 내쉬고 암울한 기색으로 고개를 가로저었다.

"원래는 벗으로 사귈 수 있기를 바랐지만 그렇게 되지 못할 것 같네."

"어째서요?"

"나와 가장 친한 벗이 있었는데 반년 전 비명횡사를 했네. 사람들 모두 모용복이 쓴 독수 때문이라고 말하지."

놀라서 안색이 변한 단예가 말했다.

"상대가 쓴 방법을 상대에게 펼친 것이군요."

"그렇지. 내 벗에게 치명상을 입힌 것은 바로 본인의 이름을 떨쳤던 절기였네."

이 말을 하면서 흐느끼는 목소리로 슬픈 표정을 지었다. 그는 잠시 멈추었다 다시 말했다.

"강호에는 기이한 일들이 많이 일어나는 까닭에 예측하기가 어렵네. 단순히 소문만 듣고 함부로 그 죄를 덮어씌울 수는 없지. 우형이 강남에 온 것은 바로 그 사건의 진상을 규명하기 위해서야."

"진상은 밝혀졌나요?"

교봉이 머리를 가로저었다.

"지금은 말하기 어렵네. 이름이 알려진 지 꽤 오래된 친구였는데 사람됨이 단정하고 성격이 온화해서 모든 일을 행함에 있어 늘 사려가 깊었지. 따라서 아무 이유 없이 모용 공자에게 원한 살 짓을 할 사람은 아니야. 그런 그 친구가 누군가에게 암수를 당했다니 도무지 이해를 할 수가 없네."

단예가 고개를 끄덕이며 생각했다.

'형님이 겉으로는 거칠고 호방한 것 같은데 속은 아주 세심하구나. 곽 선생이나 과언지, 사마림처럼 제대로 조사해보지도 않고 모용 공자를 범인으로 단정 짓지는 않으니 말이야.'

이런 생각을 하다 물었다.

"그럼 내일 아침 형님과 만나기로 한 상대는 또 어떤 사람이죠?"

"그건…."

그가 막 입을 열려고 하는 순간 큰길에서 남루한 장삼을 걸친 걸개 차림의 사내 둘이 질풍같이 달려오자 교봉이 재빨리 말을 끊었다. 경공을 펼치며 순식간에 눈앞에 다가온 두 사람이 일제히 몸을 굽혔다. 그중 하나가 말했다.

"방주께 아뢰웁니다. 저희들이 감시하던 네 명이 대의분타大義分舵에 난입했는데 보통 실력이 아니었습니다. 그자들이 온 의도가 범상치 않다 여긴 장蔣 타주舵主가 그자들한테 당해내지 못할까 두려워 소인에게 대인분타大仁分舵에 원조를 요청하라 명하셨습니다."

단예는 그 두 사람이 교봉을 방주라고 칭하며 극히 공손한 태도를 취하는 것을 보고 생각했다.

'이제 보니 형님이 어느 한 방회幇會의 우두머리였구나.'

그는 절름발이 사내가 주루에서 그에게 형님이라 부르던 상황을 상기하며 사람이 많은 곳에서 방주로 칭하지 않은 건 신분 노출을 피하기 위해서였을 거라 짐작했다.

교봉은 고개를 끄덕이며 물었다.

“어떤 놈들이더냐?”

한 사내가 말했다.

“여자가 세 명에 중년의 사내 하나는 키가 크고 말랐는데 무례하기 짝이 없었습니다.”

교봉은 흥 하고 비웃었다.

“장 타주도 아주 소심해졌군. 상대는 단 한 명뿐인데 그것도 대적하지 못한다는 건가?”

그 사내가 말했다.

“방주께 아룁니다. 여자 세 명도 무공을 아는 것 같았습니다.”

교봉이 픽 웃었다.

“좋아. 내가 가봐야겠다.”

“예!”

두 사내가 만면에 희색을 띠며 일제히 답을 하고는 손을 늘어뜨린 채 교봉 뒤로 물러섰다.

교봉이 단예를 향해 말했다.

“현제, 나와 함께 가겠나?”

“그야 물론이지요!”

두 사내가 앞장을 서더니 1마장쯤 나아가다 왼쪽을 향해 돌아 시골의 구불구불한 밭길로 걸어갔다. 이 일대는 비옥한 밭이 넘쳐나 도처에 물길들이 교차하고 있었다.

수 마장을 나아가다 행자림杏子林을 돌아갔다. 단예가 바라보니 살구꽃이 찬연하게 피어 울긋불긋 붉은 꽃들로 가득한 화려한 경치를 자랑하고 있었다. 그는 생각했다.

'옛 시에 "봄날의 강남은 살구꽃이 만발하고 안개비로 가득하다"고 하더니만 과연 거짓이 아니로구나. 송기宋祁[30]는 자신의 사詞에서 이런 표현을 했지. "살구나무 끝에서 봄이 오는 소리가 시끌벅적하네." 이 글에서 시끌벅적하다는 말은 아주 제대로 쓴 것 같다.'

그때 괴상야릇한 목소리가 살구꽃밭 속에서 들려왔다.

"우리 모용 형제들이 낙양으로 가서 그쪽 방주를 만나고자 했건만 당신네 개방 사람들은 어찌 모조리 무석으로 온 것이오? 일부러 우리를 만나지 않으려고 피하는 것 아니오? 겁이 나서 그랬다면 상관없소. 허나 그게 아니라면 우리 모용 형제들이 헛걸음을 하는 것 아니겠소? 어찌 이런 일이. 정말 어찌 이런 일이 있을 수 있나!"

단예가 그 목소리를 듣자 순간 가슴이 쿵쾅쿵쾅 뛰기 시작했다. 그 사람은 바로 '아니로소이다, 아니로소이다!'를 입에 달고 사는 포삼 선생이 아니던가? 그는 생각했다.

'왕어언과 아주, 아벽도 그를 따라오지 않았었나?'

그리고 이런 생각도 스쳐 지나갔다.

'주 사형이 그랬었어. 개방은 천하제일 방파라고 말이야. 설마 내가 오늘 개방의 방주와 의형제를 맺었단 말인가?'

북방 말투를 쓰는 사람의 목소리가 들려왔다.

"모용 공자께선 폐방敝幇의 교 방주와 사전에 약속을 하신 거요?"

포부동이 말했다.

"약속을 했건 안 했건 마찬가지요. 모용 공자께서 이미 낙양으로 가셨다면 개방의 방주가 자리를 비워 허탕을 치게 만들 수는 없지 않소? 어찌 이런 일이. 정말 어찌 이런 일이 있을 수 있나!"

그 사람이 말했다.

"모용 공자께서 서찰이나 구두로 폐방에 알리셨소?"

포부동이 말했다.

"그걸 내가 어찌 알겠소? 난 모용 공자도 아니고 개방 방주도 아닌데 그걸 어찌 안단 말이오? 그건 이치에 맞지 않는 질문이오. 어찌 이런 일이! 어찌 이런 일이!"

교봉은 안색이 확 굳어져 숲속으로 성큼성큼 걸어들어갔다. 단예 역시 그 뒤를 따라갔다. 행자림 안에는 두 무리가 마주보고 서 있었는데 포부동 뒤에 세 명의 소녀가 서 있었다. 단예의 시선이 그중 한 여랑의 얼굴과 마주치고는 더 이상 꼼짝도 하지 못했다.

그 소녀는 다름 아닌 왕어언이었다.

"어?"

그녀가 깜짝 놀란 얼굴로 말했다.

"공자도 오셨어요?"

단예가 말했다.

"그렇소."

이 말을 하면서 넋이 나가 눈 하나 깜빡이지 않고 그를 주시했다. 왕어언은 양볼을 붉히며 고개를 돌려 생각했다.

'저런 눈으로 날 쳐다보다니 무례하기 짝이 없군.'

그러나 그녀는 단예가 자신을 경모하고 있다는 사실을 알고 있어 속으로는 기쁨을 금할 수 없었기에 화를 내지는 않았다. 그녀 뒤에 서 있던 아주와 아벽 두 소녀가 미소를 지으며 인사를 건넸다.

"단 공자!"

단예는 기쁜 마음에 답례를 했다.

"아주, 아벽 두 누님."

속으로 이 말을 덧붙여 생각했다.

'아벽 누이….'

아벽이 방긋 웃음을 짓고는 얼굴을 붉혔다.

행자림 안의 포부동 맞은편 쪽에는 남루한 옷을 걸친 걸개들 무리가 서 있었다. 그중 맨 앞에 있던 사람이 교봉이 온 것을 보고 매우 기뻐하며 황급히 다가와 영접을 했다. 그 뒤에 있던 개방 무리들 역시 일제히 몸을 굽혀 예를 올리며 큰 소리로 외쳤다.

"방주를 뵈옵니다."

교봉이 포권을 하고 말했다.

"예는 거두시오."

포부동은 여전히 기고만장한 표정으로 말했다.

"음… 이분이 개방의 교 방주신가? 난 포부동이오. 내 이름은 들어보셨을 것이오."

"이제 보니 포삼 선생이셨군요. 재하가 선생의 명성은 익히 들어 알고 있소이다. 실로 영광이오."

"아니로소이다, 아니로소이다! 명성이랄 것까지 뭐 있겠소? 강호의 악명으로 남아 있을 뿐이지. 모두들 나 포부동이 말썽만 일으키고 사람들을 해치는 기괴한 자라고 알고 있으니 말이오. 하하하… 교 방주.

한데 어찌 이리 마음대로 이곳 강남까지 올 수가 있소? 그건 잘못하신 게 아니오?"

개방은 당시 천하제일의 방회였다. 따라서 방주라는 신분은 지극히 우러러 존경받는 위치에 있어 개방의 모든 제자가 방주를 신처럼 받들어 숭배했다. 개방 제자들은 포부동이 자신들의 방주에게 무례한 태도로 대하며 책망하는 말을 내뱉자 분개하지 않는 이가 없었다. 대의분타 장 타주 뒤에 있던 예닐곱 명의 제자들은 칼자루를 움켜쥐거나 주먹을 불끈 쥐며 당장이라도 덤벼들 듯이 꿈틀거렸다.

교봉은 오히려 담담한 어조로 말했다.

"재하가 잘못한 게 무엇인지 포삼 선생께서 가르침을 내려주시오."

"우리 모용 형제들은 당신 교 방주가 평판이 좋은 인물인 데다 개방에 훌륭한 인재들이 많다는 것을 알고 특별히 귀하를 만나기 위해 낙양으로 달려갔소. 한데 방주께선 어찌 아무 통보도 없이 강남에 온 것이오? 허허허… 어찌 이럴 수가. 어찌 이럴 수가!"

교봉이 빙긋 웃었다.

"모용 공자께서 낙양의 폐방에 왕림하셨다는 소식을 재하가 미리 알았다면 정중하게 맞이했을 것이오. 미처 영접을 하지 못한 점에 대해서는 사죄드리겠소."

이 말을 하며 포권으로 예를 올렸다.

단예는 속으로 찬탄을 금치 못했다.

'형님께서는 신분에 걸맞은 말씀을 하시는구나. 과연 일개 방파의 방주다운 풍모가 엿보인다. 만일 형님이 포삼 선생한테 성질이라도 부렸다간 품위를 잃고 말았을 거야.'

뜻밖에도 포부동은 이를 가감 없이 받아들이며 고개를 끄덕였다.
"영접을 하지 못한 죄에 대해서는 사죄함이 타당하지요. 옛말에도 모르는 자에게는 죄를 묻지 않는다 했지만 벌을 가할 권리는 상대에게 있는 것이오."
그는 득의양양한 태도로 말을 하고 있었다. 그때 살구나무 뒤에서 몇 사람 웃음소리가 일제히 허공에 울려퍼지더니 누군가 말했다.
"강남의 포부동이 개방귀 뀌는 소리를 좋아한다더니 과연 명불허전이로구나."
포부동이 말했다.
"소리 나는 방귀는 냄새가 없고 고약한 냄새가 나는 방귀는 소리가 없다더니만 조금 전 소리도 크고 냄새도 고약한 개방귀는 개방육로丐幇六老 솜씨 같구려."
살구나무 뒤에 있던 그자가 말했다.
"개방육로의 명성을 그리도 잘 아는 포부동이 어찌 여기서 헛소리를 지껄여대는 것이냐?"
이 말이 끝나자 곧바로 살구나무 수풀 뒤에서 노인 네 명이 걸어나왔다. 머리와 수염이 온통 흰 사람도 있고 만면에 붉은빛을 띤 사람도 보였는데 하나같이 손에 무기를 들고 네 귀퉁이로 나뉘어 포부동과 왕어언, 아주, 아벽 네 사람을 에워쌌다.
포부동은 개방이 강호 제일의 대방회이며 방내에 고수들이 운집해 있다는 사실을 잘 알고 있었다. 방주인 교봉도 물론 대단한 영웅이기는 하지만 개방육로는 무림에서 더더욱 명망이 높았다. 어릴 때부터 천하에 두려울 것이 없는 오만한 성격을 지닌 포부동도 눈앞에 개방육로 중 사로四老가 나타나 암암리에 자신을 에워싸자 속으로 아차 싶었다.

'큰일 났구나. 큰일 났어. 오늘 이 포삼 선생의 명성이 바닥에 떨어지고 말겠어.'

그러나 겉으로는 두려운 기색을 조금도 나타내지 않았다.

"네 분 노인장들께서 어인 일이시오? 이 포삼과 한판 붙기라도 하실 생각이시오? 나머지 두 노인장들은 어찌 함께 오지 않으셨소? 한쪽에 몰래 매복해 있다가 이 포삼한네 암수를 쓸 생각이신가? 좋소, 좋아. 아주 좋아! 이 포삼이 가장 좋아하는 게 싸움이지."

돌연 반공중에서 누군가의 말소리가 들렸다.

"세상에서 싸움을 가장 좋아하는 게 누구지? 포삼 선생이라고? 아니야, 아니야! 그건 바로 강남 일진풍一陣風 풍파악風波惡이야."

단예가 고개를 들어보자 살구나무 가지 위에 한 사람이 서 있었다. 나뭇가지가 끊임없이 흔들리는 와중에 그 사람은 나뭇가지를 따라 아래위로 몸을 흔들거리고 있었다. 마르고 작은 몸에 나이가 서른두세 살 정도 되어 보이는 자였는데 두 볼은 움푹 패어 있고 쥐꼬리 모양의 수염을 기른 데다 눈썹이 아래로 축 처져 있어 몰골이 무척 추해 보였다. 단예는 생각했다.

'보아하니 저 사람은 아주와 아벽이 말한 풍 넷째 나리인가 보다.'

과연 아벽의 외치는 소리가 들렸다.

"풍 넷째 나리! 공자 소식은 들으셨나요?"

풍파악이 소리쳤다.

"좋아, 오늘 호적수를 만났구나. 아주, 아벽! 공자 얘기는 나중에 해도 늦지 않아."

이 말과 함께 공중제비를 한 번 돌며 내려와서는 북쪽 방향에 있던 작은 키의 뚱뚱한 노인을 향해 덮쳐갔다.

그 노인은 손에 쥐고 있던 강철 지팡이를 신속무비하게 앞으로 뻗어내 풍파악의 아랫배를 찍어갔다. 거위알만 한 굵기의 이 강철 지팡이는 앞으로 뻗어낼 때 강한 바람을 일으키는 기세를 지녀 심히 위협적이었다. 풍파악이 몸을 수직으로 날리며 손을 뻗어내 강철 지팡이를 빼앗으려 했지만 노인은 손목을 움찔하며 강철 지팡이를 뒤집어 세워 오히려 그의 가슴을 향해 찍어갔다. 풍파악이 외쳤다.

"훌륭하군!"

이 말을 내뱉으며 별안간 몸을 낮춰 상대의 옆구리를 움켜쥐려 했다. 키 작은 노인은 강철 지팡이로 이미 그의 외문外門[31]을 공격해 들어가고 있어 적이 몸을 낮춰 가까이 접근해오는 것을 봤지만 지팡이로 막아내기에는 한발 늦은 상황이었다. 그는 대뜸 발을 뻗어 풍파악의 옆구리를 향해 걷어찼다.

풍파악은 몸을 비스듬히 날려 노인의 발길질을 피하는가 싶더니 돌연 동쪽에 있던 홍안의 노인을 향해 덮쳐갔다. 백광을 번뜩이며 손에 이미 단도 한 자루를 쥐어든 그는 단도를 휘둘러 횡으로 베어가고 있었다. 이때 홍안의 노인은 손에 귀두도鬼頭刀를 들고 있었는데 이 귀두도는 두꺼운 칼등과 얇은 날의 도신이 매우 긴 칼이었다. 그는 풍파악이 단도를 휘둘러 베어오는 것을 보고 귀두도를 곧추세워 도로 도를 막으며 상대의 칼날 위를 강하게 부딪쳐갔다. 풍파악이 소리쳤다.

"무기가 보통이 아니로구나. 너와는 상대하지 않겠다."

이 말과 동시에 1장 뒤로 물러섰다가는 곧바로 손을 들어 다시 일도를 휘두르며 남쪽의 흰 수염 노인을 향해 베어갔다.

흰 수염 노인은 오른손에 철간鐵鐧을 쥐고 있었는데 이 철간은 톱니로 뒤덮여 있어 적의 병기를 낚아채는 데 사용할 수 있는 무기였다. 그는 풍파악이 자신을 향해 단도를 휘둘러 베어오고 있었지만 홍안의 노인이 아직 귀두도를 거두어들이지 않은 것을 보고 자신이 나서서 상대한다면 앞뒤에서 협공을 펼치는 꼴이 될 것이라 생각했다. 그는 체면을 지키고자 2대 1의 싸움을 원치 않아 곧바로 몸을 날려 그의 일초를 피했다.

그러나 호전적인 성격의 풍파악은 싸움이 화려하면 화려할수록 짜릿함만 느낄 뿐 누가 이기고 지는가에 대해서 따지는 사람이 아니었다. 더구나 무림에서 대결을 펼칠 때 적용되는 갖가지 규율 따위를 제대로 지키는 법이 없었다. 그 때문에 몸을 날려 물러난 흰 수염 노인의 행동은 누가 봐도 양보의 의미였지만 풍파악은 이런 무림의 예의에 대해 전혀 개의치 않고 오히려 뒤로 물러나면서 생긴 빈틈을 타서 그를 향해 휙휙휙휙 연이어 네 번의 초식으로 베어나갔다. 이는 지극히 공격적인 초식이라 그 기세는 거센 바람처럼 신속하기 그지없었다.

흰 수염 노인은 그가 자신이 양보한 틈을 타서 공격해오리라고는 생각지도 못했다. 이는 대단히 도리에 어긋한 행동이었기 때문이다. 그는 재빨리 철간을 휘둘러 막아내고 이어서 뒤로 네 걸음 물러선 뒤에야 안정을 찾을 수 있었다. 이때 그는 살구나무 한 그루에 등을 기대고 있어 더 이상 물러날 곳이 없었다. 그는 철간을 횡으로 휙 휘둘러쳤다. 이는 수비에서 공격으로 전환하는 비장의 무기 중 하나였다. 그런데 풍파악이 오히려 호통을 쳤다.

"한 번 더 날려봐라!"

뜻밖에도 이 말을 하며 막을 생각도 안 하고 뒤로 물러나더니 단도를 들고 춤을 추듯 원을 그려 개방의 네 번째 장로를 향해 빙글 돌며 베어갔다. 흰 수염 노인은 모처럼 철간을 휘둘렀지만 적이 멀찌감치 물러나자 연신 화를 내며 흰 수염만 휘날릴 뿐이었다.

유난히 긴 두 팔을 가진 네 번째 장로는 왼손에 연질軟質의 무기를 들고 있었다. 그는 풍파악이 공격해오는 것을 보고 왼팔을 들어 무기를 펼쳐냈는데 놀랍게도 그건 쌀을 담을 때 쓰는 마대 자루였다. 그가 마대를 펼쳐내자 마대에 바람이 들어가 부풀어오르면서 주둥이가 벌어졌다. 그는 난데없이 풍파악의 머리를 향해 마대 자루를 덮어씌워 나갔다.

풍파악이 놀랍고도 재미있어하며 외쳤다.

"훌륭하군, 훌륭해! 내가 상대해주지!"

그가 평생 가장 즐기는 것이 싸움이었다. 상대가 기괴한 무공을 지녔거나 기이한 병기를 가지고 있다면 더욱 기뻐서 어쩔 줄 몰라 했다. 마치 유람을 즐기는 사람이 기이한 산과 커다란 냇물을 보고 싶어 하거나, 아니면 미식가가 신비한 맛을 맛보려 하는 이치와도 같았다. 그런 그 앞에서 상대가 조잡한 마대 자루를 무기로 삼아 덤비고 있지 않은가?

그는 그런 무기를 평생 처음 상대하는 데다 들어본 적도 없던 터라 기쁘기 이를 데 없었지만 속으로는 경계심을 풀지 않고 아주 조심스럽게 칼끝으로 찔러나갔다. 칼로 마대 자루가 베어지는지 시험해본 것이다. 긴 팔 노인은 갑자기 마대 자루를 오른손으로 옮겨 잡더니 왼팔을 한 바퀴 빙글 돌려 주먹으로 그의 얼굴을 향해 가격해나갔다.

풍파악은 고개를 쳐들어 피하며 칼을 뒤집어 잡아 그의 사타구니를 추켜올려 베려 했다. 그런데 긴 팔 노인이 고명하기 이를 데 없는 통비권通臂拳 무공을 연성했을 줄 어찌 알았겠는가? 이 일권은 마치 주먹의 힘을 극대화한 듯했다. 더구나 그 힘이 극대화된 곳에 다시 새로운 힘을 만들어내면서 그의 주먹은 그의 반 척 앞까지 뻗어져 나왔다. 다행히 풍파악은 평생 싸움을 좋아해 크고 작은 싸움을 수천 번이나 경험해왔던 터라 임기응변에 능했고 언제나 당대에는 2인자가 되지 않겠다고 결심한 사람이었다. 그는 급한 김에 입을 크게 벌려 그의 주먹을 깨물어버리려 했다. 긴 팔 노인은 이 일권으로 그의 이빨을 몇 대 부러뜨리겠다는 생각만 하고 있었다. 그러나 뜻밖에도 주먹이 그의 입 주변에 도달하려는 순간 허연 이빨을 드러낸 그의 입이 깨물어오고 있는 것이 아닌가? 그가 재빨리 손을 거두었지만 이미 한발 늦은 뒤였다.

"윽!"

비명 소리가 울려퍼지며 긴 팔 노인은 풍파악의 이빨에 손가락 뿌리 부위를 물려 피가 분수처럼 뿜어져 나왔다. 옆에서 지켜보던 사람 중 어떤 이들은 욕을 퍼부어대고 어떤 이들은 깔깔대고 박장대소를 했다.

포부동이 아주 점잖은 목소리로 말했다.

"넷째 아우, 자네의 여동빈교구呂洞賓郊狗 초식은 정말 명불허전이네. 과연 입신의 경지에 이르도록 연마를 했구먼. 자네가 10년이란 세월

동안 고생하며 연마한 무공이 과연 헛되지 않았어. 백구白狗와 흑구黑狗, 화구花狗[32] 1천 8백 마리를 물어 죽인 덕에 비로소 오늘의 이런 결과물이 나온 것이 아닌가?"

왕어언과 아주, 아벽이 모두 웃기 시작했다.

단예 역시 웃으며 말했다.

"왕 낭자, 낭자는 천하 무학에 대해 모르는 바가 없지 않소? 저 사람의 깨무는 무공은 어느 문파에 속하는 것이오?"

왕어언이 연신 웃음을 참지 못했다.

"저건 풍 넷째 오라버니의 독문 비급이라 전 잘 몰라요."

포부동이 말했다.

"모른다고? 하하… 그야 견문이 좁아 그런 것이오. 여동빈교구대구식呂洞賓郊狗大九式은 매 일식마다 정正과 반反 여덟 종의 교법咬法이 있소. 8, 9는 72이니 합이 72가지의 교법이지. 이는 보통 심후한 무공이 아니오."

단예는 왕어언이 포부동의 그런 터무니없는 헛소리에 즐거워하는 모습을 보고 그 말에 이어 우스갯소리 몇 마디를 하려다 갑자기 이런 생각이 들었다.

'저 긴 팔 노인은 교 대형의 수하인데 내가 어찌 그를 비웃을 수 있겠는가?'

이런 생각에 재빨리 입을 닫아버렸다.

이때 어디선가 바람을 가르는 소리가 들려왔다. 긴 팔 노인이 마대 자루를 쥐고 춤추는 듯 흔들어대며 누런 그림자 뭉치로 다가오는데 마대 자루로 풍파악을 뒤집어씌우려 하는 것 같았다. 그러나 풍파악의

도법은 정묘하기 이를 데 없어 차단과 공격을 반복하면서 번번이 막아냈다. 다만 마대를 이용한 초식은 아직 본 적이 없었고 이미 뜨거운 맛을 봤던 통비권에 대해서는 여동빈교구 일초로 요행히 위기를 모면하긴 했지만 한번 깨문 이상 더 이상 깨물 수도 없었던 데다 사실 교구대구식 72교란 초식이 존재하지 않았기에 한 치의 소홀함도 있을 수 없었다.

교봉은 풍파악이 개방사로 중 하나인 장비수長臂叟 진陳 장로와 백여 초를 겨루면서도 패하지 않고 끝까지 버티는 뜻밖의 상황을 보고 의아한 생각과 함께 모용 공자를 한층 더 높이 평가하게 됐다. 이때, 개방의 나머지 세 장로는 각자 한쪽에 물러서서 정신을 집중해 싸움을 관전했다.

아벽은 풍파악이 계속되는 싸움에도 승부를 내지 못하자 근심 어린 표정으로 왕어언에게 물었다.

"왕 낭자, 저 긴 팔 노선생이 마대를 사용하는데 저게 무슨 무공이죠?"

왕어언이 미간을 찡그렸다.

"저 무공은 서책 안에서 보지 못했던 거야. 그의 권각은 통비권인데 저 마대를 사용한 수법은 대별산大別山 회타연편십삼식廻打軟鞭十三式의 내력이 있는 것 같기도 하고 호북湖北 완가阮家의 팔십일로八十一路 삼절곤三節棍 형식도 섞여 있는 것 같아. 내가 볼 땐 저 마대 무공은 스스로 만들어낸 것일 거야."

그녀가 결코 큰 소리로 내뱉은 말은 아니었지만 장비수 귀에는 '대별산 회타연편십삼식'과 '호북 완가의 팔십일로 삼절곤'이란 명칭이 마치 천둥처럼 큰 소리로 들려왔다. 그는 원래 호북 완가의 자제로 가

전 무공이 삼절곤이었으나, 후에 가문의 웃어른을 살해하는 대죄를 범해 성과 이름을 바꾸고 강호를 유랑하게 됐다. 그 후로 삼절곤을 버리고 다신 사용하지 않았으며 통비권과 연편 무공을 새로 연마하게 되면서 더 이상 자신의 진면목을 아는 사람이 없었다. 어린 시절 배운 무공을 모두 버리려고 애써왔건만 이렇게 격렬한 싸움을 벌이는 동안 과거에 연마한 무공 초식이 자연스럽게 드러나리라고는 생각지도 못했기에 깜짝 놀랄 수밖에 없었다.

'저 계집이 어찌 내 내력을 아는 거지?'

그는 자신이 수십 년을 숨겨온 옛일을 그녀가 알고 있다고 짐작해 정신이 분산되기에 이르렀고 결국 풍파악이 펼친 연이은 도초를 당해내지 못하는 형세로 이어지게 됐다.

그가 연이어 세 걸음을 물러서며 몸을 비틀어 피하자 곧바로 풍파악이 칼을 휘둘러 베어왔다. 그는 즉각 왼발을 날려 그의 오른 손목 위를 향해 걷어찼다. 풍파악은 단도를 사선으로 내리치며 날아오는 그의 왼발을 베려 했지만 장비수는 곧이어 오른발을 걷어차 원앙연환 초식을 펼쳐내며 몸을 날려 반공중으로 훌쩍 뛰어올라갔다. 풍파악은 그가 고령의 나이에도 불구하고 젊은이 못지않은 뛰어난 솜씨를 발휘하자 자기도 모르게 갈채를 보냈다.

"좋았어!"

그는 왼손으로 휙 하고 일권을 내질러 그의 무릎을 향해 가격해갔다. 그때 장비수는 몸이 허공에 있어 신형을 이동하기 어려운 상태였다. 풍파악의 일권이 제대로 적중된다면 무릎이 박살나지는 않더라도 다리뼈가 부러지고 말 상황이었다.

그러나 풍파악의 일권이 그의 무릎에 가까워지는데도 불구하고 상대는 여전히 변초를 하지 않고 있었다. 순간 바람 소리가 거세지면서 상대 수중에 있던 마대 자루가 큰 입을 벌리며 자신의 머리를 덮쳐오고 있었다. 그는 그 일권으로 장비수의 다리뼈를 부러뜨릴 수도 있었지만 자신의 커다란 머리가 상대의 마대 자루 안으로 들어가버리게 생겼으니 이런 망신이 또 어디 있겠는가? 그는 앞으로 내지르던 일권을 재빨리 횡으로 쓸어버리며 마대 자루를 뿌리치려 했다. 장비수가 오른손을 살짝 비틀자 마대 자루 입구가 돌아가며 그의 주먹을 감싸버렸다.

마대 자루의 큰 주둥이와 풍파악의 작은 주먹은 워낙 크기가 달라 감싸기는 쉬웠지만 단단히 묶어둘 수는 없었다. 풍파악이 손을 움츠리며 마대 자루 안에서 손을 빼내는 순간 손등에서 가느다란 침에 찔리는 듯한 통증이 느껴졌다. 눈을 내리깔고 바라보던 풍파악은 깜짝 놀라지 않을 수 없었다. 아주 작은 전갈 한 마리가 자신의 손등을 마구 찔러대고 있는 것이 아닌가? 이 전갈은 보통 전갈보다 크기가 작았지만 오색찬란한 빛 때문에 보기만 해도 무시무시하게 느껴졌다. 풍파악은 상황이 심상치 않다 여기고 힘껏 손을 휘저어 떼어버리려 했다. 그러나 전갈 꼬리가 그의 손등에 견고하게 달라붙어 있어 아무리 손을 휘저어도 떨어질 줄을 몰랐다.

풍파악은 황급히 왼손을 뒤집어 자신의 손등을 오른쪽 단도 칼등에 내리찍었다.

"찍!"

가벼운 소리와 함께 오색의 전갈이 문드러져버렸다. 그러나 장비수가 마대 안에 넣어둔 전갈이 밖으로 나왔다는 것은 결코 상서로운 징조일 리가 없었다. 평범한 개방 제자들이 사용하는 독도 무시무시하기 짝이 없건만 하물며 개방의 육대장로 중 하나가 쓰는 독은 오죽하겠는가? 그는 곧 1장가량 물러나 품 안에 있던 해독환을 한 알 꺼내 입에 넣어 삼켰다.

장비수는 더 이상 추격하지 않고 마대 자루를 거둬들인 후 왕어언을 아래위로 계속 훑으며 곰곰이 생각했다.

'저 계집은 내가 호북의 완가 사람이란 걸 어찌 안 거지?'

포부동이 걱정스러운 표정으로 다급하게 물었다.

"넷째 아우, 좀 어떤가?"

풍파악은 왼손을 들어 두 번 휘둘러보더니 별다른 이상이 없다고 느끼자 이해할 수 없다는 표정을 지었다.

'마대 안에 몰래 오색 전갈을 숨겨놓았다면 절대 이상이 없을 수가 없는데….'

이런 생각을 하고 말했다.

"별일 없…."

말이 채 끝나기도 전에 풍파악은 느닷없이 꽈당 하고 앞으로 고꾸라져버렸다. 포부동이 황급히 부축하며 연이어 물었다.

"어찌 이러나? 어찌 이러는 거야?"

그러나 그의 얼굴 근육은 이미 뻣뻣하게 굳어 억지웃음을 짓는 듯한 표정으로 변해버린 상태였다.

포부동이 대경실색하며 재빨리 그의 왼쪽 손목과 팔꿈치, 어깨 세 곳 관절 내의 여섯 혈도를 찍어 독기가 퍼져올라가는 것을 막았다. 그러나 오색 전갈의 독성이 이토록 빠른 속도로 퍼질지 누가 알았으랴! 이 독이 견혈봉후는 아니었지만 반응속도가 지극히 빨라 일반 독사의 독보다 발작이 훨씬 빨랐다.

"아! 아…."

풍파악이 입을 벌리고 무슨 말을 하려 했지만 알 수 없는 소리만 몇 번 내뱉을 뿐이었다. 포부동은 독성이 너무 강해 치료할 방법이 없다 여기자 분노를 참지 못하고 대갈일성을 내지르며 장비수를 향해 덮쳐갔다.

손에 강철 지팡이를 쥔 작은 키의 뚱뚱한 노인이 소리쳤다.

"차륜전車輪戰[33]을 펼치겠다는 것이냐? 이 왜동과矮冬瓜가 이곳 소주 영웅호걸들을 상대해주마."

말이 끝나기가 무섭게 그는 강철 지팡이를 내뻗어 포부동을 향해 찍어갔다. 그는 그 무거운 병기를 쓰면서도 마치 장검을 휘두르듯 날쌔고 기민한 동작으로 초식을 날려갔다. 포부동은 분노와 근심으로 가득 차 있기는 했지만 상대가 워낙 고강한 내공을 지녔다 여겨 감히 소홀히 할 수 없었다. 다만 이 키 작은 장로를 사로잡아 장비수에게 풍 넷째 아우를 치료할 해약을 내놓으라고 협박하겠다는 생각뿐이었다. 그는 곧바로 금나수擒拿手를 펼쳐 강철 지팡이의 빈틈을 뚫고 기습을 가했다.

아주와 아벽은 풍파악의 양편에 서서 눈물을 글썽이며 부르짖었다.

"풍 넷째 나리! 풍 넷째 나리!"

왕어언은 독을 쓰거나 치료하는 요결에 대해서는 문외한이었다. 그녀는 속으로 크게 후회했다.

'내가 본 무학 서적 중에는 치독治毒 요령에 대해 언급한 것들이 적지 않았다. 하지만 난 굳이 쓸데가 없다 생각하고 거들떠보지도 않았잖아? 그때 몇 번 훑어만 봤어도 웬만큼은 기억이 나서 이렇게 풍 넷째 오라버니가 비명에 죽어가는 모습을 속수무책으로 바라만 보고 있지는 않았을 텐데….'

포부동과 키 작은 장로의 대결 양상이 막상막하인 것을 본 교봉은 두 사람의 대결이 단시간 안에 승부가 날 것 같지 않자 장비수를 향해 말했다.

"진 장로, 저 풍 대협에게 해약을 내주시오."

장비수 진 장로는 어리둥절해하며 말했다.

"방주, 저자는 무례하기 짝이 없는 데다 무공 또한 범상치 않아 살려뒀다가는 후환이 생길 것입니다."

교봉이 고개를 끄덕이며 말했다.

"맞는 말이긴 하지만 우린 아직 저들의 주인 얼굴조차 보지 못했소. 한데 그의 수하를 먼저 해친다면 약한 자를 능욕했다는 혐의를 벗지 못하게 될 것이오. 우리 입장을 확고히 하는 것이 우선이니 당장은 도리를 지켜야만 하오."

진 장로가 화를 버럭 내며 말했다.

"마 부방주는 모용씨 그 자식한테 당한 게 확실합니다. 원수를 갚아도 모자랄 판에 어찌 인의와 도리를 따질 수 있습니까?"

교봉은 얼굴에 불쾌한 기색을 내비쳤다.

"우선 해독부터 해주시오. 나머지 문제는 천천히 이야기해도 늦지 않소."

진 장로는 속으로 전혀 내키지 않았지만 감히 방주의 명을 거역할 순 없었다.

"네!"

그는 품속에서 작은 병 하나를 꺼내 몇 걸음 걸어가 아주와 아벽을 향해 말했다.

"우리 방주께서는 인의를 중히 여기시는 분이오. 이게 해약이니 가져가시오."

아벽이 크게 기뻐하며 황급히 앞으로 나아가 먼저 교봉을 향해 공손하게 예를 올리고 다시 진 장로에게 두 손 모아 절하며 말했다.

"고맙습니다, 교 방주! 고맙습니다, 진 장로!"

그녀는 그 병을 받아들고 물었다.

"그런데 진 장로! 이 해약은 어떻게 써야 합니까?"

진 장로가 말했다.

"상처 부위 안의 독액을 모두 빨아낸 후에 해약을 바르시오."

이 말을 하고 잠시 쉬었다 다시 말했다.

"독액을 모두 빼내지 않고 해약을 바르면 오히려 백해무익이니 꼭 주지하시오."

아벽이 말했다.

"네!"

그러고는 풍파악에게 다가가 그의 손을 들어 입을 대고 그의 손등에 난 상처 속의 독액을 빨아내려 했다.

진 장로가 큰 소리로 호통을 쳤다.

"잠깐!"

아벽이 깜짝 놀라 물었다.

"왜요?"

진 장로가 말했다.

"여자가 빨아내면 아니 되오!"

아벽이 얼굴을 살짝 붉히며 말했다.

"여자가 왜요?"

진 장로가 말했다.

"그 전갈 독은 음한陰寒의 독이오. 여자는 본성이 음한데 음에다 다시 음을 더하면 독성이 더욱 강해질 수 있소."

아벽과 아주, 왕어언 세 사람 모두 반신반의했다. 그 말에 이상한 점이 있긴 했지만 전혀 이치에 어긋난다고 할 수 없었기 때문이다. 만일 정말 독이 강해지기라도 한다면 예기치 못한 일이 발생할 수도 있었다. 자기 쪽에서 남은 남자라고는 포부동뿐이었지만 그는 아직까지 키 작은 노인과 격투를 벌이고 있었다. 그것도 지팡이 그림자가 난무하고 장풍이 이리저리 휘날리는 것으로 보아 일순간에 싸움이 끝날 것 같지는 않았다. 그때 아주가 소리쳤다.

"포삼 오라버니, 잠시만 싸움을 멈추시고 와서 풍 넷째 나리부터 좀 구해주세요."

그러나 포부동의 무공 실력은 키 작은 노인과 백중세였기에 일단 교전이 벌어진 이상 수 초 내에 빠져나오는 것이 쉽지 않았다. 고수들의 비무는 매 일초가 생사와 연루되어 있기에 만약 누구든 진퇴가 자유로울 수 있다면 마음대로 상대의 목숨을 취할 수도 있다는 뜻이 된다. 그런데 이런 백중세인 상황에 어찌 오고 싶다고 오고, 가고 싶다고

갈 수 있겠는가? 포부동은 아주의 외침 소리에 풍파악의 상세에 변화가 있음을 알고 조급한 마음이 앞서 서둘러 몇 초를 공격하며 자신을 붙잡고 늘어지는 키 작은 노인을 떨쳐버리려 애썼다.

키 작은 노인은 포부동과 이미 백초가 넘는 격투를 벌이고 있었다. 여전히 막상막하인 형국이 계속됐지만 자신은 극강의 위력을 지닌 길고 큰 병기를 지녔고 상대는 빈손이었기에 강약은 분명히 드러난 셈이었다. 키 작은 노인은 강철 지팡이를 춤추듯 휘두르며 연이어 공격을 펼쳐냈지만 포부동에게 일일이 막혀버리자 이대로 더 싸우다가는 패배만 있을 뿐 이기기 힘들겠다는 생각이 들었다. 그는 포부동의 공세가 점차 왕성해지자 그가 끝장을 보려 한다는 것임을 알고 전력을 다해 반격하기 시작했다. 개방사로는 무공에 있어 각자 독자적인 비기秘器가 있었다. 청성파의 제보곤과 사마림, 진가채의 요백당 등은 담소를 나누는 사이에 포부동이 간단히 쫓아낼 수 있었지만 이 키 작은 노인은 확실히 상대하기가 쉽지 않았다. 지금까지는 포부동이 우위를 점하고 있었지만 일초 반식조차 제대로 이기는 게 매우 힘들었던 것이다.

왕어언 등 세 소녀가 당황한 기색을 띠는 모습을 본 교봉은 진 장로가 키우는 오색 전갈의 독성이 무섭다는 건 알았지만 '여자가 독을 빨아내면 안 된다'는 말이 사실인지에 대해서는 알 수 없었다. 그가 수하들에게 적을 공격하라 명하면 상황이 백배 천배 더 흉흉해지더라도 이를 감히 원망할 사람은 없었겠지만 죽음을 자초하는 위험을 감수하고 적의 독을 빨아 구하라는 명은 어찌 됐건 자신의 입으로 내뱉을 수 없었기에 직접 나서서 말했다.

"내가 풍 대협의 독을 빨아내겠소."

이 말을 하면서 풍파악 곁으로 다가갔다.

단예는 수심에 찬 왕어언의 얼굴을 보고 풍파악 손등의 독액을 빨아낼 생각을 하고 있었지만 자신의 결의형제인 교봉 앞에서 자신이 나서서 그의 적을 구한다면 금란지의金蘭之義를 저버리는 것이라 생각했다. 교봉이 비록 진 장로에게 해약을 꺼내라고 명하긴 했지만 그게 진심인지 아닌지는 알 수가 없었다. 그런데 교봉이 풍파악 곁으로 다가가 진심으로 그의 독을 제거하려 하는 것을 보자 재빨리 나서서 말했다.

"형님, 소제가 빨아내겠습니다."

이 말을 하며 한 걸음 성큼 내딛자 자연스럽게 능파미보 보법이 펼쳐지면서 신형이 비스듬히 기울며 순식간에 교봉 앞으로 끼어들어갈 수 있었다. 그는 풍파악의 왼손을 움켜쥐고 입을 벌려 그의 손등에 있는 상처 부위에 대고 독을 빨아내기 시작했다.

이때 풍파악의 한 손은 이미 검은빛으로 물들어 있었고, 크게 뜬 두 눈의 눈꺼풀 근육이 빳빳하게 굳어버려 눈도 감지 못하고 있었다. 단예는 독혈을 한 모금 빨아 땅바닥에 뱉어냈다. 사람들은 마치 먹물처럼 검은빛을 띠고 있는 독혈을 보자 놀라움을 감추지 못했다. 단예가 다시 한번 빨아내려는 순간 상처 부위에서 검은색 피가 콸콸 쏟아져 나오는 게 보였다. 그는 잠시 멍하니 있다 생각했다.

'이 검은색 피가 다 나올 때까지 기다렸다 다시 빨아내야겠다.'

그는 자신이 만독의 왕인 망고주합을 먹어 그 어떤 독물에도 내성이 생겼으며 오색 전갈의 독 역시 예외는 아니라 처음 빨아낼 때 이미 모두 흘러나왔다는 사실을 모르고 있었다. 갑자기 풍파악이 몸을 꿈틀대며 말했다.

"고맙소…."

아주를 비롯한 세 사람 모두 기뻐서 어쩔 줄을 몰랐다.

아벽이 말했다.

"넷째 나리, 이제 말을 할 수 있으시네요."

이 말을 하며 속으로 감격한 나머지 단예를 향해 나지막이 말했다.

"오라버니… 감사드립니다."

검은색 피는 점차 엷어지면서 천천히 자줏빛으로 변했다. 다시 한참을 흐르다 자줏빛 피는 진홍색으로 변했다. 아벽이 황급히 풍파악에게 해약을 발라주자 교봉은 손을 뻗어 그의 혈도를 풀어주었다. 잠깐 사이에 커다랗게 부어오른 풍파악의 손등은 감쪽같이 회복됐고 말이나 행동 역시 정상을 되찾았다.

풍파악은 단예를 향해 깊이 읍을 했다.

"목숨을 구해주신 은혜에 깊이 감사드리겠소. 공자."

단예는 황급히 답례를 했다.

"별일 아니니 그러실 필요 없소."

풍파악이 껄껄 웃었다.

"내 목숨이 공자에겐 별일 아니지만 저한테는 큰일이오."

그는 아벽 손에 있던 작은 병을 받아들고 진 장로를 향해 던지며 말했다.

"당신 해약은 돌려주겠소."

그러고는 교봉을 향해 포권을 했다.

"교 방주께서 이토록 인의가 남다르시다니 무림 제일방의 우두머리로서 손색이 없소이다. 이 풍파악이 탄복해 마지않소."

교봉은 포권으로 답례를 했다.

"별말씀을 다 하시오!"

풍파악은 단도를 집어들고 왼손으로 진 장로를 가리키며 말했다.

"오늘은 내가 당신한테 졌소. 풍파악이 패배를 인정할 테니 다음에 또 만나면 다시 싸워봅시다. 오늘은 그만하겠소."

진 장로가 빙긋 웃었다.

"언제든 상대해주겠소."

풍파악이 몸을 비스듬히 돌려 손에 철간을 쥔 장로를 향해 말했다.

"귀하의 고명한 가르침을 받고 싶소."

아주와 아벽은 깜짝 놀라 일제히 소리쳤다.

"넷째 나리, 안 됩니다. 아직 몸도 회복되지 않으셨어요."

풍파악이 소리쳤다.

"싸움을 앞에 두고 싸우지 않는다면 사람이라고 할 수 없지."

그는 단도를 획획 휘두르며 앞으로 나아가 이미 철간을 든 장로를 향해 베고 있었다.

흰 눈썹에 흰 수염의 철간을 든 장로는 강호에서 수십 년 동안 명성을 떨쳐왔기에 이미 수많은 강호 인물을 경험해봤던 터였다. 하지만 풍파악은 조금 전까지만 해도 거의 죽음에 이른 사람이었는데 어찌 눈 깜짝할 사이에 다시 팔팔하게 되살아나 이토록 흉악하게 죽일 듯 달려들 수 있단 말인가! 이는 실로 드문 일이라 그 역시 아연실색하지 않을 수 없었다. 그의 철간 기술은 워낙 변화무쌍해서 치고, 때리고, 쓸고, 찌르는 방법 외에 적의 병기를 낚아채는 기이한 수법도 있었지만 순간 겁을 먹고 공력이 극히 감소되면서 상대 공격을 막기에 급급했을 뿐 반격할 힘이 없었다.

교봉은 눈살을 찌푸렸다.

'풍가 저 친구가 사리분별을 모르는구나. 우리 단 현제가 호의를 베풀어 목숨을 구해줬건만 어찌 시비곡직是非曲直을 불문하고 또다시 함부로 날뛴단 말인가?'

그때 포부동과 풍파악 두 사람 모두 싸움에서 우위를 점하고 있었지만 단시간 내에 승부가 갈릴 것처럼 보이지는 않았다. 고수들 간의 비무는 수시로 변화하기 때문에 일초 일식을 제대로 펼쳐내거나 혹은 상대가 순간 방심하기라도 한다면 열세에 처해 있던 자라도 곧 패국을 뒤집을 수 있었다. 따라서 대결 중인 네 사람은 여전히 한 치의 방심도 할 수 없었고 이를 지켜보는 사람들 역시 정신을 집중해 지켜봐야만 했다.

그때 갑자기 동쪽 편에서 적지 않은 사람들이 빠른 걸음으로 달려오고, 뒤이어 북쪽에서도 더 많은 사람이 다가오는 소리가 단예 귀에 들렸다. 단예는 교봉을 향해 나지막이 말했다.

"형님, 사람들이 몰려오고 있습니다."

교봉 역시 벌써 그 소리를 듣고 고개를 끄덕이며 생각했다.

'필시 모용 공자가 매복해놓은 인마人馬들일 것이다. 이제 보니 저 포가와 풍가 두 사람을 먼저 보내 우리를 붙잡아두고 그다음 대규모 무리를 한꺼번에 보내 공격하려는 계략이었어.'

이런 생각이 들자 암암리에 명을 전해 일부 수하들을 먼저 서쪽과 남쪽으로 각각 철수토록 하고 자신과 네 장로, 장 타주는 후방을 차단하기로 했다. 그러나 갑자기 서쪽과 남쪽에서 동시에 소란스러운 발소리가 들려왔다. 아니, 사방팔방에서 모두 적이 들이닥쳤다.

교봉은 나지막이 말했다.

"장 타주, 남쪽 적들의 힘이 가장 약하니 내가 잠시 후에 손짓을 하면 곧장 형제들을 이끌고 남쪽으로 후퇴하게."

장 타주가 답했다.

"예!"

바로 그때 동쪽 살구나무 뒤에서 50~60명 정도 되는 사람들이 달려나왔는데 하나같이 남루한 옷차림에 봉두난발을 하고 있었다. 손에 병기를 쥐거나 깨진 사발과 대나무 지팡이를 들고 있는 것으로 보아 모두들 개방의 일원이었다. 이어서 북쪽에서도 80~90명의 개방 제자들이 걸어나왔다. 이들은 모두 심각한 표정으로 교봉을 보고도 예를 올리지 않았고 오히려 은연중 적의를 품고 있는 듯했다.

포부동과 풍파악은 별안간 수많은 개방 제자가 나타난 것을 보고 깜짝 놀라 같은 생각을 했다.

'왕 낭자와 아주, 아벽 세 사람을 데리고 어찌 빠져나가지?'

그러나 이 상황에서 가장 놀란 사람은 다름 아닌 교봉이었다. 저들은 모두 개방의 제자들로 평소 자신에게 최선의 경의를 표하고 멀리서 보기만 해도 달려와 예를 올리지 않았던가! 그런데 어째서 오늘은 갑자기 나타나 '방주!' 하고 자신을 부르는 소리조차 하질 않는 것일까? 그가 이런 의혹을 느끼고 있을 때 서쪽과 남쪽에서도 수십 명의 제자가 달려나오는 모습이 보였다. 얼마 있지 않아 행자림 안의 공터가 가득 찼지만 방내의 수뇌 인물들은 앞서 당도한 사대장로와 장 타주 외에는 하나도 없었다. 교봉은 점점 더 놀라움을 금치 못해 손바닥 안에 식은땀이 고이기 시작했다. 그는 여태껏 최강, 최악의 적을 만났다 해도 이처럼 경악한 적은 없었기에 속으로 이런 생각을 할 뿐이었다.

'혹시 개방에 내란이 일어난 것인가? 전공傳功과 집법執法 두 장로와 분타 타주들이 모두 독수를 당했단 말인가?'

포부동과 풍파악은 두 장로와 여전히 격진을 벌이고 있었고 왕어언 등은 한쪽에서 또 다른 외부인들을 마주하고 아무 말도 못하고 서 있었다.

진 장로가 갑자기 고성을 지르며 외쳤다.

"타구진打狗陣을 펼쳐라!"

동서남북 사면의 개방 제자들 중 각 방향에서 모두 각기 다른 10여 명에서 20여 명의 인원들이 달려나왔다. 이들은 각자 무기를 들고 포부동과 키 작은 장로 등 네 명을 에워쌌다.

포부동은 개방 사람들이 순식간에 포진해오는 것을 보자 억지로 뚫고 나간다면 자신은 가까스로 몸을 피할 수 있을지 모르지만 중독된 후 아직 원기가 회복되지 않은 풍파악은 최소한 중상을 입게 될 것이며, 왕어언 등 세 사람은 도저히 구해내기 힘들 것 같다는 생각이 들었다. 상황이 이리됐으니 당장 손을 놓고 패배를 인정하는 게 상책이었다. 개방 무리들이 한꺼번에 공격을 하면 두 사람은 중과부적으로 인해 할 수 없이 패배를 인정하는 셈이 될 테니, 그리하면 적어도 명성에 손상이 가는 일은 피할 수 있었기 때문이다. 그러나 포부동은 고집불

통이라 보통 사람들이 당연하다고 여기는 일에 대해 기어코 그 도리에 반대되는 행동을 해야 직성이 풀렸다. 풍파악은 오히려 싸움을 목숨보다 좋아하는 성격이라 싸울 수 있는 기회만 있다면 이기든 지든, 결과적으로 누가 살든 죽든, 또 누가 옳고 그르든 간에 끝까지 격전을 치러야 속이 풀렸다. 그때문에 강자와 약자의 형세가 이미 분명해진 상황에서도 포부동과 풍파악 두 사람은 여전히 큰 숨을 몰아쉬며 추호의 굴함도 없이 격전을 지속했다.

왕어언이 외쳤다.

"포 셋째 오라버니, 풍 넷째 오라버니! 안 되겠어요. 개방의 타구진은 두 분께서 깰 수 없어요. 일찌감치 그만두시는 게 좋아요."

풍파악이 말했다.

"조금 더 싸우다 진짜 안 되겠으면 그때 손을 떼도 될 것이오."

그는 이 말을 하느라 정신이 분산되면서 퍽 하는 소리와 함께 흰 수염 장로가 쓸어버린 일간一鐧에 어깻죽지를 강타당하고, 또한 간에 나 있는 톱니에 걸려 선혈을 줄줄 흘렸다. 풍파악의 입에서 욕이 튀어나왔다.

"이런 제기랄! 무시무시한 일초로구나!"

그는 연이어 삼초를 날렸다. 이는 곧 상대방과 함께 죽어버리겠다는 심산이었다. 흰 수염 노인이 생각했다.

'난 그대의 불공대천지 원수도 아니건만 어찌 이리 죽자고 덤비는 것이냐?'

그러고는 당장 방어 자세를 취한 뒤 더 이상 공격을 가하지 않았다.

진 장로는 목소리를 길게 뽑으며 노래하듯 말했다.

"남쪽에 살던 형제들이 밥 구걸하러 또 왔네, 얼씨구씨구 들어간다…."

그가 부르는 노래는 걸개들이 밥을 구걸할 때 부르는 곡조였다. 사실 이는 공격을 펼치라는 호령이기도 했다. 남쪽에 서 있던 수십 명의 걸개들은 각자 무기를 들고 진 장로의 노랫소리가 끝나기만 기다리고 있었다. 노래가 끝나면 한꺼번에 쏟아져 나와 공격을 할 것이다.

교봉은 개방의 타구진이 한번 발동하면 사방에 있는 개방 제자들이 여기저기서 달려들어 적진에 사상자가 발생하기 전까지는 절대 멈추지 않는다는 사실을 잘 알고 있었다. 그는 진상이 규명되기 전까지 고소모용씨와 경솔하게 원한을 맺고 싶지 않았기에 당장 왼손을 휘둘러 호통을 쳤다.

"멈춰라!"

이 말과 함께 신형이 흔들 하더니 어느새 풍파악 곁으로 다가가 왼손으로 그의 얼굴을 움켜쥐려 했다. 풍파악이 오른쪽으로 급히 피하자 교봉은 오른손으로 그 흐름을 이어 그의 손목을 움켜쥐고 다른 손으로 그의 단도를 뺏어 바닥에 던져버렸다.

왕어언이 부르짖었다.

"대단한 일초군요. 용조수龍爪手 창주삼식搶珠三式! 포 셋째 오라버니, 그가 왼쪽 팔꿈치로 오라버니 가슴을 가격하고 오른 손바닥으로 옆구리를 벤 다음 오른손으로 오라버니의 기호혈氣戶穴을 움켜쥘 거예요. 그건 용조수 중 패연유우沛然有雨 초식이에요."

그녀가 '왼쪽 팔꿈치로 그의 가슴을 가격한다'는 말을 하자 교봉은 그녀가 말한 그대로 출수해 왼쪽 팔꿈치로 포부동의 가슴을 가격했고 왕어언이 '오른손 손바닥으로 옆구리를 벤다'고 말할 때는 그의 오른손 손바닥이 마침 포부동의 옆구리를 베어가고 있었다. 한 사람은 말로 하고 한 사람은 행동으로 하는 이 장면은 연습을 한다 해도 이토록 호흡이 잘 맞을 수는 없었을 것이다. 왕어언이 세 번째 구절을 얘기하려 할 때 교봉은 이미 오른손 다섯 손가락을 갈고리처럼 만들어 포부동의 기호혈 위를 움켜쥐고 있었다.

순간 포부동은 전신이 나른해지고 시큰거리는 느낌이 들어 꼼짝도 할 수 없었다. 그는 화가 치밀어올랐다.

"대단한 패연유우구먼! 큰 누이, 그렇게 늦지도 빠르지도 않게 말하면 무슨 소용이 있단 말이오? 조금만 빨리 말했으면 피할 수 있었을 것 아니오."

왕어언이 겸연쩍어하며 말했다.

"저분 무공이 너무 강하다 보니 출수를 할 때 아무 징조가 없어 알아볼 수가 없었어요. 정말 송구합니다."

포부동이 말했다.

"송구할 것까지야 뭐 있겠소? 오늘 싸움은 우리가 졌어. 연자오의 체면이 바닥에 떨어져버린 거라고!"

고개를 돌려보니 풍파악이 꼿꼿한 자세로 서 있는 모습이 보였다. 분명 교봉이 단도를 뺏으면서 그 김에 혈도까지 찍은 모양이었다. 그렇지 않다면 그가 어찌 순순히 손을 멈춘 채 싸우지 않고 저 상태로 가만있겠는가?

진 장로는 방주가 이미 포부동과 풍파악 두 사람을 제압한 것을 보고 노래가 다 끝나기도 전에 뚝 멈춰버리고 말았다. 개방의 사대장로와 방내의 고수들은 교봉이 단 한 번의 출수로 상대를 제압한 데다 그 수법 또한 상상을 초월한 것이라 탄복해하지 않을 수 없었다.

교봉은 포부동의 기호혈을 풀어주고 왼손 손바닥으로 풍파악의 어깨를 가볍게 몇 번 쳐서 그의 몸에 찍어놨던 혈도를 풀어주었다.

“두 분께선 이제 가보시오.”

아무리 괴팍한 성격을 지닌 포부동도 자신의 무공이 그와 차이가 크다는 사실 정도는 느낄 수 있었다. 타구진이라든가 사대장로가 협공을 해와도 어느 정도 승산이 있어 보였지만 지금은 몇 마디 더 해야 체면만 깎일 뿐이었다. 그는 아무 말 하지 않고 조용히 왕어언 옆으로 물러갔다.

오히려 풍파악이 입을 열었다.

“교 방주, 내 무공 실력이 당신보다 못한 건 사실이오. 허나 조금 전 그 일초에 진 데 대해서는 승복할 수가 없소. 당신은 내가 무심한 틈을 타서 미처 대비하지 못한 날 공격한 것일 뿐이오.”

교봉이 말했다.

“그렇소, 당신이 무심한 틈을 타 공격한 것이오. 그렇다면 다시 몇 초 시험해보시오. 내가 당신 단도를 받아보겠소.”

그 말이 떨어지기가 무섭게 허공을 움켜쥐자 한 줄기 기류가 바닥에 있던 단도를 뒤흔들며 뜻밖에도 그 칼이 튀어올라 그의 손으로 빨려들어갔다. 교봉이 손가락을 한 번 튕기자 단도의 칼자루가 빙글 돌아 풍파악의 몸 앞을 향해 전해졌다.

풍파악은 순간 넋을 잃은 채 떨리는 목소리로 말했다.

“그… 그건 금룡공擒龍功이 아니오? 세상에 정말… 정말 그 신기의 무공을 펼칠 줄 아는 사람이 있을 줄이야….”

교봉이 빙긋 웃었다.

“재하가 이제 갓 배운 수법이니 비웃지는 마시오.”

이 말을 하면서 눈빛은 왕어언을 향했다. 그는 조금 전 왕어언이 자신의 패연유우 초식을 정확히 알고 있는 데 대해 의아함을 감추지 못했다. 당장 이 무학에 정통한 낭자가 자신의 무공에 대해 어떤 평가를 내리는지 알고 싶어졌다.

그러나 왕어언은 아무 말 없이 교봉이 펼친 이 신기의 무공을 보고도 못 본 척했다. 사실 그녀는 넋을 잃고 있었다.

‘저 교 방주란 사람의 무공이 이토록 대단할 줄이야… 우리 사촌 오라버니와 저 사람을 일컬어 강호에서는 ‘북교봉, 남모용’이라고 하잖아? 한데… 한데 우리 사촌 오라버니 무공을 어찌… 어찌….’

풍파악이 고개를 가로저었다.

“당신한테는 이길 수 없구려. 실력 차이가 너무 커서 당해낼 재간이 없으니 재미가 없질 않소? 교 방주, 또 봅시다.”

그는 싸움에 졌지만 전혀 의기소침해하지 않았다. 이른바 ‘이기면 말할 수 없이 기쁘지만 져도 또한 즐겁다’라는 소동파의 시구처럼 싸울 만한 싸움이 있어 격렬하게 싸울 수 있다면 그에 만족할 뿐, 싸움의 결과에 대해서는 가슴에 품지 않았다. 실로 ‘싸움의 도道’라는 삼매경에 깊이 빠져 있다고 할 수 있었던 것이다. 그는 단도를 건네받지 않은 채 교봉에게 포권으로 예를 올리고 포부동을 향해 말했다.

“셋째 형님, 공자 나리께서 소림사에 가셨다는데 그곳엔 숫자가 많아 싸움이 벌어질 게 분명하오. 먼저 가서 놀고 있을 테니 천천히들 오시오."

그는 한 번 더 싸울 수 있는 기회를 놓칠까 두려운 듯 포부동의 대답도 듣지 않은 채 그길로 서둘러 달려갔다.

포부동이 말했다.

"가자~ 가자! 재주가 남만 못하니 체면이 말이 아니로다! 10년을 더 연마했건만 여전히 남은 게 없구나. 차라리 손을 놓고 말아먹는 게 낫지."

그는 소리 높여 시도 사도 아닌 몇 마디를 읊조리다 거드름을 피우며 자리를 떴다. 승부에서 패했지만 거리낌이라고는 전혀 없었다.

왕어언이 아주와 아벽에게 말했다.

"셋째 오라버니와 넷째 오라버니가 모두 가셨는데 우리는 또 어디 가서… 공자 나리를 찾지?"

아주가 고개를 숙이며 말했다.

"여기는 개방 사람들이 중대한 문제를 논의할 모양이니 우린 일단 무석성으로 돌아가야겠어요."

그녀는 고개를 돌려 교봉을 향해 말했다.

"교 방주, 저희 세 사람은 가보겠습니다!"

교봉이 고개를 끄덕였다.

"세 분께선 그리하시오."

동쪽 편의 개방 무리 중에 갑자기 고아하게 생긴 중년 걸개 하나가 걸어나와 정색을 하며 말했다.

"방주께 아룁니다. 참혹하게 돌아가신 마 부방주의 원수를 아직까지 갚지 못했건만 방주께서는 어찌 적들을 순순히 풀어주려 하시는 겁니까?"

이 몇 마디 말은 매우 겸손한 것 같았지만 표정이 매우 기세등등해서 수하로서의 예라고는 전혀 없어 보였다.

교봉이 말했다.

"우리가 이 강남땅에 온 것은 원래 마 부방주의 원수를 갚기 위함이오. 다만 요 며칠간 내가 다방면으로 조사를 해본 결과 마 부방주를 죽인 범인은 모용 공자가 아닐 것이라고 느꼈소."

그 중년 걸개는 십방수재十方秀才라는 별호를 가지고 있는 전관청全冠清이란 자였다. 그는 지모가 뛰어나고 고강한 무공을 지녀 방내에서 육대장로 다음가는 팔대八袋 타주로 대지분타大智分舵를 관장하고 있었다. 그는 교봉을 향해 물었다.

"방주께선 무슨 근거로 그런 말씀을 하십니까?"

왕어언과 아주, 아벽이 자리를 뜨려는 순간 별안간 개방의 누군가가 모용복을 언급하자 모용복에 대한 관심이 깊은 세 사람은 곧바로 한쪽으로 물러서서 경청을 하기 시작했다.

그때 교봉이 답했다.

"나 역시 추측일 뿐이라 지금 당장은 어떤 증거도 없소."

"방주께서 어떤 추측을 하고 계신지 속하들이 알고 싶습니다."

"내가 낙양에 있을 때 마 부방주가 쇄후금나수鎖喉擒拿手에 당해 죽었다는 말을 듣고 고소모용씨의 '상대가 쓴 방법을 상대에게 펼친다'라는 말이 생각났소. 마 부방주의 쇄후금나수는 천하무쌍이라 적수가 없다는 생각을 하니 모용씨 일가 외에는 그 누구도 마 부방주 본인의 절기를 이용해 해칠 수는 없으리라 본 것이오."

"맞습니다."

"허나 요 며칠 동안 점점 이런 생각이 들었소. 우리의 이런 생각은 꼭 그렇지 않을지도 모르며 확실치는 않지만 그 속에 또 다른 곡절이 있을 것이라 말이오."

"여러 형제들은 모두 상세한 얘기를 듣길 원하오. 부디 방주께서 일깨워주시지요."

교봉은 그의 언사가 곱지 못한 데다 많은 제자들 표정이 평상시와 크게 다른 것을 보고 방내에 필시 중대한 변고가 생겼을 것이라 생각했다.

"전공과 집법 두 장로는 어디 계시오?"

전관청은 고개를 서북쪽 방향으로 돌려 칠대七袋 제자 한 명에게 물었다.

"장전상張全祥, 너희 타주는 어찌 안 온 것이냐?"

장전상이 말했다.

"음… 음… 전 모릅니다."

교봉은 평소 대지분타 타주인 전관청이 이해타산이 뛰어나고 일처리에 능해 자신의 수하이긴 하지만 매우 유능한 자임을 잘 알고 있었다. 그러나 지금처럼 반란을 도모할 때는 극히 위험한 적이 될 수 있었다. 그는 칠대 제자인 장전상이 부끄러운 기색을 띠고 있고 말을 얼버무리는 데다 자신을 감히 똑바로 쳐다보지 못하는 모습을 보고 호통을 쳤다.

"장전상! 네가 본 타의 방 타주를 살해한 게로구나! 아니더냐?"

장전상은 깜짝 놀라 다급하게 변명했다.

"아닙니다! 아닙니다! 방 타주께서는 멀쩡하게 거기 잘 계십니다. 죽지 않았습니다. 안 죽었습니다. 그… 전 상관없습니다. 제가 한 짓이 아닙니다."

교봉이 강경한 목소리로 다그쳤다.

"그럼 누구 짓이더냐?"

그의 이 한마디는 소리가 크진 않았지만 위엄으로 가득했다. 장전상은 자기도 모르게 온몸을 벌벌 떨다 눈빛으로 전관청을 가리켰다.

교봉은 이미 변란이 일어났다는 사실을 알아차렸다. 전공과 집법 등 여러 장로가 아직 죽지 않았다면 필시 긴박한 위험에 처해 있을 것이 분명했다. 그는 아차 하는 순간 때를 놓칠 수도 있겠다는 생각에 장탄식을 하고 몸을 돌려 사대장로에게 물었다.

"네 분 장로, 도대체 무슨 일이 일어난 것이오?"

사대장로는 서로의 얼굴만 쳐다보며 하나같이 남이 먼저 입을 열기만 바라고 있었다. 교봉은 이런 정황을 지켜보다 사대장로 역시 이 일에 참여했다는 것을 알아차리고 씨익 웃었다.

"본방은 나를 비롯해 밑으로 모두들 의리를 중시…."

여기까지 말하다 느닷없이 뒤로 잇따라 두 걸음 물러섰다. 매 한 걸음이 뒤로 8척에서 1장가량 되는 거리로 움직이는데 남들이 앞을 향해 뛰어도 그렇게 신속하지는 못했을 것이며 보폭 역시 그렇게 넓을 수는 없었을 것이다. 그가 서쪽을 바라본 채로 동쪽 편을 향해 두 걸음 뒤로 물러서자 전관청과 불과 3척 거리에 이르렀다. 그는 몸을 돌리지도 않은 채 왼손을 뒤집어 뻗어내며 오른손으로 금나수를 펼쳐 그의 가슴에 있는 중정中庭과 구미鳩尾 두 혈도를 움켜쥐었다.

전관청의 무공 실력은 사대장로에 못지않았건만 이렇게 단 일초도 반격하지 못하고 잡혀버릴 줄 어찌 알았으랴? 손의 진기를 돋운 교봉은 내력을 전관청의 두 혈도를 통해 집어넣어 경맥을 따라 그의 무릎 관절에 있는 중위中委와 양대陽臺 두 혈도에 이르도록 만들었다. 그는 무릎이 시큰거리고 맥이 풀려 자기 의지와 상관없이 바닥에 무릎을 꿇고 말았다. 모든 개방 제자는 하나같이 얼굴이 새파랗게 질린 채 당황스러워 어찌할 바를 몰랐다.

교봉은 말투와 안색만 보고 이번 반란의 주모자가 전관청이 분명하다고 짐작했다. 그를 일거에 제압하지 못한다면 변란이 적지 않게 일어날 것이고 설사 반역자들을 평정한다 해도 동문 제자들 간의 살육을 피할 수 없다 판단했던 것이다. 또 눈앞에 보이는 사방의 제자들 중 대의분타 사람들을 제외한 그 나머지는 모두 전관청의 선동에 넘어가 함께 싸울 태세를 갖췄기에 수습이 어려울 것으로 보였다. 이런 이유로 일부러 몸을 돌려 사대장로를 향해 질문을 하는 척하면서 전관청의 방비가 허술한 틈을 타서 뒷걸음질로 다가가 그의 경맥을 움켜쥐었던 것이다. 이런 몇 번의 민첩한 행동은 단숨에 이루어진 것이라 마치 아무것도 아닌 듯했지만 실제로는 그가 평생 배운 공력을 모두 쏟아부은 것이었다. 손을 뒤로 돌려 움켜쥘 때 그 부위가 반촌의 오차라도 있었다면 제압은 할 수 있어도 내력으로 그의 무릎 관절에 있는 혈도에까지 충격을 가할 수 없었을 것이며, 그와 공모한 사람들이 그를 돕기 위해 출수한다면 싸움을 피할 길이 없었을 것이다. 그를 이렇게 강제로 무릎 꿇리자 다른 사람들은 전관청이 스스로 투항한 것이라 생각해 그 누구도 감히 다른 행동을 할 수 없었다.

교봉은 몸을 돌려 왼손으로 그의 어깨를 가볍게 두 번 툭툭 쳐서 그의 몸에 있는 요혈을 봉쇄하고 그가 무릎을 꿇은 채 꼼짝할 수 없도록 만들었다.

"이미 잘못을 안 이상 무릎까지 꿇을 필요는 없소. 항명을 한 점에 대해서는 그 죄를 묻지 않을 수 없으나 천천히 상의한 후 처리해도 늦지 않을 것이오."

이 말과 동시에 그는 오른쪽 팔꿈치로 가볍게 내려쳐 그의 아혈啞穴을 찍어버렸다.

평소 전관청이 뛰어난 언변을 지니고 있음을 교봉도 알고 있었기에 그에게 말할 기회를 주어 제자들을 선동하게 만든다면 큰 화를 면치 못할 것이라 생각한 것이다. 지금은 도처에 위험 요소가 숨어 있어 임시방편이라도 단호한 수단을 사용하지 않을 수가 없었다. 그는 전관청을 제압해 머리 숙여 무릎 꿇게 한 다음 장전상을 향해 큰 소리로 말했다.

"네가 앞장서서 대의분타의 장 타주를 인도해 전공과 집법 두 장로 일행을 이곳으로 모셔오도록 해라. 내 명에 따라 순순히 이행한다면 네 죄를 경감해줄 것이다. 그 나머지는 일제히 바닥에 앉아 있되 함부로 일어나서는 안 된다!"

장전상은 놀랍고도 기쁜 마음에 연신 대답을 했다.

"네! 네!"

반란 모의에 참여하지 않은 대의분타의 장 타주는 전관청 등이 항명한 것을 보고 진작부터 화가 머리끝까지 치밀어올라 만면이 시뻘겋게 달아오른 채 씩씩대고 있었다. 그러다 교봉이 그에게 장전상을 따라 사람을 구하러 가라는 분부를 하자 그제야 정신을 가다듬고 분타 제자 20여 명을 향해 말했다.

"본방에 불행히도 변란이 발생했으니 모두가 필사의 힘을 발휘해 방주의 은덕에 보답해야 할 것이다. 모두들 힘을 모아 방주를 보호하고 방주의 명에 따라야 하며 이를 거역해서는 아니 될 것이다!"

그는 사대장로 등이 떼를 지어 반기를 들까 두려웠다. 비록 대의분타가 머릿수에 있어 역도들과 많은 차이가 있긴 했지만 방주 혼자 싸우도록 만들지 않겠다는 의도였다.

그러나 교봉이 사양을 했다.

"아니오! 장 형제! 분타 형제들을 모두 다 데려가도록 하시오. 사람을 구하는 일이 우선이니 한 치의 착오도 있어서는 아니 되오."

장 타주는 명을 거역할 수 없어 답했다.

"네! 방주, 부디 조심하십시오. 최대한 빨리 돌아오겠습니다."

"여기 있는 모든 사람은 다년간 생사고락을 함께해온 형제들이오. 일시적으로 다른 생각을 가졌을 뿐 그리 큰 문제는 아니니니 안심하고 가보시오!"

그러고는 이 말을 덧붙였다.

"그리고 서하 일품당에 사람을 다시 보내 혜산에서 한 약속을 사흘 뒤로 미룬다고 통보하시오."

장 타주는 몸을 굽혀 답한 후 분타 제자들을 이끌고 자리를 떠났다.

교봉은 얼렁뚱땅 얘기하긴 했지만 속으로 우려하지 않을 수 없었다. 대의분타의 20여 명이 가버리자 외부인인 단예와 왕어언, 아주, 아벽 네 명 외에 나머지 200여 명은 모두 음모에 가담했던 패거리들인지라 그중 누군가가 한번만 소리쳐도 군중심리가 용솟음쳐오르기 시작해 대처하기 힘들 게 분명했기 때문이다. 그는 사방에 있는 사람들을 둘러봤다. 각자가 모두 당혹스러운 표정을 짓고 있었다. 억지로 침착한 표정을 지으려 하는 사람이 있는가 하면 주인이 없어 당황스러워하거나 몸이 근질근질해서 이판사판으로 모험을 하려는 사람들도 있었다. 사방에 있는 200여 명의 사람들이 모두 말을 안 하고 있었지만 누군가 한마디만 내뱉으면 당장이라도 변란이 일어날 듯이 보였다.

그때 날은 점점 어두워져 황혼이 물들어가면서 행자림 주변에 옅은 안개가 휘돌아 피어오르고 있었다. 교봉은 생각했다.

'지금은 조용히 변고에 대비하는 수밖에 없다. 우선 각자의 마음을 돌리는 게 최선이야. 그렇게 전공 장로가 돌아올 때까지 기다리면 대사는 평정될 것이다.'

그는 단예를 힐끗 쳐다보고 개방 제자들을 향해 말했다.

"여러 형제들. 제가 오늘 아주 기쁜 마음으로 새로운 벗을 한 명 사귀었소. 이분은 대리단씨인 단예 형제요. 우리 두 사람은 의기투합해서 이미 의형제를 맺었소."

왕어언과 아주, 아벽은 이 책벌레 단 공자가 뜻밖에도 개방의 교 방주와 의형제를 맺었다는 소리를 듣고 모두 의아해하지 않을 수 없었다.

교봉이 말을 이었다.

"현제, 내가 우리 개방의 수뇌 인물들을 소개해주겠네."

그는 단예의 손을 잡아끌고 손에 톱니 철간을 든 백발의 흰 수염 장로 앞으로 걸어가 말했다.

"이분은 해奚 장로시네. 우리 개방 사람 모두가 존경해 마지않는 원로시지. 과거에 이분께서 이 톱니 철간으로 강호를 주름 잡고 있을 때 현제는 태어나지도 않았다네."

단예가 말했다.

"명성은 익히 들었습니다. 오늘 이렇게 고매하신 현자를 뵙게 되어 영광입니다."

단예가 이 말을 하며 포권으로 예를 올리자 해 장로는 억지로 답례를 했다.

교봉은 다시 손에 강철 지팡이를 잡고 있는 키 작은 노인 앞으로 데려가 말했다.

"여기 이 송宋 장로께서는 본방 내 외가外家 무공의 고수시네. 우형이 10여 년 전에는 늘 이분께 무공을 배웠지. 송 장로께선 나한테 반은 사부님, 반은 벗이라고 할 수 있는 정과 의리가 매우 깊으신 분이네."

단예가 말했다.

"조금 전 송 장로께서 그 두 대협과 벌인 대결을 잘 봤습니다. 과연 무공 실력이 대단하시더군요. 정말 탄복했습니다!"

송 장로는 무척이나 직설적인 성격이었다. 그는 교봉이 구구절절 옛정을 잊지 않는 말을 하는 데다 왕년에 자신이 그에게 무공을 가르쳤다는 사실까지 언급하자 자신이 얼떨결에 전관청 말만 믿은 데 대해 왠지 모를 부끄러움을 느꼈다.

교봉이 마대를 사용하는 진 장로를 소개한 후, 다시 귀두도를 쓰는 홍안의 오吳 장로를 소개시키려 할 때 갑자기 발소리와 함께 동북쪽 방향에서 수많은 사람이 몰려왔다. 떠들썩한 소리가 들리며 누군가 연이어 물었다.

"방주께선 어찌 됐느냐? 반역자들은 어디 있어?"

누군가 이런 말도 했다.

"놈들한테 속아넘어가 갇혀 있었더니 답답해죽는 줄 알았다."

이런저런 소리로 매우 소란스러웠다.

교봉은 기쁜 마음을 주체할 수 없었지만 오 장로를 소개하는 도중에 괜한 결례로 오 장로에게 불쾌함을 느끼게 만들고 싶지 않아 단예에게 오 장로의 신분과 명망을 마저 소개하고는 그제야 몸을 돌려 바라봤다.

그러자 전공 장로와 집법 장로, 대인大仁, 대용大勇, 대례大禮, 대신大信 각 타의 타주들이 대규모 제자들을 대동하고 동시에 당도한 모습이 보였다. 이들은 각자 하고 싶은 말들이 많은 듯했지만 방주 앞이라 누구도 함부로 입을 열지 못했다.

교봉이 말했다.

"모두들 각자 자리에 앉으시오. 할 말이 있소."

모두가 일제히 답했다.

"예!"

대답과 함께 어떤 무리는 동쪽으로, 어떤 무리는 서쪽으로 흩어져 각자 직책과 서열에 따라 앞뒤, 또는 좌우로 나누어 바닥에 앉았다. 단예가 볼 때는 이 걸개들 무리가 마치 엉망진창으로 사방에 흩어져 앉은 것 같았지만 실제로는 각자 순서에 맞게 전후좌우에 줄지어 앉아 있었다.

제자들이 규율을 지키는 것을 본 교봉은 속으로 한시름 놓을 수 있었다. 그는 미소를 띠며 말했다.

"우리 개방은 강호의 수많은 친구들로부터 존중받아오며 100여 년 동안 무림 제일대방第一大幇으로 불려왔소. 이제 수가 많아지고 세력이 커져감에 따라 모든 구성원의 생각을 하나로 모을 수 없다는 점은 필연적인 문제라 할 수 있소. 다만 어떤 문제이건 간에 이를 명확히 밝히고 올바른 방향으로 상의해 나가는 것이 도리이니 우리 모두 여전히 친애하는 형제 입장에서 일시적인 의견 분쟁을 너무 심각하게 받아들일 필요는 없을 것이오."

이 몇 마디 말을 할 때 그의 표정은 매우 자애롭고 온화했다. 하지만 그는 속으로 이미 치밀한 계산을 해놓고 냉정한 일처리를 바탕으로 이 크나큰 화를 소리없이 무마시키겠다고 결심했다. 어찌 됐건 동문형제들 간의 살육이 일어나게 만들 수는 없었기 때문이다.

모두들 그의 이 말을 듣자 일촉즉발의 분위기는 과연 어느 정도 누그러졌다.

교봉의 오른편에 앉은 깡마른 얼굴을 한 중년 걸개가 몸을 일으켜 세우며 말했다.

"해, 송, 진, 오 네 분 장로께 묻겠습니다. 여러분께서 우리를 태호의 작은 배 위에 가두라고 명한 건 무슨 이유 때문입니까?"

그는 개방 내의 집법 장로로 이름은 백세경白世鏡이었다. 그는 늘 사심이 없고 공평무사한 품성을 지니고 있어 방 내의 높고 낮은 인사들은 누구나 방규幇規를 위배하지 않았더라도 그를 보면 대부분 두려워했다.

사대장로 중 해 장로는 나이가 가장 많아 은연중에 사대장로 중 지도자 역할을 맡고 있었다. 그는 새빨갛게 달아오른 얼굴로 기침을 하며 말했다.

"콜록! 그… 그건… 음… 우리는 다년간 생사고락을 함께한 좋은 형제들이오. 당연히 악의는 없었소… 백… 백 집법께선 이 늙은이 얼굴을 봐서라도 부디 개의치 말아주시오."

모두들 이 말을 듣고 그가 늙어서 망령이 들었다고 느낄 수밖에 없었다. 방회 내에서 항명을 하고 난을 일으킨 것이 얼마나 큰일인데 어찌 '이 늙은이 얼굴을 봐서'라는 말로 대충 넘어가려 할 수 있단 말인가?

백세경이 말했다.

"해 장로께서 악의가 없다고 하셨지만 실제 상황은 그렇지 않았소이다. 나와 전공 장로 일행이 모두 세 척의 배 안에 감금된 채 태호 위에 머물러 있었소. 더구나 배 안에 땔나무와 초석, 유황을 가득 쌓아놓고 우리가 도망치면 당장 배에다 불을 지르겠다고 엄포까지 놓았단 말이오. 해 장로, 이래도 악의가 없다 할 수 있겠소?"

해 장로가 말했다.

"그… 그건… 너무 지나친 처사였음이 분명하오. 모두 친형제처럼 지낸 한 가족이나 마찬가지인 사람들에게 어찌 그토록 함부로 대할 수 있단 말이오? 나중에라도 얼굴을 마주친다면 이… 이 어찌 난감하지 않을 수 있겠소?"

뒷부분을 말할 때 그의 눈은 이미 진 장로를 향해 있었다.

백세경이 한 제자를 가리키며 성난 목소리로 말했다.

"네가 우리를 속여 배에 태울 때 방주께서 부르신다고 했다. 방주의 호령을 사칭한 것이 무슨 죄인지 아느냐?"

그 제자는 놀라서 온몸을 떨다가 목소리까지 떨어가며 말했다.

"제자처럼 미… 미미한 지위에 있는 놈이 어찌 감히 방주의 호령을 사칭할 수 있겠습니까? 이는 모두… 모두가…."

그는 여기까지 말하다 눈을 돌려 전관청을 바라봤다. 그는 '본타의 전 타주가 저한테 장로를 배에 태우도록 속이라고 명했습니다'라고 말하고 싶었으나 전관청의 직속 수하였기에 감히 공공연하게 지목할 수는 없었다. 백세경이 말했다.

"너희 전 타주가 분부한 것이다. 그러하냐?"

그 제자는 고개를 숙인 채 아무 말 하지 않았다. 감히 그렇다고도, 그렇지 않다고도 말할 수 없었던 것이다. 백세경이 말했다.

"전 타주가 너에게 방주의 호령이니 배에 올라타라는 거짓말로 우리를 속이라 명한 것이다. 그 당시 넌 그 호령이 거짓이란 걸 알고 있었느냐? 없었느냐?"

그 제자는 핏기라고는 전혀 없는 얼굴로 감히 아무 소리도 내지 못했다.

백세경이 차갑게 비웃었다.

"이춘래李春來! 넌 늘 대담하고 패기 있게 행동하는 경골한硬骨漢이 아니었더냐? 대장부가 일을 행함에 있어 소신을 가지고 해야 하거늘 그리 비겁하게 대처해서 되겠느냐?"

이춘래는 순간 굳은 의지가 엿보이는 표정으로 가슴을 쭉 내밀고 큰 소리로 외쳤다.

"백 장로 말씀이 맞습니다. 저 이춘래가 옳지 못한 일을 했으니 죽이든 말든 마음대로 처분하십시오. 저 이춘래가 미간을 찌푸린다면 호한이라고 할 수 없지요. 제가 장로께 방주의 호령이라고 전달할 때는 그게 거짓임을 분명히 알고 있었습니다."

"방주께서 너한테 잘못한 일이 있었느냐? 아니면 내가 너한테 무슨 잘못이라도 했더냐?"

"둘 다 아닙니다. 방주께서는 속하를 깊은 의리로 대하셨습니다. 또한 백 장로께선 공정하고 엄격하시어 모두가 심복心腹해왔습니다."

백세경이 근엄한 목소리로 물었다.

"그렇다면 무엇 때문이었느냐? 도대체 이유가 무엇이더냐?"

이춘래는 바닥에 무릎 꿇고 있는 전관청을 힐끗 쳐다보고 다시 교봉을 한번 바라보다 큰 소리로 말했다.

"속하가 방규를 위배하였으니 죽어 마땅합니다. 그 안에 얽힌 사연은 감히 말씀드릴 수 없습니다."

말이 끝나기 무섭게 그는 손목을 홱 뒤집었다. 순간 백광을 번뜩이며 손에 쥔 그의 칼이 그의 심장을 푹 찔렀다. 그의 이 일도는 출수 속도가 워낙 빠르고 정확하게 심장을 조준한 터라 어느새 칼끝이 심장을 뚫고 지나가 그 자리에서 숨이 끊어져 죽어버렸다.

"아니!"

모든 제자가 일순간 경악의 탄성을 내질렀지만 각자 제자리에 앉은 채 그 누구도 감히 움직이지 못했다.

백세경은 이에 전혀 개의치 않는 목소리로 말했다.

"호령이 거짓임을 명백히 알았음에도 방주께 보고도 하지 않고 오히려 나까지 속였으니 죽어 마땅했다."

그는 전공 장로에게 고개를 돌려 물었다.

"여呂 형, 여형을 배에 타도록 속인 사람은 또 누구요?"

그 순간 숲속에서 누군가 몸을 솟구쳐 일으키더니 숲 밖을 향해 부리나케 뛰어갔다.

15

행자림에서 의리를 논하다

진 장로는 교봉의 눈빛이 자신을 향하자 큰 소리로 외쳤다.

"교 방주, 난 방주와는 평소 어떤 교분도 없이 과오만 많았을 뿐이니 감히 방주의 피로 내 목숨을 상쇄해달라 청할 수 없소."

몸을 한 번 웅크리자 팔이 약간 늘어나면서 법도 한 자루가 손에 쥐어져 있었다.

그자는 등에 마대 자루 다섯 개를 메고 있는 개방의 오대五袋 제자였다. 아주 급하게 도망치는 것으로 보아 물어보지 않아도 당연히 거짓 호령을 전하고 여 장로를 속여 배에 타게 만든 자임을 알 수 있었다. 전공과 집법 장로는 서로를 바라보며 장탄식을 하고 아무 말도 하지 않았다. 인영이 흔들 하고 움직이더니 누군가 달려나가 그 오대 제자 앞을 가로막았다. 그는 다름 아닌 얼굴이 온통 시뻘겋고 손에 귀두도를 쥔 사대장로 중 하나인 오 장로였다. 그는 근엄한 목소리로 호통을 쳤다.

"유죽장劉竹莊! 어찌 도망을 치는 것이냐?"

그 오대 제자가 떨리는 목소리로 말했다.

"저… 저… 저…."

연이어 예닐곱 번의 '저…'란 말만 꺼내고 그다음 말을 잇지 못했다.

오 장로가 말했다.

"우린 개방 제자의 몸으로 응당 조종의 유법을 준수해야만 한다. 대장부가 일을 행함에 있어 옳으면 옳고 틀리면 틀린 것이거늘 어찌 자신이 행한 행동에 대해 떳떳하게 책임을 지려 하지 않는 것이냐?"

그는 몸을 돌려 교봉을 향해 말했다.

"교 방주, 우리 모두가 당신을 방주 자리에서 폐하기로 의견을 모았소. 이번 대사에는 해, 송, 진, 오 사대장로가 모두 참여했소. 따라서 우리는 전공과 집법 두 장로가 윤허하지 않을까 두려워 두 사람을 감금해놓는 방법을 생각해낸 것이오. 본방의 대업을 위한 일이었기에 부득이하게 모험을 한 것이지만 오늘 이렇게 형세가 여의치 않아 방주에게 기세를 내주게 됐으니 방주의 처분에 따를 것이오. 나 오장풍吳長風이 개방에 30년을 있었지만 그 누구든 내가 죽음을 두려워하는 비겁한 소인배가 아님을 잘 알고 있을 것이오."

"챙!"

그는 이 말을 하면서 귀두도를 저 멀리 굉음을 내며 던져버리고 팔짱을 낀 채 그 무엇도 두렵지 않다는 표정을 지었다.

그가 당당하고 침착하게 '방주를 폐한다'는 밀모에 대해 숨김없이 밝히자 개방의 모든 제자가 충격을 받았다. 이 몇 마디 말은 밀모에 참여한 모든 이가 속에 품고만 있고 감히 입 밖에 낼 생각을 못했던 얘기였건만 오장풍이 처음으로 숨김없이 직언을 했기 때문이다.

집법 장로인 백세경이 큰 소리로 말했다.

"방주를 배반한 해, 송, 진, 오 사대장로는 방규 제1조를 위배했소. 집법 제자는 장로 네 사람을 포박하라!"

그의 수하인 집법 제자가 쇠심으로 만든 줄을 가져와 먼저 오장풍을 포박했다. 오장풍은 웃음을 머금은 채 꼿꼿이 서서 추호의 반항도 하지 않았다. 이어서 해, 송 두 장로 역시 무기를 버리고 손을 뒤로 한 채 포박을 받았다.

진 장로는 보기 싫도록 일그러진 안색으로 혼자 중얼거렸다.

"겁쟁이들! 겁쟁이들! 힘을 합쳐 싸운다면 반드시 진다고 할 수 없건만 그렇게 하나같이 교봉을 두려워하다니!"

그의 이 말은 틀리지 않았다. 당초 전관청이 제압당할 시점에 밀모에 가담한 사람들이 곧바로 반기를 들었다면 교봉은 중과부적을 피할 수 없었을 것이다. 더구나 전공과 집법 두 장로와 대인, 대의, 대례, 대신, 대용 다섯 타주가 일제히 돌아왔을 때에도 여전히 반기를 든 사람들 수가 훨씬 더 많았다. 그러나 교봉이 사람들 앞에 나서자 그의 위엄 있는 모습에 그 누구도 감히 나서서 손을 쓰려 하지 않았고 그로 인해 시기를 놓치고 꼼짝없이 포박당하는 신세가 되고 만 것이다. 해, 송, 오 세 장로가 모두 포박을 당하고 난 후에는 진 장로 혼자 필사의 일전을 벌이려 해도 이미 고장난명孤掌難鳴이었다. 그가 깊은 탄식을 내뱉으며 수중의 마대를 던져버리자 집법 제자 두 명이 득달같이 달려와 손목과 발목을 쇠심으로 묶었다.

날이 어두워지자 전공 장로인 여장呂章이 제자들에게 화톳불을 피우라 명했다. 포박된 네 장로 얼굴에 불빛이 비치자 하나같이 낙담한 표정이었다.

백세경이 유죽장을 응시하며 말했다.

"네가 그런 행동을 하고도 개방의 제자가 될 자격이 있다고 생각하느냐? 너 스스로 목숨을 끊겠느냐? 아니면 남의 도움을 받겠느냐?"

유죽장이 말했다.

"저… 저…."

그는 기어들어가는 목소리로 여전히 말을 내뱉지 못하다 몸에 지니고 있던 단도를 뽑아 들어 칼을 그어 자결하려 했다. 그러나 손목을 심하게 떨며 차마 자신의 목을 긋지 못하자 한 집법 제자가 소리쳤다.

"쓸모없는 놈이로구나! 개방에 그토록 오래 몸을 담았던 놈이 정말 뻔뻔스럽다!"

이 말과 함께 그의 오른팔을 움켜쥐고 힘껏 횡으로 긋자 그의 목이 잘려나갔다.

"고… 고맙습니다…."

유죽장은 이 말을 남긴 채 곧 숨을 거두었다.

개방의 규율에는 무릇 방규를 위배하여 사형에 처할 때 자결을 하면 방에서는 그를 여전히 형제로 여기고 죽음으로 모든 죄과를 씻어낼 수 있었다. 그러나 집법 제자에 의해 죽게 되면 그 죄과는 영원히 씻어낼 수 없었다. 조금 전 그 집법 제자가 보기에 유죽장은 자결하려는 의도가 있음이 명백했지만 힘이 미치지 못한 것 같아 도움을 주었던 것이다.

단예와 왕어언, 아주, 아벽 네 사람은 본의 아니게 개방의 이런 내분을 목격하자 제3자인 자신들이 이들의 은밀한 비밀을 엿봐서는 안 된다는 생각이 들었다. 그러나 지금 슬쩍 물러간다 해도 개방 사람들의 의심을 받게 될 것은 틀림없었다. 풍파악과 포부동이 떠날 때 왕어언과 아주, 아벽도 뒤이어 떠날 생각이었지만 포부동이 떠나면서 왕어언에게 모두 다 같이 떠날 필요 없다는 눈짓을 보냈다. 고소모용 무리가 개방을 적으로 여겨 한꺼번에 왔다가 한꺼번에 간다는 모습을 보여주지 않겠다는 의도였다. 때마침 개방에서 모용복에 관한 얘기를 꺼내자 모든 진상을 밝혀내고자 하는 마음도 있었다. 왕어언이 자리를 뜨지 않자 단예 역시 자연스럽게 남아 있게 됐다. 네 사람은 줄곧 멀찌감치 떨어져 앉아 전혀 관심이 없는 척하며 서로 말 한 마디 하지 않았다.

이춘래와 유죽장이 연달아 현장에서 자결해 시체가 바닥에 널려 있고 해, 송, 진, 오 네 장로가 하나하나 포박되는 모습을 보니 앞으로도 경악을 금치 못할 변고가 더 있을 것만 같았다. 네 사람은 서로의 얼굴을 쳐다보며 각자 난감한 처지에 놓이게 됐다고 느꼈다. 단예는 교봉과 의형제를 맺은 사이였고, 왕어언과 아주, 아벽은 풍파악이 중독됐을 때 교봉 덕분에 해약을 얻어 하나같이 교봉에 대해 고마운 마음을 품고 있었던 터라 순간 그가 반란을 평정하고 역도들을 하나하나 제압하자 네 사람 모두 그를 대신해 기뻐하지 않을 수 없었다.

교봉은 한쪽에서 넋을 잃고 앉아 있었다. 역도들을 포박해놓긴 했지만 가슴속에 승리에 대한 희열감 같은 건 전혀 없었다. 지나온 시간들이 눈앞을 스쳐 지나갔다. 전대前代의 왕汪 방주에게 깊은 은덕을 입고 방주 자리를 물려받게 된 이후, 개방을 8년 동안이나 이끌어오면서 적지 않은 풍파를 겪어왔다. 안으로는 분쟁을 해결하고 밖으로는 강적들과 맞서 항거하며 자신은 시종 최선을 다했을 뿐 일말의 사심도 없이 개방을 크게 흥성시켜 강호에 혁혁한 명성을 날렸지 않은가! 실로 공이 있으면 있었지 과는 없었건만 어째서 갑자기 저 수많은 사람이 반란을 모의했을까? 만일 전관청이 야심을 품고 본방을 전복시키려는 의도가 있었다면 어째서 해 장로와 송 장로 같은 원로와 오장풍처럼 강직한 사람마저 그 일에 가담하게 됐을까? 혹시 부지불식간에 여러 형제들한테 미안한 일을 해놓고 스스로 모르고 있는 것일까?

여장이 큰 소리로 말했다.

"형제 여러분! 교 방주께서 전대의 왕 방주 뒤를 이어 본방의 우두머리가 된 것은 결코 무력에 의한 것이 아니며 정당치 못한 수단을 사용해 얻어낸 것도 아니었소. 과거 왕 방주께서는 교 방주에게 3대 난제를 푸는 시험을 거치고 본방에 일곱 가지 공로를 세우도록 명하신 후 그제야 타구봉打狗棒을 수여하신 것이오. 그해 태산대회泰山大會에서 본방이 적들에게 포위되는 위기에 처했을 때 교 방주가 강적 아홉 명을 물리친 덕에 우리 개방이 위기에서 벗어날 수 있었다는 사실은 여기 있는 수많은 형제들도 모두 목격했을 것이오. 지난 8년 동안 본방의 명성이 날로 드높아지게 된 것 또한 본방을 이끈 교 방주의 공이라는 사실을 부인할 수 없소. 교 방주는 인의로써 사람을 대하고 일처리가 공평무사한 분이오. 우리 모두 힘을 합쳐 떠받들어 모셔도 시원치 않은 판에 어찌 감히 양심을 속이고 반란을 도모할 수 있단 말이오? 전관청, 모든 사람 앞에서 이실직고하시오!"

전관청은 교봉에게 아혈을 찍힌 상태라 여장이 하는 말이 똑똑히 들리긴 했지만 입을 열어 답할 수가 없자 심히 고통스러웠다. 교봉이 앞으로 다가가 그의 등 위를 가볍게 두 번 툭툭 쳐서 찍힌 혈도를 풀어주며 말했다.

"전 타주, 나 교봉이 형제들한테 무슨 잘못을 했는지 여기서 직접 밝혀보시오. 두려워할 필요도, 망설일 필요도 없소."

전관청은 몸을 일으키려다 다리 사이가 여전히 시큰거리고 저려오자 오른쪽 무릎을 꿇은 채 큰 소리로 말했다.

"여러 형제들에게 지금 당장 잘못을 저지르진 않았지만 머지않아 저지르게 될 것이오!"

그는 이 말을 마치고 나서야 몸을 일으킬 수 있었다.

여장이 강경한 목소리로 말했다.

"헛소리 마시오! 교 방주는 일을 처리함에 있어 공명정대하신 분이오. 그는 여태껏 옳지 않은 일을 저지른 적이 한 번도 없을뿐더러 앞으로는 더욱 그럴 리 없소. 그렇게 증거도 없는 황당무계한 말로 사람들을 선동하는 것이 바로 방주를 배반하겠다는 의도요. 솔직히 그런 헛소문은 나 역시 전해들은 바가 있지만 난 그 말이 허튼소리라 여겨져 그 말을 한 자의 늑골을 내 일권으로 부러뜨려버린 적이 있소. 한데 그런 말을 하는 당신의 허튼소리를 믿다니 모두 어리석기 한량없는 자들이오. 아무리 얘기해봐야 헛소리뿐일 테니 당장 자결하시오!"

교봉은 곰곰이 생각해봤다.

'이제 보니 내 배후에서 수많은 사람이 나한테 이롭지 않은 말을 해왔었구나. 여 장로도 들었지만 나한테 언급하기 편치 않았을 뿐이다. 그렇다면 그건 아주 듣기 싫은 말일 거야. 모름지기 대장부라면 말하지 못할 일이란 없는 법. 어찌 숨기는 것이 있을 수 있을까?'

그러고는 온화한 어조로 말했다.

"여 장로, 성급히 처리할 것 없소. 전 타주가 자초지종을 상세하게 털어놓도록 놔두시오. 해 장로와 송 장로마저 날 반대했다는 건 필시 나 교봉에게 잘못된 점이 있을 것이오."

송 장로가 큰 소리로 말했다.

"방주께 반기를 든 건 제 잘못이오. 더 이상 언급하지 마시오. 결정이 떨어지면 저 스스로 짧은 목 위에 있는 이 커다란 머리를 그어버리면 그뿐이오."

그의 이 말은 매우 우스꽝스러웠지만 모두들 하나같이 침통해 있던 터라 그 누구도 웃는 얼굴을 내보이지 않았다.

여장이 말했다.

"방주께서 지당한 말씀을 하셨습니다. 전관청, 말해보시오!"

전관청은 자신과 공모를 했던 해, 송, 진, 오 네 장로가 모두 포박된 것을 보고 이미 끝난 싸움이라 여겼지만 최후의 발악을 하지 않을 수는 없었기에 큰 소리로 외쳤다.

"난 마 부방주가 살해된 것이 교봉의 지시라 믿고 있소."

교봉은 온몸을 떨며 깜짝 놀라 말했다.

"무엇이라고?"

전관청이 말했다.

"당신은 늘 마 부방주를 증오해왔고 그를 제거하지 못해 안달이었소. 눈엣가시처럼 여겨왔던 거지. 방주 자리에 위협을 느껴서 말이오."

교봉은 천천히 고개를 가로저었다.

"아니오. 마 부방주와는 비록 교분이 두텁지 못하고 견해가 일치하진 않았지만 그를 해치겠다는 생각을 한 적은 없소. 이는 황천후토皇天后土께서 공감하실 것이오. 나 교봉이 마대원을 해칠 의도가 있었다면 내 지위와 명예는 땅에 떨어져 천 번의 칼을 맞는 재앙을 받고 천하 호한들의 조롱거리가 될 것이오."

진실로 가득한 이 몇 마디 말에는 드넓은 영웅의 기개가 느껴져 그 누구도 일말의 의심을 품을 수 없었다.

전관청이 반론을 제기했다.

"한데 우리 제자들이 소주로 가서 모용복을 찾아 복수하려 했건만 어찌하여 번번이 적과 결탁을 했던 것이오?"

이 말을 하고는 왕어언 등 소녀 셋을 가리켰다.

"저 세 사람은 모용복의 가속들이오. 한데 어찌 저들을 비호하는 것이오?"

그리고 단예를 가리키며 말을 이었다.

"또 저 녀석은 모용복의 친구인데 어찌 의형제를 맺는단 말…."

단예는 연신 손사래를 치며 큰 소리로 말했다.

"아니, 아니오! 난 모용복의 친구가 아니오. 난 모용 공자의 얼굴조차 본 적이 없소. 그리고 여기 세 분 낭자는 모용 공자의 친지일 뿐 가속이라 할 수는 없소."

그는 왕어언이 모용복의 친척일 뿐 가속까지는 아니라고 생각했지만 그 차이를 구별해 말할 수는 없었다.

전관청이 말했다.

"'아니로소이다, 아니로소이다'를 남발하는 포부동은 모용복 속하의 금풍장金風莊 장주이고 일진풍 풍파악 역시 모용복 속하의 현상장玄霜莊 장주로 그 두 사람은 당신 교봉이 구제해주지 않았다면 하나는 이미 난도질을 당해 토막이 나고, 다른 하나는 중독이 돼서 죽어버렸을 것이오. 우리 모두가 직접 목격한 상황인데 그래도 발뺌을 하려 하시오?"

교봉이 천천히 입을 열었다.

"우리 개방이 창건된 지 수백 년이 되도록 강호의 세인들에게 존경받고 있는 이유는 결코 숫자가 많다거나 고강한 무공을 지녀서가 아니었소. 그동안 개방이라는 이름으로 의협심을 발휘하고 공도公道를 주재해왔기 때문이오. 전 타주, 내가 저 젊은 낭자 세 사람을 비호했다고 했는데 그건 맞소. 내가 저들을 비호한 건 확실하오. 그건 내가 본방에서 수백 년 동안 지켜온 영예로운 명성을 아끼기 때문이오. 천하

영웅들로부터 '개방 무리들이 장로들과 합심해 연약한 여자 셋을 능욕했다'란 말을 듣고 싶지 않아서 말이오. 해, 송, 진, 오 네 장로 중 무림에서 명성이 중하지 않은 선배님이 누가 계시오? 개방과 네 분 장로의 명성을 당신은 아끼지 않아도 개방의 모든 형제가 아끼고 있소."

모든 제자는 이 말을 듣고 왕어언 등 세 낭자를 몇 번 쳐다보며 하나같이 일리 있는 말이라고 느꼈다. 만일 이 많은 사람이 저 연약한 낭자 셋을 괴롭혔다는 사실이 외부에 전해진다면 개방의 명성에 흠집이 갈 것은 틀림없는 사실이었다.

백세경이 말했다.

"전관청, 그래도 할 말이 있으시오?"

그는 고개를 교봉 쪽으로 돌려 다시 말했다.

"방주, 저런 도리를 모르는 역도와 더 이상 입씨름할 필요 없으니 속히 방규에 따라 반역자를 처단하십시오."

교봉은 속으로 생각했다.

'백 장로가 서둘러 전관청을 처단하려는 것은 필시 나에게 불리한 말을 토로하지 못하게 하겠다는 의도일 것이다.'

이 생각을 하다 큰 소리로 외쳤다.

"전 타주가 이 많은 사람이 반란 모의에 가담하도록 설득한 데에는 필시 중대한 연유가 있을 것이오. 사내대장부는 일을 행함에 있어 옳으면 옳고 틀리면 틀린 것이오. 형제 여러분, 교봉의 모든 행동 중에 잘못된 점이 무엇인지 기탄없이 말씀해보시오."

오장풍이 장탄식을 했다.

"방주, 방주께서는 정말 모르는 척 허세를 부리는 대간웅大奸雄인지,

아니면 솔직하고 호탕한 대호한大好漢인지 나 오장풍도 판별해낼 재간이 없지만 어쨌든 당장 이 몸을 죽여주시구려."

교봉은 속으로 의아한 마음에 물었다.

"오 장로, 어찌 이 몸을 위선자로 몰아붙이는 것이오? 아니… 당… 당신은 어떤 점에서 날 의심하는 것이오?"

오장풍이 고개를 가로저었다.

"이 문제를 언급하면 수많은 일이 연루가 될 것이오. 더구나 그 사실이 외부에 소문이라도 난다면 우리 개방은 강호에서 다시는 고개를 들 수 없을 것이며 모두가 우리를 업신여길 것이오. 우리는 당신 칼에 죽고 싶었소. 그것으로 끝이오."

교봉은 더욱 오리무중에 빠졌다. 그는 갈피를 잡지 못하고 중얼거리듯 말했다.

"왜? 왜?"

그러다 고개를 들어 말했다.

"내가 모용복 수하의 두 대장을 구했다고 내가 그와 결탁을 했다고 의심하는 것이로군. 아니오? 허나 당신들이 모반을 한 것이 먼저였고 내가 구한 것은 그다음이었으니 두 사건은 관련이 있을 수가 없소. 다시 말해 이 문제가 옳고 그르건 간에 지금 당장 단정할 수는 없다는 것이오. 어찌 됐건 난 마 부방주가 모용복에게 살해된 것이 아니라고 여기고 있소."

전관청이 물었다.

"어찌 그리 여기시오?"

그 문제는 그가 이미 한번 물어봤지만 도중에 뜻밖의 변고가 생겨 대화가 중단됐던 터라 이제 와서 다시 제기한 것이었다.

교봉이 말했다.

"난 모용복이 대영웅이자 대호한이라 결코 마 부방주를 살해하기 위해 손을 썼다고 생각하지 않소."

왕어언은 교봉이 모용복을 '대영웅이자 대호한'이라고 칭하는 말을 듣고 매우 기쁜 마음에 생각했다.

'저 교 방주도 과연 대영웅이자 대호한이로구나.'

단예는 오히려 이맛살을 잔뜩 찌푸리며 생각했다.

'아니오, 아니오! 꼭 그렇진 않소, 꼭 그렇진 않아! 모용복을 무슨 대영웅이나 대호한이라고 할 순 없지.'

전관청이 말했다.

"요 몇 달 동안 강호에서 피살당한 고수들이 적지 않소. 그들 모두 각자 자신의 명성을 떨친 절기 아래 목숨을 잃었소. 사람들 모두 고소 모용씨가 쓴 독수라고 알고 있소. 그들의 목적은 자신들의 기량을 과시해 위세를 드높이고 무림 인사들을 하나하나 굴복시킨 다음 그들의 위세에 놀라 반항조차 못하고 모용가의 검은색 영기令旗를 받아들게 만들어 그의 호령을 받들게 하려는 것이오. 고소모용이 무림지존이 되어 패도覇道를 하겠다는 야심을 드러낸 마당에 그 누가 알아채지 못하겠소? 그런 악랄한 수법으로 무림의 친구들을 살해하는데 어찌 영웅호한이라 할 수 있단 말이오?"

교봉은 자신의 자리에서 천천히 서성거리며 말했다.

"형제 여러분, 어젯밤에 내가 장음長陰에 있는 장강長江 변 망강루望江樓

에서 술을 마시다 한 젊은 유생을 만났소. 한데 놀랍게도 그 친구는 연달아 독주 열 사발을 마시고도 얼굴색 하나 변하지 않는 대단한 주량을 지닌 호한이었소!"

단예는 여기까지 듣다가 얼굴에 미소를 금할 길이 없었다.

'이제 보니 형님께서 어젯밤에 다른 사람과도 술 내기를 했었군. 누구든 주량만 세고 호탕하게 술을 마시면 마음에 들어서 호한이라고 말하는 거였어. 다 그렇다고 할 수는 없는데 말이야.'

교봉이 말을 이었다.

"난 그 친구와 똑같이 세 사발씩 마시고 강남의 무림 인물에 대해 논하기 시작했소. 그 친구는 자신의 장법이 강남에서 제이第二라고 자랑하면서 제일第一은 모용복 모용 공자라고 했소. 난 그와 3장을 대결해봤소. 제1장, 제2장, 제3장은 그가 모두 받아냈지만 제3장이 그의 왼손에 쥐고 있던 술 사발을 진동시켜 박살나버렸고 도자기 조각이 그의 얼굴을 그어 온통 피범벅이 되어버렸소. 허나 그는 태연자약한 얼굴로 말했소. '아까워라! 아까워! 좋은 술 한 사발이 너무 아깝소이다.' 난 애틋한 마음이 들어 제4장까지는 출수하지 않고 말했소. '귀하의 장법은 정묘하기 이를 데 없소. '강남 제이'라는 호칭이 부끄럽지 않구려.' '강남에서는 두 번째이지만 천하에서는 꼴찌지요.' '형씨, 너무 겸손해 마시오. 장법으로 논하자면 형씨는 실로 일류고수라고 말할 수 있소.' '이제 보니 개방의 교 방주가 납시었군요. 제가 기꺼이 승복하는 바요. 마지막에 사정을 봐주시어 큰 부상을 입지 않은 데 대해 감사드리오. 제가 한 사발 올리겠소!' 이렇게 우리 두 사람은 다시 세 사발을 대작했소. 헤어질 때 그의 이름을 물으니 그는 복성인 공야이며 이름은 한 글자인 건乾이라 했소. 이 건이란 글자는 건곤감리乾坤坎離의 건 자가 아니라 건배乾杯란 말의 건 자였소.• 그는 자신이 모용 공자의 수하인 적하장赤霞莊 장주라고 하면서 나한테 자신의 장원에 가서 사흘 동안 제대로 마셔보자고 청했소. 형제 여러분, 이런 인물이 어떠한 것 같소? 좋은 친구라 할 수 있지 않겠소?"

오장풍이 큰 소리로 말했다.

"공야건이란 자는 호한이며 좋은 친구요! 방주, 언제 나한테 소개 좀 시켜주시오. 나도 그 친구와 한번 삼장을 겨뤄봐야겠소."

그는 자신이 반란을 일으킨 범인으로 이미 죄인 신분이며 곧 있으면 처형당할 것이라는 사실도 잊은 채 남이 영웅호한에 대해 얘기하는 것을 듣고 사귀어보고 싶다는 마음을 금할 수 없었던 것이다. 교봉이 빙긋 웃으며 속으로 탄식을 했다.

'오장풍은 원래 저렇게 호탕하고 유쾌한 사람인데 이런 역모에 연루되었다니 의외로군.'

송 장로가 물었다.

"방주, 그 후에 어찌 됐소?"

교봉이 말했다.

"전 공야건과 작별을 한 후 그길로 무석을 향해 돌아왔는데 이경쯤 됐을 때 갑자기 한 다리 위에서 사내 둘이 큰 소리로 다투는 소리가 들렸소. 이미 날이 저물었지만 언쟁을 계속하는 사람들이 있는 것을 보고 뭔가 이상한 생각이 들어 슬쩍 다가가 구경을 하게 된 것이오. 자세히 보니 작은 외나무다리의 한쪽 끝에는 흑의를 입은 사내가 서 있고 다른 쪽 끝에는 어깨에 커다란 거름통을 짊어진 시골 농부가 하나서 있었는데 두 사람 다 서로 먼저 길을 지나겠다고 다투는 것이었소. 흑의를 입은 사내는 농부에게 자신이 먼저 다릿목에 도착했다며 뒤로 물러나라고 했고, 농부는 거름통을 지고 있어 뒤로 돌아갈 방법이 없다면서 흑의를 입은 사내한테 뒤로 물러나라며 실랑이를 벌였던 것이오. 그러자 그 흑의를 입은 사내가 이리 말했소. '우린 이미 초경부터 이경까지 이 짓을 하지 않았소? 다시 이경부터 아침이 밝을 때까지 이러고 있을지언정 절대 비킬 수는 없소.' 그러자 시골 사람이 말하더군. '내 거름통에서 나는 냄새가 두렵지 않다면 어디 계속해봅시다.' 흑의를 입은 사내가 말했소. '어깨를 거름통이 짓눌러 힘든 게 두렵지 않다면 어디 끝까지 해봅시다.' 난 이 상황을 보고 혼자서 우습기 짝이 없어 이런 생각을 했소. '저 흑의의 사내는 성격이 아주 특이하군. 몇 걸음 물러서서 양보하면 될 것을 거름통을 짊어진 농부한테 저렇게 얼굴을 맞대고 시간을 허비하고 있으니 무슨 재미가 있어 저러는 거지? 두 사람 말을 들어보니 이미 한 시진이나 저러고 있었다는 것 아닌가?' 난 호기심이 발동해 결과를 지켜보기로 했소. 최후에 흑의의 사내가 냄새가 두려워 항복을 할 것인지 아니면 시골 사람이 힘들어서 패배를 인정할 것인지 알고 싶었기 때문이오. 난 구린내를 맡고 싶지 않아 바람이 불어오는 곳을 찾아 멀찌감치 서 있었소. 두 사람이 나 한마디 너 한마디 주고받는 말을 들어보니 둘 다 강남 본토 말이라 모두 알아듣진 못했지만 결국 자기 말이 옳다는 것이었소. 그 농부는 고집이 있고 맷집도 좋아 거름통을 왼쪽 어깨에서 오른쪽 어깨로 짊어졌다가는 다시 오른쪽 어깨에서 왼쪽 어깨로 옮겨가며 단 한 걸음도 뒤로 물러서려고 하지 않았소."

단예는 왕어언을 바라보고 다시 아주와 아벽을 바라봤다. 세 소녀 모두 생글생글 웃어가며 흥미로운 눈초리로 듣고 있는 것을 보고 생각했다.

'지금은 방내의 역도를 처결하는 자리이니 얼마나 긴박한 상황인가? 한데 한가롭게도 교 대형은 저런 소소한 얘기나 하고 있다니 뜻밖이야. 더구나 저런 얘기로 왕 낭자와 다른 낭자들마저 흥미롭게 여기도록 만들다니. 교 대형처럼 저렇게 대단한 영웅한테 저런 동심이 남아 있다니 정말 모를 일이로군.'

예상외로 개방의 수백 제자들도 하나같이 조용히 경청만 할 뿐 교봉의 말을 무료하다 여기는 이는 한 명도 없었다.

교봉이 말을 이었다.

"난 한참을 보다가 점점 놀라기 시작했소. 그 흑의를 입은 사내가 외나무다리 위에 버티고 서서 마치 산처럼 꿈쩍도 하지 않는 모습을 보고 그가 상승무공을 지닌 것 같다 여겼기 때문이오. 그러나 거름통을 짊어진 농부는 아주 평범한 사람에 불과해 건장한 체격을 지니고 있긴 했지만 무공이라고는 전혀 모르는 사람이었소. 보면 볼수록 이상하게 여겨져 난 속으로 곰곰이 생각해봤소. '저 흑의를 입은 사내의 무공이 저토록 고강하다면 소지 끝만 내뻗어도 농부를 거름통과 함께 강물 속에 빠뜨릴 수 있을 텐데 뜻밖에도 그는 시종 무공을 사용하지 않는다. 이치대로라면 저 정도 고수는 응당 품위 있게 행동하는 것이 맞는다. 상대방이 양보하지 않는다 해도 가볍게 뛰어올라 머리 위로 날아 넘어간다면 간단히 끝날 일이 아닌가? 한데 굳이 저 농부와 자존심 대결을 펼치다니 정말 우습기 짝이 없구나!' 그때 흑의를 입은 사내가 목청을 높여 외치는 것이었소. '그래도 비키지 않겠다면 내가 욕을 퍼부어줄 것이오!' 그러자 그 농부가 말했소. '할 테면 해보시오. 당신만 욕할 줄 알고 난 못할 줄 아시오?' 이 말을 하더니 갑자기 선수를 쳐서 욕을 퍼붓기 시작하는 것이었소. 그러자 그 흑의를 입은 사내도 같이 욕을 퍼붓기 시작했고 두 사람은 너 한번, 나 한번 갖가지 저속하고도 비천한 욕을 서로 퍼부어댔지만 난 이 강남 사람들 욕을 단 한마디도 제대로 알아들을 수가 없었소. 그렇게 반 시진가량을 욕을 퍼부어대다 농부는 이미 지쳐서 힘이 모두 빠져버렸지만 흑의를 입은 사내는 내력이 충만해서인지 여전히 힘이 넘쳐흘렀소. 그 농부의 몸이 흔들리는 걸로 보아 일다경의 시간이 되기 전에 강물 속으로 빠질 것으로 보였으니 말이오. 그때 갑자기 그 농부가 손을 거름통 안에 넣어 똥물을 한 움큼 집더니 흑의를 입은 사내의 머리와 얼굴을 향해 냅다 집어던지지 뭐겠소. 흑의를 입은 사내는 그가 자신한테 똥물을 뿌릴 거라고는 생각지도 못했던 터라 외나무다리에서 피할 새도 없이 어이쿠 하며 얼굴과 입안 가득 똥물로 범벅이 되어버린 것이오. 난 속으로 이렇게 외쳤소. '큰일이군! 저 농부가 죽음을 자초하다니. 누구를 탓할 수 있으랴?' 그때 흑의의 사내가 대로한 나머지 손바닥을 들어 그 농부의 정수리를 향해 내려치려 하는 모습이 보였소."

단예가 귀로는 교봉이 하는 말을 듣고 눈으로는 앵두 같은 입술을 살짝 벌리고 관심 있게 지켜보는 왕어언의 표정만 바라보다 다시 그 옆을 힐끗 바라봤다. 아주와 아벽은 서로를 마주보며 생글생글 웃고 있었지만 크게 관심을 두는 것 같지는 않아 보였다.

교봉이 계속해서 말을 이어갔다.

"이런 뜻하지 않은 변고는 실로 순식간에 발생했소. 난 구린내를 맡고 싶지 않아 10여 장 밖에 서 있었기에 그 농부를 구하러 가고 싶어도 이미 때는 늦은 상황이었소. 그러나 뜻밖에도 흑의의 사내가 농부의 두개골에 일장을 내려치려다 별안간 손바닥을 허공에서 멈춘 채 더 이상 내려치지를 않고 껄껄 웃는 것이었소. '노형, 우리 두 사람 간의 인내심 대결에서 누가 이긴 것 같소?' 그 농부 역시 피곤한 성격이었던 터라 자신이 졌다는 걸 뻔히 알면서도 인정하려 들지 않고 말했소. '난 거름통을 짊어지고 있었으니 당연히 당신이 이득을 본 것 아니오? 믿지 못하겠다면 당신이 거름통을 짊어지고 난 맨몸으로 서서 누가 이기는지 한번 해봅시다.' 흑의의 사내가 말했소. '그 말도 옳소!' 그는 손을 뻗어 그의 어깨에 있던 거름통을 건네받아 왼팔을 곧게 뻗어 왼손 손바닥을 멜대 중간에 놓고 평평하게 떠받쳤소. 그 농부는 그가 손만 가지고 거름통을 받친 채 팔과 어깨를 같은 높이로 들고 있는 것을 보고 자기도 모르게 어리둥절해하더니 이런 말만 했소. '아니… 당신….' 흑의의 사내가 웃으며 말했소. '난 이렇게 받들고 선 채 팔을 바꾸지 않겠소. 이대로 대치를 하다 누구든 진 사람이 이 거름통에 든 똥물을 모두 마시기로 합시다.' 그 농부가 어찌 그의 이런 신공을 보고 감히 그와 언쟁을 벌일 수 있단 말이오? 그 농부는 황급히 후퇴를 하려다 당황한 나머지 발을 헛디뎌 강물 쪽으로 떨어지고 말았지만 순간 흑의의 사내가 오른손을 쭉 뻗어 그의 뒷덜미를 움켜쥐고 오른팔을 수평으로 들어올리는 거였소. 그는 이렇게 왼쪽 손으로 거름통을 들고 오른쪽 손으로는 사람 한 명을 움켜쥔 채 껄껄 웃더니 말하더군. '정말 재미있군! 재미있어!' 이 말을 하면서 몸을 훌쩍 날려 건너편 강

기슭에 사뿐히 내려가 농부와 거름통을 바닥에 내려놓고 경공을 펼쳐 뽕나무 숲으로 모습을 감추어버렸소. 그 흑의의 사내가 입안에 똥물이 뿌려졌을 때 그 농부를 죽여버리려 했다면 그건 식은 죽 먹기였을 것이오. 함부로 살인을 하길 원치 않았다 해도 따귀 몇 대 정도는 때릴 만한 상황이었지만 그는 실력만 믿고 함부로 위세를 보이지 않았소. 그자는 매우 드문 성격의 소유자라 무림에서는 찾아보기 힘들다 할 수 있소. 형제 여러분. 이건 내가 직접 본 얘기요. 그자와는 거리가 꽤 있어 내가 지켜보고 있다는 사실을 알 리 없었기에 의도적으로 그랬다고 볼 수는 없소. 이러한 사람이 좋은 친구이자 대호한이라 할 수 있지 않겠소?"

오 장로와 진 장로, 백 장로 등이 일제히 답했다.

"그렇습니다. 대호한이지요."

진 장로가 말했다.

"방주께서 이름을 물어보지 않은 게 안타깝군요. 안 그랬다면 우리 모든 형제한테 강남 무림에 그런 훌륭한 인물이 있다는 걸 알려줬을 텐데 말입니다."

교봉이 천천히 말을 이었다.

"그 친구가 바로 조금 전 진 장로와 대결을 펼치며 손등에 진 장로의 독 전갈에 상처를 입었던 그 사람이오."

진 장로가 깜짝 놀랐다.

"일진풍 풍파악!"

교봉이 고개를 끄덕이며 말했다.

"그렇소!"

단예는 그제야 이해할 수 있었다. 교봉이 그 일화를 상세하게 말한 이유는 풍파악의 성격을 설명하기 위함이었다. 그는 그자가 추악한 외모에 싸움을 좋아하는 성격이긴 하나 사실은 천성이 매우 선량한 인물이니 외모로 사람을 평가해선 안 된다는 말을 하고 싶었던 것이다. 조금 전에 왕어언은 관심을 가지고 들었지만, 아주와 아벽이 서로 마주보고 미소를 지은 이유는 아주와 아벽 두 소녀가 풍파악의 성격을 익히 알고 있었기 때문이었다. 그렇게 난데없이 남과 기싸움을 할 만한 사람은 풍파악이 틀림없고 풍파악은 절대 무고한 살인을 할 사람이 아니란 것을 알고 있었던 것이다.

교봉이 말을 계속했다.

"진 장로, 우리 개방이 강호의 제일대방으로 자리하게 되면서부터 당신은 본방에서 가장 중요한 인물이었소. 따라서 그 신분과 명성은 강호의 일개 무인인 풍파악과 한데 섞어 논할 수 없는 것이오. 풍파악은 굴욕을 받으면서도 무고한 사람을 해치지 않는데 우리 개방의 고수가 어찌 그보다 못할 수가 있단 말이오?"

진 장로는 귀밑까지 빨갛게 달아오른 얼굴로 말했다.

"지당하신 말씀이시오. 방주께서 저에게 해약을 내주라고 한 것도 이제 보니 우리 개방의 명성과 수하들의 신분을 고려한 것이었군요. 이 진고안陣孤雁이 방주의 호의를 알아보지 못하고 괜한 원망만 했으니 그야말로 바보 멍청이가 따로 없는 것 같소이다."

교봉이 말했다.

"본방의 명성과 진 장로의 신분을 고려한 것은 두 번째였소. 우리같이 무예를 배운 사람들이 우선적으로 고려해야 할 것은 바로 무고한 사람들을 해치지 않는다는 원칙이오. 진 장로가 본방의 수뇌 인물이 아니고 무림에서 명성이 자자한 장로가 아니라 해도 시비곡직을 따지지 않고 사람의 목숨을 취할 수는 없는 것이오!"

진 장로는 곧바로 고개를 숙였다.

"이 진고안이 잘못을 인정합니다."

교봉은 자신의 이 일장 연설에 사대장로 중 가장 오만하고 길들여지지 않은 진고안이 설복되는 것을 보고 속으로 매우 기뻐 천천히 말을 이었다.

"공야건은 호탕하고 뛰어난 인물이고, 풍파악은 시비가 분명한 사람이며, 포부동은 자유롭고 대범한 사람이오. 더구나 저 세 낭자 역시 모두 다 온화하고 선량한 사람들이며 그들 모두 모용 공자의 수하가 아니라 그의 친척과 친구들이오. 옛말에도 유유상종이란 말이 있소. 여러 형제들도 냉정하게 생각해보시오. 모용 공자와 함께 살고 사귀는 사람들이 모두 이러한데 모용 공자 본인이 비열하고 후안무치한 사람일 리가 있겠소?"

개방의 고수들은 하나같이 의리를 중히 여기고 친구를 사랑했기 때문에 이 말을 듣고 일리가 있다고 여겨 모두들 옳다고 소리치며 맞장구를 쳤다.

전관청이 말했다.

"방주, 방주의 견해에 따르면 마 부방주를 살해한 자는 절대 모용복이 아니라는 것이오?"

교봉이 말했다.

"모용복이 마 부방주를 죽인 범인이라고 감히 말할 수는 없지만 그가 반드시 범인이 아니라고 말할 수도 없소. 원수를 갚는 문제는 당장 서두르기보다 면밀한 조사가 선행되어야 하오. 만일 조사 결과 모용복이 명백하다면 당연히 그를 죽여 마 부방주의 원한을 설욕해야 할 것이며, 그가 아닌 것이 확실하다면 끝까지 진범을 잡아내야만 하오. 만일 섣부른 추측만으로 호인을 범인으로 오인해 죽인다면 진범은 오히려 유유자적하며 속으로 어리석고 무능한 개방의 행태를 비웃을 것이오. 그리되면 착오로 죽은 억울한 사람과 마 부방주에게 죄를 짓게 되는 결과를 가져오게 됨은 물론 우리 개방의 당당한 명성마저 손상을 입고 말 것이오. 우리 개방이 일을 행함에 있어 경솔하고 무고한 사람에게 억울한 누명을 씌워 함부로 살인을 하는 무리라고 손가락질을 받게 될 것이란 말이오. 여러 형제들이 강호를 떠돌다 누군가에게 조롱을 받고 등 뒤에서 욕하는 소리를 듣는다면 기분이 어떠할 것 같소?"

개방의 군웅이 이 말을 듣자 모두 감동 어린 표정을 지었다. 여장은 손을 뻗어 턱 밑에 듬성듬성 나 있는 수염을 쓰다듬으며 말했다.

"일리 있는 말입니다. 과거 내가 한 무고한 호인을 잘못 죽여 지금까지도 가슴속에 남아 있지. 음… 지금까지도…."

오장풍이 큰 소리로 말했다.

"방주, 우리가 반역을 도모하게 된 건 남의 말을 오신誤信했기 때문이오. 방주가 마 부방주와 불화가 있어 암암리에 고소모용씨와 결탁해 죽였다고만 생각했던 것이오. 갖가지 사소한 일들을 모아놓고 보니 믿지 않을 수가 없었던 거요. 지금 생각해보니 우리가 많이 모자랐던 것 같소. 백 장로, 어서 법도를 내오시오. 방규에 따라 자결을 하도록 하겠소."

백세경이 서릿발같이 차가운 얼굴을 한 채 가라앉은 목소리로 말했다.

"집법 제자, 본방의 법도를 가져와라."

그의 수하인 아홉 명의 제자가 일제히 답했다.

"네!"

그들은 각자 등 뒤에 메고 있던 포대 안에서 황포 보자기를 꺼낸 다음 보자기를 열어 단도 한 자루씩을 꺼냈다. 광채를 내뿜는 같은 크기의 단도 아홉 자루를 일렬로 늘어놓자 불빛에 비친 칼날 위로 서슬 퍼런 광채가 번뜩였다. 한 집법 제자가 나무토막 하나를 두 손으로 받쳐 들고 오자, 아홉 명의 제자가 동시에 각각 한 자루씩 모두 아홉 자루의 단도를 나무에 꽂았다. 손으로 꽂히는 것으로 보아 이 칼들은 모두 범상치 않게 예리한 것 같았다. 집법 제자 아홉 명이 일제히 부르짖었다.

"법도를 대령했습니다! 이상이 없는지 살펴보십시오!"

백세경은 긴 한숨을 내쉬었다.

"해, 송, 진, 오 사대장로는 남의 말을 오신하고 반란을 도모하여 본방의 대업에 위해를 끼쳤으니 그 죄는 일도一刀 처형에 해당된다. 대지분타 타주 전관청은 유언비어를 날조해 개방의 형제들을 미혹시켜 내란을 선동하였으니 그 죄는 구도九刀 처형에 해당된다. 반란에 가담한 각 타의 제자들은 향후 상세한 조사를 통해 죄질에 따라 각자 처벌할 것이다."

그가 각자의 형벌을 선포하자 모든 제자는 아무 소리도 내지 못했다. 강호의 그 어떤 방회도 자신의 방을 배반하고 방주를 모해하려 했다면 응당 처형을 당하기 마련이었으며 그 누구도 이견을 제시할 수 없었다. 반란 모의에 참여한 모든 이도 이미 이런 후폭풍을 예견하고 있었다.

해 장로가 큰 걸음으로 성큼성큼 앞으로 걸어가 교봉에게 몸을 굽히며 말했다.

"방주, 이 해산하奚山河가 방주께 큰 죄를 지었으니 자결을 하겠소. 내 어리석음을 아셨으니 내가 죽고 나면 부디 이 해산하를 용서해주기 바라오."

이 말을 하고는 법도가 있는 쪽으로 나아가 큰 소리로 외쳤다.

"나 해산하가 자결을 할 것이니 집법 제자는 포박을 풀어라."

한 집법 제자가 답했다.

"네!"

대답과 동시에 앞으로 나아가 그의 포박을 풀어주려 하자 교봉이 소리쳤다.

"멈춰라!"

해산하는 이내 얼굴이 잿빛으로 변해 나지막이 말했다.

"방주, 너무 큰 죄라 자결마저 불허하시는 것이오?"

개방의 규율에는 방규를 위배한 자가 자결을 하면 사후에 그 오명이 씻기고 그 죄과에 대한 행적 역시 외부에 전하지 않게 되어 있어 강호에서 누군가 그의 악행을 떠들고 다닌다면 개방에서는 오히려 오명을 벗을 수 있도록 관여했다. 무림 호한들은 누구든 명성을 중히 여겨 자신이 죽고 난 뒤에 자신의 이름이 누군가에게 더렵혀지는 것을 원치 않았다. 그렇기에 해산하는 교봉이 자결조차 불허하는 것으로 알고 부끄럽고 당황해하지 않을 수 없었던 것이다.

교봉은 대답도 하지 않고 벌도 앞으로 걸어갔다.

"15년 전, 거란국이 안문관雁門關을 침입했을 때 해 장로는 그 소식을 듣자마자 사흘을 굶고 나흘 밤을 꼬박 새워 밤새 이 긴급 군정을 보고하러 달려왔소. 당시 그는 준마 아홉 필이 쓰러지고 자신 역시 지친 몸에 내상까지 입어 선혈을 토하는 악조건 속에서도 그리했던 것이오. 결국 우리 대송 수비군이 군정을 듣고 미리 대비한 끝에 거란 기병들이 뜻을 이루지 못한 채 물러가기에 이르렀고, 이는 나라에 큰 공을 세운 것이라 할 수 있소. 강호의 영웅들은 자세한 내막을 모르고 있지만 우리 개방에서는 이를 잘 알고 있소. 집법 장로, 해 장로의 공로가 적지 않으니 부디 장로께서 이를 헤아려 과거의 공로로 죄를 상쇄할 수 있게 해주시오."

백세경이 말했다.

"방주께서 해 장로를 대신해 용서를 구하시는 그 말에도 일리는 있습니다. 그러나 본방의 방규에 이런 조항이 있습니다. '방을 배반한 대죄는 절대 사면될 수 없으며 큰 공이 있더라도 결코 상쇄될 수 없다. 이는 자신이 유공자인 점을 들어 교만한 태도로 문제를 일으키고 본방에 대대로 이어져 내려온 기업基業을 위태롭게 만드는 상황을 피하기 위함이다.' 방주, 방주의 호소는 방규에 어긋나는 것입니다. 대대로 전해내려오는 규율을 거스를 수는 없습니다."

해산하가 씁쓸하게 웃으며 말했다.

"집법 장로의 말씀은 조금도 틀림이 없소. 우린 이미 장로라는 자리에 있는 사람들인데 이렇다 할 전공戰功 하나 없는 이가 어디 있겠소?

누구나 옛 공로를 추론한다면 그 어떤 죄도 범할 수 있을 것이오. 방주께서는 넓은 아량으로 제가 자결할 수 있도록 허락해주시기 바랍니다."

그때 뚜둑 소리와 함께 그의 손목을 묶고 있던 쇠심이 끊어졌다.

개방 제자들은 하나같이 감탄을 금치 못했다. 그 쇠심은 무척이나 견고하고 질겨 강철 칼의 예리한 날을 사용해도 단번에 자르기가 힘든데 뜻밖에도 해산하가 손을 쳐들기만 했는데도 잘려나갔으니 개방의 사내장로 중 수뇌의 실력으로서 손색이 없다 할 수 있었다. 해산하는 양손이 포박에서 풀리자 눈앞에 있는 법도를 움켜쥐고 자결을 하고자 했다. 그러나 어디선가 한 줄기 부드러운 내경이 압박해 들어왔다. 그의 손가락과 법도와의 거리는 1척가량밖에 되지 않았지만 손이 더 이상 뻗어지지를 않았다. 교봉이 법도를 가져가지 못하게 막은 것이었다.

해산하는 참담한 얼굴로 소리쳤다.

"방주, 지금…."

교봉이 손을 뻗어 왼쪽 첫 번째 법도를 뽑아 들자 해산하가 말했다.

"됐소, 관둡시다. 내가 방주를 죽이겠다는 마음을 품었으니 죽어 마땅한 죄요. 어서 죽여주시오!"

순간 도광이 번뜩이며 퍽 하는 소리가 들렸다. 교봉이 법도를 자신의 왼쪽 어깨에 쑤셔넣은 것이다.

모든 이가 비명을 지르며 약속이나 한 듯이 동시에 몸을 일으켰다. 단예가 깜짝 놀라 소리쳤다.

"형님, 지금…."

제3자인 왕어언조차 예상치 못한 변고에 놀라 꽃 같은 얼굴이 새파랗게 질린 채 비명을 내질렀다.

"교 방주, 그러지 마세…."

교봉이 말했다.

"백 장로, 본방의 방규 중에 이런 조항이 있을 것이오. '본방의 제자가 방규를 위배하면 사면할 수 없지만 방주가 관용을 베풀려 할 때 스스로 선혈을 흘려 그 죄를 씻을 수 있다.' 아니오?"

백세경의 얼굴은 여전히 돌처럼 딱딱하게 굳어 있었다. 그는 천천히 입을 열었다.

"방규에 그런 조항이 있긴 하나 방주께서 스스로 선혈을 흘려 남의 죄를 씻으려면 그게 마땅한 처사인지 아니면 가치가 있는지 생각해봐야 할 문제입니다."

교봉이 말했다.

"조종의 유법을 거스르지만 않으면 되는 것 아니오? 내가 피를 흘려 해 장로의 죄를 씻어줄 것이오."

그는 몸을 돌려 송 장로를 향해 말했다.

"송 장로는 과거 나에게 무공을 가르쳤소. 비록 사부라는 명의는 없었지만 실질적인 사부나 마찬가지였소. 물론 이는 사사로운 은덕이라 할 수 있소. 하지만 과거 왕 방주께서 거란국 오대고수의 매복에 당해 사로잡히고 기련산祁連山 흑풍동黑風洞에 감금되어 우리 개방이 거란으로부터 투항을 종용받았을 때를 생각해보시오. 송 장로는 작고 당당한 왕 방주의 몸이 자신과 닮았다며 왕 방주의 모습으로 변장한 뒤 기꺼이 죽음을 대신해 왕 방주를 위기에서 구해낼 수 있었소. 후에 송 장로는 그곳을 탈출해 살아 돌아오긴 했지만 그곳에서 모진 고문을 받아야만 했소. 이는 나라와 본방에 큰 공을 세운 것이니 본인은 그의 죄를 사면하지 않으면 안 되겠소."

이 말을 하면서 두 번째 법도를 뽑아 들고는 가볍게 휘둘러 송 장로의 손목 사이에 묶인 쇠심을 잘라버렸다. 이어서 손을 돌려 법도를 자신의 어깻죽지에 쑤셔넣었다. 송 장로가 큰 소리로 외쳤다.

"방주, 기련산 흑풍동에서 절 구해온 건 방주였소. 그 말씀은 왜 안 하시오? 내가 그런 방주를 배반하다니!"

교봉의 눈빛은 진 장로를 향해 움직였다. 진 장로는 워낙 괴팍한 성격이라 왕년에 가문에 큰 잘못을 저질러 개명을 하고 도망친 적이 있어 남들이 자신의 허물을 캐낼까 늘 염려하며 살아왔다. 그 때문에 속으로 영리하고 능력 있는 교봉을 시기해 언제나 서먹서먹한 관계를 지속하며 깊은 교분을 나누려 하지 않았다. 이제 교봉의 눈빛이 자신을 향하자 큰 소리로 외쳤다.

"교 방주, 난 방주와는 어떤 교분도 없었고 평소 과오만 많았을 뿐이니 감히 방주의 피로 내 목숨을 상쇄해달라 청할 수 없소."

이 말을 하고는 자신의 두 팔을 뒤집어 돌연 등 뒤에서 앞으로 가져가는 것이었다. 그의 손목은 여전히 쇠심에 꽁꽁 묶여 있었다. 알고 보니 그는 통비권공通臂拳功을 이미 입신의 경지까지 연마해 양팔을 자유자재로 늘였다 줄였다 할 수 있었다. 그가 몸을 한번 웅크리자 팔이 약간 늘어나면서 법도 한 자루가 손에 쥐어져 있었다.

교봉이 손을 뒤집어 금나수를 펼쳐서는 그의 손에 있던 단도를 살며시 낚아챘다.

"진 장로, 나 교봉은 조심스럽고 소심한 성격을 가진 친구와 사귀는 걸 좋아하지 않소. 또 술 마시는 걸 싫어하거나 말을 많이 하고 크게 웃고 떠들기를 원치 않는 사람들도 좋아하는 편이 아니오. 이는 내 천성이라 어쩔 수가 없소이다. 당신과 성격이 일치하지 않아 평소에 많은 말을 할 수 없었고, 마 부방주는 사람 자체를 좋아하지 않아 그가 오는 것을 보면 차라리 가서 일대, 이대쯤 되는 낮은 제자들과 독주에 개고기를 먹을지언정 왕왕 자리를 피하고는 했소. 그러나 내가 당신과 마 부방주를 제거하려 했다고 여긴다면 그건 크나큰 오산이오. 당신과 마 부방주는 노련하고 신중해서 좀처럼 술에 취하지 않으니 그건 두 사람의 크나큰 장점이오. 나 교봉은 당신들에 미치지 못한다 할 수 있소."

여기까지 말을 하고 법도를 자기 어깨에 찔러넣고는 말했다.

"거란국 좌로左路 부원수副元帥 야율불로耶律不魯를 찔러 죽인 공로를 남들은 모른다 해도 어찌 나까지 모를 수 있겠소?"

개방 무리 속에서 갑자기 나지막이 속삭이는 소리가 들려왔다. 그 목소리 속에는 경이로움과 탄복, 찬탄이 혼재해 있었다. 원래 수년 전 거란국이 대규모 침략을 감행했지만 거란군 대장 수 명이 연이어 급사하자 출병이 여의치 않다고 여기고 소득 없이 돌아가 송나라에서 큰 화를 면한 적이 있었다. 급사를 한 대장 중에는 좌로 부원수 야율불로도 포함되어 있었다. 개방 내에서는 최고위 수뇌 인물 몇 명을 제외하고는 그 누구도 그게 진 장로가 세운 공로였다는 사실을 모르고 있었다.

진 장로는 교봉이 제자들 앞에서 자신의 공로를 널리 공포하는 말을 듣고 속으로 안위를 하며 나지막이 말했다.

"나 진고안이 천하에 명성을 떨치게 된 건 방주의 은덕 덕분임을 느끼고 있소."

그는 큰 소리로 말했다.

"방주, 그 공로는 방주의 명을 받든 것일 뿐이오."

개방은 줄곧 송나라를 도와 외적의 침입에 맞서 싸우며 나라와 백성들을 보호해왔다. 그러나 적들이 개방을 주목해 집중적으로 공격하는 상황을 초래하도록 만들지 않기 위해 승패는 물론 각종 계획이나 행동들 모두 이행하는 것으로만 끝내고 절대 외부에 누설하지 않았다. 이는 외부 사람들이 내막을 모르게 만들기 위함이었다. 따라서 개방 내 사람들에게도 최대한 비밀을 지킬 수 있도록 했다. 진고안이 늘 자신은 교봉보다 나이가 많고 개방 내에서의 경력 역시 교봉보다 오래됐다는 점을 들어 평소 그를 대할 때 그리 겸허해하지 않고 매우 오만불손한 태도로 일관해왔다는 사실을 개방의 모든 제자도 알고 있었다. 그때 방주가 뜻밖에도 그의 그릇된 태도를 유념하지 않고 그를 대신해 피로써 죄를 상쇄시켜주려는 모습을 보고 모두들 감동하지 않을 수 없었다.

교봉은 오장풍 앞으로 걸어가 말했다.

"오 장로, 과거 당신은 홀로 응수협鷹愁峽을 지키면서 서하 일품당 고수에 맞서 싸워 양가장楊家將 암살 음모를 무산시켜버린 적이 있었소. 양 원수元帥가 하사한 기공금패記功金牌만 가지고도 오늘의 당신 죄를 사면할 수가 있소. 어서 그걸 꺼내 모두에게 보여주시오!"

오장풍은 돌연 얼굴이 달아올라 부끄러운 기색으로 말했다.

"그… 그게…."

교봉이 말했다.

"우린 모두 같은 형제 아니오. 뭐가 문제인지 말씀해보시오."

오장풍이 말했다.

"그 기공금패 말입니다. 솔직히 말씀드려 그… 그게… 이미… 없어졌소."

교봉이 의아해하며 말했다.

"어찌 없어졌다는 말이오?"

오장풍이 말했다.

"내가 잃어버렸소. 음…."

그는 정신을 가다듬고 큰 소리로 말했다.

"언젠가 음주벽이 발동했는데 수중에 술 살 돈이 없어 금방에다 금패를 팔아버렸소!"

교봉이 껄껄대고 웃으며 말했다.

"대장부답게 시원시원하시오! 양 원수께는 좀 미안하게 됐구려."

이 말을 하면서 법도 한 자루를 뽑아 들고 우선 오장풍 손목에 묶인 쇠심을 끊어버리고 곧이어 자신의 왼쪽 가슴에 쑤셔 박았다.

오장풍이 큰 소리로 외쳤다.

"방주, 방주께선 인의로운 분이시오. 이 오장풍의 목숨을 이제 방주께 바치겠소. 그 누가 방주에 대해 뭐라 해도 다시는 믿지 않을 것이오."

교봉은 그의 어깨를 툭툭 치며 웃었다.

"우리는 비렁뱅이가 아니오? 먹을 밥이 없고 마실 술이 없다면 남한테 빌어먹으면 되지 금패까지 팔 필요는 없지 않소?"

오장풍이 웃으며 말했다.

"밥은 빌어먹기 쉽지만 술은 빌어먹기 어렵소. 다들 이리 말합디다. '더러운 비렁뱅이! 배가 부르니까 술을 마시려 들다니 정말 말이 아니로구나! 못 준다, 못 줘!'"

개방의 모든 걸개가 그 말을 듣고 웃음이 빵 터졌다. 술을 구걸하다 거절당하는 일은 개방의 적지 않은 사람들이 경험해보기도 했거니와 교봉이 사대장로의 죄를 사면하자 다들 무거운 짐을 내려놓은 느낌이 들었던 것이다. 모든 이의 시선은 일제히 전관청에게 쏠렸다. 모두들 그가 이번 반란을 선동한 주모자이니 교봉이 아무리 아량이 넓다 해도 절대 사면할 수 없을 것이라고 생각했다.

교봉은 전관청 앞으로 걸어와 말했다.

"전 타주, 할 말이 있으시오?"

전관청이 말했다.

"내가 당신을 배반한 이유는 대송 강산과 개방의 백대 기업을 위해서였소. 애석하게도 나에게 당신 출신 내력의 진상을 말해준 사람은 죽음이 두려워 감히 모습을 드러내지 못하고 있소. 허니 날 일도에 죽여주시면 그뿐이오."

교봉이 잠시 생각에 잠겼다가 말했다.

"내 출신 내력에 어떤 문제가 있는지 마음껏 말해보시오."

전관청이 고개를 가로저었다.

"지금 근거 없는 말을 해봐야 아무도 믿지 않을 것이오. 그냥 날 죽이는 게 나을 거요."

교봉이 의구심에 가득한 표정으로 소리쳤다.

"사내대장부가 할 말이 있으면 하면 그뿐이지, 어찌 이리저리 둘러대며 할 말을 못하는 것이오? 전관청, 당신은 죽음을 두려워하지 않는 호한이거늘 어찌 기탄없이 말을 못하고 주저하는 것이오?"

전관청이 냉소를 머금었다.

"그렇소. 난 죽음을 두려워하지 않소. 천하에 그 무엇이 두렵겠소? 여봐라! 교가야! 지금 당장 속 시원히 일도를 휘둘러 날 죽여라! 내가 세상에 살아남아 우리 대개방이 호인胡人 수중에 넘어가고 우리 대송 금수강산이 이적夷狄에게 멸망하는 꼴을 보지 않도록 말이다."

교봉이 말했다.

"대개방이 어찌 호인 수중에 넘어간단 말이오? 자세히 말해보시오."

전관청이 말했다.

"내가 지금 말해봐야 모든 형제가 믿지 않을 것이오. 오히려 나 전관청이 죽음을 두려워하여 근거도 없이 혀를 놀리는 것이라 여길 테지. 이미 죽기를 각오한 이상 굳이 사후에까지 오명을 뒤집어쓸 필요는 없지 않겠소!"

백세경이 큰 소리로 말했다.

"방주, 저자는 입에서 나오는 대로 허튼소리를 지껄여 방주께서 사면을 해주길 기대하는 것일 뿐입니다. 집법 제자, 법도를 들어 형을 집행하라!"

집법 제자 하나가 대답했다.

"네!"

그는 대답과 동시에 앞으로 나아가 법도 한 자루를 뽑아 들어 전관청 앞으로 걸어갔다.

교봉은 눈도 깜빡하지 않은 채 전관청의 안색을 응시했다. 그의 얼굴에는 오로지 공평치 못한 데 대한 분노만이 서려 있을 뿐 간사하고 교활한 모습이라고는 보이지 않았다. 또한 두렵거나 당황한 기색이 없고 또 다른 내막이 있는 듯 보이자 속으로 더욱 의구심이 들어 곧바로 집법 제자를 향해 말했다.

"법도를 가져와라."

그 집법 제자가 두 손으로 칼을 받들고 몸을 굽혀 교봉에게 바쳤다.

교봉은 법도를 받아들고 말했다.

"전 타주, 내 출신 내력의 진상을 알고 있고, 또한 그 일이 본방의 안위와 관련이 있다고 했는데 도대체 진상이 무엇인지 어찌 실토하지 않는 것이오?"

여기까지 말하고는 법도를 보자기에 싸서 자기 품 안에 집어넣고 말했다.

"반란을 선동한 죄는 죽음을 면키 어렵소. 다만 오늘은 목숨을 남겨두었다 진상이 밝혀지고 난 후에 내가 친히 죽일 것이오. 나 교봉은 결코 남의 호의나 사려 하는 시정잡배가 아니오. 당신을 죽이기로 결심한 이상 내 손바닥을 벗어나게 놔두진 않을 것이오. 등에 진 포대를 풀고 떠나시오. 오늘 이후로 우리 개방에 당신 같은 사람은 없소."

이른바 '등에 진 포대를 풀라'는 말은 곧 방에서 축출한다는 의미였다. 개방 제자들은 처음 입방入幇해서 담당 직무가 없는 자를 제외하고는 모든 사람이 공히 포대를 지고 있었다. 많게는 아홉 포대에서 적게는 한 포대까지 포대가 많고 적음에 따라 서열과 직위 고하가 정해졌다. 전관청은 교봉이 등에 진 포대를 풀라고 명하자 돌연 눈에서 살기가 돌며 몸을 돌려 법도 한 자루를 뽑아 들고는 손목을 뒤집어 칼끝을 자신의 가슴에 겨누었다. 강호의 방회에 몸담은 사람이 방에서 축출된다는 것은 실로 말로 형용할 수 없는 크나큰 치욕이었기에 당장 처단을 당하는 것보다 더욱 견딜 수 없는 일이었다.

교봉은 차가운 눈초리로 그가 그 일도로 자신을 찌를 것인지 지켜보았다.

전관청은 손목조차 떨지 않고 차분하게 법도를 잡은 채 고개를 돌려 교봉을 바라봤다. 두 사람이 서로를 응시하자 일순간 행자림 안은 쥐 죽은 듯 조용해졌다. 전관청이 대뜸 말했다.

"교봉, 정말 태연자약하구나! 네가 진정 그 사실을 모른다는 것이냐?"

교봉이 말했다.

"뭘 말이오? 말해보시오!"

전관청은 입술이 움찔했지만 끝끝내 아무 말 하지 않고 법도를 제자리에 가져다 놓더니 천천히 등에 진 포대 여덟 개를 하나씩 풀어헤쳐 바닥에 내려놓았다. 포대를 풀어놓는 그의 행동이 매우 느린 것으로 보아 퍽이나 원치 않는 듯했다.

전관청이 다섯 번째 포대를 내려놓는 순간 갑자기 말발굽 소리와 함께 북쪽에서 말 한 마리가 급히 달려왔다. 뒤이어 한두 번의 휘파람 소리가 들려왔다. 개방 제자 중 누군가 휘파람으로 대응하자 그 말은 갈수록 빨리 달려 점점 가까이 다가왔다. 오장풍이 중얼거렸다.

"무슨 긴한 변고라도 생긴 것인가?"

말이 아직 도착하기도 전에 갑자기 동쪽 편에서도 한 마리 말이 달려오는 소리가 들려왔다. 전관청은 문제가 생겼다 느껴 포대를 내려놓던 손을 멈추고 천천히 뒤로 물러서 자기 분타 쪽으로 돌아갔다. 교봉은 당장 추궁하기보다 우선은 누가 오는지 보고 얘기해야겠다고 생각했다.

순식간에 북쪽에서 달려온 말이 숲 밖에까지 당도했다. 누군가 말을 몰아 숲속으로 들어와 안장 밑으로 훌쩍 내려왔다. 그자는 소매가 넓은 두루마기를 걸쳤는데 의복이 매우 화려했다. 그자가 재빠른 솜씨로 겉옷을 벗자 그 안에는 여기저기를 기워서 매우 남루한 개방의 차림새가 드러났다. 단예는 깊은 생각에 잠겨 있다 이내 알아차렸다.

'개방 사람들이 말을 타고 달리면 남의 이목이 집중되기 십상이다. 관부 사람들이 그 모습을 보고 필시 검문을 하거나 간섭을 하는 일이 잦기 때문이지. 긴한 소식을 보고해야 하는 사람은 말을 타야만 한다. 그 때문에 긴급 전령은 부유한 상인으로 변장을 하되 안에는 여전히 남루한 의상을 입어 본분을 망각하지 못하게 한 것 아니던가.'

그 전령은 대신분타 타주 앞으로 달려와 작은 보자기 하나를 공손하게 바치며 말했다.

"긴급 군정…."

그는 단 한 마디 말을 채 마치기도 전에 숨을 헐떡거렸다. 별안간 그가 타고 온 말이 긴 울부짖음 소리와 함께 그 자리에 곤두박질쳐버렸다. 기운이 빠져 죽고 만 것이다. 그 전령 역시 몸을 흔들 하더니 풀썩 엎어지고 말았다. 이것만 봐도 그 전령과 말이 아주 먼 길을 내달려오느라 탈진을 했다는 것을 알 수 있었다.

대신분타 타주는 이 전령이 분타에서 정탐을 위해 서하에 파견한 제자 중 하나라는 걸 알고 있었다. 서하는 시시때때로 군사를 일으켜 변경을 침범해왔으며 토지를 점령하고 백성들에게 피해를 주기 일쑤였지만 그래도 그 폐해가 거란에 비해서는 덜했다. 이 때문에 개방에서는 늘 첩자를 서하로 보내 소식을 염탐해오고는 했다. 그는 전령이 자신의 목숨조차 돌보지 않은 채 소식을 전하러 온 것을 보고 매우 중요한 일이나 긴급 상황일 것이라 여겨 당장 서찰을 열어보지도 않고 작은 보자기를 교봉에게 바치며 말했다.

"서하에서 온 긴급 군정입니다. 이 전령은 역대표易大彪 형제를 따라 서하로 건너갔던 제자입니다."

교봉이 보자기를 건네받아 풀어보자 안에는 납환蠟丸[34]이 하나 들어 있었다. 그는 납환을 깨뜨려 종이 뭉치 하나를 꺼냈다. 그리고 종이를 펼쳐보려는 순간 갑자기 급히 달려오는 말발굽 소리가 들리며 동쪽 편에서 사람이 탄 말 한 필이 숲속으로 들어왔다. 말 머리가 숲속 안에 보이자마자 말 등 위에 탄 사람이 훌쩍 몸을 날려 내려와 소리쳤다.

"교 방주, 납환에 든 서찰은 군사기밀이니 보시면 안 됩니다."

개방의 모든 제자가 깜짝 놀라 그 사람을 바라봤다. 그는 흰 수염을 휘날리며 덕지덕지 기운 누더기 옷을 걸친 나이가 꽤 들어 보이는 노걸개老乞丐였다. 전공과 집법 두 장로가 일제히 몸을 일으키며 말했다.

"서徐 장로, 어인 일로 예까지 왕림하셨습니까?"

개방 제자들은 서 장로가 왔다는 말을 듣고 모두 깜짝 놀라면서도 의아해했다. 서 장로는 여든일곱의 나이에 개방에서 서열이 가장 높아 전임 방주인 왕 방주조차 사숙으로 존경해왔던 사람으로 개방에서는 그의 후배가 아닌 사람이 단 한 명도 없었다. 하지만 이미 오래전에 은거했던 터라 세간사는 전혀 간여하지 않았다. 교봉과 전공, 집법 등 장로들이 매년 관례에 따라 그에게 안부 인사를 하고 방내의 일상적인 얘기만 해주는 게 고작이었다. 그런데 뜻밖에도 이 순간 갑자기 나타나 서하의 군정을 읽으려 하던 교봉을 제지하니 모두 놀라지 않을 수 없었던 것이다.

교봉은 왼손에 힘을 주어 종이 뭉치를 꽉 잡은 뒤 예를 올렸다.

"서 장로, 무고하셨습니까?"

이어서 손바닥을 펼쳐 종이 뭉치를 서 장로 앞으로 가져갔다.

교봉은 서열이 서 장로보다 아래이긴 하지만 개방의 방주로서 방내의 대사가 닥치면 어찌 됐건 그에 의해 모든 명이 내려졌기에 은거한 선배에 불과한 서 장로는 말할 것도 없고 전대의 역대 방주가 부활한다고 해도 교봉을 능가할 수 없었다. 그러나 뜻밖에도 서 장로가 서하에서 온 군정 급보를 보지 못하게 하는데도 아무런 저항을 하지 않자 모든 제자가 놀라서 아연실색할 수밖에 없었다.

서 장로가 말했다.

"실례하겠소!"

이 말을 하면서 교봉의 손바닥에 있던 종이 뭉치를 가져가 왼손에 쥐고는 주변의 개방 제자 무리를 한 차례 둘러보며 큰 소리로 외쳤다.

"마대원 마 형제의 미망인인 마 부인이 곧 당도할 것이오. 마 부인이 여러분께 진술할 것이 있다 하는데 모두 조금만 기다려주실 수 있으시겠소?"

모든 제자는 교봉을 바라보며 어떻게 말하는지 살폈다.

교봉은 가슴 가득 의문을 품은 채 말했다.

"중대한 사안이라면 모두 기다려야 하겠지요."

서 장로가 말했다.

"매우 중대한 사안이오."

그는 이 말을 마치더니 더 이상 아무 말 없이 교봉을 향해 방주를 알현하는 예를 올리고 한쪽에 가서 앉았다.

단예는 뭔가 미심쩍은 생각이 든 데다 이 기회에 화젯거리를 만들어 왕어언과 얘기를 나누고 싶어 그녀에게 나지막이 말했다.

"왕 낭자, 개방 내에 문제가 참 많은 것 같소. 우리가 자리를 피해야 하겠소? 아니면 옆에서 구경을 하는 것이 좋겠소?"

왕어언이 눈살을 찌푸리며 말했다.

"우린 외부 사람들이니 원래 남의 기밀을 엿들으면 안 되죠. 하지만… 하지만… 저들이 다투는 문제는 우리 사촌 오라버니와 관련된 것이라 꼭 듣고 싶어요."

단예가 맞장구를 치며 말했다.

"그렇소. 마 부방주를 당신 사촌 오라버니가 죽였다고 하던데 그 부인은 의지할 곳 없는 과부로 남았으니 얼마나 가슴이 아플지 모를 일이오."

왕어언이 재빨리 말했다.

"아니, 아니에요! 마 부방주는 우리 사촌 오라버니가 죽이지 않았어요. 교 방주도 그렇게 얘기했잖아요?"

그때 말발굽 소리가 다시 들려오면서 말 두 마리가 행자림을 향해 급히 달려왔다. 개방은 이곳에서 모임을 가질 때면 보통 길옆에 표지를 남겨놓기도 하지만 부근에 동도들을 맞이할 사람을 남겨 적의 침입을 방어하는 역할까지 맡기곤 했다.

사람들은 말 두 필 중 하나에 마대원의 미망인이 타고 있을 것이라 생각했다. 그러나 말 위에는 의외로 웬 노인과 노파가 한 명씩 타고 있었다. 남자는 몸이 매우 왜소했지만 오히려 여자는 몸집이 커서 의외로 잘 어울렸다.

교봉은 몸을 일으켜 그들을 맞이했다.

"태행산太行山 충소동沖霄洞의 담공譚公, 담파譚婆 부부께서 왕림하시는 걸 모르고 마중을 나가지 못했으니 이 교봉이 사죄드리겠습니다."

서 장로와 전공, 집법 등 육대장로 모두 앞으로 나가 예를 올렸다.

단예는 이런 상황을 보고 저 담공, 담파란 사람들은 필시 무림에서 내력이 적지 않은 인물들일 것이라 짐작했다.

담파가 말했다.

"교 방주, 당신 어깨에 꽂혀 있는 이것들은 다 뭐죠?"

이 말을 하고는 팔을 뻗어 곧바로 그의 어깨에 꽂힌 법도 네 자루를 뽑아내는데 그 솜씨가 무척이나 빨랐다. 그녀가 칼을 뽑자 담공이 곧 품속에서 작은 상자 하나를 꺼냈다. 그는 상자 뚜껑을 열고 손가락으로 약간의 연고를 찍어 교봉의 어깨 상처에 발랐다. 금창약을 바르자 상처 부위에서 분수처럼 뿜어져 나오던 선혈이 이내 멈췄다. 칼을 뽑는 담파의 재빠른 솜씨가 보기 드물기는 했지만 어쨌든 무공의 하나였다. 담공이 상자를 꺼내고, 뚜껑을 열고, 약을 찍고, 상처에 바르고, 지혈을 하는 몇 가지 동작들은 무공과는 또 다른 차원의 신묘한 기술이라 할 수 있었다. 속도가 무척이나 빨랐지만 사람들은 오히려 똑똑히 볼 수 있어서 마치 요술을 부리는 것처럼 느껴졌다. 더구나 금창약의 지혈 효과는 더욱 불가사의해서 약을 바르면 피가 멈춰 더 이상 흘러내리지 않았다.

교봉은 담공과 담파가 자세한 연유도 묻지 않고 대신해서 상처를 치료해주는 것을 보고 약간은 경솔하다 생각했지만 어찌 됐건 호의로 한 행동이니 그래도 고마운 마음에 감사의 인사를 하려는 순간 어깨의 상처 부위가 가렵더니 순식간에 통증이 가라앉았다. 이런 금창약의 효과는 여태껏 경험해본 적도 없을 뿐만 아니라 들어본 적조차 없었다.

담파가 다시 물었다.

"교 방주, 천하에 누가 이리도 대담하단 말인가요? 감히 칼로 방주를 찌르다니!"

교봉이 웃으며 말했다.

"저 스스로 찌른 것이오."

담파가 의아한 표정을 지었다.

"어찌 스스로 찔렀단 말입니까? 사는 게 힘들어 그런 건가요?"

교봉이 웃으며 말했다.

"장난으로 찌른 겁니다. 제 어깨는 살갗이 두껍고 살집이 많아 근골까지는 다치지 않았을 겁니다."

해, 송, 진, 오 네 장로는 교봉이 자기들을 위해 진상을 숨기는 것을 보고 왠지 모를 자괴감에 빠졌다.

담파가 깔깔대고 웃으며 말했다.

"무슨 농을 그리하십니까? 아, 알았어요! 교 방주도 참 영악하군요! 우리 담공이 극북한옥極北寒玉과 현빙섬여玄氷蟾蜍를 새로 구해 영험하기 그지없는 금창약을 제조했다는 소문을 듣고 시험을 해보려고 그랬나 보군요?"

교봉은 그 말에 대답을 하지 않고 싱긋 웃으며 생각했다.

'이 노파파도 정말 고지식한 여자로구나. 천하에 그 어느 누가 장난으로 자기 몸에 칼을 쑤셔넣고 당신네 약이 영험한지 아닌지를 시험한단 말인가?'

그때 다그닥 다그닥 소리와 함께 당나귀 한 마리가 숲속으로 들어왔다. 당나귀 위의 사람은 거꾸로 타고 있어 등이 당나귀 머리를 향하고 얼굴이 당나귀 꼬리를 향한 채 앉아 있었다. 담파 얼굴에 갑자기 웃음꽃이 활짝 피었다.

"사형, 또 무슨 장난을 치려고 수작을 부려요? 엉덩이를 때려줄까 보다!"

사람들은 일제히 당나귀에 탄 사람을 쳐다봤다. 당나귀 위에 잔뜩 웅크리고 있는 그는 마치 일고여덟 살 정도 되는 어린애처럼 보였다. 담파가 손을 뻗어 손바닥으로 그의 엉덩이를 내려치려 하자 그 사람은 훌쩍 몸을 날려 바닥으로 내려오며 그녀의 손을 피했다. 그러고는 갑자기 다리를 땅에 지탱한 채 손을 뻗자 키도 몸집도 커다란 모습으로 변했다. 사람들은 모두 깜짝 놀랐다. 담공은 오히려 얼굴에 불쾌한 기색을 띠고 흥 하고 비웃으며 옆으로 힐끗 째려보며 말했다.

"난 또 누구라고? 당신이었구먼."

이 말을 하고는 고개를 돌려 담파를 바라봤다.

당나귀를 거꾸로 타고 온 사람은 늙었다고 말하기엔 늙지 않은 것 같았고 젊다고 말하기엔 전혀 젊지 않았다. 어쨌든 나이는 마흔에서 일흔 사이에 생김새는 못생겼다고 말하기엔 그리 못생긴 것이 아니었으나 잘생겼다고 보기엔 그리 잘생긴 것도 아니었다. 그의 두 눈은 담파를 응시하고 있었는데 그 표정 속에는 무한한 관심이 서려 있었다. 그는 부드러운 음성으로 물었다.

"소연小娟, 그동안 별고 없었소?"

그 담파란 여인은 매우 건장한 체격을 지닌 데다 은처럼 빛나는 백발에 얼굴이 온통 주름투성이였지만 뜻밖에도 이름이 예쁘고 애교가 넘쳐 보이는 듯한 '소연'이었다. 그의 생김새와는 전혀 다른 이름이라 사람들이 듣고 모두들 웃음을 참지 못했다. 그러나 그 어떤 노부인도 누구나 젊은 시절이 있기 마련인데 소낭자일 시절에 소연으로 불렸던 이름을 늙었다고 '노연老娟'으로 개명할 수는 없지 않은가? 단예가 이런 생각을 하는 순간 다시 말발굽 소리가 들려오며 몇 필의 말이 내달려왔다. 그러나 이번엔 그리 급하게 질주해오지는 않았다.

교봉은 그 당나귀를 타고 온 객을 훑어보고 있었다. 하지만 도대체 어떤 인물인지 알 수가 없었다. 담파의 사형이라고 하는데 당나귀 등 위에서 보여준 그의 축골공縮骨功이 그 정도로 고명한 것을 보면 범상치 않은 자가 틀림없었지만 그의 이름은 전혀 들어본 적이 없었기 때문이다.

그 몇 필의 말이 행자림 안으로 들어왔다. 전면에 있는 다섯 명의 젊은이는 하나같이 짙은 눈썹과 큰 눈을 가지고 있어 생김새가 많이 닮아 있었다. 나이는 가장 많아 보이는 사람이 서른, 가장 적어 보이는 사람은 스무 살 정도로 한배에서 나온 형제 다섯 명인 것 같았다.

오장풍이 큰 소리로 외쳤다.

"태산오웅泰山五雄이 당도하셨구먼. 좋아, 아주 좋아! 무슨 바람이 불어 자네들 오 형제가 예까지 온 것인가?"

태산오웅 중 선숙산單叔山이라 불리는 셋째는 오장풍과는 익히 잘 아는 사이였기에 오장풍의 말에 서둘러 답했다.

"오 사숙, 강녕하셨습니까? 저희 아버지도 오셨습니다."

오장풍의 안색이 살짝 변했다.

"사실인가? 자네들 아버지가…."

그는 방규를 위배한 일로 인해 심히 가슴을 졸이고 있던 차에 느닷없이 태산의 철면판관鐵面判官으로 알려진 선정單正이 온다는 소리를 듣자 자기도 모르게 당황했다. 철면판관 선정은 일평생 불의를 원수처럼 혐오해 강호에 공도를 벗어난 일이 생기기만 하면 어김없이 나서서 간여를 해온 사람이었다. 고강한 무공을 지닌 그는 다섯 명의 친아들 외에도 폭넓게 제자들을 거두어 제자와 손제자가 도합 200여 명에 달했다. 이런 까닭에 이 태산선가泰山單家의 명성은 무림에서도 어느 정도 알려져 있어 모두들 두려워하고 있었다.

곧이어 말 한 필이 숲속으로 내달려왔다. 태산오웅이 일제히 앞으로 나가 말 머리를 끌어당겼다. 야잠野蠶 비단으로 만든 장포를 입은 노인 하나가 사뿐히 몸을 날려 말에서 내려오더니 교봉을 향해 공수를 했다.

"교 방주, 이 선정이 오늘은 불청객으로 불쑥 찾아왔으니 부디 용서해주시오."

교봉은 선정에 관한 명성을 익히 듣기는 했지만 오늘이 초면이었다. 만면에 붉은빛이 감도는 그의 모습은 동안학발童顔鶴髮[35]이라는 말과 어울렸고 매우 겸허한 태도는 강호의 전설처럼 무정한 출수를 할 것처럼 보이진 않았다. 그는 이내 포권으로 답례를 했다.

"선 노선배님께서 왕림하시는 줄 알았다면 진작 영접을 나갔을 것입니다."

그 당나귀를 타고 온 객이 돌연 괴성을 질렀다.

"그래! 철면판관이 올 때는 영접을 나가야 하고 나 철둔판관鐵臀判官[36]이 오면 영접을 안 해도 된다는 말씀이구먼?"

철둔판관이라는 괴상한 별호를 듣자 사람들 모두 깔깔대고 큰 소리로 웃기 시작했다. 왕어언과 아주, 아벽 세 사람 역시 이 말이 야한 농이라 느끼긴 했지만 웃음을 참을 수는 없었다. 태산오웅이 그의 이 말을 듣다가 자신들 부친을 모욕하는 발언임을 알아차리고 안색을 확 바꿨지만 가정교육이 워낙 엄했던 선가였던 터라 아버지가 아무 말 하지 않자 아들들 역시 감히 목소리를 높일 수 없었다.

선정은 품격이 있는 사람이었던 데다 그 괴인의 내력을 알 수 없었기에 그 말을 못 들은 체하고 말을 돌렸다.

"마 부인, 나와서 한 말씀 하십시오."

숲속 뒤편에서 작은 가마 하나가 돌아나왔다. 건장한 사내 두 명이 가마를 떠메고 재빠른 걸음으로 숲속으로 들어와 내려놓고는 휘장을 걷었다. 그러자 가마 안에서 소복을 입은 젊은 부인 하나가 천천히 걸어나왔다. 그 젊은 부인은 고개를 숙이고 교봉을 향해 다소곳하게 무릎을 꿇어 절을 했다.

"미망인 마씨 문중 강씨康氏가 방주를 뵈옵니다."

교봉이 답례를 하고 말했다.

"형수님, 예는 거두십시오."

마 부인이 말했다.

"선부先夫께서 불행하게 작고하셨을 때 방주를 비롯한 여러 사백과 사숙들께서 장의를 돌봐주시는 은덕을 베푸시어 소녀가 충심으로 감동하였습니다."

목소리가 매우 낭랑한 것으로 보아 나이가 매우 젊은 것 같았지만 시종 눈을 내리깔고 있어 그의 용모를 볼 수는 없었다.

교봉은 마 부인이 남편의 죽음에 관한 중요한 단서를 찾아냈기에 친히 온 것이라 짐작했다. 그러나 방내 문제를 방주한테 먼저 와서 고하지 않고 오히려 서 장로와 철면판관을 찾아가 상의를 했다는 데에는 분명 뭔가 수상쩍은 부분이 있었다. 고개를 돌려 집법 장로인 백세경을 바라보자 백세경 역시 그를 바라보고 있었다. 두 사람의 눈빛 속에는 뭔가 의아스러운 기색이 역력했다.

교봉은 일단 외객부터 맞이하고 방내 사무를 논하는 게 옳다 여겨 선정을 향해 말했다.

"선정 선배님, 태행산 충소동 담씨 부부를 아시는지 모르겠습니다."

선정이 포권을 하고 말했다.

"담씨 부부의 명성은 익히 들어 알고 있지요. 만나뵙게 되어 영광이오."

교봉이 말했다.

"담 어르신, 여기 계신 선배님을 소개해주십시오. 괜한 실례를 할까 염려됩니다."

담공이 미처 대답도 하기 전에 당나귀를 타고 온 객이 먼저 나서서 말했다.

"내 성은 쌍雙이고 이름은 왜歪요. 별호는 철둔판관이라고 하오."

철면판관 선정이 아무리 품격이 있다 해도 이쯤 되자 노기가 끓어오르지 않을 수 없었다.

'내 성이 단單 자로도 쓰이는 선單인데 자기 성은 쌍雙이고, 내 이름이 정正인데 자기 이름은 왜歪라고 하니 이는 나한테 시비를 걸겠다는 수작 아닌가?'

이런 생각을 하며 화를 내려는 순간 담파가 말했다.

"선 어르신, 조전손趙錢孫 저자가 함부로 내뱉은 말이니 듣지 마세요. 미친 사람이니까 상대할 필요 없습니다."

교봉이 생각했다.

'저자의 이름이 조전손인가? 아무래도 그건 본명일 리가 없어.'

"여러분, 이곳에는 앉을 만한 곳이 없으니 바닥에 편하실 대로 앉으시지요."

그는 사람들이 각자 좌정한 것을 보고 말했다.

"하루에 이런 여러 선배 고인들을 만나뵙게 되다니 실로 무한한 영광입니다. 한데 여러분께서 어인 일로 이곳에 왕림하셨는지요?"

선정이 말했다.

"교 방주, 귀 방은 강호의 제일대방이오. 수백 년 동안 의협심 강한 그 명성이 천하를 뒤덮어 무림에서 개방이란 두 글자만 언급하면 우러러보지 않는 이가 없지요. 나 선정 역시 늘 앙모해 마지않았소."

교봉이 말했다.

"과찬이십니다."

조전손이 대화에 끼어들며 말했다.

"교 방주, 귀 방은 강호의 제일대방이오. 수백 년 동안 그 의협심 강한 명성이 천하를 뒤덮어 무림에서 개방이란 두 글자만 언급하면 우러러보지 않는 이가 없지요. 나 쌍왜 역시 늘 앙모해 마지않았소."

그의 이 말은 선정이 한 말과 똑같아서 선정이란 이름을 쌍왜라는 자기 이름으로 바꾸었을 뿐이었다.

교봉은 무림 선배 고인들 중에 왕왕 괴상야릇한 성격을 가진 사람이 있다는 걸 알고 있었다. 조전손이 사사건건 선정의 흠을 잡으려는 것이 무슨 일 때문인지는 몰라도 자신은 어쨌든 양쪽에 모두 결례를 할 순 없었기에 그 말에도 대답을 했다.

"과찬이십니다."

선정은 빙긋이 웃으며 큰아들인 선백산單伯山을 향해 말했다.

"백산아, 나머지 얘기는 네가 교 방주께 고하거라. 남이 내 아들 말을 따라 하고 싶어 하면 마음껏 따라 하도록 놔두면 그뿐이다."

사람들이 그 말을 듣고 모두 깔깔거리며 웃지 않을 수 없었다. 이 철면판관이 겉으로는 위엄 있고 엄숙하게 말하지만 말에 씨가 있어 조전손이 계속 선백산의 말투를 따라 한다면 그의 아들한테 배우는 꼴이 될 거라고 생각했기 때문이었다.

뜻밖에도 조전손이 다시 입을 열었다.

"백산아, 나머지 얘기는 네가 교 방주께 고하거라. 남이 내 아들 말을 따라 하고 싶어 하면 마음껏 따라 하도록 놔두면 그뿐이다."

이렇게 따라 하니 오히려 그에게 이로워져서 졸지에 선백산의 아버지가 돼버리고 말았다.

선정의 막내아들인 선소산單小山은 화가 머리끝까지 치밀어올라 큰 소리로 욕을 퍼부었다.

"염병할! 살고 싶지가 않은가 보지?"
조전손이 혼자 중얼거렸다.
"제기랄! 저런 밥통 같은 자식이 다 있나! 넷도 이미 많은데 다섯째 아들까지 낳을 건 뭐야? 흐흐… 생긴 걸로 봐서는 친자식이 아닌지도 모르겠구먼!"
이렇게 공공연히 도발하는 소리를 듣자 선정도 가만있을 수가 없었다. 지렁이도 밟으면 꿈틀한다고 하지 않던가! 그는 고개를 돌려 조전손을 향해 말했다.
"개방에서 볼 때 우리는 객이오. 이렇게 말다툼을 하는 건 주인에 대한 예의가 아니지. 이곳 일을 끝마치고 나면 응당 귀하께 한 수 가르침을 청하겠소. 백산아. 어서 할 말이나 하거라!"
조전손이 다시 그의 말을 따라 했다.
"개방에서 볼 때 우리는 객이오. 이렇게 말다툼을 하는 건 주인에 대한 예의가 아니지. 여기 일을 끝마치고 나면 응당 귀하께 한 수 가르침을 청하겠소. 백산아. 아비 말대로 어서 할 말이나 하거라!"
선백산은 당장이라도 달려나가 칼로 마구 베어버리고 싶었지만 가슴속에 가득한 증오심과 노기를 가라앉히고 억지로 참아가며 교봉을 향해 말했다.
"교 방주, 귀 방 문제를 저희 부자가 감히 간섭할 순 없지만 저희 아버지께서 '군자는 덕으로써 사람을 사랑해야 한다'고 하셨습니다."
여기까지 말하고는 눈빛이 조전손을 향했다. 그가 또다시 자기 말을 흉내 내는지 살핀 것이다. 그가 자신의 말을 따라 한다면 필히 이렇게 말해야 할 것이다.

"저희 아버지께서 '군자는 덕으로써 사람을 사랑해야 한다'고 하셨습니다."

그리되면 선정을 '아버지'라고 부르는 꼴이 될 것이었다.

아니나 다를까 조전손은 여전히 따라 했다.

"교 방주, 귀 방 문제를 저희 부자가 감히 간섭할 순 없지만 우리 아들 말이 '군자는 덕으로써 사람을 사랑해야 한다'고 하셨습니다."

그가 '아버지'란 단어를 '아들'로 바꾸기만 하니 자연히 선정은 그의 아들이 돼버렸다. 사람들은 그 말을 듣자 모두들 눈살을 찌푸렸다. 조전손의 지나친 행동 때문에 당장이라도 유혈 사태가 날지도 모르겠다고 느낀 것이다.

선정이 담담한 표정으로 말했다.

"귀하께서 사사건건 시비를 거시는데 서로 안면도 없는 사이에 제가 무슨 잘못을 했는지 모르겠소. 잘못이 있다면 부디 명확히 밝혀주시고 그게 재하의 잘못이라면 즉시 귀하께 용서를 빌도록 하겠소."

사람들은 속으로 선정에게 찬사를 보냈다. 중원에서 명성을 떨치고 있는 협객 선배로서 부끄럽지 않은 모습이었기 때문이다.

조전손이 말했다.

"나한테는 잘못한 것이 없소. 다만 소연한테 잘못을 했으니 나한테 잘못한 것보다 열 배는 더 고약한 죄라 할 수 있는 것이오."

선정이 의아한 듯 물었다.

"소연이 누구요? 내가 언제 잘못을 했다는 것이오?"

조전손이 담파를 가리키며 말했다.

"저분이 바로 소연인데 소연은 그녀의 규명閨名이오. 천하에 나 외에는 누구도 그렇게 부르는 사람이 없소."

선정은 화가 났지만 한편으로는 우스운 마음도 들었다.

"그게 담 파파의 규명인지 재하가 알지 못해 함부로 말했으니 용서해주시기 바라겠소."

조전손이 거드름을 피우며 말했다.

"모르는 것은 죄가 아니고 초범은 용서가 된다 했으니 다음부터는 그리하지 마시오."

선정이 말했다.

"재하가 태행산 충소동 담씨 부부의 대명은 익히 들어 알고 있었소. 비록 인연이 없어 만난 적은 없지만 줄곧 마음속으로 흠모해왔소. 무의식중에 그랬다면 모르겠지만 담 파파께 무슨 잘못을 했다는 것이오?"

조전손이 버럭 화를 냈다.

"조금 전에 내가 소연한테 질문을 하나 했소. '소연, 그동안 별고 없었소?' 하고 말이오. 한데 그녀가 대답도 채 하기 전에 당신네 귀하신 다섯 아들이 거들먹거리면서 떼거지로 몰려와서는 소연이 하려는 말을 끊어버려 아직까지 내 말에 대답을 못하고 있소. 선 노형, 밖에 나가서 좀 알아보시오. 소연이 어떤 사람인지 말이오! 나 '조전손이趙錢孫李, 주오정왕周吳鄭王'[37]은 또 어떤 사람이오? 우리가 대화를 하는데 함부로 말을 잘라도 된다고 보시오?"

선정은 그의 말 같지도 않은 말에 머리가 별로 좋지 않은 사람이라 여기고 말했다.

"재하가 이해되지 않는 부분이 있으니 가르침을 내려주시오."

조전손이 말했다.

"뭘 말이오? 내가 즐겁기만 하다면 가르침을 내리는 것쯤이야 문제 없지."

선정이 말했다.

"고맙소, 고맙소이다! 귀하 말씀으로는 담파의 규명을 천하에서 귀하 혼자만 부를 수 있다고 하지 않았소?"

조전손이 말했다.

"그렇소. 못 믿겠으면 당신이 다시 한번 불러보시오. 나 '조전손이, 주오정왕, 풍진저위馮陳褚衛, 장심한양蔣沈韓楊'이 당신하고 단단히 한바탕 싸우나 안 싸우나?"

선정이 말했다.

"재하는 당연히 부르지 못하지요. 그럼 담공도 그렇게 부르지 못한다는 것이오?"

조전손은 얼굴이 새파랗게 질려 한참 동안 말을 못했다. 사람들은 선정의 말 한마디 때문에 그의 말문이 막혀버린 것이라 생각했다. 그런데 뜻밖에도 조전손은 상심이 매우 큰 듯 대성통곡을 하며 눈물을 펑펑 쏟아내기 시작했다.

이는 모든 이가 예상하지 못한 일이었다. 그는 천하에 두려울 것이 없는 듯 대담하게도 철면판관에 대항해 끝까지 꼿꼿하게 부딪치고 있었다. 그런데 그런 간단한 한마디에 대성통곡을 하며 울음을 그치지 않을 줄 누가 상상이나 했겠는가?

선정은 그가 너무도 슬피 우는 것을 보고 오히려 미안한 생각이 들어 앞서 가슴에 쌓인 가득한 노기가 눈 녹듯이 사라져버리고 오히려 그를 위로하기에 이르렀다.

"조 형, 이번에는 재하가 나빴소…."

조전손이 목메어 울면서 말했다.

"난 조씨가 아니오."

선정은 더욱 의아해 물었다.

"그럼 귀하의 존성은 어찌 되시오?"

조전손이 말했다.

"난 성이 없소. 묻지 마시오, 묻지 마!"

사람들 모두 조전손이란 사람이 지극히 가슴 아픈 말 못할 사연이 있을 것이라 생각했지만 그게 대체 무엇인지 스스로 털어놓지 않는다면 남들이 더 이상 묻기는 곤란한 상황이었다. 오로지 비통한 마음을 쏟아내며 마음껏 울게 놔두는 수밖에는 방법이 없었다.

담파가 굳은 표정으로 말했다.

"또 발작이로군요. 여러 형제 앞에서 체통 없이 굴 거예요?"

조전손이 말했다.

"당신이 날 버리고 저 죽지도 않는 늙은이 담공한테 시집을 갔는데 내 심정이 어찌 비통하지 않을 수 있소? 나의 이 마음이 부서지고 창자마저 끊어질 지경인데 이 구차한 체통 따위를 남겨 어디다 쓴단 말이오?"

사람들은 서로를 마주보며 씩 웃었다. 원인을 까놓고 보니 아무것도 아니었기 때문이다. 원래 조전손과 담파는 과거에 정분을 나누었던 사이였다. 후에 담파가 담공에게 시집을 가자 조전손이 크게 상심해 자신의 이름마저 없애버리고 미친 사람처럼 행동을 해왔던 것이다. 언뜻 보기에도 담씨 부부는 모두 60이 넘어 보이는 나이였다. 그런데 조전손은 어찌 이리도 정이 깊어 수십 년 동안을 끊임없이 연정을 품으며 살게 됐던 것일까? 담파의 얼굴은 온통 주름살투성이에 백발이 성성했다. 따라서 누가 봐도 이 키 크고 건장한 노파가 젊을 때 사람의 마음을 움직일 만한 구석이 있어 조전손이 늙을 때까지 정을 잊지 못하게 만들 것처럼 보이지는 않았다.

담파는 수줍은 기색으로 말했다.

"사형, 그렇게 옛날 일을 들먹여서 뭐 해요? 개방은 오늘 진지한 대사를 상의하고 있으니 얌전히 듣기나 해요."

부드러운 말로 몇 마디 권유를 하자 조전손은 그 말에 기분이 좋아졌다.

"그럼 날 보고 한번 웃어주시오. 그럼 당신 말을 듣겠소."

담파가 아직 웃기도 전에 이를 지켜보던 사람들 중 10여 명이 먼저 웃음을 터뜨렸다.

담파는 이에 개의치 않고 고개를 돌려 그를 향해 웃었다. 조전손은 넋이 나간 채로 그녀를 바라봤다. 눈앞이 아찔하고 영혼이 육체를 벗어난 듯한 표정이었다. 옆에 앉아 있던 담공이 만면에 노기를 띠었지만 어찌할 도리가 없었다.

단예는 이런 정경을 목격하고 속으로 깜짝 놀랐다.

'저 세 사람 모두 세인들을 완전히 도외시할 정도로 저토록 정이 깊구나. 나… 나도 왕 낭자한테 훗날 조전손 같은 결과에 봉착하지 않을까? 아니, 아니야! 저 담파는 자기 사형에 대해 연정이 남아 있는 것 같은데 왕 낭자가 그리워하는 사람은 오로지 그의 사촌 오라버니 모

용 공자뿐이잖아. 저 조전손에 비하면 난 많이 모자란다. 한참 미치지 못해!'

교봉이 속으로 생각하는 건 다른 문제였다.

'그렇다면 저 조전손이란 자는 조씨가 아니었어. 전에 태행산 충소동의 담공과 담파가 태행의 적파嫡派 절기로 유명하다는 말을 들은 적이 있다. 저 세 사람이 하는 말을 들어보면 저 셋은 결코 같은 사문 출신이 아니야. 그럼 도대체 담공이 태행파란 말인가? 아니면 담파가 태행파란 말인가? 담공이 태행파라면 저 조전손과 담파는 사남매師男妹 지간이라는 건데 그럼 어떤 문파였던 거지? 세 사람 모두 당대의 고수인데 오늘 동시에 이곳에 온 건 무슨 일 때문일까?'

조전손이 다시 입을 열었다.

"듣자 하니 개방의 마 부방주가 누군가에게 살해되고 또 소주의 '상대가 쓴 방법을 상대에게 펼친다'는 모용복이 나타나 함부로 날뛰며 무고한 사람들을 죽인다고 하던데 얼마나 실력이 뛰어난 자인지 이 늙은이가 한번 만나봐야겠소. 이 '조전손이, 주오정왕'한테도 펼칠 수 있는지 말이오! 소연, 난 당신이 강남에 오라고 해서 온 것이오. 더구나 난…."

그의 말이 채 끝나기도 전에 갑자기 누군가 목메어 우는 소리가 들려왔다. 매우 비통하게 오열하는 곡성은 조전손이 조금 전에 냈던 소리와 전혀 차이가 없었다. 사람들은 그 소릴 듣고 모두 어안이 벙벙한 표정을 지었다. 계속된 울음소리와 함께 하소연하는 소리가 들렸다.

"내 친애하는 사매, 이 늙은이가 뭘 그리 잘못했소? 어찌 담가 저 못난 늙은이한테 시집을 간 게요? 내가 밤이나 낮이나 애타게 그리워했던 사람은 바로 당신 소연 사매요. 사부님이 살아 계실 때 우리 두 사람을 친자녀처럼 대해주신 생각을 해보시오. 나한테 시집오지 않았으니 사부님께 어찌 면목이 서겠소?"

말하는 목소리와 어조가 조전손을 꼭 빼닮아서 사람들 모두 말문이 막히는지라, 의아해하는 표정을 짓고 있는 조전손을 쳐다보지 않았다면 그 누구든 그가 직접 한 말이라 생각했을 것이다. 사람들이 소리 나는 곳을 바라보자 그 목소리는 담홍색 옷을 입고 있는 소녀에게서 들려오고 있었다.

등을 돌리고 서 있는 그 소녀는 다름 아닌 아주였다. 단예와 아벽, 왕어언은 그녀가 다른 사람의 행동거지와 말투를 모사하는 신기한 재주를 지니고 있음을 알고 있었기에 그리 이상하게 여기지 않았다. 그러나 다른 사람들은 신기해하면서도 웃음을 참지 못했고 조전손이 이걸 들었으니 분명히 노발대발 화를 낼 것이라 생각했다. 그런데 뜻밖에도 아주의 이 말은 그의 감정을 자극해 조금 전에 이미 울음을 멈췄던 그가 대뜸 눈시울이 붉어지면서 입술을 삐죽이더니 눈에서 눈물을 뚝뚝 흘리는 것이었다. 그것도 마치 아주와 운율에 맞춰 함께 노래하듯 울어대기 시작했다.

선정이 고개를 가로저으며 큰 소리로 말했다.

"나 선정이 혼자란 뜻을 가진 성을 쓰고 있지만 1처 4첩에 자손들도 번창하오. 한데 거기 쌍왜 쌍 형은 공교롭게도 고독한 마음으로 가득한 것 같소. 과거에 대한 미련을 지금에 와서 다시 논해봐야 이미 늦은 일이 아닐 수 없소. 쌍 형, 우리가 개방의 서 장로와 마 부인의 청을 받들어 강남에 온 것이 귀하의 혼인 대사를 상의하기 위해서요?"

조전손이 고개를 가로저으며 말했다.

"아니오."

선정이 말했다.

"그렇다면 이제 개방의 긴한 사안을 논의하는 것이 옳지 않겠소?"

조전손이 버럭 성을 냈다.

"뭐요? 개방의 긴한 사안을 논의하는 건 옳고 나와 소연 문제는 옳지 못하다는 게요?"

담공은 여기까지 듣다가 더 이상 참지 못하고 말했다.

"아혜阿慧! 아혜! 저놈이 미치광이 짓을 당장 그만두지 않으면 내가 가만 놔두지 않을 게요."

사람들은 '아혜'라는 호칭을 듣고 똑같은 생각을 했다.

'이제 보니 담파의 다른 규명은 소연이 맞고 조전손 혼자만 전용하는 게 확실하구나.'

담파가 발을 동동 구르며 말했다.

"미치광이 짓이 아니라고요. 저 사람을 저 모양으로 만들어놓고 아직까지도 만족을 못하는 거예요?"

담공이 의아해하며 말했다.

"내… 내… 내가 어찌했다는 거요?"

담파가 말했다.

"내가 당신 같은 못난 늙은이한테 시집을 갔으니 당연히 우리 사형이 불편한 마음에…."

담공이 그녀의 말을 끊었다.

"당신이 나한테 시집을 올 때는 못나지 않았었소. 늙지도 않았고!"

담파가 화를 내며 말했다.

"부끄러운 줄 모르는군요. 그럼 그 당시에는 대단한 호남이라도 됐었나 보죠?"

서 장로와 선정은 서로 마주보며 고개를 절레절레 흔들었다. 다들 이 괴짜 세 사람이 '노인은 스스로 존중할 줄 모른다'는 옛말처럼 남의 눈을 의식하지 않는다고 생각했다. 세 사람 모두 무림에서는 나름 지위가 있고 명망이 높은 선배 장로들인데 이 많은 사람 앞에서 고작 케케묵은 애정사를 놓고 다투고 있으니 실로 우습기 짝이 없었다.

서 장로가 헛기침을 한번 하고는 말했다.

"태산의 선 형 부자, 태행산의 담씨 부부 그리고 여기 형씨! 오늘 여러 객들께서 왕림해주신 데 대해 모든 형제는 대단한 영광으로 생각하고 있소이다. 마 부인, 부인께서 자초지종을 설명해주시오."

그는 단도직입적으로 본론을 얘기하며 조전손 등 세 사람이 벌이는 난잡한 상황을 단칼에 정리해버렸다.

마 부인은 줄곧 고개를 푹 늘어뜨리고 사람들을 등진 채 한쪽에 서 있다가 서 장로의 말을 듣고 천천히 몸을 돌려나왔다. 그는 나지막이 말했다.

"선부께서 불의의 사고로 돌아가신 데 대해 소녀는 스스로의 팔자를 원망할 뿐입니다. 더욱이 선부께선 자식 하나 남기고 가시지 않아 마씨 가문의 대를 잇지 못하게 되어 비통할 따름입니다…."

그녀는 말소리가 작긴 했지만 목소리가 매우 낭랑해서 한 글자 한 글자가 사람들 귀에 쏙쏙 꽂혔다. 여기까지 얘기하는 동안 그녀는 처량한 목소리로 흐느끼고 있었다. 행자림 속에 있던 수많은 영웅호걸은 속으로 안쓰러워했다. 똑같은 흐느낌이라도 조전손은 사람들의 웃음을 자아냈고 아주는 사람들을 깜짝 놀라게 했지만, 마 부인은 사람의 마음을 쓰리게 만들었던 것이다.

마 부인이 말을 이었다.

"소녀가 선부의 장례를 치르고 난 뒤 유품을 수습하던 중, 평소 권경拳經을 보관해두던 곳에서 봉랍封蠟[38]으로 꼭꼭 밀봉을 해둔 서찰 하나를 발견했습니다. 봉투에는 선부의 친필로 이렇게 적혀 있었습니다. '내가 천수를 다해 영면에 들면 이 서찰을 당장 불태우시오. 그렇지 않으면 이 서찰을 뜯어본 자가 내 유체를 훼손해 내가 구천에서 편히 잠들게 놔두지 않을 것이오. 만일 내가 비명에 죽게 된다면 이 서찰을 곧 본방의 여러 장로들에게 전해 읽도록 해주시오. 중대한 사안이니 착오가 있어서는 안 될 것이오.'"

마 부인이 여기까지 얘기하자 행자림 속은 바늘 하나가 떨어져도 들을 수 있을 정도로 정적이 흘렀다. 그녀는 한참 후에 말을 이었다.

"소녀는 선부께서 정성 들여 쓴 글을 보자 매우 중대한 사안인 듯하여 당장 방주를 뵙고 유서를 올리려 하였습니다. 그러나 다행히 방주께서는 여러 장로들과 함께 선부의 복수를 위해 강남으로 떠난 후였지요. 이로 인해 유감스럽게도 이제야 이 서찰을 보여드릴 수 있게 된 것입니다."

사람들은 그녀의 말투를 듣고 의아하게 생각했다. '다행히'란 말을 하고 다시 또 '유감스럽게도'란 말을 쓰는 게 뭔가 석연치 않았기 때문이다. 자연히 모두들 교봉을 바라보지 않을 수 없었다.

교봉은 오늘 밤 일어난 갖가지 사건들 속에서 뭔가 자신에게 맞서는 중대한 계략이 있다는 것을 이미 간파하고 있었다. 비록 전관청과 사대장로의 역모를 평정하긴 했지만 이 문제가 결론에 이르지 않은 상황에서 지금 다시 마 부인의 그 말을 들으니 오히려 마음이 홀가분해지는 느낌이었다. 그는 태연자약한 표정으로 생각했다.

'너희들이 무슨 음모를 꾸미든 어디 마음껏 펼쳐보도록 해라. 나 교봉은 평생 양심에 거리끼는 일을 자행한 적이 없다. 그 어떤 무고를 해서 죄인으로 몰아간들 이 교봉이 어찌 두려워하겠느냐?'

계속해서 마 부인이 말을 이었다.

"소녀는 이 서찰이 방내의 대사와 연루되어 있다는 것을 알기에 방주와 여러 장로께서 낙양에 계시지 않아 시기를 놓칠까 두려웠습니다. 해서 당장 위주衛州로 내려가 서 장로를 뵙고 서찰을 올려 어르신께서 처리해줄 것을 청한 것입니다. 그 이후의 일들에 대해서는 서 장로께서 여러분께 고지해주십시오."

그녀의 맑고 낭랑한 목소리 속에는 자연스러운 교태가 섞여 있어 유난히 듣기 좋았다.

서 장로가 기침을 몇 번 하고는 말했다.

"이 문제는 은원 관계가 얽혀 있어 이 늙은이도 심히 난처하기 그지없소."

이 말을 하는 그의 목소리는 많이 쉬어 있어 싸늘한 느낌마저 들었다. 그는 등에 있던 삼베 보자기 하나를 천천히 풀어헤쳤다. 그리고 보자기를 펼쳐 방수포로 된 초문대招文袋[39] 하나를 꺼내 다시 그 안에서 서찰 한 통을 끄집어냈다.

"이 서찰은 마 부방주 마대원의 유서요. 대원의 증조부와 조부, 부친 등 수대에 걸친 인물들이 모두 개방 사람이었소. 물론 장로는 아니었지만 팔대 제자까지는 했지. 난 대원이 어릴 때부터 장성하는 걸 봐왔던 터라 그의 필적을 아주 정확히 알고 있소. 이 서찰의 글 역시 대원이 쓴 것이 틀림없소. 마 부인이 이 서찰을 나한테 넘길 때 서찰 위의 봉랍은 단단히 봉해져 있었고 누구도 건드린 사람이 없었으니 말이오. 나 역시 시기를 놓쳐 대사를 그르칠까 두려워 여러 장로들이 회동할 때까지 기다리지 않고 그 즉시 서찰을 뜯어보게 됐소. 서찰을 뜯을 때 태행산 철면판관인 선 형도 그 자리에 앉아 계셨으니 증명을 해주실 수 있을 것이오."

선정이 말했다.

"그렇소이다. 그때 재하는 마침 위휘衛輝에 있는 서부徐府에서 객으로 머물고 있던 참이라 서 장로가 서찰을 뜯어볼 때 옆에서 직접 볼 수 있었소."

서 장로는 서찰의 겉봉투를 찢어 내지를 뽑아 들고 말했다.

"내가 이 서찰을 처음 봤을 때 서찰 속 필치에 힘이 넘치는 것을 보고 대원이 쓴 것이 아닌 것 같아 약간 이상한 생각이 들었소. 더구나 상관上款[40]에 '검염오형劍髥吾兄'이란 네 글자가 적혀 있는 걸 보고 더욱 기이하게 생각됐소. 여러분도 아시다시피 '검염'이란 두 글자는 본방의 전임 왕 방주의 별호로 그와 친분이 두터운 사람이 아니라면 그런 호칭을 쓸 리가 없는 데다 왕 방주는 세상을 뜬 지 오래인데 어찌 그에게 서찰을 쓸 수 있었겠소? 난 서찰 내에 어떤 글이 적혀 있는지 보지도 않고 우선 말미에 서명을 한 사람이 누구인지부터 보았소. 그걸 보는 순간 더욱 의아한 생각이 들었소. 그때 난 깜짝 놀라 말했소. '이제 보니 그가…!' 옆에 있던 선 형도 호기심이 일어 머리를 내밀어 한번 보고는 역시 이상하다는 듯 말하는 것이었소. '헉! 이제 보니 그….'"

선정은 고개를 끄덕이며 당시에 자신이 그런 말을 했다고 시인한다는 뜻을 밝혔다.

조전손이 불쑥 끼어들었다.

"선 노형, 당신이 잘못한 거요. 그건 개방의 기밀 서찰이고, 또 당신은 개방의 일대, 이대 제자도 아니잖소? 뱀 놀이나 보여주며 구걸하는 걸개 축에도 못 드는 아무 상관도 없는 사람이 어찌 남의 은밀한 기밀을 훔쳐봤단 말이오?"

줄곧 제정신이 아닌 사람으로 얕봤던 그였지만 이 한마디는 확실히 도리에 맞는 말이었다. 선정은 얼굴을 살짝 붉혔다.

"난 서찰 말미에 있는 서명만 슬쩍 봤을 뿐, 안에 든 내용은 보지 못했소."

조전손이 말했다.

"황금 천 냥을 훔쳐도 도적이고 동전 한 푼을 훔쳐도 도적인 것이니 액수가 크고 작은 것은 대도적인지 좀도적인지를 구분하는 척도일 뿐이오. 결국 대도적도 도적이고 좀도적도 도적인 것이니 남의 서찰을 훔쳐보는 것은 군자의 도리가 아니오. 군자가 아니라 소인배지. 소인배라면 곧 비열한 후레자식이니 죽여버려야 마땅하오!"

선정은 다섯 아들에게 손사래를 치며 경거망동하지 말라는 눈짓을 했다. 그냥 헛소리를 하게 놔두었다가 나중에 한꺼번에 청산할 생각이었다. 그는 속으로 화가 치밀어올랐지만 한편으로는 경이롭게 느껴졌다.

'저자는 처음 만날 때부터 사사건건 트집을 잡고 늘어지는데 혹시 나한테 무슨 오랜 원한이라도 있는 건 아닐까? 강호에서는 태산의 선가를 존중하지 않는 이가 몇 명 안 되지 않는가? 한데 저자가 누구인지 어찌 전혀 생각이 나질 않지?'

사람들은 모두 서 장로가 서찰 말미에 서명한 사람의 이름을 말해주기만 바라고 있었다. 도대체 그게 어떤 인물이며 그와 선정을 어찌 그토록 놀라게 만들었는지 알고 싶었던 것이다. 그런데 조전손이 자꾸 중간에 끼어들어 끊임없이 훼방을 놓자 많은 이가 분노의 시선으로 그를 쳐다봤다.

담파가 불쑥 입을 열었다.

"뭘 쳐다봐요? 우리 사형 말은 틀림없어요."

조전손은 담파가 자신을 도와주는 말을 하자 자기도 모르게 기분이 좋아졌다.

"보시오. 소연조차 그렇게 얘기하는데 무슨 잘못이 있다 그러는 거요? 소연이 하는 말이나 행동은 여태껏 한 번도 틀린 적이 없소."

갑자기 그와 똑같은 목소리가 말했다.

"그렇소. 소연이 하는 말이나 행동은 여태껏 한 번도 틀린 적이 없소. 그녀가 조전손한테 시집가지 않고 담공에게 간 것은 제대로 간 게 확실하지."

그 말을 한 사람은 바로 아주였다. 그녀는 조전손이 모용 공자를 모독하는 말을 한 데 화가 나 끊임없이 그와 맞서는 것이었다.

조전손은 그 말을 듣고 웃을 수도 울 수도 없었다. 아주는 '상대의 창으로 상대의 방패를 공격'하는 셈이었던지라 이는 모용씨가 내세우는 수법인 '상대가 쓴 방법을 상대에게 펼친다'를 응용한 것이었다.

이를 고맙게 여기는 친절한 눈빛 두 줄기가 좌우 양쪽에서 아주를 향해 분사됐다. 왼쪽에서는 담공으로부터 그리고 오른쪽에서는 선정으로부터 온 것이다.

바로 그때 인영이 흔들 하면서 담파가 아주 앞으로 다가와 손바닥을 들어 그녀의 오른쪽 뺨을 후려갈기고는 호통을 쳤다.

"내가 시집을 잘 가든 못 가든 너 같은 천한 년하고 무슨 상관이더란 말이냐?"

그의 이 출수는 너무도 빨라서 아주가 재빨리 피하려 했지만 때는 이미 늦었고 옆에 있던 사람들은 더더욱 도울 방법이 없었다. 찰싹 소리가 울려퍼지며 아주의 새하얗고 보드라운 볼 위 다섯 줄의 새파란 손가락 자국이 불거져 나왔다.

조전손이 깔깔대고 웃었다.

"맛이 어떠냐? 건방진 계집 같으니! 누가 너더러 함부로 입을 놀리라 했더냐?"

아주는 심하게 뺨을 맞고 너무 아픈 나머지 눈가에 눈물이 핑 돌았다. 그녀가 눈물을 쏟을 듯 말 듯하던 순간 담공이 그녀 옆으로 다가왔다. 그는 품 안에서 작은 백옥 상자를 꺼내 뚜껑을 열고 오른손 손가락으로 상자 속의 고약을 조금 찍은 다음, 손을 뻗어 아주 얼굴 위에 몇 번 휘둘렀다. 그러자 그녀 얼굴에 있는 상처 부위에 아주 얇게 발라졌다. 그녀의 뺨을 때리는 담파의 수법이 지극히 빠르긴 했지만 어쨌든 손바닥을 날렸다 거두어들인 데 불과했다. 그러나 담공이 약을 얼굴에 바르는 수법은 그 절차가 매우 복잡하고 세밀했지만 담파가 펼친 수법만큼이나 민첩해서 아주가 피하겠다는 생각을 하기도 전에 고약이 이미 얼굴에 얇게 발라지게 된 것이다. 그녀가 깜짝 놀라는 순간 얼얼하고 퉁퉁 부어 있던 그녀의 뺨 위는 순간 시원하고 쾌적하게 느껴졌다. 그와 동시에 왼손에 작은 물건 하나가 쥐어져 있었는데 손바닥을 펴서 들어보니 손 위에는 반짝반짝 빛나고 윤기가 나는 백옥 상자 하나가 있었다. 아주는 그게 담공이 선사한 영험하기 그지없는 상처 치료용 묘약이라는 것을 알고 자기도 모르게 울음을 그치고 방긋 웃었다.

서 장로는 더 이상 담파가 담공을 원망하는 쓸데없는 잔소리에 아랑곳하지 않은 채 쉬고 가라앉은 목소리로 말을 이었다.

"형제 여러분. 이 서찰을 쓴 사람이 도대체 누군지 알기 전에 지금 꼭 해둘 말이 있소. 나 서 모某는 개방에 70여 년 동안 몸담아왔고, 20년 가까이 산속에 은거하면서 더 이상 강호를 유랑하지 않았기에 다른 이들과 다툼이 있거나 원한을 맺은 적이 없소. 난 이제 세상을 살날도 얼마 남지 않았거니와 자손도 제자도 없기에 일말의 사심이 없다고 자부하고 있소. 내가 하는 말을 여러분들께서는 믿을 수 있으시겠소?"

모든 개방 제자가 일제히 답했다.

"서 장로의 말씀을 누가 믿지 않겠습니까?"

서 장로는 교봉을 향해 말했다.

"방주의 뜻은 어떠하시오?"

"저 교봉은 평소 서 장로를 존경해왔습니다. 그 사실에 대해서는 선배님께서도 잘 아실 것입니다."

선정이 조전손을 한번 흘겨봤다. '또 할 말이 있나?'라는 의미를 담은 행동이었다.

아니나 다를까 조전손이 재빨리 선정을 향해 입을 열었다.

"서 장로가 보여줬으니 당연히 볼 수 있었을 테지만 당신이 처음 볼 때는 훔쳐본 것이었소. 예를 들어 누군가 전에 도적질을 하다 후에 재물을 얻어 더 이상 도적질을 하지 않고 지금은 설령 부자라 해도 도적 출신이었다는 과거를 씻을 수는 없는 것처럼 말이오."

서 장로는 조전손의 방해에 아랑곳하지 않고 말했다.

"선 형, 여기 있는 모든 사람에게 이 서찰이 진짜인지 가짜인지 밝혀 주시오."

선정이 말했다.

"재하는 서찰을 쓴 사람과 다년간 교류를 해왔기에 재하의 집에 그분의 서찰이 여러 통 보관되어 있소. 하여 그때 당장 서 장로, 마 부인과 함께 저희 집에 달려가 예전의 서찰들을 꺼내 대조해보니 필적은 물론이고 내지와 겉봉투까지 모두 같았소. 따라서 이것이 진필임은 의심할 바가 없는 것이오."

서 장로가 말했다.

"이 늙은이는 남보다 몇 년 더 살았기에 일을 행함에 있어 언제나 세심하기 위해 최선을 다했소. 하물며 이 문제는 본방의 흥망성쇠와 연루되어 있고 한 영웅호걸의 명성과 목숨에 관계된 일인데 어찌 경솔하게 처리할 수 있겠소?"

사람들은 그의 이 말을 듣고 모두들 교봉을 바라보았다. 그가 말한 '영웅호한'이란 교봉을 지칭하는 것이었기 때문이다. 그러나 누구도 감히 그와 시선을 마주치지 못하고 한번 보다 그가 고개를 돌려오자 곧바로 시선을 내리깔았다.

서 장로가 다시 말했다.

"이 늙은이는 태행산 담씨 부부가 이 서찰을 쓴 분과 인연이 깊다는 것을 알고 충소동으로 건너가 담씨 부부에게 가르침을 청했소. 담공과 담파는 이 안에 얽힌 우여곡절에 대해 일일이 재하에게 설명을 해주었소. 아… 재하가 차마 터놓고 얘기할 수 없으니 애석하고도 비통할 노릇이외다!"

그제야 사람들은 알게 됐다. 서 장로가 담씨 부부와 선정을 개방으로 청한 것은 증인으로 삼으려는 것이었다.

서 장로가 다시 말했다.

"담파가 이런 말을 했소. 자신이 아는 사형이 이 일을 직접 목격했으니 그분을 청해 진술하도록 하는 것이 가장 명백할 것이라고 말이오. 담파의 그 사형은 다름 아닌 조전손 선생이오. 다만 이 선생께선 성격이 다른 사람들과는 약간 달라 함부로 청할 수 없었지만 결국 담파의 체면을 중시한 끝에 조 선생에게 서찰을 보내 이곳으로 청하게 된 것이오…."

담공이 갑자기 만면에 노기를 띠며 담파를 향해 말했다.

"뭐라고? 당신이 저 인간을 불렀단 말이오? 어찌 사전에 나한테 말하지 않았소? 왜 날 속이고 몰래 그런 짓을 한 거요?"

담파가 버럭 화를 냈다.

"속이긴 뭘 속였다 그래요? 내가 서찰을 써서 서 장로한테 사람을 시켜 보내도록 부탁한 거예요. 정정당당하게 한 일이라고요. 당신이 쓸데없는 질투를 하니까 당신 잔소리가 듣기 싫어서 아예 말도 꺼내지 않은 거예요."

담공이 말했다.

"지아비를 배제한 채 일을 행하는 것은 아녀자로서의 도리를 지키지 않는 것이니 해선 안 될 일이지!"

담파는 이 말에 이렇다 저렇다 얘기도 없이 손을 들어 일장을 날렸다. 철썩 하며 남편의 따귀를 갈겨버린 것이다.

담공의 무공은 담파에 비해 확실히 고강했지만 아내가 날린 일장이 날아오는데도 이를 막거나 피하지도 않은 채 꼼짝도 하지 않고 그녀의 손바닥에 뺨을 내주었다. 따귀를 맞고 얼굴이 빨갛게 부어오른 그는 품속에서 작은 상자 하나를 꺼내 손가락으로 고약을 약간 찍어 얼굴에 발랐다. 곧 빨갛게 부어오른 얼굴은 가라앉았다. 한 사람은 재빠른 솜씨로 때리고 한 사람은 재빠른 솜씨로 치료하자 가슴속에 끓어오르던 두 사람의 노기는 일제히 사라져버렸다. 옆에 있던 사람들은 이를 보고 웃지 않을 수가 없었다.

조전손이 길게 한숨을 내쉬고는 애통하고도 원망스러운 목소리로 말했다.

"그랬었군. 그랬었어. 에이, 진작 알았더라면 후회할 짓을 안 했을 텐데… 그녀에게 몇 대 맞는 게 뭐 그리 대수라고?"

그의 목소리는 회한으로 가득해 있었다.

담파가 가냘픈 목소리로 말했다.

"과거에 당신은 나한테 한 대 맞으면 늘 대갚음하려고만 했지 조금도 양보하려 하지 않았어요."

조전손은 그녀의 말을 듣고 그 자리에 서서 넋이 빠진 모습으로 지난 일들을 회상했다. 소사매小師妹는 급하고 발끈하는 성격이라 걸핏하면 출수를 해서 사람들을 때리곤 했다. 자신 역시 아무 이유도 없이 얻어맞기를 밥 먹듯 했기에 속으로 달가워하지 않았고 매번 이 때문에 자주 다투다 보니 부부의 인연이 될 수도 있었지만 결국에는 결실을 보지 못하지 않았던가! 그런데 지금 담공이 굴욕을 참고 견디며 얻어맞아도 반격하지 않는 모습을 보고 문득 깨닫는 바가 있어 속으로 뼈저리게 후회를 하면서도 한편으로는 슬픔을 참을 수 없었다. 수십 년 동안 스스로를 원망하면서도 소사매가 마음이 변한 데는 필시 중대한 원인이 있을 것이라 늘 생각해왔건만 뜻밖에도 상대는 '얻어맞고도 반격을 하지 않는다'는 장점이 있을 따름이었던 것이다.

'에이. 지금은 내가 뺨따귀를 몇 대 쳐달라고 애원해도 절대 원치 않겠지.'

서 장로가 말했다.

"조전손 선생, 여러분 앞에서 한마디만 해주시오. 이 서찰 안에 든 내용이 거짓인지 아닌지 말이오."

조전손은 중얼거리며 말했다.

"이 바보 멍청이! 왜 그때는 생각을 못했을까? 무공을 배우는 것은 적을 때리고, 악인을 때리고, 비열한 소인배를 때리는 데 사용하는 것인데 어찌 연정을 품은 사람, 마음에 둔 사람한테 사용한 거야? 때리는 것이 정이고 욕하는 것이 사랑이라면 따귀 몇 대 맞는 게 뭐 그리 대단하다고?"

사람들은 우습기도 했지만 한편으로는 그의 깊은 연정을 가엾게 여겼다. 개방은 지금 긴히 해결해야 할 대사를 앞에 두고 있는데 그는 오히려 실성한 사람처럼 횡설수설하고 있었다. 서 장로는 그에게 대사를 증명시키기 위해 천 리 먼 길을 달려오도록 청했던 것인데 막상 본인은 과거의 회상에 빠져 정신을 못 차리고 엉뚱한 말만 하고 있으니 도대체 그의 말을 얼마나 믿을 수 있을지 알 수 없는 상황이 되고 말았다.

서 장로가 다시 물었다.

"조전손 선생, 우리가 당신을 여기 청한 것은 서찰 내용을 말씀해 달라고 부탁하기 위해서였소."

조전손이 말했다.

"그렇지. 그렇소. 음… 서찰 문제에 관해 물으셨는데 서찰에 쓴 내용이 비록 짧긴 하지만 그 안에 든 의미는 대단한 것이었소. '40년 전 같은 사부님 밑에서 동문으로 함께 배우며 권검을 연마하던 그 정경을 지금까지도 바람을 맞으며 그리워하고 있어요. 사형의 양쪽 구레나룻에는 서리가 내리고 풍채와 웃는 모습은 예전과 다름없겠지요.'"

서 장로가 그에게 물어본 것은 마대원의 유서에 관한 문제였지만 그는 담파가 썼던 서찰을 외우고 있었다.

서 장로는 어쩔 도리가 없어 담파를 향해 말했다.

"담 부인, 부인이 말하라고 해보시오."

담파는 조전손이 자신의 평범한 서찰 내용을 물 흐르듯 완벽하게 숙지하고 있으리라고는 생각지도 못했다. 꿈에서나 현실 속에서 얼마나 많이 생각하고 읽었으면 이 정도로 숙지하고 있을까! 그녀는 그 모습을 보고 감동한 나머지 부드러운 목소리로 말했다.

"사형, 그 당시 정경을 말해봐요."

조전손이 말했다.

"그 당시의 정경은 뭐든 아주 똑똑하게 기억하고 있지. 당신은 머리를 두 가닥으로 땋아서 그 땋은 머리 위를 붉은색 머리띠로 묶었소. 그날 사부님께서는 우리에게 투룡전봉偸龍轉鳳 초식을 가르쳐주셨지…."

담파는 천천히 고개를 가로저었다.

"사형, 우리의 과거지사는 그만 얘기해요. 서 장로께서 물으시는 건 그해 안문관 관외 난석곡亂石谷 앞에서 벌어진 혈전을 말하는 거예요. 사형은 그 전투에 참가했으니 그 당시 정황이 어떠했는지 사람들 앞에서 말해보란 말이에요."

조전손이 떨리는 목소리로 말했다.

"안문관 관외 난석곡 앞이라… 난… 난…."

그는 별안간 안색이 변하면서 몸을 뒤로 돌리더니 서남쪽의 사람이 없는 곳을 향해 내달리는데 그 신법이 민첩하기 이를 데 없었다.

그가 행자림 속으로 들어가버리면 더 이상 쫓아갈 수 없을지도 모르는 상황이었던 터라 모두들 일제히 소리쳤다.

"이봐요! 가지 마시오! 가지 말아요! 어서 돌아오시오! 당장 돌아오시오!"

조전손은 그 말에 아랑곳하지 않고 더욱더 속도를 내서 뛰어갈 뿐이었다.

갑자기 낭랑한 목소리가 들렸다.

"사형의 양쪽 구레나룻에는 서리가 내리고 풍채와 웃는 모습은 예전만 못하겠지요."

조전손은 별안간 걸음을 멈추고 뒤를 돌아보며 물었다.

"지금 누가 말한 것이오?"

그 목소리가 말했다.

"그게 아니라면 왜 담공을 보고 열등감을 느껴 걸음을 재촉해 도망가시는 것이오?"

사람들은 그 말을 한 사람을 바라봤다. 그는 바로 전관청이었다.

조전손이 화를 내며 말했다.

"누가 열등감을 느낀다는 거요? 저 인간은 얻어맞아도 반격을 안 하는 재주가 있을 뿐인데 나보다 나은 것이 뭐 있다 그러시오?"

그는 매우 화난 표정으로 돌아왔다.

느닷없이 행자림 저쪽 편에서 노숙한 목소리가 들려왔다.

"얻어맞아도 반격을 안 할 수 있다는 건 천하제일 무공이거늘 어찌 쉽다 할 수 있겠는가?"

〈4권에서 계속〉

미주

▶ 모든 주석은 옮긴이 주이다.

1 인간을 육신과 정신으로 나눌 때 정신적인 네 가지 요소.

2 관청에서 쓰는 북방 언어를 통칭하는 일종의 공용어.

3 노래를 위해 만들어놓은 곡조에 사구詞句를 채워넣는 형태인 사패詞牌의 한 명칭.

4 중춘仲春에 토신土神에게 농사의 순조로움을 비는 제사.

5 호남의 강인 소수瀟水와 상수湘水.

6 염장한 뒤 훈제한 중국식 돼지 다리 요리.

7 닭 피와 오리 피 선지를 넣어 만든 보양탕.

8 닭 가슴살을 지져 만든 요리로 검보의 한어 발음과 비슷하다.

9 오리 가슴살 찜 요리.

10 불가에서 말하는 열반에 이르는 데 장애가 되는 삼독三毒. 즉, 탐내어 그칠 줄 모르는 욕심인 탐욕貪欲, 노여움인 진에瞋恚와 어리석음인 우치愚癡 세 가지 번뇌를 말한다.

11 금琴과 함께 중국 고대 현악기의 하나로 22~25현으로 구성되어 있다.

12 특정인 외에는 전수해주지 않는 무학의 비급.

13 모용복에 대한 애칭.

14 중국의 전통 혼례 풍속에 따른 문서와 여섯 가지 예법.

15 화전和闐은 당시 카라한 왕조가 있던 지역으로 옥의 주산지다.

16 도교 민간 전설 속 팔선八仙 중 수장으로 쇠지팡이를 짚고 다니는 절름발이 걸개다.

17 공손알公孫閼. 춘추전국시대 정鄭나라 장수로 고대 가장 아름다운 남자로 일컬어진다.

18 흉노인 유연이 왕이라 칭한 다음부터 남조의 송 문제 원가元嘉 16년인 439년에 선비족인 북위가 화북 지방을 통일하기까지 136년을 말하며 5호 16국 시대라고도 한다.

19 한족들이 북방, 서방 소수민족들을 비하해서 칭하는 말.

20 중국 악부樂府의 제명으로 자야子夜라는 여인이 지은 사랑 노래.

21 당唐대 원진元稹이 쓴 연애시.

22 과거에 재갈을 물리는 데 사용한 호두 품종 중 하나.

23 음력 1월 15일에 쇠는 중국의 전통 명절.

24 일대일로 맞서 싸우는 무림의 규칙.

25 사슴과에 속하는 동물로 머리는 말, 뿔은 사슴, 목은 낙타, 꼬리는 당나귀를 닮았지만 어느 것과도 같지 않다고 해서 붙여진 이름.

26 시詩의 운자韻字.

27 반절反切로 표기된 음가.

28 한자의 운韻을 분류하여 일정한 순서로 배열한 서적을 운서韻書라고 하며, 먼저 사성四聲에 의하여 넷으로 나누고 이 중에서 자음의 운이 같은 것, 서로 압운押韻이 가능한 것을 함께 묶는다. 그리고 각 운마다 대표하는 운자 한 자를 선택하여 운목韻目(운의 명칭)으로 한다.

운의 수는 운서를 저작한 시대에 따라 다르다. 수隋나라의 《절운切韻》은 193운,

송宋나라의 《광운廣韻》은 206운, 《평수운平水韻》은 107운, 원元나라의 《운부군옥雲府群玉》은 106운이다. 이 《운부군옥》의 106운 중 평성 30운두목 중에서 상평 15운이 일동一東, 이동二冬, 삼강三江, 사지四支, 오미五微, 육어六魚, 칠우七虞, 팔제八齊, 구가九佳, 십회十灰, 십일진十一真, 십이문十二文, 십삼원十三元, 십사한十四寒, 십오산十五刪이다. 두산백과 참조.

29 주루의 심부름꾼.

30 북송 안주安州 안륙安陸 사람으로 자는 자경子京이다. 북송 시기 관리이자 저명한 문학가, 사학가, 사인詞人으로 형인 송상宋庠과 함께 '이송二宋'으로 불린다.

31 앞으로 뻗어낸 팔의 앞부분 반을 외문外門이라고 하며 상박부는 내문內門이라 칭한다.

32 얼룩무늬 개.

33 여러 사람이나 여러 무리가 번갈아 한 사람이나 한 무리를 공격하여 상대를 지치게 하는 싸움.

34 밀랍으로 만든 속이 빈 공으로 고대에 기밀문서를 보관하는 데 쓰였다. 방습과 기밀 누설 방지 등에 효과가 있다.

35 기색이 좋고 젊어 보이는 노인을 이르는 말로, 백발홍안白髮紅顏과 동의어다.

36 철면판관을 엉덩이에 빗댄 말.

37 송나라 초기 중국인의 성씨들을 4자 1구의 운문韻文식으로 엮은 책인 《백가성百家姓》에 나오는 맨 앞의 두 구절.

38 사물을 붙이는 데 쓰는 수지질의 혼합물.

39 서찰이나 문건을 넣어두는 주머니.

40 남에게 작품이나 서신 혹은 선물 등을 선사할 때, 그 위에 명기하는 받는 사람의 성명이나 호칭.

작가 주

11장(33쪽) 아벽의 오어吳語(과거 오나라 지역인 강남 지역 사투리)는 책 속에서 간략하게 맛만 내는 정도로 서술했을 뿐이며 만일 모든 말을 사투리로 적는다면 독자들이 알아듣지 못할뿐더러 구마지와 단예 그리고 최백천과 과언지 두 사람도 명쾌하게 알아듣지 못했을 것이다.

15장(353쪽) 번체자繁體字의 건배乾杯는 원래 간干 자로 간화簡化됐지만 인명에 쓰일 때에는 여전히 공야건公冶乾으로 씀.

天龍八部